IHR

Die Blutbande-Reih

A.K. ROSE

ATLAS ROSE

Warning

Diese Reihe ist Teil der Cosa Nostra Welt, die mehrere miteinander verbundene Reihen umfasst. Die Stimmung ist düster, es gibt eine Reihe von romantischen Interessen für unsere weiblichen Hauptfiguren und wir raten den Lesern zur Diskretion.

Weitere Informationen zu den inhaltlichen Warnhinweisen findest du hier.

Bitte sei dir über deine eigenen Trigger und Grenzen bewusst. Dies ist eine Welt, die mit Mafia- und Gang-bezogenen Situationen zu tun hat. Die Charaktere sind keine Helden, sie sind ehrgeizig, skrupellos, hungrig und tun sich und anderen schlimme Dinge an.

Wenn du damit einverstanden bist, lies gerne weiter. Ich wünsche dir viel Spaß mit dieser düsteren, verbotenen Reihe. Ich kann es kaum erwarten, dir so viel mehr zu liefern ...

Love Atlas, xx

Sie lief vor mir weg ... aber sie
wird nicht weit kommen ...

Jetzt bei Amazon vorbestellen

Atlas Rose

BESTSELLER-AUTOR
A.K. ROSE
RÜCKSICHTSLOSER
JÄGER
DIE INSTITUT-REIHE

NICK

»Bist du sicher, dass du dafür bereit bist?« Ich warf einen Blick auf den dunkler werdenden Bluterguss unter ihrem Auge. »Du kannst dir den Tag freinehmen ... nach allem, was passiert ist.«

Es gab noch mehr als die blauen Flecken. Ryths Haare waren zu einem lockeren Pferdeschwanz zusammengebunden. Zwischen den Strähnen war Blut zu sehen. Blut von dem, was diese Bastarde mit ihr gemacht haben.

Er hatte mich an den Haaren. Ihre Worte tauchten wieder in mir auf.

Ich ballte meine Faust um das Lenkrad und meine Fingerknöchel schmerzten. Was auch immer wir ihnen letzte Nacht angetan hatten, es war nicht genug gewesen. Verdammte, betrügerische, eifersüchtige Fotze. Sie und die Arschlöcher, die sie für ihre Drecksarbeit hatte. Ich wollte ihnen wieder wehtun. Ganz dringend.

»Ja. Mir geht's gut.« Sie drehte sich zu mir um und zwang sich zu einem Lächeln. »Das ist mein letztes Jahr, Nick. Das ist wichtig.«

Ich schluckte und nickte. Es war wichtig. Aber in meinem Kopf forderte ich: *Lass es, ich besorge dir einen verdammten Nachhilfelehrer, wenn du willst, kannst du deine Prüfungen woanders ablegen. Nur nicht ... hier.*

Sie riss die Tür auf, bevor ich die Worte sagen konnte. Nur stieg sie nicht aus. Noch nicht. Stattdessen zog sie sich zurück, lehnte sich schnell über den Sitz und gab mir einen sanften Kuss auf die Wange. »Danke, dass du dich kümmerst. Treffen wir uns später hier?«

»Ich warte auf dich.« Ich zwang mich, die Worte zu sagen.

Dann war sie weg, stieg aus und schloss die Autotür mit einem lauten Knall hinter sich, während ich mit meinem Herzen in meinen Händen dasaß. *Geh ihr nach ...* Ich starrte ihr hinterher, als sie wegging. *Geh ihr nach, du erbärmlicher Idiot ...*

Das Hupen hinter mir machte mich wütend. Etwas bewegte sich in meinem Augenwinkel. Eine Gruppe von Mädchen starrte mich an, als sie sich auf den Weg zur Eingangstür machten, und blickte von mir zu Ryth, die ihre Aufmerksamkeit nicht bemerkte. Scheiße. Ich zuckte zusammen, legte den Gang ein und fuhr aus der Haltestelle, ohne auf die Schlange der wartenden Autos zu achten.

Ich suchte die Fahrer ab. Aber dieses Mal war kein Freddy dabei. Es sah so aus, als ob der Stidda-Mafia-Prinz Lazarus Rossi sein Wort gehalten und sie in Ruhe gelassen hatte ... vorerst.

Wie lange das so bleiben würde, wusste ich nicht.

Ich drückte auf das Gaspedal und zwang mich, nicht umzudrehen. Mein Herz raste. Ich drückte meine Hand gegen den Schmerz. Gott, ich hatte es schwer. Ich wollte nach Hause, zurück zu Tobias' grimmigem Blick, während er auf und ab ging und davon sprach, Gio zur Strecke zu bringen. Das würden wir ... nur noch nicht jetzt.

Erst wenn sich die ganze Scheiße gelegt und wir herausgefunden hatten, was wirklich los war. Ihre Mom und unser Dad waren in den Flitterwochen, aber ihr richtiger Vater war immer noch verschwunden. Das passte mir gar nicht in den Kram. Eben war er noch im Gefängnis gewesen, und plötzlich war er es nicht mehr.

Er würde wieder auftauchen ... höchstwahrscheinlich in einem verdammten Leichensack.

Man bestahl die Rossis nicht einfach so, egal, was Lazarus sagte.

Ich lenkte das Auto in Richtung Stadt und fand vertraute Straßen. Sobald sich alles beruhigt hatte, würden wir Gio zur Strecke bringen ... und den Bastard für das bezahlen lassen, was er ihr angetan hatte. Was für ein mieser Abschaum lockte eine Frau in ein gottverdammtes Haus mitten im Nirgendwo? Gott.

Nick, ich habe Angst.

Ich hörte diese Worte immer noch. Sie verfolgten mich und hielten mich vom Schlaf ab. Ich hatte die ganze Nacht über sie gewacht und jede verdammte Sekunde des Überfalls wieder und wieder durchgespielt. Doch unsere kleine Stiefschwester hatte sich lange genug gewehrt, damit wir zu ihr gelangen konnten.

Aber das würde nicht noch einmal passieren. Wir würden sie nicht aus den Augen lassen ... außer in der Schule. Ich zuckte bei dem Gedanken zusammen, trat das Pedal fester durch, fuhr zu dem umgebauten Lagerhaus an der Upper East Side und auf den bewachten Parkplatz.

Mit einem Ruck schob ich meine Hand ins Handschuhfach und suchte nach der Sicherheitskarte, bevor ich sie herauszog, um sie gegen den Scanner zu drücken.

Die Schranke öffnete sich und ich konnte hineinfahren, auf den Parkplatz, der für meine Wohnung vorgesehen war. Es war ein komisches Gefühl, als ich ausstieg. Ich war seit einer Woche nicht mehr zu Hause gewesen und hatte kaum noch an die Wohnung gedacht. Zumindest nicht, seit Ryth und ihre Mom eingezogen waren. Ich betrat den Aufzug, riss das Gitter herunter und drückte den Knopf für das oberste Stockwerk.

Das klapprige Ding rüttelte, fuhr hoch und brachte mich in die Penthouse-Wohnung. Ich schob das Gitter hoch, stieg aus, ging zum elektronischen Tastenfeld neben der Tür und tippte meinen achtstelligen Sicherheitscode ein.

Das Schloss öffnete sich und ich konnte hineingehen. Das Haus war ein umgebautes Lagerhaus mit einem offenen Grundriss. Die einzigen Wände waren für die Schlafzimmer und die Bäder. Durch die bodentiefen Fenster hatte man einen spektakulären Blick auf die Stadt bei Nacht.

Ich liebte die Wohnung und hatte ein verdammtes Vermögen für sie ausgegeben. Allein das Gebäude hatte mich fast drei Millionen gekostet, und wenn ich die Renovierungen mit einrechne, waren es acht Millionen. Aber wenn ich hineinkam, spürte ich diese Aufregung nicht mehr. Der Ort fühlte sich … *leer* an, nicht mehr wie ein Zuhause.

Meine Gedanken kehrten zu Ryth zurück. Es gefiel mir nicht, sie zu verlassen.

Verdammt, ich hasste es. Ich warf einen Blick über meine Schulter und die Spannung machte mich nervös. Ich fühlte mich eingesperrt. Als würde etwas nicht stimmen. Ich massierte mir den Nacken, während ich mich auf den Weg ins Schlafzimmer zum Kleiderschrank machte. Ich machte das Licht an, holte meinen Rucksack aus der Ecke und füllte ihn mit Kleidung.

Ich hatte schon beschlossen, dass ich das Haus nicht verlassen würde, nicht, solange Ryth da war. Wenn Dad wollte, dass ich auszog, würde ich das Haus nebenan kaufen ... Ich würde alle verdammten Häuser kaufen, egal wie viele es waren. Ich schnappte mir die Tasche und schaltete das Licht aus. Als ich an meinem Boxsack vorbeiging, der an dem Stahlträger über mir hing, fiel mein Blick auf das Bild von Mom, das an der Wand hing.

Ich würde bald wiederkommen, um das Foto und den Rest meiner Sachen zu holen. Vielleicht würde ich die Wohnung sogar vermieten. Aber jetzt wollte ich keine Sekunde länger warten. Der nagende Schmerz in meiner Magengrube wuchs. Sie war es ... meine Stiefschwester, die mich in ihren Bann zog und dafür sorgte, dass ich rund um die Uhr bei ihr sein wollte.

Verdammt, wenn sich das nicht so anfühlte, als würde ich mich verlieben. Aber ich hatte kein Recht dazu ... Hier stand mehr als mein Herz auf dem Spiel. Ich warf mir meine Tasche über die Schulter, ging hinaus, schloss die Tür hinter mir und stellte den Code ein, um sie zu verriegeln, bevor ich mich wieder auf den Weg zum Aufzug machte.

Ich ließ meine Tasche auf den Boden fallen, zog das Gitter herunter und fuhr ins Erdgeschoss, dann griff ich nach meinem Handy und tippte eine Nachricht an Tobias:

Wir müssen reden.

Kaum eine Sekunde später kam die Antwort.

T: Worüber?

Über ...

Ich wurde durchgerüttelt, als der Aufzug zum Stillstand kam. Aber ich stieg nicht aus, sondern starrte seine Antwort an. Meine verdammten Hände zitterten, als ich tippte:

Ich glaube, ich bin in sie verliebt.

Ich schluckte schwer und starrte die Nachricht an ... mein Daumen schwebte über Senden ... aber ich konnte es nicht tun, nicht so. Nicht über eine verdammte Nachricht. Ich machte einen Schritt zurück und tippte stattdessen:

Nichts. Ich bin auf dem Weg nach Hause.

Ich wartete nicht auf eine Antwort, nicht dass ich eine erwartet hätte. Stattdessen schnappte ich mir meine Tasche und machte mich wieder auf den Weg zum Auto. Als ich meine Tasche auf den Rücksitz warf und mich hinter das Lenkrad setzte, hatte ich mich schon entschieden: Ich würde sie holen. Es war mir scheißegal, ob es ihr letztes Jahr war oder nicht. Jedenfalls, solange Arschlöcher wie Gio Romano in der Nähe waren.

Ich fuhr los und wollte unbedingt durch die Stadt. Als ich die hoch aufragenden Gebäude im Blickfeld hatte, lockerte sich das Gefühl der geballten Faust ein wenig in mir. Ich entspannte meinen Kiefer und zwang mich, mich darauf zu konzentrieren, zurück zur Schule zu fahren. Ich griff nach meinem Handy, bereit, ihr eine Nachricht zu schicken, als ich in die Straße einbog und mich auf den Weg zum Abholpunkt machte.

Doch als ich meinen Blick hob und das vertraute Auto am Bordstein parken sah, verschwanden die Gedanken an eine Nachricht an Ryth. »Was zum Teufel?«

Ich überprüfte das Nummernschild ... und drehte mich zurück zur Schule. Was zur Hölle hatte Dad hier zu suchen? Panik überkam mich, als ich anhielt, den Motor abstellte und ausstieg. Vage registrierte ich einen weißen Lieferwagen, der auf der anderen Straßenseite geparkt war, als ich auf den Mercedes zuging, mich herunterbeugte und auf den Rücksitz starrte.

Eigentlich sollte er auf Hochzeitsreise sein, was zum Teufel machte er also hier?

»Entschuldigung?« Eine Männerstimme ertönte hinter mir. »Können Sie mir sagen, ob das der Haupteingang ist?«

Ich richtete mich auf, meine Gedanken rasten bereits, als ich mich umdrehte. »Ja, du ...«

Bsss ...

Scheiße, etwas hatte mich in den Nacken gestochen. Schmerzensschreie entkamen mir, als meine Knie nachgaben und ich auf den Boden stürzte. Schatten kamen auf mich zu ... zu viele von ihnen. Ich versuchte zu kämpfen, versuchte zu schreien.

»Schnappt ihn euch«, knurrte einer von ihnen, als ich brüllend den Kopf hob und drei riesige Typen um mich herum sah.

Aber das waren nicht irgendwelche Jungs ... das waren Männer, deren stählerne Blicke gefährlich aussahen.

Kämpfen!

Ich stemmte mich vom Boden und rappelte mich auf. Mein Körper zitterte, als das Ding wieder nach mir griff. Ein verdammter Elektroschocker ... Sie hatten mich mit einem verdammten Elektroschocker getroffen.

Elektrizität knisterte und funkelte, als ich meine Schulter in den nächsten Kerl rammte. Ich riss meine Faust hoch, um ihn am Brustbein zu treffen. Ich war schwach, meine Schläge waren nicht annähernd so stark wie sonst, aber er keuchte trotzdem, fasste sich an die Brust und stolperte rückwärts.

»*Du!*«, bellte ich, »hast dir den Falschen ausgesucht, du *Wichser.*«

»Schnappt ihn, bevor das Mädchen kommt«, bellte ein anderer und zeigte mit einem Finger in meine Richtung. »*Jetzt!*«

Die Worte ließen mich erstarren ... mein Puls raste und dröhnte in meinem Kopf. *Bevor das Mädchen kommt* ... er meinte Ryth. »Was zum Teufel?«

Ein Schatten kam auf mich zu, er bewegte sich schnell, zu verdammt schnell. Ein Schlag traf mich am Hinterkopf und ließ mich benommen zurück. Bsss ... Bss ... Meine Eingeweide wurden schwach, als der Schmerz in meine Brust drang. Die Dunkelheit drang ein und stahl mir das Licht, bis ich fiel.

»Jemand soll sich seine Schlüssel schnappen. Sein Auto muss weg sein.«

»Nein ...«, lallte ich und mein Herz schlug schneller. Das Geräusch war alles, was ich hörte, als sie mich von dem heißen Asphalt hoben. Ich versuchte aufzutauchen, versuchte meine Augen zu öffnen. Ich versuchte, irgendetwas zu tun. Aber die Dunkelheit hielt mich gefangen, als das Knirschen von Stiefeln kam und Hände mich packten.

Ich schlug um mich, aber meine Schläge waren langsam und erbärmlich, wie das langsame Knarren einer Stahltür, bevor sie sich mit einem Knall schloss.

»*Das Auto!*«, bellte einer.

»Nehmt es ...«, flüsterte ich und zwang mich, die Augen zu öffnen. »Nehmt alles ... *nur sie nicht.*«

Aber sie hörten nicht auf mich, sondern hievten mich einfach hinein und setzten sich in den hinteren Teil des Lieferwagens, als der Motor ansprang. Das Schnappen von etwas Engem schnitt in meine Handgelenke und fesselte sie hinter mir.

»Du wirst uns doch jetzt keinen Ärger machen, oder?« Das Knurren war nah, als der Wagen schwankte und sich drehte.

Das Knurren des Mustang-Motors drang zu mir durch. Meine Verzweiflung wuchs bei diesem Geräusch. Mein Auto ... *mein verdammtes Auto.* Aber alles, was ich sah, war Ryth, wie sie darin saß. Wie sie mit dem Rücken an der Tür lehnte, die Beine gespreizt, sodass ich sie sehen konnte. Ich verdrängte den Schmerz und konzentrierte mich auf das, was zählte: *wohin sie mich brachten.* Mein Handy. Mein verdammtes Handy.

Meine Gedanken waren langsam, zu verdammt langsam. Irgendwo in meinem Kopf begann ein Vorschlaghammer, der sich mit meinem Herzen einen Schlagabtausch lieferte. Das Geräusch des Mustangs wurde leiser, als wir schneller wurden. Ich blinzelte und konzentrierte mich auf die Arschlöcher um mich herum. Zwei auf dem Rücksitz und eines am Steuer. Mit dem Arschloch in meinem verdammten Auto waren es vier. »Was wollt ihr von ihr?«

Einer von ihnen schaute in meine Richtung, und in der trüben Dämmerung erkannte ich die Stickerei auf seinem Hemd, ein H in einem O. Ich verzog das Gesicht. Ich kannte dieses Symbol …

Er sah mich an, dann kräuselten sich seine Lippen und er hob den Elektroschocker. »Schau weg.«

»Fick dich«, krächzte ich und meine Kehle brannte. »Macht mit mir, was ihr wollt … aber lasst sie in Ruhe.«

»Ist das so?«, grinste der Bastard und beugte sich näher zu mir. »Sag mir nicht, dass du dich in die kleine Schlampe verknallt hast? Ich habe die Aufnahme gesehen … ich habe gesehen, was du getan hast. Denkst du, sie ist etwas Besonderes? Glaube mir … wir tun dir einen Gefallen. Vergiss sie, Banks … und vergiss, dass es sie jemals gab.«

Vergessen, dass es sie gab?

Was sollte der Scheiß?

Der Van schwankte und der Motor heulte auf.

Ich versuchte, ruhig zu bleiben und testete die Plastikmanschetten um meine Handgelenke. Aber innerlich geriet ich in Panik und versuchte, mir alles zusammenzureimen. Dad. Die Hochzeit. Ich warf einen Blick zurück auf die Stickerei. Die verdammte Hochzeit. Der Priester.

HO ... Hale Orden.

Dieser Name ... dieser gottverdammte Name. Ein Frösteln lief mir über den Rücken.

Mein Kiefer verkrampfte sich, und ich überlegte bei jeder verdammten Drehung, wohin wir unterwegs waren. Meine Muskeln spannten sich an, die Spannung in den Plastikmanschetten wurde größer, bis meine Hand heiß wurde und ich den Schmerz nicht mehr aushalten konnte. Als wir noch einmal abbogen, machte ich meinen Zug.

Ich stieß nach vorne.

Mit gesenktem Kopf rammte ich den Mistkerl und schleuderte ihn gegen die Seite des Transporters.

Der Taser war alles, was ich sah. Das und seine Fäuste. Ich steckte den Schlag an der Schläfe ein und fiel nach hinten.

Ryths Gesicht ging mir nicht mehr aus dem Kopf, als ich hart auf dem Boden aufschlug. Die Reifen quietschten und durch die Wucht des Aufpralls zerrissen die Fesseln. Meine Hände waren frei, schrien vor Schmerz, aber sie waren frei. Ich stieß mich nach oben und bekam eine Faust ins Gesicht. Mein Kopf kippte nach hinten und der Geruch von Blut lief mir in den Mund.

Aber sie war alles, was mich interessierte. Ich brüllte und drängte mich zur Seite, dann trat ich zu und rammte meinen Stiefel in das Schienbein des Arschlochs. Ein schmerzerfüllter Schrei folgte.

Ich hatte keine Zeit zu lächeln, als ich nach vorne stürmte und den Bastard mit dem Taser rammte. Mein Training kam zum Tragen. Mein Handballen traf die Nase des Mistkerls. Der Schlag war nicht so stark, wie ich es mir durch das Schwanken gewünscht hatte, aber er fasste sich trotzdem an die Nase und heulte auf.

Sie brüllten alle durcheinander.

»Bringt ihn unter Kontrolle!«, rief der Fahrer und schaute zu mir, als er auf die andere Spur abbog.

Ich streckte meine Hand aus und stützte mich ab, als ich durch den Laderaum flog. Der Aufprall war verdammt brutal. Etwas knirschte, als meine Schulter auf der Seite aufschlug. Klack. Das Geräusch ließ mir das Blut in den Adern gefrieren.

»Versuch das noch mal und warte ab, was passiert.« Das Arschloch mit dem Taser drückte mir ein Messer in den Nacken. Blut strömte aus seiner Nase. »Eine verdammte Bewegung.«

Wenn es nur um mich ginge, wäre ich vielleicht unten geblieben ... hätte das Brennen in meinem Bauch runtergeschluckt.

Aber es ging nicht um mich. *Ich war ihnen einfach nur im Weg.*

Ich stürzte mich auf ihn, gab alles, was ich hatte, und versuchte, das Messer zu erwischen, als wir uns umdrehten. Ein Grunzen folgte meinen Fäusten. Ich verteilte Schlag für Schlag. Diese Bastarde waren gefährlich ... und trainiert. *Zu gut trainiert.*

Meine Schläge wurden schwächer. Das Messer kam auf mich zu und verfehlte mich nur knapp, als ich mich duckte und meine Schulter in seinen Bauch rammte. Ein Schmerz stach in meinen Magen. Ich blickte herab und sah das Glitzern des Stahls, der tief in mir steckte.

»*Scheiße!*«, brüllte das Arschloch.

Ich blickte auf und meine Bewegungen waren viel zu langsam. Seine Fäuste kamen auf mich zu und trafen mich an den Wangenknochen. Mein Kopf kippte zur Seite, einmal ... *zweimal*, und dann verschluckte die Dunkelheit mich.

EINS

Nick

———

»NICK!«

Mit einem Schrei tauchte ich auf. Dunkelheit raubte mir die Sicht. Ich blinzelte und versuchte zu begreifen, was passiert war, während mir der Schmerz in die Seite schoss.

»Was hast du mit ihm gemacht?«

»Ryth?« Ich starrte in das düstere Lagerhaus und fand sie. Sie wand sich und strampelte, ihre Arme wurden von zwei Arschlöchern festgehalten, die sie ins Innere zerrten.

Augenblicklich fiel mir alles wieder ein. Dads Auto vor ihrer Schule. Der Angriff ... das Messer. Ich stöhnte auf und blickte an mir herunter. Verdammt! Mein Puls beschleunigte sich bei diesem Anblick. Blut ... so viel Blut. Mein Hemd klebte an meiner Seite, nass und blutrot. Der metallische Geruch erfüllte mich. Ich zwang mich, den Blick abzuwenden, auf das Einzige, was mir in diesem Moment wichtig war.

Ryth.

Stimmen murmelten, als ich mich vom Boden hochstieß.

»Nein, das wirst du nicht tun.« Das Arschloch aus dem Van stand über mir und drückte mich mit dem Elektroschocker in der Hand wieder zu Boden. Bei diesem Anblick zuckte ich zusammen. Kalte, wilde Wut durchströmte mich, als ich seinem Blick begegnete.

»Ich kann nicht zulassen, dass du unsere Pläne durcheinander bringst.« Die Stimme von Elle Castlemaine lenkte meine Aufmerksamkeit auf sich, als sie ihre Tochter anstarrte.

Nein ... nicht Castlemaine, nicht mehr. Banks, richtig? Eine verdammte Banks. Ich stieß mich wieder vom Boden ab, als diese Worte wiederhallten.

»Nehmt sie mit ...« Die Schlampe deutete auf die beiden anderen Typen, die mich entführt hatten. »Bringt sie zum Orden ... haltet sie von der Wahrheit fern.«

»*Nein!*«, brüllte ich, als das Lagerhaus ins Wanken geriet.

Ryths Augen weiteten sich angesichts der Worte ihrer Mutter. Sie stolperte rückwärts, als die Bastarde näher kamen und sie erneut an den Armen packten.

»*Nick!*«, schrie sie, strampelte und wehrte sich gegen ihre Umklammerung. »*NICK!*«

Ich stemmte meine Hand in meine Seite und stürmte los. *»Nimm deine verdammten Hände von ihr!*«

Aber das Arschloch mit dem Elektroschocker packte mich und schlug mir das Ding ins Gesicht, sodass helle Funken durch mein Blickfeld tanzten. Das Adrenalin trieb mich vorwärts, während sie sie nach hinten zerrten. Sie rang und kämpfte wie eine verdammte Wildkatze und gab alles, was sie hatte.

Ich wirbelte herum, presste meine Faust mit der anderen Hand gegen die Brust und stieß meinen Ellbogen nach außen und oben, um dem Stück Scheiße ins Gesicht zu schlagen. Er stolperte zur Seite und ließ die Waffe fallen. Sie landete mit einem dumpfen Aufprall auf dem Beton. Das war alles, was ich brauchte. Als ich mich umdrehte und mich auf ihn stürzte, durchzuckte mich ein Schmerz, als würde ich von Neuem niedergestochen.

Doch Ryths Schreie drangen tiefer, als es der Schmerz je könnte. Ich sprang los, aber sie waren zu schnell und hoben ihre Füße vom Boden, als sie sie hinaus trugen. Ihr Rock rutschte hoch und entblößte ihre nackten Oberschenkel. Diese Arschlöcher sahen es …

Sie sahen verdammt nochmal hin.

Cremige Schenkel, ein schwarzes Spitzenhöschen.

Ein Höschen, das sie für mich trug.

Für … mich …

Ich stürzte mich wieder auf sie, als mein Vater aufschrie. *»Nick, NEIN!«*

Ich schaffte es durch die halbe Lagerhalle, trieb mich dem Sonnenlicht entgegen und schrie ihren Namen, bis ich das Blut nicht nur roch, sondern auch schmeckte.

»Einen Scheiß wirst du tun!« Das Bellen kam von hinten. Ein Arm legte sich um meine Kehle, als mich jemand nach hinten zerrte.

Schwere Schritte näherten sich mir. *»Hör auf zu kämpfen, Nick!«*, brüllte Dad. »Du machst es noch schlimmer, als es ist. *Heilige Scheiße, du bist verdammt nochmal verletzt. Bringt ihn in ein verdammtes Krankenhaus, um Himmels willen!«*

Mich ins Krankenhaus bringen? Während sie Ryth abtransportierten … *seine eigene Stieftochter … IHR EIGENES VERDAMMTES FLEISCH UND BLUT!*

Ich drehte mich um, ignorierte den brüllenden Schmerz in meiner Seite und sah, wie Dad auf mich zustürmte. »Hör auf damit ... *Du kannst das beenden!*« Die Arme wurden hinter meinem Rücken gefesselt und ich stieß mit ihm zusammen. »Hör sofort auf!«

Er packte mich und zerrte mich weg. Sein Hemd war nun auch blutverschmiert, so viel verdammtes Blut. Ich starrte auf das Blut an seinen Händen und dann in seine gequälten Augen.

»Hör auf zu kämpfen, und wir kümmern uns um dich!« Der Bastard mit dem Elektroschocker kam auf mich zu.

Das Lagerhaus verschwamm, ruckelte und zuckte mit meinen schweren Atemzügen. Ich bewegte mich und versuchte, dem Angriff auszuweichen. Aber er war schnell, packte mich an den Armen und riss mich nach hinten. Ich schlug hart auf dem Boden auf, sodass mir die Luft aus den Lungen strömte. Seine Hand drückte meinen Kopf gegen den Boden. In der Ferne knallten Autotüren. Das Geräusch durchdrang die Lücken seiner Finger und das Geräusch eines Autos dröhnte auf.

Schwere, hektische Schritte kamen näher, bevor sie stehen blieben.

»Nick ... Nick, es tut mir leid ...«, begann Dad.

»Lass mich los, verdammt!« Ich wand mich, drehte mich und starrte ihn an. »Hör auf damit ... Du kannst das jetzt beenden. Gib sie mir zurück ... Dad, gib sie mir zurück!«

Ein Schimmer von Traurigkeit stieg in seinen Augen auf, bevor die Schlampe ein einziges Wort sagte. »Nein.«

Er hob seinen Blick zu ihr, und die Traurigkeit verschwand und ließ die Kälte zurück. Dann ging er, ließ mich mit seinen langen Schritten zurück, während mein Kopf hart auf den dreckigen Betonboden gedrückt wurde und die Handschellen um meine Handgelenke einrasteten.

Nein …

Ich strampelte und zerrte an meinen Handgelenken, bis der Stahl an den Knochen nagte und eine Welle der Übelkeit über mich hereinbrach. »Nein …« Ich drehte mich um und meine Welt wurde immer grauer. »Nein.«

»Holt … den Van«, befahl der Bastard über mir und holte schwer Luft, als er seinen Blick hob. »Und lasst uns diesen Bastard hier wegbringen.«

Schritte polterten, als das andere Arschloch ging.

»Ryth«, stöhnte ich. »*Ryth* …«

Die Hand an meinem Kopf drückte und drückte mein Ohr gegen den Boden, als er sich erhob. »Sie ist verdammt noch mal weg und sie kommt nicht zurück. Nicht in absehbarer Zeit.«

Ihre Schreie hallten noch immer in meinem Kopf und der verängstigte Klang war wie ein Nagel in meinem Sarg, der mit dem brutalen Donnern meines Herzens eingeschlagen wurde. Die Autotüren schlossen sich. Der Mercedes meines Vaters heulte auf, dann verhallte das Geräusch.

»Wirst du jetzt brav sein, Arschloch?« Der Bastard atmete schwer und wild ein.

Wirst du jetzt brav sein?

Wie wäre es mit … *nein*. Ich riss meinen Körper herum, sodass die Stahlmanschetten in meine Handgelenke gepresst wurden, und schwang meine Beine aus, um ihn an den Knöcheln zu erwischen. Er knickte ein und krachte mit einem unbarmherzigen Aufprall neben mir zu Boden. Ich verschwendete keine Zeit damit, mich aufzurichten, auch wenn eine unangenehme Welle des Schmerzes durch meinen Magen schoss. Ich hob meine Knie an die Brust und steckte meine

Füße zwischen meine Arme, bevor ich mich nach oben stemmte.

Das Motorengeräusch des Lieferwagens ertönte, als ich meine gefesselten Hände um seine Kehle und meine Beine um seinen Körper schlang. Er schlug mich und warf seinen Arm nach hinten, während ich zerrte. Ich wich seinen Schlägen aus und zuckte zusammen, als seine Faust mich an der Wange traf. Es folgte ein Schmerz, der von ihren Schreien in meinem Kopf übertönt wurde.

Ich drückte zu, meine Muskeln spannten sich an, und mein Kiefer war verkrampft.

NICK! Ryths Schrei erfüllte mich. Nicht das ekelhafte Keuchen des Mannes, der sich gegen mich stemmte, oder das Aufheulen des Motors des Lieferwagens, der sich mir näherte. Der Mistkerl regte sich nicht mehr. Seine Hände landeten auf dem Boden und dort blieben sie. Ich lockerte meinen Griff und hörte das langsame Zischen der Luft.

Mein Herz raste, aber ich wurde nicht langsam genug, damit ich mir hätte bewusst machen können, was ich gerade getan hatte. Es war nichts im Vergleich zu dem, was ich ihnen antun würde ... Das Gesicht meines Vaters brannte in meinem Kopf. Aber Elles Stimme erfüllte meinen Kopf. Ihr eiskalter Tonfall.

Hass brodelte in mir, als ich meine Hände von seinem Hals löste. Sein Mund klaffte auf und seine Augen waren leblos. Ich verschwendete keine Sekunde und schob meine Hände in seine Taschen, um nach dem Schlüssel für die Handschellen zu suchen, wobei ich das Klimpern hörte. Ich riss sie heraus. Aber es waren nicht die Schlüssel, die ich erwartet hatte.

Mein Puls raste, als ich meine eigenen Schlüssel anstarrte. Ich richtete meinen Blick auf die Straße ... *mein Mustang*. Ein Stöhnen entrang sich mir, als ich mich nach oben stemmte, meine Schlüssel in die Tasche steckte, meinen Angreifer packte und an ihm zerrte, um ihn außer Sichtweite zu ziehen. Die Bremslichter flackerten auf, als das Heck des Lieferwagens auftauchte.

Ich versteckte mich hinter hohen Paletten, durchsuchte die anderen Taschen des Mannes und riss ihm das Handy aus der Hand. *Tobias* ... Ruckartig hob ich den Blick, als der Lieferwagen anhielt und der andere Kerl ausstieg. »Okay, bringen wir das Arschloch ins Krankenhaus ...«

Er schaffte es nicht bis zum Ende des Satzes oder bis zum hinteren Teil des Wagens.

Ich stürzte mich auf ihn, packte ihn mit einer Hand an der Kehle und schlug mit dem Ellbogen auf ihn ein. Das Knirschen war ekelerregend, als er zusammensackte. Trotzdem hielt ich ihn aufrecht und drückte ihn gegen den Van, während ich seine Taschen durchsuchte.

Der kleine Schlüssel war fest eingeklemmt. Mein Puls dröhnte. Jede Sekunde war die reinste Folter. Ich ließ ihn fallen, während ich meine Hände verdrehte, dann brüllte ich, als ich ihn nicht erreichen konnte. Meine Hände zitterten, als ich den Schlüssel zwischen meine Lippen schob und mich bückte, um ihn ins Schloss zu führen, bevor ich ihn mit den Zähnen umklammerte und umdrehte.

Ich rannte los, ließ die Handschellen von meinen Handgelenken fallen und schnappte mir meine Schlüssel aus der Tasche, als ich in die gleißende Sonne stolperte und den Mustang in der Ferne sah. Ein Adrenalinstoß durchzuckte mich. Ich schnappte mir das Handy des Mistkerls und drückte auf den Knopf, um zu beten, dass es nicht gesperrt war ...

War es nicht ...

Aber es war kein Handy, sondern eher ein Tracker. Eine Karte füllte den Bildschirm, ein blinkendes rotes Licht bewegte sich.

Ich brauchte keine Erklärung, um zu wissen, was es war ... es war Ryth.

Ich drückte auf den Knopf, tippte Tobias' Nummer ein und hörte zu, wie das verdammte Ding klingelte und klingelte ... und klingelte ... und klingelte. »Scheiße!« Ich rannte zum Mustang, riss die Tür auf, setzte mich hinter das Lenkrad, steckte den Schlüssel ins Zündschloss und startete den Wagen mit einem Aufheulen.

Ich schaute auf die Karte und das blinkende rote Licht stachelte mich an. *Du wirst sie nicht einholen ...* »Von wegen.« Ich legte den Gang ein und zuckte zusammen, als mich der Schmerz durchzuckte. Trotzdem riss ich am Lenkrad und trat das Gaspedal durch.

Der V8-Motor heulte auf und die Reifen kreischten, als ich das Lenkrad drehte und das Ungetüm vorwärts schoss. Ich konzentrierte mich auf die Straße und das blinkende rote Licht. Sie fuhren nach Süden ... Ich versuchte, an das zu denken, was dort war. Nichts als Leere. Zumindest soweit ich wusste.

Ich riskierte, sie zu verlieren, griff nach dem Handy, tippte Calebs Nummer ein und hörte dem verdammten Ding beim Klingeln zu.

»Ja?« Mein Bruder klang atemlos.

»Ich bin's.«

»*Nick? Wo zum Teufel bist du?*« Das Quietschen der Reifen hallte im Hintergrund wider und das schrille Heulen seines Lamborghini, der fast zum Stillstand kam, sagte mir nur eines: Er wusste es.

»Spielt keine Rolle. Tobias ...« Ich stöhnte. »Ist er bei dir?«

»Sie haben sie, Nick! *Sie haben sie, verdammt.*«

»Ich weiß.« Die Straße verschwamm vor mir, während ich das Lenkrad festhielt. »Ich stelle dich auf Lautsprecher.« Ich drückte auf den Knopf, blickte auf das Durcheinander auf meinem Hemd hinunter, und mein Kopf drehte sich.

Das Auto schwankte über die weißen Linien. Ich riss am Lenkrad und zog es zurück. »Du musst mir zuhören. Sie bringen sie irgendwohin.« Die Worte der Schlampe kamen mir wieder in den Sinn: *Bringt sie zum Orden.* »Der Orden. Ein Ort namens ›Der Orden‹.«

»Der Orden?«, murmelte Caleb. »Ich glaube, ich weiß, wo er ist.«

»Der gottverdammte Priester«, knurrte Tobias und sein tiefer Tonfall war brutal.

Ich hielt mich an seiner Wut fest, weil ich sie brauchte, um mich anzutreiben. Ich warf einen Blick auf den blinkenden Punkt. »Fahrt nach Süden. Vorbei an Caverns Corner ...« Die Reifen quietschten, als das Auto auswich.

»*Nick?*«, bellte Tobias meinen Namen.

»*Caverns Corner ... dann weiter ...*«

»*NICK!*«

Ich kehrte in die Realität zurück, riss den Wagen über die Fahrbahn und drückte das Gaspedal stärker durch. »Ich bin hier ... ich bin verdammt noch mal hier.« Der rote Punkt blinkte ... aber er bewegte sich nicht mehr.

Ich blinzelte und schüttelte den Kopf. »Scheiße.«

»Was?«, brüllte Caleb. Der Gang wurde eingelegt und der Lambo kreischte. »*WAS ZUM TEUFEL IST LOS?*«

»Sie haben angehalten.« Ich starrte, blinzelte und steuerte den Mustang geradeaus.

Was zum Teufel war passiert? War es Ryth? Hatte sie sie zum Anhalten gezwungen? Gott, ich hoffte es. Ich betete, dass sie sie bekämpfte und alles gab, was sie hatte. »Komm schon, Baby«, flüsterte ich. »Bitte, komm schon.«

Aber die Straße vor mir war verschwommen.

»Ich ... glaube nicht, dass ich es schaffen kann ...« Ich sackte nach vorne und umklammerte das Lenkrad.

»Was zum Teufel meinst du?«, bellte Tobias.

»Nick ...« Calebs kalte, vorsichtige Stimme kam durch den Lautsprecher. »Sprich mit mir, Bruder. Bist du verletzt?«

Ob ich verletzt war? Ich blickte an mir herab auf das durchnässte Hemd, das an meinem Bauch klebte, und musste lachen. Auch wenn nichts lustig war. Meine Lippen waren trocken, meine Gedanken seltsam verworren. Aber ich hielt mich an Calebs Stimme fest. Mein Bruder ... *nein, mein großer Bruder.* »Ja, das kann man so sagen.«

»Wo zum Teufel bist du?« Seine Stimme klang besorgt.

Auf dem Weg, sie zu retten ...

»Nick ... *Nick* ...«, brüllte Tobias und seine Stimme dröhnte durch den Lautsprecher.

»Ich bin hier.« Ich presste die Worte durch zusammengebissene Zähne hervor und schaute mir die Karte und das blinkende Licht an, das sich bewegte.

»Wir sind direkt hinter dir«, rief Caleb. »Schau in den Rückspiegel.«

Ich hob meinen Blick und sah nichts weiter als die leere Straße hinter mir, bis ich in der Ferne einen Punkt entdeckte. Ein Punkt, der von Sekunde zu Sekunde größer wurde. Mein träger Puls schlug schneller.

»Siehst du uns?«

»Ja.« Ich drückte meinen Stiefel fester gegen das Gaspedal und schaute auf die Karte. Sie waren vor uns ... auf der anderen Seite der Bäume in der Ferne. Wir waren jetzt aus der Stadt heraus. Ganz weit draußen. Grün überzog die Betonbauten, soweit das Auge reichte.

Der Lamborghini überholte mich. Ich beschleunigte den Mustang, aber ich spürte weder meinen Fuß auf dem Gaspedal, noch mein Bein. Nur ein schmerzendes Taubheitsgefühl.

»Wir haben dich«, drängte Caleb. »Nick ... Kumpel, wir haben dich.«

Aber ich scherte mich nicht um mich selbst. Ich interessierte mich nur für sie ... Ryth. »Sie haben sie mitgenommen.« Angesichts der Worte schoss der Schmerz durch meine Brust. »Sie haben sie verdammt noch mal mitgenommen.«

»Ich weiß, Kumpel.« Calebs Stimme war steinern.

Blau füllte meinen Rückspiegel. Ich konzentrierte mich nicht auf sie, sondern auf die geschwungene Kurve der Straße vor mir ... und das riesige schwarze schmiedeeiserne Tor zu meiner Rechten, sowie auf die riesigen Schilder ›Privatgrundstück – Unbefugte werden bestraft‹ überall.

Ich zerrte am Lenkrad und wirbelte Staub und Schmutz auf, als der Mustang den Asphalt verließ und direkt auf das Tor zusteuerte. Doch dort warteten schon Männer: Ein Humvee parkte vor dem Eingang und davor standen vier Männer in schwarzen Schutzanzügen mit Militärwaffen.

Ich ließ den Lamborghini zurück, stieß einen Kampfschrei aus und steuerte den Mustang auf das Tor zu.

Knirsch.

Metall kreischte auf Metall.

Ich flog nach vorne und prallte gegen das Lenkrad.

»NICK!«

Schwache Schreie durchdrangen die Leere, als der Motor des Mustangs stotternd erstarb. Die Schreie meiner Brüder drangen zu mir durch. Aber ich war schon am Schwinden, am Verblassen. Die Dunkelheit, die meine Sicht gefährdet hatte, rückte schnell näher. Aber erst, als ich den Kopf hob und durch die verbogenen, aber immer noch verriegelten Tore starrte.

Der stechende Geruch von erhitzten Bremsen drang ins Auto. Ich blinzelte und versuchte, mich auf die Ferne zu konzentrieren, um den verdammten Van und sie zu finden. Aber meine Sicht verschwamm und verengte sich auf einen der Wachmänner, der nach vorne trat, das Ende des halbautomatischen Gewehrs durch das Gitter schob und auf mich zielte …

ZWEI

Caleb

»*NICK!*« Ich stieß die Tür auf und starrte die zerknautschte Front des Mustangs an, als der bewaffnete Wachmann auf meinen Bruder zielte. »NEIN!«

Ich sprang mit erhobenen Händen vor, und Verzweiflung durchströmte mich, als Nick gegen das Lenkrad sackte ... *und sich nicht mehr aufrichtete.* »T!«, schrie ich. »*FAHR DAS VERDAMMTE AUTO WEG!*«

Ich starrte das Arschloch an, das seine Waffe auf meinen Bruder gerichtet hatte, riss die Fahrertür auf und erstarrte. Da war Blut ... *so viel Blut.* Ich stieß ein Keuchen aus, bevor ich mich bewegte, seinen Arm packte und ihn hochhob. Der schwere, metallische Gestank von Blut stieg mir in die Nase, während sein kaltes Hemd sich an meine Haut klebte.

Scheiße, war der schwer.

Es lag nur ein Jahr zwischen uns, aber eine Menge verdammter Kraft und Muskeln, wie es schien. Ich richtete mich auf und mein Körper heulte unter der Anstrengung auf, als ich ihn aus dem Fahrersitz hob.

Die Autotüre knarrte, als ich die Hintertür öffnete und Nick auf den Sitz warf. »Bleib am Leben, du verrückter Mistkerl.« Ich griff nach seinem Hals und drückte meine Finger gegen die Wärme. Er hatte einen Puls ... aber er war schwach, verdammt schwach.

Ich trat einen Schritt zurück, schob seine Füße hinein und schlug die Tür zu. Ich starrte den Bastard mit der Waffe an, während ich mich hinter das Steuer des Mustangs meines Bruders setzte und betete, wie ich es bisher nur einmal in meinem Leben getan hatte. Dieses Mal mussten meine Bitten erhört werden. »Komm schon.«

Ich drehte den Schlüssel im Zündschloss um, und der Motor sprang mit lautem Gebrüll an. Ja! Ich legte den Rückwärtsgang ein und drückte mit dem Stiefel auf das Gaspedal. Der Mustang rührte sich nicht, sondern brüllte nur, bis ich das Pedal fester durchtrat und dem Quietschen des Stahls lauschte, bis der Wagen sich schließlich losriss.

Die Reifen drehten durch und wirbelten Steine auf, die den Unterbau des Autos trafen, als ich mit voller Fahrt rückwärts fuhr und am Lenkrad riss. Ich warf einen Blick hinter mich. »Halt dich fest, Kumpel.« Ich erhaschte einen Blick auf das blutige Hemd und mein Herz schlug mir bei diesem Anblick bis zum Hals.

Ich legte den Gang ein und hasste es, dass wir Ryth zurücklassen mussten. Aber im Moment konnte ich nur daran denken, meinen Bruder am Leben zu erhalten. Ich fuhr so schnell ich konnte und nahm die Kurven scharf, während ich auf das städtische Krankenhaus zuraste. Der Lamborghini war mir dicht auf den Fersen. Tobias war eine dunkle Silhouette hinter dem Lenkrad.

»Bist du noch bei mir, Kumpel?« Ich riskierte einen Blick hinter mich. Seine Lippen waren blass, seine Haut gräulich. Scheiße, das sah nicht gut aus. »Nick ... *Nick!*«

Es kam keine Antwort. Ich zwang mich, mich auf die Straße zu konzentrieren, lenkte das kaputte Auto in Richtung der Hope-Notaufnahme und hielt direkt vor den Türen an. Ich stellte den Motor ab, stieg aus und brüllte, als sich die Doppeltüren automatisch öffneten. »Wir brauchen hier einen Arzt! Jemand muss mir helfen! *WIR BRAUCHEN EINEN GOTTVERDAMMTEN ARZT!*«

»Was zum Teufel ist passiert?«, rief Tobias. Das dumpfe Geräusch seiner Schritte war so verdammt laut in meinen Ohren. Aber ich konnte ihm nicht antworten, denn die Wahrheit war ... *ich wusste es nicht.*

Die Zeit verlangsamte sich, alles verlangsamte sich. Zwei Männer kamen herausgerannt, einer schob eine Trage in meine Richtung, während ich die hintere Tür aufriss, nach ihm griff und Nick aus dem Auto hob. Sofort nahmen sie ihn mir aus den Armen.

Stimmen bellten mich an, aber ich hörte kein einziges Wort. Ich konnte nur zusehen, wie sie meinen Bruder in die Notaufnahme rollten. Nicks Arm fiel schlaff zur Seite, als sie ihn wegtrugen. Ich konnte nur versuchen, nicht zusammenzubrechen.

»Sir, wir brauchen ein paar Informationen.«

Ich nickte nur.

»Er hat das getan, verdammt.« Tobias fuhr sich mit der Hand durch die Haare und ging am Heck des Mustangs auf und ab. »Dieser Wichser hat das getan ...«

»T«, murmelte ich und betrachtete die Türen des Notausstiegs, als sie sich schlossen.

Mein Verstand raste, ich konnte das Puzzle nicht zusammensetzen. Die ganze Zeit, in der er gefahren war, war er verblutet. Ich zuckte zusammen und eine Kälte erfasste mich, bis ich nur noch Distanz spürte.

Distanz zu dem hier ...

Von Tobias.

Von *allem*.

»Wir müssen reingehen«, murmelte Tobias und warf einen Blick auf die offene Fahrertür des Mustangs. »Caleb ... *Caleb*!«

Tobias bellte meinen Namen und riss mich damit aus meinen Gedanken. »Ich hab's.« Ich ging um meinen kleinen Bruder herum, starrte auf den blutgetränkten Sitz und stieg wieder ein. Der Mustang heulte auf, als ich ihn wegfuhr, auf den Parkplatz lenkte und einen Platz fand.

T stellte den Lamborghini in die nächste Parklücke, schloss den Wagen ab und gab mir die Schlüssel, als wir zurück in die Notaufnahme fuhren. Ich nannte der Empfangsdame meinen Namen und den meines Bruders und nahm Platz, als sie mir mitteilte, dass wir benachrichtigt werden würden, sobald sie mehr wüssten.

Es war schlimm ... das wusste ich.

Aber wie schlimm war es?

Ich setzte mich, stützte meinen Kopf in die Hände und erstarrte. Das Blut trocknete in den Falten meiner Finger und setzte sich unter meinen Fingernägeln ab.

»Seid ihr die beiden, die das Opfer der Messerstecherei hergebracht haben?«

Ich hob meinen Kopf zu den beiden Polizisten, die vor mir standen.

»Ja«, antwortete Tobias und trat einen Schritt vor, um mich zu schützen. »Er ist unser Bruder.«

»Wollt ihr uns sagen, was passiert ist?«, fragte einer der Polizisten.

»Ich habe keine Ahnung«, antwortete ich. »Ich wusste nicht, dass er abgestochen wurde, bis ich die Autotür geöffnet und das Blut gesehen habe.«

»Du hast also keine Ahnung, wer das getan hat?«

Eine Zeit lang antwortete keiner von uns, dann schüttelte ich langsam den Kopf. Aber wir wussten es ... wir hatten beide das Blut auf dem Hemd unseres Vaters gesehen.

»Wir werden irgendwann eine vollständige Aussage brauchen«, sagte der Polizist und reichte mir seine Karte. Ich nahm sie entgegen und nickte, in dem Wissen, dass sie ewig warten würden.

Denn sie waren nicht diejenigen, die Antworten brauchten. Sondern wir. Ich sah zu, wie sie weggingen, und ging das Gespräch in Gedanken immer wieder durch.

Du musst mir zuhören ... Sie bringen sie irgendwohin. Der Orden. Ein Ort namens der Orden.

Der Orden.

Ich hatte den Namen schon einmal gehört, aber im Moment konnte ich nicht denken. Stattdessen saß ich da und starrte das Blut an meinen Händen an, während es trocknete und mein Bruder auf und ab ging. Die Stunden fühlten sich wie eine Ewigkeit an. Ich stand auf, schritt durch den Wartebereich und drehte mich um, als sich ein junger Arzt näherte.

»Ihr seid die Familie von Mr. Banks?«, fragte er.

»Ja«, antwortete Tobias. »Wie geht es ihm?«

Gott, der Arzt sah aus wie ein verdammtes Kind. »Wir haben ihn im OP. Das ist alles, was sie mir gesagt haben. Aber wir haben ihn in die vierte Etage verlegt, in die Chirurgie, falls ihr dort warten wollt.«

Ich nickte nur. »Klar.«

Der junge Mann senkte seinen Blick auf meine Hände. »Da oben gibt es eine Toilette, falls du dich sauber machen willst.«

Ich starrte ihn nur an, bis er sich nervös umdrehte und wegging. Nach ein paar Minuten machten wir uns auf den Weg in die vierte Etage und hielten am Automaten an, um uns einen Kaffee zu holen, bevor wir im Warteraum ein paar freie Plätze fanden.

Ich ging zur Toilette, schrubbte mir dreimal die Hände, um das meiste Blut meines Bruders von meiner Haut zu entfernen, und starrte mein Spiegelbild an. »Was zum Teufel ist passiert, Nick?«

Wurden sie angegriffen?

So musste es gewesen sein. So wie ich meinen Bruder kannte, hätte er sie nie gehen lassen. Nein, er hatte gekämpft ... und er würde immer weiter kämpfen. *Gott, hoffentlich starb er nicht.* Ich senkte meinen Kopf, bis das Geräusch der Türscharniere ertönte und ein Typ hereinkam.

»Tut mir leid«, murmelte er und warf einen Blick auf mich.

Ich antwortete nicht, sondern ging einfach wieder hinaus. Ich fand Tobias im Flur, der sich wieder einmal mit den Fingern durch die Haare fuhr. Wenn er so weitermachte, würde er noch eine Glatze bekommen, wenn er nicht aufpasste.

Er warf mir diesen wilden Blick zu. »Ich werde ihn verdammt noch mal umbringen. Ich bringe diesen Wichser um.«

Ich konnte ihn nicht aufhalten. Ich brach zusammen, packte ihn am Hemd und zog ihn näher zu mir. Meine Stimme war leise. »Hey, du redest da von unserem verdammten Vater.«

T schaute mir direkt in die Augen. »Er ist nicht mein Vater, und das schon seit einer verdammt langen Zeit nicht mehr, Caleb. Es wird Zeit, dass du das begreifst.«

Ich starrte meinen kleinen Bruder an und versuchte herauszufinden, was alles schiefgelaufen war. Er. Dad. *Alles.* Tobias hatte Ryth schnell für seine Probleme verantwortlich gemacht, aber in Wahrheit war die Scheiße schon lange vor ihrem Einzug mit ihrer Mom am Dampfen gewesen.

Aber das ...

Das war eine ganz neue Stufe von Scheiße.

»Was zum Teufel ist das für ein Ort, C?« Tobias sah mich an. »Was zum Teufel ist hier los?«

Ich löste meinen Griff von seinem Hemd. Wir waren zwar oft nicht einer Meinung, aber trotzdem war er immer noch mein Bruder, und im Moment brauchte er mich. Mehr als je zuvor.

»Ich weiß es nicht«, antwortete ich. »Aber du kannst darauf wetten, dass ich es herausfinden werde. Ich werde Ryth da rausholen und wir werden herausfinden, was zum Teufel los ist ... sobald Nick es geschafft hat.«

»Falls er es schafft.«

Ich drückte Tobias zurück und fixierte ihn mit meinem Blick. Er wird es schaffen ... er *muss* ... Ich öffnete den Mund, um die Worte auszusprechen, aber da war nichts, nur eine Bewegung in meinem Blickwinkel.

Wir drehten uns beide gleichzeitig um und beobachteten einen Arzt, der sich durch eine Doppeltür schob, sich die Abdeckung vom Kopf und die Maske vom Gesicht riss und auf uns zuging. Aber er lächelte nicht, und sah auch nicht erleichtert aus.

Er runzelte die Stirn, während mein Puls in meiner Brust raste. »Oh, Scheiße.«

DREI

Ryth

N*EIN* ... DAS W*ORT* STIEG AUF, ALS ICH AUFTAUCHTE. Schnapp. Etwas schloss sich um meinen Knöchel und ließ mich zusammenzucken. Ich versuchte, meine Augen zu öffnen, aber die Erschöpfung drückte sie nieder und hielt mich unter Wasser.

Nein! Nein! NICK!

Bei diesen Worten wurde ich wach und trieb mich selbst an die Oberfläche. Nick ... *Nick* ... das Bild von ihm stieg langsam in meinem Kopf auf. Er lag blutend auf dem Beton, Verzweiflung und Wut brannten in seinen Augen. Der Anblick versetzte mir einen Adrenalinstoß. Ich zwang mich, meine Augen zu öffnen.

»Ganz ruhig«, sagte jemand zu meiner Rechten.

Ein Stich in meinem Arm ließ mich zusammenzucken. Ich drehte meinen Kopf, blinzelte in das grelle Licht und sah einen schwarz gekleideten Mann, der eine Nadel herauszog. Panik durchfuhr mich und ließ mein Herz rasen. »Was zum Teufel machst du da?« Ich versuchte, mich aufzurichten, aber der Raum schwankte.

»Ganz ruhig.« Der Mann drückte mich wieder nach unten, das Bett war hart und kalt unter mir. Das Licht pulsierte. *Poch. Poch. Poch.*

»Lass mich aufstehen«, knurrte ich. »Nick. Nick. Ich muss ihn retten ...« Der Raum kippte bei jeder Bewegung.

Bsss, bsss. Ich versuchte, mit dem Geräusch zu blinzeln, aber die Dunkelheit griff nach mir und zog mich wieder nach unten. »Ich muss wach bleiben ... *Niiiccckkk* ...«

Ich versuchte, mich gegen diesen grausamen Griff zu wehren, und als ich der Leere erlag, ertönte erneut dieses Geräusch. *Bsss, bss ...*

Ryth! Nicks Schreie tauchten auf. Leise, so leise. *RYTH!*

Nur die Dunkelheit wartete auf mich und drückte auf mich wie eine Last.

Bis ein Geräusch mich nach oben zog. Die Schwere, die mich bedrückte, nahm ein wenig ab.

Eine Hand presste sich gegen meinen Mund. »Schhh«, flüsterte eine Frau an meinem Ohr. »Wenn sie mich hier drinnen finden, werden sie mich mitnehmen.

Als ich einen Atemzug tat, sickerte Luft ein, aber die Wärme drückte gegen meinen Mund und ließ mich ruckartig die Augen öffnen. Ich blinzelte in die trübe Dämmerung und sah eine Bewegung über mir. Augenblicklich erinnerte ich mich wieder an den Raum. Das Stechen in meinem Arm. Die Panik, die ich verspürt hatte. Der Mann ... *der Mann.*

»Ganz ruhig«, drängte sie, ihre Stimme war sanft und vorsichtig. »Ich nehme meine Hand weg, okay? Nur nicht ... schreien.«

Die Hand glitt weg und ließ mich keuchend zurück.

»Ich bin Viv ... Vivienne«, flüsterte sie. »Ich habe sie gesehen ... als sie dich geholt haben. Du kannst doch von hier verschwinden, oder? Ich meine, nicht sofort ... aber bald. Bald werden sie kommen.«

Meine Gedanken kamen langsam näher, bis sie mir wieder entglitten. »Wer?«

Sie starrte mich an. »Die, die das Tor gerammt haben.«

Das Tor? Welches Tor? Ich ließ meine Hand auf den kalten Stahl neben mir fallen und stemmte mich hoch, bis mein Kopf schmerzhaft pochte. Ich blinzelte und versuchte zu denken. »Wo bin ich?«

»Weißt du das denn nicht?«, murmelte sie. »Du bist in die Hölle gekommen, eine ganz neue Version.« Sie hob den Kopf und ließ ihren Blick durch den Raum schweifen, bevor sie sich wieder umdrehte. »Du musst diesen Ort überleben, du musst dich befreien. Sie werden dich holen, jetzt wo du wach bist, aber ich werde dich finden. Ich werde dich finden und dir helfen, von hier wegzukommen. Aber wenn du gehst, musst du versprechen, dass du mich mitnimmst.« Sie entfernte sich und ging auf die Tür zu.

»Warte.« Ich stemmte mich nach oben und hörte etwas neben meinem Fuß rasseln, als ich mich bewegte. Ein scharfes, stechendes Brennen durchfuhr meinen Unterleib, als sie die Tür aufriss. »Geh nicht.«

Sie hielt inne und im schwachen Licht des Flurs konnte ich sie sehen. Ihr kastanienbraunes Haar war mehr rot als braun. Aber ihre traurigen, verzweifelten Augen fixierten mich. Gott, sie sah verzweifelt aus. »Du musst mich mitnehmen«, murmelte sie und ihre Stimme erreichte mich kaum. »Sonst werde ich nicht überleben.«

Sie verließ den Raum, schloss die Tür lautlos hinter sich und ließ mich allein zurück.

Angst durchströmte mich und veranlasste mich, mich von dem Tisch aus rostfreiem Stahl, auf dem ich lag, zu erheben. Etwas klapperte an meinem Fuß, das gleiche Geräusch wie zuvor. Ich beugte mich nach vorne, versuchte, das Stechen in meinem Unterleib zu ignorieren, und streckte die Hand aus.

Etwas war um meinen Knöchel geschlungen. Ich riss an dem Ding, als von draußen das Geräusch schwerer Schritte zu hören war. Die Tür öffnete sich erneut. Ich zerrte fester an dem Gurt. Panik stieg in mir auf, als zwei Männer in den Raum traten und die Tür schlossen.

Die Dunkelheit wich aus meinem Kopf und ließ eine kalte Klarheit zurück. »Nein.« Ich zerrte an dem Ding und als ich es nicht losreißen konnte, hob ich den Kopf, während sie auf mich zukamen.

»Ganz ruhig«, murmelte einer von ihnen. Seine räuberische Bewegung löste die Erinnerung an das aus, was geschehen war.

Die Entführung. Das Lagerhaus. »Nick.« Ich versteifte mich, als ich seinen Namen flüsterte.

Sie durchquerten den Raum und kamen auf mich zu. Ich schrie, schlug um mich und trat zu, als sie mich packten. Der Schmerz interessierte mich nicht mehr. Es ging mir nur noch darum, hier rauszukommen.

Sie werden dich holen kommen. Ich erinnerte mich an Viviennes Worte, als meine Entführer meine Füße vom Boden hoben. Ich strampelte und schrie, bis meine Kehle brannte. Doch das war ihnen egal und sie zerrten mich zur Tür.

»Lasst mich los, verdammt!« Ich schwang meine Faust.

Einer von ihnen fing sie auf, als sie mich an den Armen zur Tür zerrten. Der Anblick des grellen Flurs löste etwas in mir aus. *KÄMPFE!*, brüllte Tobias in meinem Kopf. Sein wildes Gebrüll gab mir Energie. Ich hob meinen Fuß und stieß ihn gegen den Türrahmen, um mich nach hinten zu schieben.

»Hör auf, dich zu wehren!«, bellte einer meiner Angreifer und zerrte mich vorwärts.

Ich kämpfte weiter, drehte mich und stieß zu, bis ich aus dem Augenwinkel eine Bewegung wahrnahm. Der Schlag traf mich an der Schläfe und explodierte in meinem Ohr. Benommen und betäubt hörte ich auf zu kämpfen und gab ihnen die wertvollen Sekunden, die sie brauchten, um mich durch die Tür und auf den Flur zu befördern.

»Verdammte Nervensäge!«, bellte der eine, und der Ton klang hohl und dröhnte in meinem Ohr.

Ich zog mich von ihnen zurück, wobei ich mich immer noch wehrte. Es waren nur noch jämmerliche Bewegungen. Ich stemmte meine nackten Füße in den glatten Fliesenboden, während mein Kopf pochte und dröhnte.

Sie zogen mich weiter den Flur entlang und hielten an, damit einer von ihnen eine Zugangskarte gegen einen Sensor drücken konnte, bevor sie mich durch eine Doppeltür zerrten. Ihre Stiefel hallten in dem leeren Flur wider. Ich versuchte, einen Blick hinter mich zu werfen, während sie mich schoben. Aber alles, was ich sah, waren die kahlen weißen Wände.

Sie hielten vor einem Raum an, drückten die Karte gegen den Scanner vor der Tür und drückten den Griff herunter. Helle Lichter blinkten auf, bevor sie mich hineinschoben. Ich stolperte und streckte meine Arme aus, um mein Gleichgewicht zu finden.

»Da«, knurrte das Arschloch, das mich geschlagen hatte. »Mach es dir bequem. Du wirst eine Weile hier sein.«

Ich drehte mich um und die Wut brannte in mir. »*Fick dich!*«

Aber sie gingen, zogen die Tür mit einem Knall hinter sich zu und ließen mich allein. Ich stürmte gegen die Tür und schlug mit den Fäusten dagegen, während ich ihnen durch die Glasscheibe hinterher starrte. »Lasst mich raus! *Lasst mich SOFORT raus!*«

Das Arschloch starrte mich an, bevor er sich umdrehte, mir den Rücken zukehrte und davonlief. Ich knallte gegen die Tür und schlug mit meinen Fäusten darauf ein. »Lasst mich hier raus!«

Wut kam auf. Tränen trübten meine Sicht, als meine Entführer gingen. »Lasst mich raus!« Ich schlug gegen die Tür. »*Lasst mich hier raus, verdammt!*«

Wärme lief mir über die Wangen, als ich meine Fäuste immer wieder gegen die Tür schlug. Aber meine Schläge und Bitten waren vergeblich. »Bitte«, flüsterte ich und drehte mich um, wobei ich mit dem Rücken an der Tür herunterrutschte und auf den Boden sank. »Bitte lass mich hier raus.«

Moms Worte hallten in meinem Kopf wider, grausam und unfreundlich. *Wir können nicht zulassen, dass du unsere Pläne durchkreuzt … Nehmt sie mit … Bringt sie zum Orden.*

»Der Orden«, flüsterte ich mit belegter, heiserer Stimme. »Warum, Mom? *Warum?*«

Sie hatte mich verraten … *schon wieder.*

Ich zog meine Knie an meine Brust und umklammerte sie fest. Sie hatte mich betrogen, genau wie sie Dad betrogen hatte. Ich wollte treten und nach den Jungs schreien, aber Nick war derjenige, der mein Herz fest im Griff hatte. Nick, Tobias und Caleb. Meine zitternden Atemzüge stockten, als ich mich an

Nicks verzweifelten Blick erinnerte. Blut füllte meinen Verstand, als die Erinnerung wieder aufkam. Blut, das sich ausbreitete, als er in einem verzweifelten Versuch, zu mir zu gelangen, getreten und gekämpft hatte.

»Nick.« Ich schloss meine Augen. »*Oh, Nick …*«

VIER

Caleb

Der Chirurg nahm die OP-Haube vom Kopf und kam mit einem ernsten, besorgten Gesichtsausdruck auf uns zu. Er warf einen Blick auf Tobias, dann richtete er seinen Blick auf mich. »Seid ihr die Familie von Nicholas Banks?«

»Nick«, antwortete Tobias und erhob sich von dem Hartplastiksitz auf dem Krankenhausflur. »Sein Name ist Nick.«

»Nick«, wiederholte der Arzt.

»Er ist unser Bruder.« Ich erhob mich mit Tobias, mein Puls raste, meine Stimme klang seltsam. »Ist er …«

»Er lebt«, antwortete der Chirurg schnell. »Aber gerade noch so. Er hat eine Menge Blut verloren. Das Messer hat nur eine der Hauptarterien gestreift. Wenn es noch tiefer gegangen wäre, würden wir jetzt ein ganz anderes Gespräch führen. Zu sagen, dass es ein Wunder ist, dass euer Bruder noch lebt, ist eine riesige Untertreibung.« Sein fassungsloser Gesichtsausdruck sagte alles. »Ich verstehe ehrlich gesagt nicht, wie er überleben konnte.«

»Ich schon«, murmelte ich und erinnerte mich an die Verzweiflung in Nicks Gesicht, als er mich über das Lenkrad gebeugt angesehen hatte.

Ryth, hatte er gekrächzt. *Ryth.*

»Wir haben ihm bisher vier Blutkonserven gegeben und haben noch mehr auf Lager. Sobald er aus dem Aufwachraum kommt, werden wir seine Situation beurteilen und ihm mehr geben, falls er es braucht. Aber vorerst behalten wir ihn ...«

»Sicher«, nickte ich. »Was immer Sie tun müssen.«

»Er ist ein sehr entschlossener Mann«, fügte der Chirurg hinzu. »Ich weiß nicht, was passiert ist, aber er hatte heute einen Schutzengel.«

Moms Gesicht tauchte aus der Dunkelheit meiner Gedanken auf. Ich wusste, dass ich nicht der Einzige war, der das dachte.

Tobias schluckte schwer. »Wann können wir ihn sehen?«

»Sobald er bei Bewusstsein ist. Aber wir haben ihm starke Beruhigungsmittel gegeben. Es kann sein, dass ihr nicht viel aus ihm herausbekommt. »

»Das spielt keine Rolle.« Ich schüttelte den Kopf. »Das spielt überhaupt keine Rolle.«

Der Chirurg nickte und schaute Tobias an. »Ich schicke eine Krankenschwester, die euch abholt, wenn er wach ist.«

Ich stand nur da und sah zu, wie der Mann sich umdrehte und ging, bevor ich mich wieder auf den harten Stuhl sinken ließ.

»Oh Gott.« Tobias' Stimme zitterte.

Ich traute meiner eigenen nicht. Ich konnte meinen Kopf nur in die Hände sinken lassen. Nick war am Leben ... er war am Leben, und das war alles, was zählte. Erleichterung durchflutete mich. Ich schloss die Augen und versuchte mich daran zu erinnern, wie ich funktionieren sollte.

»Es war Mom.«

Langsam öffnete ich die Augen und sah Tobias an.

»Mom hat ihn heute gerettet. Das ist genau das, was sie tun würde«, beharrte Tobias, der mich mit seinem Blick fixierte. »Das war sie ganz allein.«

Ich nickte langsam. Sie war es, die ihre Söhne beschützte. Sie war selbstlos und zielstrebig gewesen, und ich konnte förmlich sehen, wie sie schreiend und wütend dastand, während Nick um sein Leben kämpfte.

Bei der Vorstellung blühte der Schmerz in meiner Brust auf. Ich wusste nicht, was ich getan hätte, wenn ich Nick auch verloren hätte, so kurz nach ihr. Ich wäre am Boden zerstört gewesen ... noch mehr als im Moment. Ich hätte keine Hoffnung mehr gehabt, mich wieder zusammenzureißen.

»Das war Nicks Blut auf Dad.«

Ich zuckte zusammen und schaute ihm in die Augen. »Das weißt du doch gar nicht.«

»Ach nein?« Der gefährliche Ton in der Stimme meines Bruders war wieder da. »Warten wir ab, was unser Bruder sagt, wenn er wach ist.«

Ich wollte widersprechen, wollte ihm sagen, dass er die Worte zurücknehmen sollte. Aber ein Schaudern der Besorgnis durchfuhr mich. Ich konnte nichts anderes sehen als das Blut auf Dads Hemd und die Lüge hören, als er gesagt hatte, er sei im Krankenhaus. Wenn er Nick nicht selbst erstochen hatte, dann hatte er es gesehen. So oder so war er darin verwickelt und hatte trotzdem den Mut gehabt, nach Hause zu kommen. Er war nicht einmal bei ihm geblieben ...

Ich lehnte meinen Kopf zurück an die Wand, als Tobias einen Schluck von seinem Kaffee nahm. »Er ist kalt.«

»Ich gehe«, antwortete ich und zwang mich, aufzustehen. »Warte hier, falls die Krankenschwester kommt.«

Mein Bruder nickte und blickte zu mir auf. In diesem Moment konnte ich gar nicht schnell genug von dort verschwinden. Ich verlängerte meine Schritte, kämpfte gegen den Drang an, loszurennen, und ging nicht zu den Automaten, sondern zum Aufzug.

Ich wollte rennen, und zwar immer weiter. Ich drückte auf den Knopf und trat ein, als sich die Fahrstuhltüren öffneten. Als der Aufzug mich ins Foyer beförderte, schloss ich die Augen. Mein Kopf pochte, als ich die Augen öffnete und hinaus trat.

Ich hörte nichts.

Ich fühlte ... *nichts.*

Nur das Adrenalin, das durch meine Adern floss, und das Brennen in meiner Kehle. Ich versuchte, meine Atemzüge zu verlangsamen, als ich aus der Lobby des Krankenhauses in das helle, stechende Sonnenlicht trat.

Meine Hände zitterten, als ich über den Parkplatz ging, dorthin, wo Tobias mein Auto geparkt hatte. Ich konnte den Mustang nicht ansehen, noch nicht. Ich konzentrierte mich auf den mitternachtsblauen Lack des Lambos, als ich den Knopf drückte und hinter das Lenkrad glitt.

Ich sollte dort oben sein, neben meinem Bruder sitzen und darauf warten, dass Nick aufwachte. Aber ich konnte nicht. Nicht jetzt. Ich riss die Tür zu, saß hinter dem Lenkrad und starrte die Büsche am Rande des Parkplatzes an. *Er hatte uns verraten ...*

»Du verdammtes Stück Scheiße!« Die Worte rutschten mir heraus, als ich gegen das Lenkrad schlug. *»Du verdammtes Stück Scheiße! ... Ich habe dir vertraut!«*

Verzweiflung heulte in mir auf. Ich holte tief Luft und versuchte zu verhindern, dass ich völlig durchdrehte. »Ich habe dir vertraut.«

Ryth ... Nicks Flüstern fiel mir wieder ein und ließ mich erstarren.

Ryth ...

Ryth.

Ihr Name summte in meinen Adern. Sie war ein Sturm, der sich am Horizont zusammenbraute, der grollte und sich entlud. Ich konnte sie fast schmecken. Ich hob meinen Blick zum Rückspiegel. Ich musste sie von diesem Ort wegbringen. Ich musste sie *sofort* da rausholen. *Der Orden ...*

Ich erinnerte mich an den Priester. Die Nähte seines knackigen schwarzen Anzugs. Der steinerne, distanzierte Blick, den ich schon einmal gesehen hatte. Panik stieg in mir auf. Dieselbe Panik, die ich bei der Hochzeit verdrängt hatte, als ich geglaubt hatte, ihn wiederzuerkennen. Aber der Ort, an den ich mich erinnerte, war kein Gelände hinter Stacheldraht. Nein, es waren die verdorbenen, geheimen Clubs der Elite, in denen mächtige Männer nicht nur Frauen fickten, sondern sie kauften, tauschten und besaßen sie *wie Eigentum.*

»Scheiße, lass es nicht dasselbe sein.« Diese Panik donnerte in mir. Ich rieb mir den Nacken, dann stieß ich die Tür auf und stieg aus.

Ich musste zurück zu Tobias, um der große Bruder zu sein, den er brauchte. Dann musste ich unsere kleine Schwester aus diesem Ort herausholen, was auch immer das für einer war. Ich machte mich auf den Weg zurück über den Parkplatz ins

Krankenhaus und fuhr mit dem Aufzug in den vierten Stock. Das Summen der Automaten war der Hintergrund für meine Gedanken. Ich holte mir einen frischen Kaffee, bevor ich Tobias antraf, der wie ein eingesperrtes Tier auf dem Flur auf und ab ging.

»Wo zum Teufel warst du?«, schnauzte er.

Ich reichte ihm die dampfende Tasse und sah zu, wie er sie gedankenlos entgegennahm.

»Wir müssen da reingehen«, knurrte er. »Wir müssen herausfinden, was er weiß.«

Mein kleiner Bruder brauchte nicht noch mehr Stimulation, vor allem nicht von Koffein, aber nichts in der Hand zu haben, war noch schlimmer. »Trink deinen Kaffee, Tobias.«

Er zuckte zusammen, als die Wut in seinen dunklen Augen aufflammte. Trotzdem tat er, was man ihm sagte und pustete in den Kaffee, bevor er einen Schluck nahm. Die Worte des Krieges hingen schwer in der Luft. *Ich bringe ihn verdammt noch mal um ... ich bringe ihn verdammt noch mal um.* Mir tat es in der Brust weh, dass es in unserer Familie so weit gekommen war.

Der Krebs unserer Mutter hatte uns fast zerbrochen, aber als Lazarus von dem Betrug meines Vaters berichtet hatte, trieb das Tobias zur Rache. Das war schon schlimm genug gewesen. Aber als er Elle und Ryth in unser Leben gebracht hatte, waren wir im Krieg gewesen ... bis Ryth ...

Ryth hatte alles verändert.

Beinahe hätte ich ihm verziehen, beinahe hätte ich seinem egoistischen Versuch, glücklich zu sein, nachgegeben – die OP-Türen öffneten sich und eine Krankenschwester schritt heraus. Sie musterte den Flur, bis sie uns entdeckte und in unsere Richtung ging. Beinahe hätte ich ihm verziehen.

Aber jetzt ... jetzt wollte ich Blut.

»Mr. Banks?«

Ich begegnete ihrem Blick. »Ja.«

Sie warf einen Blick auf Tobias. »Euer Bruder ist wach.«

Er ging zu einem Mülleimer in der Nähe und warf den Kaffee hinein. Ich folgte ihm und trank meinen Kaffee aus, um mich auf das vorzubereiten, was wir gleich herausfinden würden. Wir folgten ihr durch die Türen und in einen Flur, der uns zu einem privaten Raum führte, in dem unser Bruder lag.

Seine Augen waren geschlossen, seine Lippen blass. Ich erstarrte in der Tür, als Tobias an seine Seite trat. »Hey. Bist du wach?«

Nicks Augen flatterten, dann öffneten sie sich und wanderten von Tobias zu mir. Eine Sekunde lang sagte er nichts, dann leckte er sich über die Lippen. »Ryth.«

»Wir konnten sie nicht retten«, antwortete Tobias. »Aber wir werden es schon noch schaffen, auch wenn ich ganz allein und mit gezogenen Waffen da reingehen muss.«

Nick sah mich an. Er wusste, dass noch mehr Blut vergossen werden würde.

»Nein, keine Waffen.« Ich trat näher heran. »Aber wir werden sie holen. Wir holen sie zurück und klären das alles.«

Nick griff nach dem Bettgitter und versuchte, sich hochzuziehen.

»Hey!«, bellte Tobias und stieß gegen Nicks Schultern. »Was zum Teufel machst du da?«

»Ich gehe ...«, lallte unser Bruder. »Mit euch.«

»Einen Scheiß wirst du tun.« Tobias schaute in meine Richtung und sein Blick verlangte, dass ich etwas sagte.

Aber Nick ließ nicht locker und fletschte die Zähne. »Lass mich in Ruhe, T.«

Tobias lehnte sich näher heran. »Du wurdest verdammt noch mal abgestochen!«

Angesichts dieser Worte hielt Nick inne. Er atmete schwer und sah mich dann an. Panik flammte auf, als er die Stirn runzelte.

»Was ist passiert?«, fragte ich. »Erzähl uns alles.«

Sein finsterer Blick vertiefte sich. »Ich war zu Hause, in der Wohnung, meine ich. Ich weiß noch, dass ich meine Sachen geholt habe. Irgendetwas brachte mich dazu, zur Schule zu fahren, ich kann mich nicht mehr genau erinnern. Aber als ich dort ankam, sah ich Dads Mercedes ...«

»Erzähl weiter«, drängte Tobias und sein Ton war dunkel und gefährlich.

»Ich stieg aus, weil ich dachte, dass etwas nicht stimmt, und dann wurde ich von hinten angegriffen. Sie hatten einen verdammten Taser, haben mich zu Boden und in den verdammten Van gebracht. Ich habe mich gewehrt, so gut ich konnte ... aber sie waren zu dritt und sie waren gut ausgebildet.« Seine Augen weiteten sich und starrten zu mir. »Sie waren verdammt gut ausgebildet.«

»Ryth.« Tobias trieb ihn näher an die Wahrheit heran.

»Als sie mich in die Lagerhalle schleppten, war ich schon betäubt und niedergestochen worden. Sie brachten sie herein, sie schrie und trat um sich. Ihre Mom war da ... und ihr Dad auch. Sie sagten etwas davon, dass sie ihre Pläne nicht durchkreuzen sollte, und brachten sie weg.« Er schloss seine

Augen und zuckte zusammen. »Ich habe versucht, mich zu wehren, aber sie hatten mich in Handschellen.«

»Dad ...«, murmelte ich. »Er hat gesehen, dass du verletzt bist?«

Nick nickte, und der Anblick war ein Schlag in die Magengrube.

»Das ist mir egal«, fügte er hinzu. »Mir ist nur wichtig, sie da rauszuholen.«

»Ist es ein Gefängnis?«, fragte Tobias und schaute dann in meine Richtung. »Eine verdammte Mädchenschule?«

Ich schüttelte den Kopf. »Ich weiß es nicht.« Aber in mir wuchs die Angst.

»Er hat das getan.« Tobias drehte sich um und schritt auf und ab. »Er und diese verdammte Schlampe!«

Ich wollte Tobias sagen, dass er aufhören sollte, wollte ihn in meiner Nähe halten, so nah wie möglich. Wenn er hinter Dad und Elle her war, dann konzentrierte er sich nicht auf diesen Orden. So oder so musste ich ihn in Sicherheit wissen. Ein Schaudern durchlief mich, als ich antwortete. »Dann finden wir die Wahrheit heraus.«

»Wir holen sie da raus.« Nick hielt sich die Seite, als er sich auf das Bett zurückfallen ließ. »Egal, was es kostet. Versprich es mir.«

Ich war es, den Nick anstarrte. Ich musste Nick das Versprechen geben. »Das werde ich. Werde einfach wieder gesund. Wir brauchen dich.«

Ein leises Klopfen ertönte an der Tür und eine Krankenschwester trat ein. Sie begab sich an seine Seite. Aber wir waren schon fertig damit, alle Informationen auszutauschen, die wir hatten.

Es fiel mir schwer, ihn zu verlassen, aber noch schwerer fiel es mir, Ryth zu verlassen. Wir verabschiedeten uns und machten uns auf den Weg zum Aufzug. Schweigend traten wir ein, als sich die Türen öffneten. Keiner von uns blieb an der Rezeption stehen, wir gingen direkt zurück in den Sonnenschein und zum Lamborghini. Ich zog mein Handy aus der Tasche, rief die Daten des Abschleppunternehmens auf und bat sie, sich um den Mustang zu kümmern, während ich hinter das Steuer stieg.

Tobias rutschte ohne ein Wort auf den Beifahrersitz. Als ich vom Krankenhausparkplatz zurückfuhr und mich auf den Weg nach Hause machte, herrschte eine eisige Stille. Es kam mir vor, als wären wir schon ewig hier. Dabei war es erst Stunden her, dass ich hier angehalten und um Hilfe geschrien hatte. Ich konzentrierte mich aufs Fahren. In dem Moment, als wir uns dem Haus näherten, sprach Tobias.

»Du wirst mir aus dem Weg bleiben, Caleb«, warnte er. »Hast du mich verstanden? Bleib mir verdammt noch mal aus dem Weg.«

Ich hatte heute fast einen Bruder verloren ... die Angst davor war schon groß genug.

Jetzt war ich kurz davor, auch noch meinen Dad zu verlieren ...

Als ich in die Einfahrt fuhr, war von dem Mercedes nichts zu sehen. Nur Tobias' schwarzer Jeep stand dort. Tobias war draußen, bevor ich den Motor abstellen konnte. Seine schweren Schritte hallten wie Donner, als er durch die Vordertür stürmte und ins Haus rannte.

»*Wo zum Teufel bist du?*«, schrie Tobias, als er die Tür zum Arbeitszimmer aufstieß und sich dann umdrehte.

»T«, rief ich, als er an mir vorbeirannte und die Treppen drei Stufen auf einmal nahm. Ich war direkt hinter ihm und musste mich anstrengen, um mit ihm Schritt zu halten.

Tobias war wie besessen, als er sich gegen die Schlafzimmertür warf und hineinstürmte. Ich schluckte schwer und betrachtete das Durcheinander an Klamotten, das auf dem Boden lag. »Was zum Teufel?«

»Sie sind weg.« Tobias verließ Dads begehbaren Kleiderschrank und ging zu dem von Mom.

Nein, nicht der von Mom, nicht mehr.

»*Verdammte Schlampe!*«, schrie er. Sein Gesicht war eine Maske der Gefahr, mit zusammengebissenen und gefletschten Zähnen. Das Weiß seiner Augen leuchtete, als er ins Bad ging.

Das Zimmer war ein verdammtes Durcheinander. Flaschen und Make-up lagen überall auf dem Tresen verstreut, einige auf dem Boden, zerquetscht unter den eiligen Schritten, die sie gemacht hatten, um von hier zu verschwinden. Ich konnte Dad fast schreien hören: *Lass das liegen! Lass es verdammt noch mal liegen!*

Sie hatten Ryth entführt ...

Nick niedergestochen ...

Dann waren sie geflohen.

»Seine Büros.« Tobias warf mir einen kurzen Blick zu.

»Geh«, drängte ich. »Ruf mich an, sobald du etwas herausgefunden hast.«

Tobias nickte, stürzte durch die Tür und die Treppe hinunter. Das Aufheulen des Jeep-Motors ertönte Sekunden später und wurde fast vom Quietschen der Reifen übertönt. Gott möge meinem Vater beistehen, wenn Tobias ihn einholte, aber es gab niemanden, der ihn einholen konnte.

Ich sah mir die Zerstörung an, die sie zurückgelassen hatten. Was auch immer passiert war, sie hatten zuerst an sich selbst gedacht und auf den Rest von uns geschissen. Ich schritt aus dem Schlafzimmer. Das Haus war so verdammt leer ohne ihr Lachen und Stöhnen.

Ich stieg die Treppe hinauf, machte mich auf den Weg zu ihrem Schlafzimmer und stieß ihre Tür auf.

Ein paar Stunden ...

So lange hatte es gedauert, sie uns zu entreißen.

Sie sagten etwas davon, dass sie ihre Pläne nicht durchkreuzen sollte, und sie nahmen sie mit. Nicks Worte hallten in meinem Kopf wieder, als ich ihr Schlafzimmer betrachtete. *Egal, was es kostet. Versprich es mir.* Ich holte tief Luft. »Egal, was es kostet.«

Die Erinnerung an sie überfiel mich, als ich mein Zimmer betrat und einen Blick auf das Bett warf. Ihr nackter Hintern, der sich gegen meine Finger gepresst hatte, ihre Muschi, die gezittert hatte, als ich sie zu meinem Eigentum gemacht hatte. Der Hunger traf mich wie ein Schlag, gefährlicher als ich ihn je zuvor empfunden hatte. Wenn sie an diesem Ort war, der vom Orden kontrolliert wurde ... dann gab es nur einen Weg, sie zurückzuholen. Ich griff nach meinem Handy und drückte die Nummer meiner Kontaktperson.

»Banks«, antwortete der Mann. Ich konnte fast das Lächeln in seinem Gesicht hören. »Lange her, Bruder.«

»Evans«, sagte ich vorsichtig, meine Stimme steinern und kontrolliert. »Du arbeitest noch mit Copeland zusammen?«

»Ja. Warum, willst du mitmachen? Du weißt, dass der Major etwas für dich übrig hat. Morgen würde ein verdammt schönes Büro auf dich warten. Wahrscheinlich wäre es sogar größer als meins.«

»Das ist nicht der Grund für meinen Anruf.« Ich leckte mir über die Lippen. »Hast du immer noch diese Verbindungen? Die zu Davidson und Hale?«

Am anderen Ende der Leitung herrschte Schweigen, bevor er vorsichtig antwortete und seine Worte gedämpft ans Handy murmelte. »Du weißt, dass ich in dieser Szene nicht mitmache, genauso wenig wie du.«

Abscheu brannte in meinem Bauch. »Aber du hast doch noch diese Verbindungen, oder? Du kannst mich immer noch … reinbringen?«

»Weißt du, was du da von mir verlangst?« Seine Stimme wurde leise und verzweifelt. »Du weißt, was dort passiert. Willst du wirklich dabei sein?«

Ich schloss die Augen und erinnerte mich an die jungen Frauen, die sie vor uns vorgeführt hatten wie Lämmer auf der Schlachtbank. Frauen, die darauf trainiert worden waren, niemals Nein zu sagen. »Ich glaube, ich stecke in Schwierigkeiten«, antwortete ich. »Und ich brauche deine Hilfe.«

»Schwierigkeiten …« Seine Stimme wurde steinern. »Was für Schwierigkeiten?«

Ein Schaudern durchfuhr mich, als ich meine Augen schloss. »Ich glaube, diese Bastarde haben meine verdammte Schwester.«

FÜNF

Ryth

Ich saß in der Dunkelheit, mit dem Rücken an die Tür gepresst, meine Gedanken waren auf das letzte Bild fixiert, das ich von Nick hatte, der blutend auf dem Boden gelegen hatte. Ich konnte an nichts anderes denken. Weder an diesen Ort noch an Moms Worte oder an den brennenden Verrat, der sich durch meine Brust fraß.

Ich verdrängte alles andere, schloss die Augen und konzentrierte mich ganz auf ein einziges Gebet. »Wenn du ihn am Leben lässt, werde ich alles tun. Alles, was du willst. Ich werde sie verlassen, wenn du das willst. Ich werde weggehen. So weit weg, dass du nie wieder von mir hören wirst. Ich werde dich um nichts mehr bitten. Nur ihn ... okay? *Nur ihn.*«

Schritte polterten und ich brauchte eine Sekunde, um mir bewusst zu machen, was das für ein Geräusch war. Klick. Das Schloss ertönte. Als die Tür aufschwang, wich ich zurück. Ich erwartete, dass sie hereinstürmen würden. Ich erwartete grausame Hände und Gebrüll, wenn sie ihre Forderungen stellten.

Aber nichts von alledem kam.

Mein Herz raste wie wild. Meine Atemzüge waren wie harte Fäuste in meiner Kehle. Ich hob meinen Blick zu der schattenhaften Gestalt, die in der Tür stand, und traf auf eisblaue Augen.

»Ms. Castlemaine«, murmelte er und starrte auf mich herab, als hätte er mich in dieser Lage erwartet. Angst durchströmte mich, als sein Blick langsam an meinem Körper entlang wanderte und an meinem Knöchel hängen blieb. »Ich bin sicher, du hast Fragen. Wenn du mir folgen würdest ...«

Ihm folgen? Ich öffnete den Mund, um zu widersprechen, aber er drehte sich um und ging davon, wobei er die Tür offen ließ. *Lauf.* Dieses Bedürfnis trieb mich an, als ich mich aufrappelte. Seine Schritte polterten und wurden schwächer, als ich mich zur offenen Tür bewegte.

Ich schaute den Flur entlang und blieb stehen, den Blick auf die verschlossenen Doppeltüren und das Kartenlesegerät gerichtet. Selbst wenn ich versuchen würde, mich aus dem Staub zu machen, würde ich nicht weit kommen. Vermutlich waren das auch nicht die einzigen verschlossenen Türen in diesem Gefängnis.

Du bist in der Hölle gelandet. Nur eine ganz neue Version davon. Viviennes Worte hallten in mir wider, als ich schluckte und meinen Blick auf die schwindenden Schritte richtete. Ich hatte keine andere Wahl, als ihm zu folgen. Ich brauchte Antworten ... und ich betete, dass ich sie bekommen würde.

Ich ging zur Ecke und sah den Mann, als er den Flur entlangging und an einer offenen Tür stehen blieb, mit dem Rücken zu mir. Mein Herz raste, als ich ihm folgte, meine Augen suchten die verschlossenen Türen und die dunklen Räume hinter den Glasfenstern ab, dann blieb ich stehen, weit außerhalb seiner Reichweite.

Meine kleine Löwin ...

Dads Spitzname für mich tauchte jetzt auf, als ich sah, wie der Mann sich umdrehte und zur Tür deutete. »Bitte.« Das Wort war vorsichtig und kontrolliert. Ich schüttelte den Kopf. Auf keinen Fall wollte ich mit ihm oder sonst jemandem in ein Zimmer gehen.

Er hob eine Augenbraue, als sich die Doppeltür hinter ihm mit einem Klicken öffnete. Wie aufs Stichwort trat ein Wachmann heraus. Er war groß und hatte auffallend weißes Haar. Sein unerschütterlicher Blick wanderte zu mir, als er neben dem Mann stehen blieb und ihm etwas ins Ohr flüsterte.

Aber der Mann beugte sich nicht zu ihm, sondern blieb einfach stehen, den Blick fest auf mich gerichtet. Mein Magen überschlug sich, weil er so konzentriert war. Er hatte keine Anstalten gemacht, mich zu verletzen, hatte nicht einmal seine Stimme erhoben, und doch hatte ich in diesem Moment mehr Angst vor ihm als vor den Mistkerlen, die mich schreiend und tretend an diesen Ort geschleppt hatten.

Ich bin sicher, du hast Fragen.

Ich schluckte, starrte seine Hand an, die in der Luft schwebte, und wusste, dass ich nicht ewig hier stehen konnte. Der weißhaarige Wachmann richtete sich auf und blickte in meine Richtung. Seine Augen funkelten und seine Lippen kräuselten sich zu einem leisen Knurren. Er sah mich mit einer Bosheit an, die mir ein Frösteln über den Rücken jagte. Mein Magen zitterte bei seinem Anblick. Ich wollte nicht mit ihm allein sein ... nicht, wenn ich es verhindern konnte.

»Die Antworten, die du suchst, beginnen in diesem Raum, Ms. Castlemaine, oder ich überlasse dich meinem Mitarbeiter hier.« Er verstummte für eine Sekunde und seine Stimme wurde gefährlich. »Aber seine Methoden sind weniger geschmackvoll als meine.«

Mein Herzschlag stotterte, als mich der Schrecken übermannte. Kalte Fliesen küssten meine nackten Füße, als ich durch die Tür trat und zusammenzuckte. Das automatische Licht ging an. Es war ein Badezimmer. Offen. Kahl und weiß. Es gab keine Türen zum Schutz der Privatsphäre, weder für die Toiletten noch für die Duschen. Meine Brust zog sich bei diesem Anblick zusammen. Auf dem sauberen Waschtisch lagen ein paar Kleidungsstücke, ein weißes Spitzenhöschen und eine Art durchsichtige Verhüllung. Ich erstarrte bei diesem Anblick.

»Da sind Duschgel und Shampoo.« Ich drehte mich um und sah ihn und den Wachmann hinter mir stehen. Er warf einen Blick auf die Kleidung und dann auf mich. »Wir erwarten von unseren Neulingen, dass sie immer sauber sind.«

Meine Augen wurden groß und die Wut stieg in mir auf. Ich knirschte mit den Zähnen. »Fick dich!«

Seine Mundwinkel zuckten, als er das Handy in die Hand nahm. Mit einer Bewegung seines Daumens drückte er auf den Bildschirm.

»*NICK!*« Meine eigenen Schreie erklangen aus seinem Handy. Er hob es in meine Richtung und ich sah noch einmal das Innere des Lagerhauses.

»*RYTH!*«, brüllte Nick. »*RYTH!*«

Mein Herz schlug mir gegen die Rippen. Das Hämmern in meinen Ohren war ohrenbetäubend, als er auf den Bildschirm drückte und das Video anhielt. »Ich habe gehört, dass dein *Stiefbruder* bei dem Einsatz verletzt wurde.«

Ich richtete meinen Blick auf ihn und die weißen Kacheln des Badezimmers verschwammen zu Schwarz. In diesem Moment sah ich nur ihn, jedes Schimmern in seinen Augen und jedes Heben seiner Brust.

»Ich bin mir sicher, dass du dir Sorgen um ihn machst«, fuhr er fort, ohne auch nur ein einziges Mal zu zögern. »Ich könnte ein paar Anrufe tätigen, um das Ausmaß seiner Verletzungen herauszufinden. Aber so wie es hier aussieht, ist es eher unwahrscheinlich, dass er überlebt hat.«

Nein ...

Ich stolperte rückwärts, als meine Knie nachgaben und ich auf den Boden stürzte.

Ein Poltern ... seine polierten Schuhe tauchten vor mir auf. »Wenn du tust, was ich verlange«, forderte er, »wird es besser für dich laufen. Dusch dich, schrubb dich ab und zieh dir die Kleidung an, die ich dir gegeben habe.«

Ich starrte die Spitzen seiner Schuhe an, die sich schwarz von den kahlen Fliesen abhoben, und kämpfte mit den Tränen, als sie kamen. »Bitte«, flüsterte ich. »Bitte sag mir, dass er noch lebt.«

Mein Entführer sagte nichts und bewegte sich auch nicht. Er wartete einfach, während die qualvollen Schreie in mir aufheulten und schließlich verstummten. Auf zitternden Beinen erhob ich mich, griff nach meinem Oberteil und zerrte es mir über den Kopf. Ich trug immer noch dieselbe Unterwäsche, die ich an diesem Morgen angezogen hatte. Dieselbe Unterwäsche, die Nick für mich bei Victoria's Secret ausgesucht hatte.

Mein Entführer senkte seinen Blick, als ich nach meinem BH griff und ihn öffnete, sodass er herunterfiel. Ich schluckte schwer, griff nach meinem Slip und schob ihn nach unten.

»Du kannst mich den Direktor nennen«, murmelte er und starrte zwischen meine Beine. »Jetzt dusche und vergiss nicht, dich zu rasieren ... *alles.*«

Mir kamen die Tränen, als ich mich langsam zur Dusche umdrehte und den Wasserhahn betätigte. Ein augenblickliches Stechen breitete sich in meinem Unterleib aus und erinnerte mich an den Schmerz, den ich zuvor gespürt hatte, als ich zu mir gekommen war. Ich blickte an mir herunter und stöhnte. Schwarz auf meiner blassen Haut. Panik stieg in mir auf, als ich die Stelle berührte. *Eine Tätowierung ...*

»*Nein*«, schrie ich und rieb die rote, erhobene Haut wimmernd.

Ein H in einem O. Ich hatte dieses Zeichen schon einmal gesehen ... dieses hässliche, verdammte Zeichen ... Ich versteifte mich, als das Bild des Priesters wieder in mir auftauchte.

Ich kann nicht zulassen, dass du unsere Pläne durchkreuzt. Die Stimme meiner Mom drang durch die Risse in meinem Gedächtnis.

Der Priester. Die Hochzeit. Der Verrat. Ich berührte die Tätowierung auf meiner Haut und spürte, wie das Bad schwankte. Sie hatten mich gebrandmarkt ... *sie hatten mich gebrandmarkt.* Als wäre ich nichts weiter als Eigentum. Etwas, das ihnen gehörte ...

Ich senkte meinen Blick auf den Riemen um meinen Knöchel und spürte ihre Blicke auf meinem Hintern. *Keine Panik ... nur keine Panik.* Ich trat unter die heiße Gischt und neigte meinen Kopf nach hinten. Ich benutzte ihr Duschgel, ihr Shampoo, schluckte dann und warf einen Blick über meine Schulter, als ich den Rasierer in die Hand nahm.

Meine Gedanken wurden dunkel, als die Erinnerung an Viviennes Verzweiflung zurückkehrte. Wie viele Mädchen hatten das schon getan? Wie viele hatten sich die Rasierklinge an die Handgelenke statt an die Beine gehalten? Ich brauchte dem Blick meines Entführers nicht zu begegnen, um die Wahrheit zu erfahren.

Also machte ich mich an die Arbeit und rasierte erst meine Achseln, dann meine Beine und schließlich zwischen meine Beine. Als ich fertig war, war ich glatt.

Egal, was es kostet.

Ich hielt an diesem Gedanken fest.

Egal, was nötig ist.

Ich trocknete mich ab und zog die weiche, weiße Spitzenunterwäsche an. Ich kämpfte gegen das Zucken an, als ich die transparente Bluse überstreifte und sie zuband. Doch ich versteifte mich, als die schweren Schritte des Wächters hinter mir ertönten.

»Nein.« Ich schüttelte den Kopf und nutzte die Kraft, die ich von meinen Stiefbrüdern bekommen hatte. Derjenige, der sich ›der Direktor‹ nannte, stand hinter dem Wachmann. »Ich werde nicht gehen. Ich werde nichts von dem tun, was du verlangst. Nicht, bis ich weiß ...« Nick. »Nicht, bis ich weiß, dass er lebt.«

Das Lächeln des Direktors war langsam und sadistisch, als er an dem Wachmann vorbeiging und vor mir stehen blieb. »Ich kann ein paar Anrufe machen, wenn du willst.« Er strich mir sanft durchs Haar und steckte die Strähnen hinter mein Ohr. »Wenn dich das beruhigen würde.«

Hoffnung keimte in mir auf, bis er mich an der Kehle packte und zu sich zog. »Aber bitte verwechsle meine Freundlichkeit nicht mit Schwäche.« Seine Augen suchten meine. »Lass mich dir zeigen, was das letzte Mal passiert ist, als jemand das gedacht hat.«

Er ließ mich los. Ich hustete und berührte den Schmerz, den seine Finger hinterlassen hatten, als er sich umdrehte und aus dem Bad schritt.

Eine schwere Hand des Wächters ergriff meinen Arm, als er forderte: »Hier entlang.«

Ich folgte ihm kampflos und die Verzweiflung brannte in mir. Mein Körper zuckte mit dem Hämmern in meinen Ohren. Ich hatte keine andere Wahl, als dem Direktor zu folgen, als er mich zu den Doppeltüren führte und dann hindurch. Die Lichter wurden schwächer, als ich den Korridor entlangging. Schatten wuchsen in den Ecken und fielen mir auf die Füße, was die Panik in mir nur noch verstärkte.

Der Direktor blieb vor einer Doppeltür stehen und wartete. Als wir uns näherten, drückte er seine Karte auf den Scanner und öffnete die Türen. Drinnen herrschte Dunkelheit und mit ihr kam das leise Wimmern von jemandem, der Schmerzen hatte.

Nicht nur jemand. Eine Frau.

Dann hörte ich einen Schlag.

Ich zuckte bei dem Geräusch zusammen und warf einen Blick auf ihn … auf den Teufel mit den eisblauen Augen, als er eintrat und dem Wachmann bedeutete, mich voranzutreiben. Der Wachmann stieß mich in den kaum beleuchteten Raum und brachte mich zum Stolpern.

Aber ich fiel nicht. Nicht, wenn er mich am Arm festhielt. Nein, er riss mich einfach mit und trieb mich tiefer in die Dunkelheit. Ich strampelte, wand mich und erstarrte, als erneut ein Schlag ertönte.

Das Stöhnen, das aus der Dunkelheit kam, ließ mich bis auf die Knochen erschaudern. Die Schritte des Direktors verstummten, bevor irgendetwas zu rauschen begann. Die schummrigen Lichter wurden hinter einem schweren schwarzen Vorhang ein wenig heller. In dem schwülen Schein entdeckte ich die panischen Blicke, mit denen sie mich anstarrten.

Mein Herz schlug mir bis zum Hals, als ich wieder nach vorne geschoben wurde. Es waren mindestens zwanzig von ihnen. Alle trugen die gleiche hässliche Robe, nur in anderen Farben: weiß, schwarz und *rot*.

»Olivia«, rief der Direktor und schritt auf eine Frau zu, die nackt vor den anderen stand. Ihre Arme waren angekettet und weit ausgestreckt, ihre Beine auf die gleiche Weise gefesselt. Bei ihrem Anblick stieg mir die Hitze in die Wangen. »Sie hat beschlossen, sich lieber das Leben zu nehmen, als bei uns zu bleiben.«

Ein Wachmann stand neben ihr und er hatte eine lange Lederrute in der Hand.

»Das Problem dabei ist, dass es nicht ihr Leben ist, also hat sie kein Recht, es zu nehmen.« Er richtete seinen eisigen Blick auf die nackte Frau. »Nicht wahr?«

Mit einem Nicken trat der Wächter näher und ließ die Peitsche durch die Luft knallen ... genau zwischen ihre Beine.

Knall.

Sie zuckte zusammen, ihre Augen waren weit aufgerissen, ihre Haut glänzte vor Schweiß und sie stöhnte.

»Ihr Leben gehört mir ... genauso wie ihr Körper«, erklärte der Direktor und starrte ihr in die Augen. »Ich hoffe, du lernst diese Lektion schnell, Ryth.«

Mir stockte der Atem, als ich meinen Namen hörte.

Ich musterte die Frauen, die die Vorführung beobachteten. Sie alle sahen mich an. Vertraute braune Augen trafen meine. Vivienne. Sie hatten sie in Weiß gekleidet, in die gleiche Kleidung, die ich trug.

»Du bist hier nicht deine eigene Person. Du wurdest verkauft.« Der Direktor drehte sich zu mir um und sah mich an. »An mich.«

»Nein.« Ich schüttelte den Kopf und trat einen Schritt zurück. »Auf keinen Fall.«

Aber ich kam nicht weit. Der weißhaarige Wachmann hielt mich fest, die arktisch blauen Augen starrten mich an.

Verkauft ...

Meine Mom hatte mich verkauft. *Wir können nicht zulassen, dass du unsere Pläne durchkreuzt.* Ihre Worte kamen mir wieder in den Sinn. Ich biss mir auf die Zunge und kämpfte gegen das Stöhnen an, das sich in meiner Kehle festsetzte. Darauf war es also hinausgelaufen. Sie wollten mich brechen ... sie erwarteten, dass ich sanftmütig und mild wurde. Sie erwarteten von mir, dass ich alles tat, was sie wollten. Die erschreckende Wahrheit war, dass sie vor ein paar Monaten vielleicht noch gewonnen hätten.

Aber jetzt nicht mehr.

Nick, Tobias und Caleb kamen mit voller Wucht zurück. Sie würden lieber sterben, als mich zu den Füßen dieses Bastards fallen zu sehen. Die Kraft, die ich in der Nacht von Moms Hochzeit gespürt hatte, kam zurück. Die Macht, die ich ausübte. Die Macht, die ich *innehatte*. Mein Kiefer verkrampfte sich, als ich meine Kraft wieder spürte. »Fick dich«, knurrte ich. »Fahr zur Hölle!«

SECHS

Caleb

———

»Geh an dein verdammtes Handy, T.« Ich zwang die Worte durch zusammengebissene Zähne und schritt auf und ab. »Geh einfach an das verdammte Handy.« Soweit ich wusste, lag der kleine Punk irgendwo in der Gosse und blutete. »Scheiße, das ist so ein verdammtes Chaos.«

Ich hob mein Handy und versuchte es ein letztes Mal.

»Warum zum Teufel rufst du mich an?«, knurrte Tobias in seiner Sprachnachricht.

Ich warf das Handy auf das Bett. Es war nicht nur Tobias, der mich wütend machte. Es war diese ganze Sache. Ich massierte den pochenden Knoten in meinem Nacken und versuchte herauszufinden, was zum Teufel passiert war.

Wie immer verdrängte ich Moms Tod aus meinen Gedanken. Daran wollte ich nicht denken, noch nicht. Aber verdammt, es hatte ein verdammtes Loch in unser aller Leben gerissen. Dad war aus den Fugen geraten. Wir hatten gedacht, es sei Trauer ... aber jetzt.

Jetzt begann ich, es besser zu wissen.

Elle Castlemaine. Das musste es sein. Sie war ein verdammt schlechter Umgang ... *wirklich schlecht.*

Ryth sagte, das FBI hätte ihren Dad verhaftet. Aber ich wusste, dass sie so etwas nicht einfach aus dem Nichts heraus taten. Nein, so etwas musste geplant werden. Und das bedeutete Zeit. Ein Schmerz durchfuhr meine Brust, als ich an Ryth dachte, die jetzt ganz allein an diesem verdammten Ort war.

Sie war nicht wie ihre Mom. Ganz und gar nicht wie sie ...

Holt sie zurück. Nicks heisere Worte tauchten auf. *Holt sie zurück.*

Egal, was es kostet, nicht wahr?

Nur hatte mein Bruder keine Ahnung, in welcher Gefahr unsere kleine Stiefschwester jetzt schwebte, und zwar durch die Art von Männer, die in der Dunkelheit schwelgten. Mein Puls raste, als ich noch einmal in den dunkler werdenden Himmel blickte. Gott, ich wollte das nicht tun. Ich wollte nicht in diesen Teil meines Lebens zurückkehren. Und das lag nicht daran, dass ich Angst vor *ihnen* hatte ...

Sondern weil ich Angst vor mir selbst hatte.

Ich richtete meinen Blick auf mein Bett. *Braves Mädchen.* Meine eigenen Worte hallten in meinem Kopf wider, gedämpft durch Ryths gequältes Stöhnen der Erlösung. Ich hatte mich einmal aus den Fängen der Verdorbenheit befreit, aber ich war nicht unversehrt davongekommen. Die Dinge, die ich erlebt hatte, hatten Spuren hinterlassen. Ich hatte es nicht geschafft, sie wegzuschrubben.

Ich mochte, was sie in diesen Clubs taten, ich mochte den Rausch, den es mir gab, jemanden zu besitzen. Ich mochte es, jemanden in dem Moment auszunutzen ... aber ich hasste die Welle der Übelkeit, die das hinterließ.

Ich wünschte mir beides.

Jemanden, den ich lieben konnte ... jemanden, um den ich mich kümmern konnte ... *jemanden, den ich benutzen konnte, um dieses niedere Bedürfnis in mir zu stillen.* Ich hasste es, wie mein Körper summte, weil ich wusste, dass ich gleich wieder kopfüber in die Dunkelheit stürzen würde. Nur dass es dieses Mal einen Grund dafür gab ... *sie.*

Ich verließ mein Zimmer und machte mich auf den Weg ins Bad. Das Haus wirkte ohne sie leer. Trotzdem zwang ich mich, mich auszuziehen und zu duschen. Ich ließ mir Zeit mit dem Schrubben und Waschen, während der Hunger langsam aufflammte. Ich stellte das Wasser ab, stieg aus, trocknete meinen Körper ab und ging nackt den Flur entlang zu meinem Schlafzimmer.

Schwarz. Das war es, was ich anhatte.

Schwarz wie die Sünden, die ich im Begriff war, zu begehen ... *für sie.*

Ich sprühte mich mit Parfüm ein, rückte meinen Gürtel zurecht, zog meine Schuhe an und betrachtete mich in dem ovalen Spiegel am Ende meines Zimmers. Sie wollten Kälte ... und Distanz. Das Funkeln in meinen Augen wurde schwächer, als ich in diese Leere hineinsank. Dann würden sie das bekommen.

Nur dass ich mich an einen winzigen Schimmer klammerte ...

An sie.

Ryth.

»Ich komme, Prinzessin«, murmelte ich. »Halte durch, verdammt!«

Ich verließ mein Zimmer und ging die Treppe hinunter, dann zur Haustür hinaus. Meine Scheinwerfer schienen durch die Nacht, als ich umkehrte und vorwärts raste. Aber ich machte mich nicht direkt auf den Weg zum elitären Club, noch nicht ... ich musste erst noch beichten.

Ich machte mich auf den Weg in die Stadt, zu einer kleinen Bar, die für die Anwälte bekannt war, die dort verkehrten. Eine Gruppe von Brüdern, zu der ich einst gehört hatte ... und irgendwie stieg diese seltsame Sehnsucht in mir auf. Es war Monate her, dass ich einen Fuß in mein Büro gesetzt hatte, Monate, in denen ich darüber nachgedacht hatte, mein gescheitertes Jurastudium wieder aufzunehmen.

Aber jetzt war es mir vor die Nase gesetzt worden, ob es mir nun gefiel oder nicht. Ich hoffte nur, dass die Loyalität noch vorhanden war. Ich bahnte mir einen Weg durch die belebten Straßen der Innenstadt und stellte den Lamborghini in der Nähe der Kreuzung Fourth und First in einer Parklücke ab, bevor ich den Motor abstellte und ausstieg.

Eine Gruppe von Frauen warf mir im Vorbeigehen Seitenblicke zu. Ich rückte meine Jacke zurecht und drückte auf den Knopf des Autoschlüssels, wobei ich das Lächeln und die Blicke ignorierte. Sie konnten so viel schauen, wie sie wollten. Sie waren nicht im Geringsten mein Typ.

Aber sie waren auf dem Weg zu mir und folgten mir ins The Associate. Dort ließ ich sie stehen und ging in den hinteren Teil der Bar, wo die Männer grinsten, tranken und über Muschis redeten, als hätten sie eine Ahnung vom Leben. Hatten sie aber nicht. Trotzdem dachten sie, es wäre eine nette Unterhaltung. Das war genau das, was mich davon abgehalten hatte, wiederzukommen.

Ich nickte Havers zu, als er seinen Blick auf mich richtete. Seine Augenbrauen hoben sich. »Banks?«

»Hey«, antwortete ich, musterte bekannte Gesichter und blieb bei Michael Evans stehen, Strafverteidiger bei Copeland Law, einer der ältesten und renommiertesten Kanzleien der Stadt. Um eine Stelle bei ihnen zu bekommen, brauchte man zwei Dinge: Einfluss und Geld, und Evans hatte beides.

»C.« Michael nickte in meine Richtung.

Ich warf einen Blick in Richtung der privaten Kabinen im hinteren Teil der Bar. »Willst du einen Drink unter vier Augen?«

»Klar«, murmelte er, rutschte von seinem Hocker und nickte den anderen Jungs um uns herum zu.

Sie starrten alle, und vor allem starrten sie mich an. Zum Glück war ich das gewohnt. Ich ging in den hinteren Teil der Bar, ließ mich an einem der hinteren Stühle nieder und winkte die Kellnerin herüber. Evans bestellte Rum und Cola. Ich bedeute ihr, mir zwei zu bringen, und warte darauf, dass er Platz nahm, wobei mir bewusst war, dass jede Sekunde, die Ryth an diesem Ort verbrachte, eine verdammte Sekunde zu lang war.

Er setzte sich und schaute über seine Schulter zu den anderen, die immer noch in unsere Richtung schauten. »Ich habe ihnen gesagt, dass du zurückkommen willst«, murmelte er und drehte sich dann zu mir um. »Aber deswegen bist du doch nicht hier, oder? Willst du mir nicht sagen, was hier los ist, C?«

Ein Schaudern durchlief mich. Ich kannte Evans schon seit unserem ersten Tag auf Harvard. Wir waren beide unerschrockene Träumer gewesen. Wenn ich jetzt zurückblickte, war das ein bisschen erbärmlich. Nur hatte er sich diesen Idealismus bewahrt und sich davon treiben lassen, während ich langsam in diesen Hunger versunken war.

Das Bedürfnis nach Rache und dem Verderben. Mein Gott, ich war wie ein Süchtiger, der nur darauf wartete, wieder einzusteigen.

»Ich habe gehört, dass dein Vater wieder geheiratet hat«, begann Evans.

Ich zuckte zusammen, nickte und wartete, bis die Kellnerin sich mit unseren Getränken näherte. Sie lächelte, warf einen Blick auf Evans, bevor sie sich zu mir umdrehte und erstarrte. »Kann ich Ihnen noch irgendetwas bringen?« Sie legte Servietten auf den Tisch und schob mir eine zu.

»Danke, aber nein«, antwortete ich.

Es gab ein kurzes Aufflackern von Enttäuschung, bevor sie sich umdrehte und wegging. Evans griff nach der Serviette und drehte sie um, sodass ihre Handynummer zum Vorschein kam.

»Schön zu sehen, dass sich bei dir nichts ändert.« Er grinste, schüttelte den Kopf, lehnte sich in seinem Stuhl zurück und ließ das Lächeln verblassen. »Willst du mir jetzt sagen, was los ist?«

»Nick ist im Krankenhaus«, begann ich.

Er erstarrte und hob die Augenbrauen. »Oh Scheiße. Geht es ihm gut?«

Ich nickte langsam und spielte mit meinem Drink. »Es wird ihm bald wieder besser gehen, aber er wäre heute fast gestorben ... und das ist noch nicht alles.«

»Ich höre«, drängte er.

»Ich habe noch nicht alle Fakten. Aber sie hat ihren eigenen Mann betrogen, ihn beim FBI verpfiffen und ins Gefängnis gebracht. Jetzt ist er verschwunden ... und ihre Tochter hat sie praktischerweise gleich mit entsorgt.« Meine Stimme wurde leiser. »An einem Ort namens dem Orden.«

Sein Atem stockte ... und ein Anflug von Angst war zu spüren. »Weißt du, was sie dort tun?«

Ich schluckte schwer. »Ich habe das Gefühl, dass ich es gleich herausfinden werde.«

Er beugte sich vor. »Ist sie das wirklich wert? Du weißt, was sie mit dir machen werden.«

»Ob sie es wert ist?«, wiederholte ich. »Ja, sie ist es wert.«

Er schwieg, starrte mich an, und ich hasste seine verdammte Aufmerksamkeit. »Heilige Scheiße, du magst dieses Mädchen?«

Ryth schoss mir durch den Kopf und ließ meinen Puls in die Höhe schnellen. »Sie ist kein Mädchen ... sie ist meine verdammte Stiefschwester.«

»Du hast dich in sie verliebt, oder?«

Ich brauchte nicht zu antworten. Es stand mir ins Gesicht geschrieben.

»Mein Gott«, murmelte Evans. »Wie tief du doch gefallen bist. Du hast dich in deine kleine Schwester verliebt.«

»Stiefschwester«, knurrte ich. »Und sie ist kein Kind.«

Er nahm einen Schluck von seinem Getränk. »Du ziehst das also wirklich durch?«

»Kennst du einen anderen Weg hinein?«

»Nicht, wenn du am Leben bleiben willst. Ich habe gehört, dass das Gelände von ehemaligen Söldnern bewacht wird.«

Ich dachte nur an die Waffe, die auf Nicks Kopf gerichtet worden war, nachdem er gegen das Tor geprallt war. Es gab nur einen Weg hinein, ohne dass wir getötet wurden ... aber der würde genauso brutal sein.

»Du bist also wirklich bereit, das zu tun?«, erkundigte Evans sich erneut.

»Ich habe keine andere Wahl.« Ich begegnete seinem Blick. »Mein Herz lässt mich nicht. Außerdem ist es nur eine Vorstellung, dann bist du aus der Sache raus. Eine Vorstellung ist alles, was mein verdammtes Gewissen zulässt.«

Ich wusste, was diese Kleinigkeit ihn kostete, und das hatte nichts mit Geld zu tun.

Evans starrte mich noch einen Moment lang an, dann griff er nach seinem Drink und kippte den Rest des Inhalts hinunter. »Dann sind wir wohl dabei, die Höhle des Löwen zu betreten.«

Ich zuckte zusammen und schüttelte den Kopf, als er von seinem Platz rutschte. »Du musst nicht ...«

»Du hast mir auf dem College öfter den Arsch gerettet, als ich zugeben will. Denkst du, ich lasse dich jetzt im Stich?« Er schüttelte den Kopf, während ich mein Getränk leerte und mich erhob. »Außerdem wird es mir gefallen, einen Vorsprung vor dir zu haben, Banks.« Er legte einen Arm um meine Schultern. »Glaube nicht, dass ich aufgegeben habe, dass wir zusammen unsere eigene Firma gründen. Mein Geld, dein Aussehen. Wir würden das Rennen machen.«

Ich warf ihm einen finsteren Blick zu. »Sei nicht so voreilig.«

»Kumpel.« Er drückte mich fester an sich. »Bei dem Scheiß, den ich für dich tun werde, ist Selbstüberschätzung das Einzige, was mich durchbringen wird.«

Ich ließ ihn seine Witze machen, während ich mein leeres Glas auf die Serviette mit der Nummer der Kellnerin stellte. Er war am Handy, als wir hinausgingen, und forderte Gefallen ein ... eine ganze Menge davon. Als wir aus der Bar traten, hob er die Hand und winkte seinem Fahrer zu.

Evans stammte aus einer reichen Familie. Es war eine Selbstverständlichkeit und das sah man. Der Mercedes hielt an und parkte lange genug, dass er auf den Rücksitz steigen konnte, während er die Tür hinter sich offen ließ, damit ich ihm folgen konnte.

»Ninth Street, Neil«, wies Evans an. »In der Nähe der Waterhouse-Brauerei.«

Neil schaute über seine Schulter, bevor er langsam nickte. Ich warf einen Blick in den Rückspiegel, wo er mich anschaute, aber er sagte nichts, legte nur den Gang ein und fuhr los.

Evans starrte schweigend aus dem Fenster. Es war ein schweres Schweigen. Ich wusste, worum ich ihn gebeten hatte, deshalb hatte ich auch nicht damit gerechnet, dass er es machen würde. Eine Bekanntmachung. Eine Bitte. Zum Teufel, ein oder zwei Gefallen einfordern. Das war alles, was ich gewollt hatte.

Nicht das.

Wir fuhren, bis die Bars und Nachtclubs verschwanden und die Straßen dunkel und ruhig wurden. Ninth Street. Die Ninth Street gehörte reichen alten Männern, die einen hohen Preis zahlten, um das Gesetz fernzuhalten.

Der Fahrer hielt vor einem Gebäude an und parkte. Keiner von uns bewegte sich. Das Geräusch des Motors erfüllte die Stille, bis Evans mit einem langsamen, schweren Ausatmen murmelte: »Okay, es ist Zeit, unsere Seelen zu verkaufen.«

Dann riss er die Tür auf und stieg aus.

Ich folgte ihm und schloss die Tür hinter mir, als das Auto wieder losfuhr. Mit jedem Schritt blühte die Leere in mir auf. Ich holte alles aus mir heraus, was ich hatte. Jedes Bisschen Schmerz und Wut, das ich auf den Verrat meines Vaters richtete, als ich mit Evans zur Sicherheitstür ging.

Wir wurden angehalten, unsere Ausweise wurden kontrolliert und wir wurden abgetastet, bevor die schwere schwarze Tür aufgeschlossen wurde und wir eintreten durften. Drinnen angekommen, übergaben wir unsere Handys und Schlüssel an eine Kellnerin, die kleinlaut an der Tür wartete. Wir legten unsere Sachen auf das silberne Tablett, bevor die Kellnerin ging und sie in das Hinterzimmer brachte.

Sie wurden weggesperrt, damit unsere Gedanken jeden perversen Akt, der an diesem Ort stattfand, festhalten konnten. Aus dem Hinterzimmer drang tiefe, dröhnende Musik, die meinen Blick auf sich zog, bis Evans mir einen Schubs in die Seite gab.

Auf einem der Plüschsofas saßen drei Männer. Sie beobachteten uns mit aufmerksamen Blicken, bis einer uns mit einem Winken bedeutete, uns auf die gegenüberliegenden Plätze zu setzen. Ich schluckte schwer. Mein verdammtes Herz raste, als Evans einen Schritt nach vorne machte und ich mich zwang, ihm zu folgen.

Dunkelheit und Sünde beherrschten diesen Ort. Die Kellnerin näherte sich mit demselben verdammten Tablett, nur dass dieses Mal zwei Gläser mit erstklassigem Scotch darauf standen. Ich wusste aus Erfahrung, dass nur das Beste für den Hale Club geeignet war. Ich nahm den Drink und betete, dass sie das Zittern meiner Hand nicht bemerkten, als ich trank.

»Evans.« Killion Dare nickte und deutete auf den Platz gegenüber, bevor er mich mit seinem stechenden Blick musterte. »Banks. Lange nicht mehr gesehen.« Seine Stimme wurde leiser. »Wir waren alle sehr traurig, als wir von deinem Verlust gehört haben.«

Ich knirschte mit den Zähnen, denn ich hasste es, dass meine Mom jemals an einem Ort wie diesem erwähnt werden konnte. Trotzdem nickte ich und zwang mich, zu antworten. »Danke.«

»Bitte.« Dare deutete auf den Platz gegenüber. »Setz dich, lass uns ein Gespräch beginnen. Evans hat mir erzählt, dass du zurückkommen willst ... die Frage ist nur, warum?«

Er schlug die Beine übereinander, aber ich wusste, dass das alles nur gespielt war. So wie alles an diesem Ort. Ein Schrei ertönte aus dem hinteren Bereich des Clubs. Kurz, schmerzhaft, gefolgt von einer Ohrfeige. Dieser Ort ... dieser verdammte Ort.

SIEBEN

Nick

PIEP ... PIEP ... PIEP ... DAS GERÄUSCH ZOG MICH NÄHER AN die Oberfläche. Ich riss die Augen auf und fand nur Dunkelheit vor ... genau wie ich sie in meinem Inneren hatte.

Ich schloss meine Augen wieder und versuchte, mich auf der harten Krankenhausmatratze zu bewegen. Aber egal, in welche Richtung ich mich drehte, ich konnte keine Erleichterung finden.

NICK!

Ihre markerschütternden Schreie erfüllten meinen Kopf und ich konnte sie nicht loslassen. Sie strampelte und schrie und heulte nach mir.

NICK, NEIN!

Ich öffnete meine Augen noch einmal und das *Piep ... Piep ... Piep* in meinem Ohr klang wie Schüsse. Etwas bewegte sich in meinem Blickfeld. Ich zuckte zusammen, als der Vorhang zurückgezogen wurde und eine Krankenschwester auf mich zukam, deren Blick auf die offene Akte vor ihr gerichtet war ... bis sie zum Stillstand kam und den Blick hob. »Du bist wach.«

Ich nickte nur.

Sie legte die Akte am Fußende des Bettes ab. »Ich bin nur hier, um deine Vitalwerte zu überprüfen.«

NICK!

Ich wandte mich ab, als die Krankenschwester das Blutdruckmessgerät heranführte, die Manschette abnahm, sie um meinen Oberarm wickelte und den Knopf drückte. Die Geräusche. Die Gerüche. Es fühlte sich an wie eine Klinge, die über meine Haut fuhr. Eine Bewegung mit der Hand und sie würde mich schneiden ... und darauf konnte ich nicht warten, nicht wenn Ryth an diesem Ort gefangen war, hinter den Zäunen und den Waffen ...

Gott wusste, was sie mit ihr vorhatten.

Mein Puls beschleunigte sich bei dem Gedanken, aber die Panik galt nicht nur ihr. Ich brauchte meine Brüder, um sie zu befreien, oder ich würde bei dem Versuch sterben. Denn das würde geschehen.

»Perfekt, Nicholas.« Die Krankenschwester war einfach zu fröhlich. Und ich war zu wütend. Besonders für einen Ort wie diesen.

»Meine Sachen«, murmelte ich und die Verzweiflung brannte in mir.

»Dein Handy liegt im Schrank neben dir. Ich kann es für dich holen, wenn du willst?«

Ich schüttelte den Kopf. »Nein ... danke.«

Sie kritzelte die Details in meine Mappe und klemmte sie unter ihren Arm. »Ich bin in ein paar Stunden wieder da. Versuch, etwas zu schlafen.«

Ich nickte nur, obwohl ich genau wusste, dass das nicht der Fall sein würde.

Trotzdem wartete ich darauf, dass sie ging, bevor ich mich am Geländer festhielt und meine Füße an die Seite des Bettes schob, um den Schmerz zu spüren, der sich in meine Seite bohrte. Zentimeter für Zentimeter. Es fühlte sich an wie die Hölle.

Mein Atem ging stockend. Ich verkrampfte meinen Kiefer, unterdrückte das drohende Stöhnen und manövrierte meine Füße über die Bettkante, um dem Schwung freien Lauf zu lassen. Ich hielt mich an dem Griff fest, der über meinem Kopf hing, und zog mich nach oben.

Schmerz durchzuckte mich und brannte in meiner Brust, als ich mich aufrichtete. Mein Gott, es fühlte sich an, als hätte man mir in den Bauch gestochen. Ich zuckte zusammen und blickte auf den großen Verband um meine Taille herab, und die Wildheit stieg wieder in mir auf. Dieser Wichser ... dieser Wichser ... Dafür würde er büßen.

Die Wut trieb mich an, als ich nach dem Schrank griff, den winzigen Schlüssel nahm und ihn drehte. Meine Sachen waren in der Schublade gestapelt. Ich hielt den Atem an, beruhigte mich, griff hinein, packte mein Handy und zog es heraus.

Kein Ladegerät ...

Hoffentlich hatte es noch Akku.

Ich schaltete es ein und stöhnte fast vor Erleichterung. *10%* Akku. »Das wird schon reichen.«

Ich scrollte durch meine Kontakte, drückte auf Calebs Nummer und hörte es klingeln ... *einmal ... zweimal ... dreimal.* »Geh an das verdammte Handy, Bruder.«

Ich legte auf und meine Gedanken überschlugen sich. Was zum Teufel machte er, das so verdammt wichtig war, dass er meine verdammten Anrufe nicht entgegennehmen konnte? Ich drückte auf den Knopf und versuchte es erneut, wobei das Unbehagen in mir wuchs.

Es klingelte unbeantwortet ... *wieder*.

Meine Lippen verzogen sich zu einem Knurren, als ich Tobias anwählte und zu meiner Überraschung nahm der mürrische Penner ab. »Ja?«

»Wo zum Teufel bist du?«, schnauzte ich.

Aus dem Hintergrund ertönte ein gequältes Stöhnen und plötzlich wollte ich es gar nicht mehr wissen. *Gut so. Das war alles, was ich dachte. Sollte er doch so viele verletzen, wie er wollte, solange es uns zu Ryth führte. Es war, als würde man einen hungrigen Pitbull frei herumlaufen lassen.*

Ich würde ihn ausnutzen. Ich würde uns alle ausnutzen.

NICK! Ihre Schreie heulten auf, als ich schluckte und loslegte. »Komm und hol mich verdammt noch mal hier raus.«

»Aus dem Krankenhaus?«, schnauzte er. »Nein, verdammt.«

»Du kommst und holst mich, T, oder ich ziehe diese verdammten Klamotten an und haue selbst ab. Dann versohle ich dir den Arsch.«

Er verstummte. Dachte er etwa nach? Gott, ich hoffte nicht.

»Gut, gib mir zwanzig Minuten«, antwortete er. »Ich muss mich nur um ein paar Dinge kümmern.«

Ein gedämpfter Schrei ertönte im Hintergrund, dann ein dumpfer Schlag. Dann herrschte Stille. Die Art, die mich in diesem Moment zum Lächeln brachte. »Ist Caleb bei dir?«

»Nein. Warum?«

»Ist auch egal«, murmelte ich. »Beweg deinen Arsch, Bruder. Ich muss verdammt noch mal jagen.«

Ich legte auf und mein Akku war bei 8%. Ich zuckte zusammen, warf das Handy auf das Bett, drehte den Kopf und lauschte. Sie kam nicht zurück – ich schaute auf den Monitor – *piep ... piep ... piep.* Bis ich die Verbindung unterbrach.

Ich wandte meine Aufmerksamkeit wieder der Schublade zu und holte meine Jeans und Stiefel heraus. *Was? Kein Hemd?* Ich erinnerte mich an das Blut. Ja, wahrscheinlich nicht. Der verdammte Raum schwankte, als ich mich aufrichtete, um mich herum griff, die Bänder löste und den verdammten Kittel auszog, um ihn an die Schnur des Monitors zu hängen. Ich hatte keine Zeit für Boxershorts, also zog ich meine Jeans an, schob die nackten Füße in meine Stiefel und stützte mich ab, bevor ich mich bückte und die Schnürsenkel festzog.

Piiiieeeeeep ...

»Scheiße.« Die Kordel wa

»Scheiße.« Die Realität drehte sich. Ich erhob mich zu schnell und der verdammt dunkle Raum wurde noch dunkler und kippte zur Seite. »Nein, verdammt.«

Ich klammerte mich an den winzigen Lichtpunkt in der Mitte meiner Sicht und versuchte zu atmen, und langsam ... hellte sich die Finsternis auf. Mein Puls beschleunigte sich. Adrenalin war meine Droge. Ich benutzte es, um mir mein Handy vom Bett zu schnappen und mich auf die Beine zu bringen. Ich zerrte den Rest der Sensoren los und ging langsam zu den zugezogenen Vorhängen und dann aus dem Zimmer.

Der Flur war blendend. Ich blinzelte in das grelle Licht und ging weiter. In der Ferne bewegte sich etwas.

Ich richtete meinen Blick geradeaus, als jemand rief: »*Hey! Ich glaube nicht, dass du hier draußen sein darfst!*«

Ich verkrampfte meinen Kiefer und ging weiter in Richtung der Aufzüge am Ende des Ganges.

»Mr. Banks!«, rief jemand, als ich den Knopf für den Aufzug drückte und einen Blick zurück auf den Flur warf.

Die Krankenschwester eilte mit einem besorgten Blick auf mich zu. Aber sie kam nicht an. Die Türen schlossen sich und ich war drinnen. Ich presste meine Hand an meine Seite. Dann drückte ich auf den Knopf für das Erdgeschoss und betete, dass Tobias auf dem Weg war.

Egal ... Ich konnte zu Fuß gehen, wenn ich es musste.

Ich musste an meterhohe Zäune und bewaffnete Söldner denken, als der Aufzug ins Erdgeschoss fuhr. Aber als ich in das hell erleuchtete, leere Foyer des Krankenhauses trat, sah ich die Scheinwerfer des Jeeps, der unter das Vordach fuhr.

Ich drückte meine Hand an die Seite, verlängerte meine Schritte und ging auf meinen Bruder zu. Die automatischen Türen öffneten sich, als ich näher kam, und die kühle Nachtluft traf mich hart. Tobias starrte mich an, als ich den Türgriff ergriff und an ihm zog.

»Du verrückter Wichser.« Er schüttelte den Kopf, als ich einstieg.

»Freut mich auch, dich zu sehen«, murmelte ich und zog die Tür zu, während ich mich in den Sitz sinken ließ. *»Und jetzt fahr los, verdammt!«*

ACHT

Caleb

____

WARUM?

Die scharfen, kurzen Schläge, die von hinter dem Vorhang kamen, wurden lauter. Ich zwang mich, bei den Geräuschen nicht zusammenzuzucken und begegnete Killions Blick. »Warum ich zurückkomme?« Ich hob die Hand und massierte mir den Nacken. »Das ist in der Tat eine gute Frage.«

Ich konnte mir nicht verkneifen, einen Blick in die Richtung zu werfen, aus der das Stöhnen kam. Stöhnen, von dem ich aus Erfahrung wusste, dass es auf die entwürdigendste Weise quälend war. Mein Puls beschleunigte sich bei dem Gedanken. Oh Gott. Ich konnte nicht zu Atem kommen. Ich konnte das Verlangen in mir nicht unterdrücken. Ich konnte die Dunkelheit nicht in Schach halten ... *und im Moment war das alles, was ich hatte.* Ich warf einen Seitenblick auf Evans, bevor ich antwortete. »Denn egal, wie sehr ich es versuche, dieser Ort geht mir nicht aus dem Kopf.«

Killion grinste angesichts der Worte und seine Augen funkelten. Bei seinem Anblick wollte ich mich übergeben.

Denn ich sah den gleichen Hunger in mir.

»Normalerweise lassen wir Mitglieder nicht einfach so wieder rein, wenn sie gegangen sind.« Killion schüttelte den Kopf. »In diesem Fall ist das sehr schade.«

Er griff nach den Armlehnen des Sitzes und stand auf. Mein Herz schlug mir bis zum Hals. Evans warf mir einen panischen Blick zu, als die beiden anderen Senior-Mitglieder mit Killion aufstanden.

»Warte ...«, krächzte ich und die Verzweiflung trieb mich an. »Sag mir, was du willst, und ich mache es.«

Killion blieb stehen, während er seine Jacke zurechtrückte und drehte sich langsam um. Der unangenehme Schimmer in seinen Augen leuchtete jetzt noch heller. »Woher soll ich wissen, dass das keine Falle ist? Schließlich ... könntest du gerade ein Mikrofon tragen.«

Ein Mikrofon ...

Das war es, wovor er Angst hatte ...

Dass ich ein verdammtes Mikrofon trug?

Mein Magen verkrampfte sich, als das Dröhnen in meinem Kopf immer lauter wurde. Ich hob meine Hand zu den Knöpfen meines Hemdes und hielt seinem Blick stand, während ich einen nach dem anderen öffnete. Killion hob die Augenbrauen, als ich mich vor ihm auszog. In diesem Moment hatte ich nichts zu verlieren ... *abgesehen von Ryth*. Ein Lecken über seine Lippen und ich wusste, dass ich ihn hatte.

Langsam drehte er sich zu mir um und machte einen Schritt, um den Abstand zu verringern. Sein Blick schweifte umher, und seine Hand folgte, als er mein Hemd von den Schultern schob und seine Hand flach auf meine Brust legte. Ich erschauderte bei der Berührung.

Sie standen auf Frauen, das wusste ich. Aber die Art von Hunger, die Killion in sich hatte, war verdammt gefräßig.

Er senkte seinen Blick auf meinen Schwanz. »So gerne ich auch die ganze Show sehen würde, Caleb, ich glaube, du hast keine Zeit mehr.«

Er ließ seine Hand fallen und trat zurück. Sein Blick blieb auf meiner nackten Brust haften. »Aber ich hätte Lust, dir beim Ficken zuzusehen.«

Meine Eier verkrampften sich. Ryth brüllte in meinem Kopf und mein eigenes, verzweifeltes Knurren kehrte zurück. *Wenn ich dich nehme, Ryth ... werde ich dich die ganze Nacht nehmen. Du wirst mein Lieblingsspielzeug sein ... mein feuchtes, perfektes Spielzeug ...*

Die Atemzüge wurden tiefer, als ich seinem Blick standhielt und ihn genau das sehen ließ, was er sehen wollte. Mich, unverhüllt und verzweifelt, und Killion war hingerissen.

»Du willst wieder mitmachen?«, murmelte er und zog damit die Aufmerksamkeit der anderen beiden Mitglieder auf sich. »Gut ... aber du musst dich erst einmal beweisen.«

Panik drang an die Oberfläche. Ich unterdrückte die Angst, trieb sie zurück in die Dunkelheit und nickte langsam. Er drehte den Kopf und nickte jemandem in der Dunkelheit zu. Etwas bewegte sich, schwarz auf schwarz, als der schwere Samtvorhang zur Seite gezogen wurde.

»Nach euch.« Killion bedeutete uns, weiterzugehen.

Ich machte einen Schritt und meine Hände wanderten zu den Knöpfen meines Hemdes.

»Nein.« Killion unterbrach die Bewegung. »Lass es offen.«

Die kühle, klimatisierte Luft tanzte über meine Haut. Aber das war nicht das Frösteln, das ich spürte. Killion sah mich an, als wäre ich eine Frau, die er benutzen würde. Ich nickte langsam und ließ meine Hände sinken.

»Evans.« Killion deutete auf mich. »Hier entlang …«

»Er will nicht …«, fing ich an.

»Doch, wenn du wieder rein willst.«

Evans warf mir einen weiten Blick zu. Er schüttelte leicht den Kopf. Seine Pupillen waren groß und verschluckten das Blau.

»Vielleicht bist du noch nicht so weit«, begann Killion.

»Ich werde es tun.« Evans Stimme war nicht mehr als ein heiseres Flüstern. »Okay … Ich werde es verdammt noch mal tun.«

Killion grinste noch einmal. »Dann mach es doch.« Er deutete in Richtung des Vorhangs. »Die Party kann beginnen.«

Das war nicht das, was ich gewollt hatte. Weder für mich … noch für ihn. Wenn es eine andere Möglichkeit gäbe, Ryth aus diesem Ort zu holen, würde ich sie ergreifen, sofern ich mir keine Kugel in den Kopf jagen müsste. Aber als ich Killion und den beiden anderen Mitgliedern in das Hinterzimmer des Hale Clubs folgte, hatte ich das Gefühl, dass ich im Begriff war, mich umzubringen …

Nur eben langsam.

Während wir gingen, schaute ich Evans an. Mit jedem Schritt wurde er blasser. Seine Augen waren groß und starr geradeaus gerichtet. Ein weicher Mann sollte nicht an einem Ort wie diesem sein, und so angewidert ich auch war, so verdammt aufgeregt war ich auch. Wir traten hinter den Vorhang und wurden in einen Flur geführt, dann zu einer Tür im hinteren Bereich. Der Wachmann drückte seinen Finger auf die Tastatur und das Schloss machte ein Klicken.

Klatsch! Das Geräusch kam aus einem anderen Raum. Eine weitere Folter ... ein weiterer Akt der Erniedrigung.

»Caleb«, rief Killion meinen Namen.

Ich drehte mich um und folgte ihm nach drinnen. Evans schloss die Tür mit einem dumpfen Knall. Die Schlösser rasteten ein, sodass ich schwer schlucken musste. Der Raum vor uns erhellte sich. Ein Scheinwerfer beleuchtete eine junge Frau. Sie war verängstigt und trug ein schwarzes Negligé mit passendem BH und schrittfreiem Höschen.

Killion nahm auf einem der Plüschsessel Platz, warf einen Blick in meine Richtung und deutete mit dem Kopf. Keiner sprach. Alle beobachteten sie, während sie sich setzten. Die beiden anderen schweigenden Mitglieder nahmen auf beiden Seiten von Killion Platz, während die Plätze näher an der Tür frei blieben.

»Setzt euch«, befahl Killion, als wir uns nicht bewegten. »Das ist doch das, was ihr wollt, oder?«

Nein ...

Doch ...

Die Qualen verzehrten meinen Verstand. Trotzdem tat ich es ihm gleich und nahm einen Platz ein. Evans setzte sich zu meiner Rechten, während wir alle unseren Blick auf die Frau richteten, die zitternd vor uns stand. Die Luft hier drin war kälter, so kalt, dass sich meine Brustwarzen anspannten, genau wie ihre.

»Fangt an«, forderte Killion, und aus der Ecke des Raumes trat ein Mann vor.

Er war im Schatten verborgen gewesen. Aber als er ins Licht trat, sah ich genau, was das war. Das goldene, gestickte H in einem O. Hale Order. Das waren dieselben Männer, die Ryth gefangen hielten. Ich zuckte zusammen und wandte meinen Blick wieder der Frau zu.

»Zieh dich aus«, befahl der Wachmann und starrte sie an.

Sie warf ihm einen panischen Blick zu und starrte ihn mit ihren großen, verängstigten Augen an. »Bitte«, flüsterte sie.

»Muss ich dich noch einmal fragen?« Bei der angedeuteten Drohung verkrampfte sich mein Magen.

Ein winziges Kopfschütteln und ihre zitternden Hände hoben sich und zerrten an den Bändern ihres Negligés. Wie aus dem Nichts setzte die Musik ein. Langsam. Widerhallend. Der Beat war schwer und konkurrierte mit meinem Puls.

Unter den Blicken des Wachmanns bewegte sie sich und schritt auf nackten Füßen vorwärts. Das Zittern der Angst funkelte in ihren Augen auf, bevor es abflaute. Direkt vor unseren Augen ließ sie die Hülle einer Frau hinter sich.

»Mein Gott.« Evans wandte den Blick ab.

»Fass sie an«, befahl einer der anderen. Es war das erste Mal, dass einer von ihnen etwas gesagt hatte.

Der Wachmann streckte seinen Arm aus, packte eine Handvoll ihrer Haare und riss ihren Kopf nach hinten. Sie schrie auf und fuchtelte mit den Händen, aber es war nicht vor Schmerz. Die Haarsträhnen wurden straff gezogen, aber da hörte es auch schon auf. Mit der anderen Hand schob der Wachmann das Negligé beiseite und riss ihren BH herunter, um sanft in ihre Brustwarze zu kneifen und sie zwischen seinen schwieligen Fingern zu drehen.

Ihre Wirbelsäule war gekrümmt. Sie starrte zu ihm hinauf, als wäre er alles.

»Sie mag es«, murmelte Killion.

Ich wollte nicht in seine Richtung schauen ... wollte nicht sehen, wie sehr es ihm gefiel. Aber ich tat es. Ich tat es, weil ich verdammt krank war. Aber als ich ihn ansah, war es nicht Killions grausamer, steinerner Blick, den ich sah ... *es war Nick.*

Nick, der da saß und zusah, wie Tobias Ryth berührte, wie seine Finger die Spitzen ihrer Titten bearbeiteten ... *Ryth, die ihn voller Qual und Verzweiflung angestarrt hatte.*

Ein Teil von mir sah diese Frau, als der Wachmann ihren BH öffnete und ihn grob wegzog. Ich sah den panischen Blick, mit dem sie uns alle beobachtete. Ihre Hände hoben sich und bedeckten ihre Brüste, bis der Wächter knurrte und den Kopf schüttelte. Der andere Teil von mir versank in der Vorstellung von dem, was wir im Schlafzimmer meines Bruders getan hatten. *Ryth* ... es war Ryth, die ich hier und jetzt wollte, also zwang ich mich, sie zu sehen.

»Nimm sie runter«, knurrte der Wächter, dann stolperte sie mit einem Schubs nach vorne.

Killion sah ihr nur zu, wie sie dastand und mit ihren kleinen Händen versuchte, ihre Brüste zu bedecken. »Du hast ihn gehört, runter damit. *Sofort.*«

Sie tat es, während sie ihn anstarrte.

Das war es, was er wollte: den schmerzhaften Blick in ihren Augen, während ihre Wangen rot wurden.

»Höschen.« Killion betrachtete sie. »Aus.«

Sie schluckte, dann schüttelte sie leicht den Kopf. »Bitte, nein. Du musst das nicht tun ...«

Killion warf einen Blick auf den Wachmann, der einen Schritt auf sie zukam. Sie stolperte einen Schritt zur Seite und warf einen panischen Blick in Richtung des Unmenschen. »Bitte, nein.«

»*Höschen*«, verlangte Killion, diesmal leiser, aber nicht weniger eindringlich.

Aus dem Augenwinkel warf Evans einen panischen Blick in meine Richtung, der mich leise aufforderte, etwas zu tun. Aber ich wusste nicht, ob er wollte, dass ich sie oder ihn rette. Aber das konnte ich nicht ... denn dies war ein Test.

Der Wachmann täuschte einen Schritt vor und sie schob ihre Finger unter den Gummizug ihres Höschens, um es langsam herunterzuziehen.

»Näher ran«, forderte Killion.

Sie zuckte zusammen und trat zitternd so nah heran, wie sie sich traute.

»Jetzt dreh dich um.«

Sie versteifte sich und ließ ihren Blick ruckartig an den anderen vorbeiziehen, bis sie auf mir stehen blieb. Ich wusste nicht, ob sie überrascht war oder verzweifelt versuchte, jemanden zu erreichen, aber sie flüsterte: »*Bitte ...*«

Ryth. Ryth war alles, was ich sah. Ryth unter Tobias, als ich das Schlafzimmer meines Bruders betreten hatte. »Willst du hier raus?«, fragte ich. Sie nickte. »Dann tu, was wir verlangen. So einfach ist das. Dreh dich um.«

Killion warf mir einen Blick zu. In mir keimte Hoffnung auf.

Fünf Meter hohe Zäune und bewaffnete Söldner. Das spielte keine Rolle. Wenn ich hier stehen und zusehen musste, wie sich ein Mädchen vor uns auszog, war es das wert. Auch wenn sie mich jetzt enttäuscht ansah.

Sie senkte ihren Kopf und ließ die Schultern hängen, während sie sich langsam drehte, bis sie mit dem Rücken zu Killion stand.

»Stopp«, befahl er. »Und jetzt beug dich vor.«

Der Wachmann trat näher, bis er sie überragte, und legte ihr eine Hand auf die Schulter, um sie in der Taille zu beugen.

»Spreizen«, forderte Killion.

Sie stieß ein Wimmern aus und hob ihre Hände auf beide Arschbacken. Demütigung zeichnete sich in ihrem Gesicht ab, als sie sich weit spreizte.

Einer der anderen Männer bewegte sich in seinem Stuhl und rückte vor. Er streckte seine Hand aus und streichelte ihre Muschi, bevor er seine Finger in sie schob.

»Gott«, flüsterte Evans, aber dieses Mal nicht angewidert. Mit großen Augen sah er zu, wie der eine Partner sie langsam mit dem Finger fickte und sich dann in seinem Sessel bewegte. Und plötzlich war Evans nicht mehr so angewidert von den Ereignissen, die sich vor uns abspielten. Nein, er schien ... *fasziniert.*

»Gefällt dir das?«, murmelte der andere Partner, als er sich an den Rand seines Sitzes bewegte.

Ihre Augen schlossen sich in dem Moment, als er mit seiner Hand über ihren Arsch fuhr und seinen Finger in den engen Muskelring schob. Mein Schwanz wurde hart, nicht bei ihrem Anblick, sondern bei der Erinnerung an Ryth in meinem Bett.

Es war *mein* Finger gewesen, der in sie eingedrungen war, meine Berührung, die sie zum Stöhnen gebracht hatte.

Genau wie diese Frau stöhnte.

»Genau so«, murmelte Killion. »Jetzt kommt sie richtig in Fahrt.«

Sie stieß einen gequälten Laut aus und wehrte sich gegen die langsamen Stöße, doch ihr Körper verriet ihren Verstand.

So falsch ...

So verdammt ekelhaft.

»Hure«, sagte Killion mit steinerner Stimme. »So eine dreckige, verdammte Hure.«

Sie schloss ihre Augen fester und versuchte, seine Worte zu verdrängen, aber dafür war es zu spät. Die Finger glitzerten, als sie tief in ihre Muschi eindrangen. Killion, der nicht einmal einen Finger gerührt hatte, um sie zu berühren, erhob sich von seinem Platz und trat einen Schritt näher.

»Auf den Boden!«, befahl er und blickte auf sie herab.

Die Finger des anderen rutschten aus ihrem Körper, als sie sich auf Händen und Knien auf den Boden fallen ließ.

Killion trat näher und starrte immer noch auf sie herab. »Tiefer.«

Sie sank hinunter.

Killion hob seinen Fuß und stellte seinen Stiefel auf ihren Nacken, bis ihr Gesicht auf den Boden gedrückt wurde. »Jetzt kriech.«

»Verdammt noch mal«, flüsterte Evans.

Aber Killion sah Evans nicht einmal an. Nein, sein Blick war nur auf mich gerichtet. »Willst du auch mal, Banks?«

Ich schluckte schwer, und mein Herz hämmerte.

»Deshalb bist du doch hier, oder? Du willst dein eigenes, privates Fickspielzeug, jemanden, den du kontrollieren kannst.« Er drückte seinen Fuß fester gegen sie, bis sie wimmerte. »Jemand, den du besitzen kannst.«

»Ja«, antwortete ich und meine Stimme war nicht mehr als ein Krächzen, als ich seinem Blick begegnete. »Ich will.«

NEUN

Ryth

VERKAUFT ... MEINE MOM HATTE MICH VERKAUFT? DIE Worte heulten in meinem Kopf. Aber alles andere war weit weg ... verblasst, der Klang der gequälten Schreie der nackten Frau vor mir hallte wie eine leere Trommel wider.

»Jetzt stell dich in die Reihe.« Der sadistische weißhaarige Wärter schob mich vorwärts.

Ich stolperte zu den anderen, fing meinen Sturz aber ab und rückte näher an Viv heran. Sie sagte nichts, schaute nicht in meine Richtung, schien mich nicht einmal zu sehen. Aber als ich den Blick auf die nackte Frau richtete, spürte ich, wie ein Finger über meinen Handrücken strich.

Sie sah mich ... und tröstete mich auf die einzige Weise, die sie sich traute. Ich schluckte schwer und mein Herz klopfte wie wild, als ich das schreckliche Schauspiel mit ansah.

Knall!

Die Lederrute schlug auf den Bauch der Frau ein und hinterließ leuchtend rote Striemen.

»Hast du deine Lektion gelernt, Olivia?« Der Direktor trat hinter den Wächter, der die Strafe verteilte. »Oder willst du noch weiter gehen?«

Sie schloss ihre Augen. Der Schweiß rann ihr in Rinnsalen über das Gesicht. »Nein.«

»Wem gehörst du?«

Angesichts dieser Worte stockte mir der Atem. Das Feuer in meinem Bauch wuchs, das die Glut, die meine Stiefbrüder entfacht hatten, weiter anfachte. *Nein.* Ich wollte die Worte für sie sagen: *Fick dich!* Diese Dringlichkeit war ein Brüllen in mir. Ich wollte mich abwenden, wollte überall hinschauen, nur nicht auf diesen verletzlichen Moment.

Das sollte nicht mit ihr passieren …

Und schon gar nicht hier, vor einem Publikum.

Ich riskierte einen Blick auf die anderen, die nach der Farbe ihrer knappen Unterwäsche getrennt standen: rot, schwarz und weiß. Ich richtete meinen Blick auf diejenigen, die rot trugen. In ihren Augen lag eine gewisse Härte. Eine Kälte, die gleiche Kälte, die ich in den harten Augen des Mannes sah, der sie folterte. Nicht der Mann, der die Peitsche schwang, sondern der Mann, der die Handlung kontrollierte. Der Mann, der sie wirklich folterte.

»*Wem gehörst du?*« Der Direktor verlangte eine Antwort.

Knall!

Ich zuckte zusammen, als ich die Peitsche hörte. Aber die Rotgekleideten schienen es nicht einmal zu hören. Sie zuckten nicht, hielten nicht den Atem an. Eine von ihnen lächelte sogar, wobei sich ihre Mundwinkel kräuselten, als sie zusah. Es gab keinen Funken von Wut über die Brutalität dessen, was wir mit ansehen mussten. Diese kranke Zurschaustellung von Dominanz war ekelhaft ... aber sie ... sie schienen es zu genießen.

Mein Magen verkrampfte sich, als ich mich zwang, den Blick abzuwenden.

»Bitte.« Olivia wimmerte. »Ich werde alles tun, was du willst.«

»Alles, was ... *ich* ... *will*«, wiederholte der Direktor, während er sich näher heranpirschte.

Er streckte die Hand aus und packte ihr Kinn mit einem grausamen Griff. Sie wehrte sich und kämpfte zumindest eine Sekunde lang gegen seinen Griff an. Doch dann gab sie nach und wandte ihren tränenverschleierten Blick auf ihn.

»Du bist schön, wenn du weinst«, sagte er und starrte ihr in die Augen, als wären sie die einzigen im Raum. »Glaubst du, mir macht das Spaß?«

»Ja«, krächzte sie und begegnete seinem durchdringenden Blick mit Hass. »Das tue ich.«

Das Lächeln auf seinen Lippen wurde noch breiter. Viv versteifte sich, ebenso wie die anderen Mädchen um mich herum, als der weißhaarige Wachmann näher kam.

»Nehmt sie mit«, murmelte der Direktor und wandte dabei nicht einmal den Blick ab. »Sie isst heute Abend in ihrem Zimmer. Die anderen sollen von Derek in die Halle begleitet werden.«

»Nein«, Olivias Augen weiteten sich. Sie schüttelte den Kopf. »Nein ... nein.«

Ihr panischer Blick in Richtung der anderen blieb unbemerkt, als der brutale Wärter vortrat und ihre Arme losließ, während der andere Wärter, von dem ich annahm, dass er Derek war, sich zu ihren Füßen beugte. Ihre Knie knickten ein, als die Ketten entfernt wurden. Aber der wilde Bastard war da und hielt sie am Arm fest, was zweifellos blaue Flecken hinterlassen würde.

»Beweg dich«, knurrte er und schubste sie vorwärts.

Mit dem Aufprall von Stiefeln und einem leisen Wimmern verließen sie den Raum. Derek kam näher und warf jedem von uns einen Blick zu. »Ihr wollt essen?«, schnauzte er und ruckte dann mit dem Kopf. »Dann bewegt euch, verdammt.«

Viv strich mit ihren Fingern über meine Hand. »Folg mir«, flüsterte sie. »Und mach keinen Mucks.«

Das Klopfen in meiner Brust ließ nicht nach. Vivs Griff schlängelte sich durch meine Finger. Sie klammerte sich fest und zog mich hinter sich her, während sie zwischen die anderen schlüpfte. Ich unterdrückte ein Schaudern und meine Knie zitterten vor Angst, als wir durch den Vorhang zu einer weiteren verschlossenen Tür gingen.

Ich versuchte, mir zu merken, wohin wir gingen, aber die Gänge sahen alle gleich aus und es gab zu viele verschlossene Türen, um sie zu zählen. Wir passierten drei, gingen in Richtung des hinteren Teils des Gebäudes und blieben dann an einer weiteren Doppeltür stehen.

Die einzigen Türen, die nicht verschlossen waren.

Wir warteten immer noch, wie eine Gruppe verängstigter Soldaten an ihrem ersten Ausbildungstag. Nur waren wir nicht hier, um zu kämpfen, sondern um verkauft zu werden.

Derek drängte sich an uns vorbei durch die Türen. Diejenigen, die Rot trugen, folgten, dann die in Schwarz, und wir, die wir Weiß trugen, traten als Letzte ein. Der Geruch von Essen schlug mir entgegen und ließ meinen Magen vor Hunger aufheulen. Mir wurde bewusst, dass ich den ganzen Tag noch nichts gegessen hatte. Ich reihte mich in die Schlange der anderen ein und bewegte mich auf den Serviertresen zu, während die Teller nacheinander verteilt wurden.

Aber das hier war nicht irgendeine Gefängniskantine. Es gab gebratenes Steak, Hühnchen, gewürztes Gemüse und Obst. Jede von uns nahm sich einen Teller, je nachdem, was sie wollte. Viv nahm das Steak und bedeutete mir, das Hähnchen zu nehmen. Ich tat es und folgte ihr zu einem Tisch an der Wand. Die anderen bewegten sich lautlos, nahmen Platz und aßen schweigend.

Ich stach in mein Hähnchen und schnitt es langsam auf, wobei ich den Wachmann aus den Augenwinkeln beobachtete, als er sich unserem Tisch näherte. In dem Moment, in dem er vorbei zu den anderen ging, murmelte Viv: »Sie werden dich holen kommen. Es ist besser, wenn du dich nicht wehrst. Gib ihnen keinen Grund, dich zu verletzen.«

»Wer?«, flüsterte ich und blickte zu ihr auf. »Der Direktor?«

Sie schüttelte den Kopf. »Nein. Die Männer aus dem Club.«

Ein Schaudern durchfuhr meine Brust.

Sie hob den Kopf und riskierte die Annäherung. »Sie wollen jemanden zum Spielen.«

Die Wärme verschwand aus meinem Gesicht. »Ist es das ... ist es das, was mit dir passiert ist?«

»Nein«, flüsterte sie, als die Farbe aus ihrem Gesicht wich. »Ich gehöre bereits jemandem.«

Sie *gehörte* jemandem.

Meine Kehle schnürte sich zu.

»Aber halte durch. Wir holen dich da raus, okay?«, flüsterte sie und stocherte in den Möhren auf ihrem Teller herum. »Sei einfach bereit, wenn ich komme.«

»Wann?«

Sie schaute sich unter den anderen um. »Morgen. Ich werde morgen kommen.«

ZEHN

Nick

In dem Blick meines Bruders lag ein gequälter, distanzierter Ausdruck, als er mich ansah. Einer, der mich zu Boden blicken ließ, aber dieser Anblick war auch nicht besser. Leuchtend rote Blutspritzer schimmerten auf seinem Hemd und wurden heller, als wir unter den Straßenlaternen hindurchgingen, bevor sie wieder verblassten. Aber das Blut war nicht meins. Das wusste ich. Wessen Blut war es dann, verdammt noch mal?

»T«, sagte ich vorsichtig und betrachtete das Durcheinander. »Was hast du gemacht, als ich angerufen habe?«

Er antwortete nicht, nur das Anspannen seiner Kiefermuskeln zeigte mir, dass er mich gehört hatte. Ich atmete vorsichtig ein und zerrte den Sicherheitsgurt von meiner Seite, als der Jeep schaukelte und ruckelte. Das war nicht die sanfteste Fahrt, nicht wie im Mustang. Ich zuckte zusammen, als ich daran dachte. Das brutale Knirschen, als ich gegen das Tor gefahren war, war der Soundtrack zu meinen Gedanken. Mein verdammtes Auto ...

Ich würde es zurückholen. Es reparieren lassen ... *nachdem ich Ryth gefunden hatte.*

Ich schluckte schwer und schaute Tobias an, als er um die Ecke bog und tiefer in die Stadt hineinfuhr, anstatt zu unserem Haus. »Wo ist Caleb?«

Tobias warf mir einen bösen Blick zu und in seinen dunklen Augen loderte der Hass. Verdammt, der Kerl sah gruselig aus. »Woher zum Teufel soll ich das wissen?«

Irgendetwas war zwischen den beiden vorgefallen, während ich in dem verdammten Krankenhaus war. Das war alles, was wir brauchten, um uns gegenseitig zu hassen. Ich schaute mich nach den vertrauten Gebäuden um und entdeckte vor mir die glitzernden Fenster von Dads Büro. Mein Puls beschleunigte sich, als ich noch einmal zu dem Blut auf dem Hemd meines Bruders blickte.

War das das Blut meines Vaters?

Tobias ruckte am Lenkrad und der Jeep schaukelte so stark, dass ich mich gegen das Armaturenbrett stemmte. Wir fuhren in die Tiefgarage und die Reifen quietschten, als wir neben dem Aufzug hielten. Tobias warf einen Blick in meine Richtung und dieser bedrohliche Funke brannte in seinen Augen, als er nach der Jacke griff, die auf die Rückbank geworfen worden war.

Er zog sie an, machte den Reißverschluss zu, um die Blutflecken zu verdecken, und ging zur Tür hinaus, bevor er stehen blieb. »Kommst du mit?«

Ich löste den Sicherheitsgurt und die Verzweiflung brummte in meinen Adern. »Willst du mir nicht sagen, was los ist, T?«, fragte ich, aber tief im Innern wollte ich es nicht wissen.

Ich hatte T bisher nur einmal so erlebt. Bis an die Grenze getrieben ... tödlich. Beide Male hatte das mit unserem Vater zu tun gehabt. Ich stützte mich mit der Hand an der Seite ab, riss an der Türklinke und kletterte langsam hinaus. Die grellen Lichter der U-Bahn verschwammen mit der Anstrengung.

»T.« Ich holte tief Luft, als die Schlösser des Jeeps hörbar einrasteten.

Ein Teil von mir wollte ihn von seinem Vorhaben abbringen, aber ein größerer Teil von mir wollte das nicht. Ich holte tief Luft, als Tobias sich zu den verschlossenen Türen in der Nähe drehte und einen Ausweis aus seiner Tasche zog.

Ich erkannte das Bild auf dem Ausweis und es war nicht unser Dad.

Das erleichterte mich nicht.

Ich ging mit ihm durch die Türen und ließ sie hinter mir zuschlagen, während ich T. zum Aufzug folgte. Er drückte die Karte gegen den Scanner und die Fahrstuhltüren öffneten sich. Eine unangenehme Stille erfüllte die Luft, als wir eintraten.

Ich hatte mir vorgenommen, diesen verdammten Ort unter allen Umständen zu meiden. Dad und ich waren nach Moms Tod vielleicht nicht auf Kriegsfuß, wie er es mit Tobias war, aber wir waren verdammt weit davon entfernt, eine gute Beziehung zueinander zu haben. Der Aufzug ruckelte, als er im dreiundzwanzigsten Stock anhielt.

Tobias stieg aus und ging nach links, als würde er diesen Ort ganz genau kennen. Ich folgte ihm, als er die Karte des unbekannten Mannes an den Scanner hielt und eintrat. Der Empfangsbereich war schick und teuer. Dad hatte hier gerne ein Büro. Aber das war alles, was ich wusste.

Ich hatte keine Ahnung, wer seine Kunden waren oder warum er so oft aus der Stadt musste. Jetzt bedauerte ich, dass ich mich nicht stärker engagiert hatte. Vielleicht hätte ich das alles dann kommen sehen können. Die Schuld lastete schwer auf mir, als ich hinter meinem Bruder durch die Tür schritt und ihm durch den kleinen Empfangsbereich folgte. Er war sauber. Ein Handy, eine Kaffeetasse und Bilder von zwei kleinen Kindern vermittelten mir den Eindruck, dass hier noch jemand arbeitete.

Aus den hinteren Büros drang ein leises Stöhnen zu mir herüber. Ich hielt meine Wunde, kämpfte gegen den Schmerz an und folgte meinem jüngeren Bruder in einen Flur.

Leuchtend rote Flecken glänzten auf dem grellweißen Fliesenboden. Mein Augenwinkel zuckte bei diesem Anblick, bevor ich meinen Blick nach oben richtete. Tobias blieb vor einer geschlossenen Tür stehen, drückte die Karte auf den Scanner und öffnete die Tür.

Der Anblick im Inneren überwältigte mich. Der Mann auf dem Ausweis hob den Kopf und seine Augen waren vor Schreck geweitet. Seine Hände waren hinter ihm gefesselt, als er in seinem Bürostuhl saß. Tobias zuckte bei diesem Anblick nicht einmal mit der Wimper, sondern schaute nur in meine Richtung und beobachtete, wie sich die Tür mit einem Klicken schloss, bevor er auf den verängstigten Mann zuging.

»Also, Harvey. Ich habe dir aus reiner Herzensgüte etwas Zeit gegeben, darüber nachzudenken.« Mein Bruder öffnete den Reißverschluss seiner Jacke und schälte sie von seinem Körper, bevor er seine Fäuste ballte. Da sah ich das Blut zwischen seinen Fingerknöcheln.

»Mein Gott, T«, murmelte ich und mein Magen verkrampfte sich vor Abscheu.

Der Typ war keine verdammte Bedrohung. Er war weit davon entfernt. Er war jung, verängstigt und total zugerichtet. Seine Lippen waren aufgesprungen, ein Auge war bereits angeschwollen, bis es nur noch ein Schlitz war. Er hatte sogar verkrustetes Blut in seinen Nasenlöchern.

Er wimmerte und versuchte zu sprechen, aber die Worte wurden von dem Lappen, der in seinen Mund gestopft war, gedämpft. Tobias griff nach vorne, schnappte sich den Rand und riss ihn aus dem Mund des armen Kerls.

Der Kerl hustete, holte tief Luft und sah T mit seinen geschwollenen Augen an: »Du ... *du bist total verrückt.*«

»Verrückt?«, wiederholte Tobias und ballte seine Fäuste. »Eher entschlossen. Wirst du mir jetzt die Wahrheit sagen? Hale Orden, was ist das und wie zum Teufel kommen wir da rein?«

Der Typ schüttelte nur den Kopf. Ich warf einen Blick auf den Schreibtisch hinter ihm. Offensichtlich war er irgendein Idiot, der für unseren Dad arbeitete, also woher sollte er das wissen, verdammt noch mal?

»Du kennst seine Kunden«, fuhr T fort. »Du weißt, mit wem er sich trifft. Du weißt, wo er gerade ist, nicht wahr?«

Der Mann zuckte zurück und wurde blass. Aber er sagte nicht Nein.

Er sagte nicht Nein ...

»Wo?«, krächzte ich. »Wo zum Teufel ist er?«

Der Typ sah plötzlich noch erschrockener aus. Ja, er wusste etwas ...

Ich trat näher und kämpfte gegen den Schmerz an, der durch meine Mitte pulsierte und den Rest des Raumes grau und ausgewaschen erscheinen ließ. »Ich werde nicht noch einmal fragen, Harvey. Wo zum Teufel ist unser Vater?«

Der Typ wimmerte, als ich näher kam und auf ihn herabblickte. »Bitte«, flüsterte er. »Ich werde meinen Job verlieren.«

»Du wirst deinen Job verlieren?« Ryths Qualen heulten in meinem Kopf, als ich mich zu dem Idioten hinunterbeugte. »Du bist dabei, mehr als nur deinen Job zu verlieren.«

Sein Atem stockte und seine Augen weiteten sich. Es gab einen Anflug von Verzweiflung, bevor er stotterte. »Er hat mir gesagt, dass ich zu keinem von euch ein W–Wort sagen soll. Er sagte, ihr wäret nichts weiter als Diebe und Verbrecher. Er sagte, ihr wärt nur wegen des Geldes eurer Mutter hier.«

Ich versteifte mich und konnte das Brennen in meinem Magen nicht unterdrücken. »Er hat *was* gesagt?«

Der Typ schaute von mir zu Tobias. »A–Aber da seid ihr zu spät. D–Da ist ... n–nichts mehr übrig. Es ist alles weg. Jeder Cent.«

»Du denkst ...« Tobias bewegte sich, packte ihn am Hemd und riss ihn nach vorne, »dass wir das *für Geld* tun?«

Der Typ verstand nicht. Er verstand wirklich nicht, was er sich da gerade eingebrockt hatte.

Aber das würde er noch herausfinden.

Schmerz durchfuhr mich, als ich mich aufrichtete. Aber dieses Mal hatte es nichts mit der Stichwunde in meiner Seite zu tun, sondern mit dem Schmerz, der in meinem Herzen aufstieg. Das Gesicht meiner Mom kam zum Vorschein.

Das kleine Arschloch reckte sein Kinn nach oben und seine Augen brannten vor unangebrachter Loyalität. Aber in diesem Moment war mir das scheißegal. Ich hatte keine Kraft mehr für Erklärungen. Ich bezweifelte sowieso, dass es einen Unterschied machen würde. »T«, murmelte ich und richtete mich auf. »Zeig diesem Arschloch, was es bedeutet, uns zu verärgern.«

Tobias nickte und ballte seine Faust. »Ist mir ein Vergnügen«, murmelte er, bevor er ausholte und dem Arschloch einen Schlag gegen den Kiefer versetzte.

Der Schlag schleuderte ihn so stark zur Seite, dass der Stuhl umkippte und fiel. Er schlug mit einem Knirschen auf dem Boden auf. Ich trat einen Schritt zurück und ließ Tobias das sein, wozu er geboren worden war. Brutal. Gefährlich ... Zorn in seiner ursprünglichsten Form. Er packte den schreienden Kerl und zerrte ihn vom Boden hoch.

»Ich sage es dir!«, heulte Harvey.

Aber es war zu spät. Tobias rammte seine Faust in die Brust des Mannes und wurde mit einem Knacken belohnt. Ein Schmerzensschrei folgte und die Haut des Arschloch verfärbte sich zu einem ekelhaften Grauton.

Knall!

Knall!

KNALL!

Immer und immer wieder, bis keine Schreie mehr zu hören waren. Als Tobias fertig war, war er atemlos. Blut glitzerte auf seinen Fingerknöcheln, als er sich aufrichtete und auf den Kerl hinunterblickte. Er atmete noch, aber gerade so. Wir waren fertig.

»Ich habe es dir schon einmal gesagt, Nick. Also sage ich es dir noch einmal, nur um sicherzugehen.« Tobias' Stimme war emotionslos, als er sich umdrehte und mir in die Augen sah. »Wenn wir unseren Vater finden, gehst du mir verdammt noch mal aus dem Weg. Zwing mich nicht, dir auch noch weh zu tun.«

Ich hatte meinen jüngeren Bruder noch nie so kalt gesehen.

So gleichgültig gegenüber dem Leben, das unsere Mutter ihm geschenkt hatte.

Er wollte nicht nur das Blut unseres Vaters.

Er wollte sein gottverdammtes Leben.

ELF

Caleb

»Was zum Teufel?«

Mit einem wilden Knurren tauchte ich auf, riss die Augen auf und bereute es auf der Stelle. Tobias starrte auf mich herab und sein Gesicht war von kalter, harter Wut gezeichnet, als er sich bückte und die leere Flasche Scotch neben meinem Bett aufhob. »Hast du getrunken, verdammt?«

Bei diesen Worten zuckte ich zusammen. Mein Puls war bereits auf Hochtouren, raste und schmerzte. Ich versuchte, durch das Brennen in meinen Augen zu blinzeln und schloss sie wieder. »Hau ab, T.«

»Du bist also da draußen, trinkst und feierst, während Ryth in dieser verdammten Hölle ist?«

Ich hielt meine Augen geschlossen, während mein Herz vor Schmerz heulte. Ich hatte nicht eine Sekunde Ruhe, nicht einmal unter dem Einfluss des Alkohols. Ich hatte versucht zu trinken, um zu vergessen, was ich letzte Nacht gesehen hatte. Ich versuchte, das Stöhnen und Wimmern zu unterdrücken, das immer wieder in meinem Kopf ertönte. Ich versuchte zu trinken, um mein eigenes krankes Bedürfnis zu verbergen. Denn wenn ich Killion angesehen hatte, hatte ich nur mich selbst gesehen. Aber ich hatte *nicht ein einziges Mal* getrunken, um sie zu vergessen.

Ich dachte immer nur an sie.

Alles, woran ich denken *wollte*.

Ryth.

Aber sie war an diesem Ort. An diesem fauligen, ekelhaften Ort, und jede Sekunde, die sie dort war, war eine verdammte Sekunde zu lang.

»Du ekelst mich an, Bruder«, knurrte Tobias, als er eine weitere Flasche umstieß.

Die Flasche landete mit einem ohrenbetäubenden Geräusch auf dem Boden neben meinem Bett und ließ mein Herz hart gegen meine Brust pochen.

»Du trinkst und lebst in Saus und Braus, während wir da draußen versuchen, *verdammt noch mal zu ihr zu gelangen!*«

Ich riss die Augen auf und hasste es, dass seine Worte mich bis ins Mark trafen. »Verpiss dich, Tobias!«

Wir ...

Was meinte er damit? Ich rappelte mich auf, immer noch mit Hemd und Hose bekleidet. Der Gestank von Zigarren und Schmerz haftete an mir und machte die Qualen noch schlimmer. »Verpiss dich aus meinem Zimmer!« Ich erhob mich vom Bett und starrte auf T hinunter.

In diesem Moment hasste er mich.

Verdammt, er hasste jeden.

Ich schob ihn zur Tür und bemerkte, wie sich seine Faust ballte. Ich wartete auf den Schlag, aber er kam nicht, und ich war zu wütend, um mich darum zu scheren. Wenn er mich schlagen würde, würde ich mich vielleicht sogar besser fühlen. Vielleicht wäre der Schmerz, den ich dann hätte, es wert. Vielleicht ...

Ich trieb ihn zur Tür und aus meinem Zimmer.

»Was zum Teufel ist los mit dir?« Tobias trat einen Schritt zurück und starrte mich an.

Von der Tür auf der anderen Seite des Flurs sah ich Nick herauskommen. Panik machte sich in mir breit, als ich die dunklen Ringe unter seinen schmerzerfüllten Augen und den um seine nackte Brust geschnallten Verband bemerkte. *Was zum Teufel?* Angst überkam mich bei dem Anblick.

Er sollte nicht aus dem Krankenhaus entlassen werden!

Verdammt, er sollte nicht einmal mehr am Leben sein, geschweige denn herumlaufen, doch da war er und starrte mich *enttäuscht* an. Ich schluckte schwer.

»Du verdammter ...«, begann T und ich wartete nicht auf den Rest, sondern schlug ihm einfach die Tür vor der Nase zu.

Der Schmerz blühte in meiner Brust auf, als ich zurück zum Bett ging und dort in mich zusammensackte. Es war mir egal, dass ich immer noch in den dreckigen Klamotten steckte, es war mir egal, dass der Hass meines Bruders immer noch vor meinem Zimmer tobte. Ich drehte mich um, schnappte mir mein Kissen und klemmte es mir um den Kopf, während ich versuchte, die Schreie zu dämpfen.

Du willst dein eigenes, privates Fickspielzeug. Jemanden, den du kontrollieren kannst. Killions Stimme ertönte, egal wie fest ich sie verdrängte. Es folgte ein Wimmern, ein weibliches Wimmern. Aber es waren nicht Killions kranke Worte, die etwas in meiner Brust regten. Es waren meine eigenen Worte, mein kalter, verzweifelter Ton ...

Ja. Die Worte hallten in mir wider. *Ich will.*

ZWÖLF

Ryth

———

Ich wartete den ganzen Tag darauf, dass Viv kommen würde. Ich saß auf dem harten Boden, mit dem Rücken an der Tür, und hörte, wie sich die schweren Stiefel näherten, bevor sie wieder verklangen. Viv würde kommen. Sie musste einfach kommen. Ich verdrehte meine Finger und biss die Zähne zusammen, während mein Herzschlag in meinem Kopf dröhnte.

Warum war sie dann nicht hier?

Ich stieß mich von der Tür ab und ging auf und ab. Das Einzelbett, das Waschbecken und die eingebauten Schubladen waren die einzigen Dinge in diesem kalten, harten Raum. Es gab keine Fenster, um nach draußen zu schauen. Kein Licht, abgesehen von den beleuchteten Tafeln über dem Bett, die von irgendwo da draußen gesteuert wurden. Graue polierte Betonböden und grau gestrichene Wände. Viv sagte, dass sie diesen Ort als Besserungsanstalt für Mädchen ausgaben, aber die einzigen Dinge, die sie lehrten, waren Gehorsam und wie man gefickt wurde.

Wie immer musste ich an Nick, Tobias und Caleb denken. Auf halbem Weg über den Boden blieb ich stehen. Nick ... *Nick*. Ich ballte meine Fäuste und massierte meine Fingerknöchel. Ich hatte immer noch nichts von ihm gehört. *Er* hatte mir gesagt, er würde es herausfinden. Der Bastard, der mich hier festhielt. Derjenige, der wollte, dass wir ihn ›den Direktor‹ nannten.

Er war kein verdammter Direktor.

Er war ein sadistisches Stück Scheiße.

Ein Mann, der sein eigenes, privates Bordell betrieb.

Ein Bordell, in das meine Mutter mich geschickt hatte. Nein, nicht geschickt ... sondern *verkauft*. Ich schüttelte den Kopf und verdrängte den Gedanken. Dieser Schmerz war zu groß, um ihn zu verarbeiten. Ich musste hier bei klarem Verstand bleiben. Ich musste am Leben bleiben und mich von diesen kranken Wichsern fernhalten.

Das dumpfe Geräusch von Stiefeln, die in meine Richtung kamen, lenkte meinen Blick auf die Tür. Ich schluckte schwer, als sich der Schatten über die Glasscheibe ergoss und die graue Uniform des Wachmanns die Scheibe ausfüllte. Das Klicken des Schlosses ertönte, und die Tür schwang auf.

»Raus«, befahl der Wachmann. »Toilette.«

Ich schluckte das Zittern der Angst hinunter und trat nach vorne. Ich schaute den Flur entlang, als andere Türen von weiteren Wachen aufgeschlossen wurden und die Mädchen herauskamen, die die gleichen dünnen Unterhosen trugen, die wir letzte Nacht hatten anziehen müssen. Ich versuchte, Viv unter den anderen zu finden, aber sie war nicht da.

Bilder von dem, was mit ihr passiert sein könnte, schossen mir durch den Kopf.

War sie weggebracht worden ... war sie ... *verletzt?*

Hatten sie herausgefunden, was sie vorhatte, und dem Ganzen und ihr ein Ende gesetzt?

»Beweg dich«, befahl der Wachmann und gab mir einen Stoß gegen die Schulter. Ich stolperte mit den anderen vorwärts, hielt meinen Kopf gesenkt und schwieg. Aber innerlich kochte die Wut. Wir machten uns auf den Weg zu den Toiletten und traten hinein. Das Zischen der Duschen erfüllte bereits den Raum. Ich musterte die nackten Körper der anderen und suchte nach Viv, aber auch hier war sie nicht.

»Rein«, knurrte der Wachmann hinter mir.

Vor Abscheu verschränkte ich die Arme vor dem Körper. Ich konnte die, die rot und schwarz trugen, von denen unterscheiden, die weiß trugen. Sie versteckten ihre Körper nie vor den Blicken der Wachmänner, sie wuschen und schrubbten sich und stellten ihre Brüste zur Schau.

Ein weiterer Schlag auf meinen Rücken. »Klamotten aus und rein ... zwing mich nicht, sie dir vom Leib zu reißen.«

Ich schluckte schwer und dachte daran, mich umzudrehen und ihm eine Ohrfeige zu verpassen, bis der weißhaarige Wachmann ins Bad trat und die anderen musterte, bevor seine eisblauen Augen auf mich fielen. Ein Funken Erregung lag in seinen Augen, als er meinen Trotz bemerkte.

»Willst du jetzt abhauen und Officer Garland hier schlagen, Castlemaine?« Er beugte sich vor, » denn für mich sieht es ganz danach aus.«

Ich verkrampfte meinen Kiefer so stark, dass mir fast die Zähne ausfielen. Das Wimmern und das brutale Geräusch der Peitsche, die auf Haut traf, hallte noch immer in meinem Kopf nach. Ich brauchte diesem Bastard nur eine Gelegenheit zu geben und er würde ein Exempel an mir statuieren, so wie Olivia gestern Abend.

»Nein«, murmelte ich.

Er lehnte sich näher heran. »Entschuldige, was hast du gesagt?«

Ich zwang meinen Blick zu ihm. »Ich sagte: Nein.«

Augenblicklich lächelte er. »Das habe ich mir gedacht.« Er warf einen Blick auf die Duschen. »Also, worauf wartest du noch?«

Mein Atem beschleunigte sich, als ich den dünnen Satinstoff ergriff und das Nachthemd über meinen Kopf hob. Hitze brannte in meinen Wangen und meine Brustwarzen kribbelten. Ich spürte ihre Blicke auf meinem Körper, als das Nachthemd auf den Boden fiel, dann griff ich nach meinem Höschen, schob es nach unten und trat in die warme Gischt.

Andere eilten hinaus und schnappten sich Handtücher zum Abtrocknen. Ich wusch mir die Haare und tauchte meinen Kopf wieder in die Gischt, während ich dem Blick des verdammten Wärters standhielt. Der Wasserhahn quietschte. Die Duschen wurden verlassen und ich blieb als Einzige zurück. Ich versuchte, mich nicht von meiner Angst überwältigen zu lassen, wusch und spülte, bevor ich mich umdrehte, um das Wasser abzustellen.

Aber das weißhaarige Arschloch war mir im Weg. Ich versuchte, um ihn herumzugehen, aber er bewegte sich und drängte mich zur Seite, bis er mich gegen die kalte Fliesenwand presste.

»Ich mag dich, Castlemaine-Schlampe«, knurrte er und sein Atem war warm an meinem Hals.

Ich hielt meinen Blick nach unten gerichtet, während mir das Wasser in Rinnsalen den Rücken hinunterlief.

»Ich glaube, du und ich werden sehr gute Freunde werden. Ich werde dich besuchen kommen.« Er strich mir die nassen Haare aus dem Gesicht. »Du wirst für mich schreien.«

Mein Magen drehte sich vor Abscheu, aber ich zwang meinen Blick zu ihm und ließ die Brutalität in mir aufsteigen. »Eines Tages werde ich hier rauskommen«, zischte ich. »Ich kann es kaum erwarten, bis du meine Stiefbrüder kennenlernst.«

»Ach, ja?« Er drückte mich hart gegen die Fliesen. »Glaubst du, deine großen Brüder werden deinen hübschen Arsch retten?«

Er packte mein Gesicht und presste meine Lippen gegen meine Zähne. Mit der anderen Hand zeichnete er das Mal auf meiner Wange nach. »Ich wette, es wird ihnen Spaß machen, mir dabei zuzusehen, wie ich ihre kleine Schwester ficke.«

Die Vorstellung dröhnte in meinem Kopf und ließ das Badezimmer an den Rändern grau werden.

Ich wollte weinen. Ich wollte mich übergeben.

Ich wollte meine Arme um meinen Körper schlingen und in einer Ecke schaukeln, während mein Verstand zerbrach und mein Wille mir entglitt. Jetzt wusste ich, warum die in Rot Gekleideten nicht weinten, schrien oder kämpften. Der Grund dafür waren Männer wie er, die sie langsam zu Fall brachten.

»Ich glaube, du wirst überrascht sein.« Obwohl meine Stimme zitterte, zwang ich mich zu den Worten. »Ich würde an deiner Stelle vorsichtig sein … für den Rest deines Lebens.«

Da grinste er und dieser Anblick war fast so unangenehm wie seine Worte.

»Tig«, rief der andere Wächter.

Der kranke Bastard drehte langsam seinen Kopf, aber sein Griff um meinen Kiefer lockerte sich nicht.

»Der Lehrer wartet.«

Es gab einen Herzschlag, in dem er sich nicht bewegte, lange genug, damit sich meine Angst noch weiter verstärkte, bevor sich der Griff um meinen Kiefer lockerte und er sich aufrichtete. »Zieh dich an, Castlemaine-Schlampe«, murmelte er und musterte den anderen Wachmann.

Ich trat um ihn herum und schnappte mir schnell ein Handtuch. Aus Selbsterhaltungstrieb wusch ich mir grob die Haare und zog mir ein sauberes weißes Nachthemd und ein Höschen an.

Ich versuchte nicht einmal, mir die Haare zu bürsten, sondern rannte einfach aus dem Bad und blieb im leeren Flur stehen. Das Geräusch von Stimmen rief mich nach vorne, und ich wollte dem weißhaarigen Bastard auf keinen Fall noch eine Gelegenheit geben, mich in die Enge zu treiben. Ich eilte auf die Stimmen zu und meine nassen Haare ließen das Nachthemd an meinem Rücken kleben.

»Der Unterricht ist wichtig.« Ein Mann sprach vor den Frauen. »Ich erwarte, dass ihr sauber, bereit ... und pünktlich seid.« Er warf einen Blick in meine Richtung, als ich eintrat. »Aufmerksamkeit ist wichtig. Ihr hingegen nicht.«

Ich trat um die anderen herum und ärgerte mich über ein kaltes Rinnsal, das zwischen meine Brüste glitt. Der Lehrer kam näher und starrte den anderen Mädchen in die Augen. »Ihr seid nicht wichtig, weder eure Wünsche noch eure Bedürfnisse. Das Einzige, was zählt, sind die Bedürfnisse eures Meisters, eures Besitzers. Euer ganzes Wesen wird ihm gewidmet sein. *Seinen* Wünschen. *Seinen* Bedürfnissen. Ihr werdet finden, wonach *er* sich sehnt. Ihr werdet zu dem, wonach er sucht, auch wenn er es selbst noch nicht weiß.«

Abscheu durchfuhr mich.

Er kam näher, bis er bei einem der Mädchen in Weiß stehen blieb. Sie wimmerte bei seiner Nähe, zuckte zusammen und versuchte, sich zu entfernen, bis er sie im Nacken packte und an sich zog. »Manche von ihnen wollen eine Hure, die sie an der

Tür wartet, auf Knien, mit offenem Mund und bereit, seinen Schwanz zu nehmen. Andere wollen eine schüchterne, ängstliche Frau. Sie wollen dieses Gefühl der Macht, das sich einstellt, wenn sie eine Frau nehmen, die um ihren Schwanz bettelt.« Er konzentrierte sich auf eine junge Frau. »Zeig mir, wie ängstlich du sein kannst.«

Sein Blick rührte sich nicht von der Stelle, er vergrub sich in ihr, selbst als sie versuchte, sich zurückzuziehen.

Mein Herz raste, als ich seine Haltung, seinen Körper, die Art und Weise, wie die Ärmel seines schwarzen Hemdes spannten, wahrnahm. Er war genau wie der Direktor. Hart, kalt. Kraftvoll. Seine grünen Augen reflektierten die Lichter über mir und machten ihn auf eine bösartige, furchterregende Weise fast schön. Seine große, kräftige Hand schloss sich um ihren Hals, bis die Fingerspitzen gegen ihre Adern drückten.

Sie wimmerte.

Ihre Beine zitterten, und es war sein Griff, der sie aufrecht hielt, der sie wie angewurzelt stehen bleiben ließ, während er sich so nah zu ihr beugte, dass er sie hätte küssen können. »Zeig ...es ... mir ...«

»B–Bitte«, flüsterte sie.

»Bitte?«, flüsterte er zurück und zwang sie, den Kopf zu drehen, damit er ihr das Wort an die Wange murmeln konnte. »Bitte was?«

»Bitte tu mir nicht weh.«

»Mach«, drängte er.

»I–Ich ...«, stotterte sie und schloss ihre Augen. »Ich ...«

»*WEITER!*«, brüllte er.

Die ganze Klasse zuckte bei diesem Geräusch zusammen. Mein Herz hämmerte, als er seinen Kopf von ihr wegzog und ihr in die Augen schaute. »Haben sie dir von den Rekrutinnen erzählt, die ihre Ausbildung nicht bestehen?« Seine Stimme war so ruhig, so kontrolliert, so kühl. »Du denkst, dass es hier hart ist?« Er schnaubte leise. »Es geht immer härter, grausamer. Diejenigen, die sich als … *unbrauchbar* erweisen, werden auf andere Weise benutzt. Du wurdest verkauft, gehandelt … weggeworfen. Und wenn der Orden dich auf diese Weise nicht gebrauchen kann … dann gibt es weniger … günstige Bedingungen, zu denen du geschickt wirst. So oder so können wir uns bis zum Ende an dir bedienen.«

Mein Magen verkrampfte sich vor Angst, während meine Atmung sich beschleunigte. Sie sank auf die Knie, als diese nachgaben und schwere Schluchzer aus ihrem Mund quollen. »Bitte tu mir nicht weh. Ich werde alles tun … *alles.*«

Er stand über ihr und blickte auf sie herab, als wäre sie ein Nichts, als sie ihren Kopf auf seine Füße fallen ließ. Ihr Körper zitterte und bebte, die Knochen ihrer Rippen bewegten sich wie Schatten unter ihrer Haut.

»Gut«, murmelte er. »Gut.«

Gut?

Gut, dass er sie gebrochen hatte?

»Du bist das Schloss für seinen Schlüssel. Du wirst an dir feilen, an dir schnitzen. Deine Haarfarbe ändern, deine Augen verändern. Du wirst alles an dir verändern und zu dem werden, was sie lieben … was sie reparieren können.«

Die letzten Worte sagte er leise.

So leise, dass ich sie kaum hörte.

So leise, dass die anderen es nicht hörten.

Sie starrten nur entsetzt zu der Frau auf dem Boden … sie hätte schließlich jede von ihnen sein können.

»Heute werdet ihr in euren Zellen sitzen und um das Leben trauern, das ihr einst hattet. Ihr werdet weinen, ihr werdet schreien. Ihr werdet gegen die Wände schlagen und heulen, bis eure Kehlen brennen und eure Stimme heiser sind, und morgen … morgen werdet ihr jemand anderes sein. Jemand, der entweder zerbrechen wird, oder jemand, der überlebt.«

Er hob den Kopf und musterte den Raum, nahm jedes Paar niedergeschlagener Augen wahr, bis er bei meinem stehen blieb. Ich wandte den Blick nicht ab, sondern hielt ihm stand, bis meine Augen tränten und mein Körper zitterte.

»Auf eure Zimmer!«, befahl er.

Ich entfernte mich von den anderen und mein Puls raste, als ich auf die Tür zuging. Ich war die Erste, die die Klinke betätigte und die Tür weit aufstieß, bis ich stehen blieb.

Viv stand da, mit dem Rücken an die Wand gepresst. Ein Mann hielt sie dort fest. Ein Mann, der kein Wärter war. Er war älter und hatte graues Haar, das sich mit dem Schwarz an seinen Schläfen vermischte.

»Glaubst du, der Vertrag wird dich retten, Vivienne?«, murmelte er und fuhr mit seinem Finger über ihren Kiefer.

Ihr Kopf drehte sich gerade so weit, dass ihre Augen die meinen trafen. Ein kurzes Aufflackern von Panik wurde schnell durch einen stumpfen, kontrollierten Blick ersetzt.

»Es ist ein verdammtes Stück Papier«, knurrte der Mann in ihr Ohr. »Eines, das ich jederzeit zerreißen kann, wenn ich will. Du bist mein Schützling, Vivienne. Du gehörst zu mir.«

Die eiligen Schritte der Frauen aus dem Klassenzimmer wuselten um mich herum und zogen den Blick des Mannes auf sich, der Viv an die Wand drückte. Er scherte sich nicht um uns, zuckte nicht zurück, trat nicht weg ... bis das langsame, schwere Poltern von Schritten hinter mir kam und der Mann, den sie den Lehrer nannten, an meiner Seite stehen blieb.

Der ältere Mann ließ seine Hände von Vivs Gesicht fallen und trat zurück. Es wurde kein Wort zwischen ihnen gesprochen. Und selbst wenn, hätte ich sie nicht gehört. Denn es ertönten Schreie. Stumme, gequälte Schreie, die in Viviennes Blick brannten.

Schreie, die in meiner Seele widerhallten.

DREIZEHN

Caleb

CALEB ... CALEB, HILF MIR.

Ich riss meine Augen auf und sah die Dunkelheit. Aber ich bewegte mich nicht, noch nicht. Ein winziges Zucken und die Fantasie würde mir entgleiten und das Bild von Ryth mit sich reißen.

»Noch nicht«, flüsterte ich und meine Stimme war ein brennendes Krächzen. »Bitte, noch nicht ...«

Der Gestank von Zigarren und Schmerz haftete an mir, meinem Oberteil, meiner Seele. Ich versuchte, die Erkenntnis zu verdrängen. Aber es war egal, wie sehr ich mich an ihr festhielt. Sie verblasste trotzdem und entschwand ins Nichts.

Ein Schmerz zerrte an meiner Brust. Ich zwang mich aufzustehen und mich auf die Bettkante zu setzen, wobei ich die leere Scotchflasche auf dem Boden kickte und meine Sinne schärfte. Die Stille wartete auf mich. Betäubte, steinerne Stille. Die Art, die ich nicht mochte.

Ich erhob mich vom Bett und schwankte. Mein Körper schmerzte, aber mein Kopf fühlte sich schlimmer an. Ich rieb mir den pochenden Schmerz am Hinterkopf und machte mich langsam auf den Weg zu meiner Zimmertür. In dem Moment, als meine Hand auf dem Türgriff landete, dachte ich, dass das alles vielleicht nur ein schlechter Traum gewesen war und nichts davon real war.

Nick wäre nicht fast gestorben. Er spielte in seinem Zimmer Call of Duty, während er seine nächste Million verdiente. Und Ryth war in ihrem Zimmer neben meinem und arbeitete hart an der Schularbeit, die sie nächste Woche abgeben musste. Ich hatte mir viel Mühe gegeben, sie mit einer Nacht in meinem Bett abzulenken.

Aber als die Tür aufging und die Leere hereinströmte, wurde es mir klar.

Es war kein böser Traum, alles war real.

Sie war weg.

Nick war am Leben, gerade noch so.

Und unser Vater und ihre Mom waren an allem schuld.

Ich trat auf den Treppenabsatz hinaus und schaute zu Ts Zimmer. Der bittere Gestank seines Hasses hing noch in der Luft. Mein Bruder war ein Wrack. Er raste auf die Dunkelheit zu, die ihn erwartete. Aber ich konnte ihm genauso wenig helfen, wie ich mir selbst helfen konnte.

Mein Handy vibrierte, es steckte immer noch in meiner Tasche. Ich zuckte zusammen und mir wurde bewusst, dass ich immer noch die Klamotten anhatte, die ich gestern Abend getragen hatte ... *gestern Abend.* Erinnerungen stiegen in mir auf, ich schluckte die Galle hinunter und überlegte, ob ich noch einmal den Schnapsschrank meines Vaters plündern sollte ... bis mir bewusst wurde, dass ich das schon getan hatte und kein Alkohol mehr übrig war.

Ich griff nach meinem Handy und machte mich barfuß auf den Weg ins Bad. Es war spät, sehr spät. Draußen war es dunkel. Wie lange hatte ich geschlafen? Ich versuchte, das Brennen in meinen Augen wegzublinzeln. Nicht lange genug. So lange. Aber es gab keine Ruhe für mich, nicht mehr.

Kriech …

Killions Knurren wurde lauter, als ich mich Nicks Tür näherte, den Griff drückte und die Tür aufstieß. Das Schlafzimmer war leer. Ich ging zu T und fand das Gleiche vor. Sie waren wütend auf mich und taten irgendetwas.

Ich schüttelte den Kopf und hasste, wie ich diese Verzweiflung beiseite schob. Ich konnte mich nicht um sie kümmern, nicht jetzt. Ich hatte zu viele eigene Dämonen, mit denen ich zu kämpfen hatte. Aber es war kein Kampf, oder? Nein, denn um sie zu befreien, musste ich meine Dämonen gewinnen lassen.

Ich ging ins Bad, machte das Licht an und schaute auf mein Handy, wo ich sechs verpasste Anrufe vorfand. Fünf davon waren von Evans. Aber der sechste Anruf kam von einer privaten Nummer. Ich drückte auf den Knopf für meine Mailbox und hörte Killions tiefen Bariton. *»Heute Abend findet eine private Party in Crestwood statt. Dein Name und der von Evans stehen auf der Liste. Ich erwarte, dass wir uns heute Abend sehen.«*

Abscheu durchfuhr mich. Zweifellos ging es bei den fünf verpassten Anrufen von Evans genau darum. Ich hatte es gewollt … also musste es so sein. Ich hob meinen Blick zu den gequälten Augen im Spiegel. Er wollte mehr von mir sehen. Das konnte nur eines bedeuten …

Er wollte mir beim Ficken zusehen.

Meine Eier verkrampften sich bei dem Gedanken.

Ein Publikum war mir egal. Aber was mich interessierte, war sie.

Ryth.

Auf gar keinen Fall wollte ich jemand anderen ficken.

Nicht jetzt ... niemals.

Aber ich war mir nicht sicher, ob ich eine Wahl hatte. Ich drückte Evans' Nummer und hörte zu, wie es klingelte, bis er mit einem Stöhnen abnahm. »C.« Evans klang panisch. »Was zum Teufel machen wir jetzt?«

VIERZEHN

Nick

MEIN BRUDER WAR STILL ... ZU STILL. WIR SAßEN IM Dunkeln, verdeckt von den hohen Bäumen des Waldes. Der Motor des Jeeps lief im Leerlauf, aber die Scheinwerfer waren ausgeschaltet, sodass wir von dem Gelände auf der anderen Seite der Straße kaum zu sehen waren.

Ich musterte den Zaun und achtete auf Bewegungen. Der Orden war gut geschützt, viel zu gut. Die Wachen patrouillierten in regelmäßigen Abständen. Ein Team überwachte die Zäune, während ein anderes im Inneren des Geländes patrouillierte. Selbst wenn wir wüssten, wo sie Ryth festhielten, würden wir gefunden werden, bevor wir auch nur in die Nähe des verdammten Gebäudes kämen.

Die Anspannung verkrampfte sich in meinem Bauch und verursachte einen Schmerz in meiner Seite. Ich zuckte zusammen und drückte meine Hand gegen den frischen Verband, als T den Rückwärtsgang einlegte und zurückfuhr.

Rote Bremslichter flackerten in der Dunkelheit auf, als wir abbremsten, wendeten und dann vorwärts fuhren. T wartete, bis wir weit genug weg waren, bevor er die Scheinwerfer einschaltete und den Feldweg beleuchtete. Er sagte nichts, sondern fuhr einfach weiter, während ich meine Hand an meine Seite presste und mich festhielt.

Es gab keinen Weg da hinein, nicht ohne einen Wachmann zu entführen, ihn zu foltern, um Informationen zu bekommen, und ihn dann auszuschalten. Ich dachte an Geld, aber eine Bestechung würde zu lange dauern ... und wir hatten keine Zeit zu verlieren. Jede Sekunde, die sie an diesem Ort war, war eine Sekunde zu lang.

Die Chance, einen der Wächter allein zu erwischen, war gering. Trotzdem dachte ich daran, als wir zurück in die Stadt fuhren. Nur fuhren wir nicht nach Hause. Stattdessen machten wir uns auf den Weg in die schäbigen Vorstädte des Südens. Ich schaute T an, als er auf den Strip zusteuerte, und wurde langsamer, als die Penner in ihren Lamborghinis neben uns auftauchten und ihre Motoren aufheulen ließen.

Aber Tobias schien das nicht zu bemerken oder zu beachten. Er starrte geradeaus, den Kiefer zusammengebissen und die Fäuste um das Lenkrad geballt. Die Scheinwerfer streiften sein Gesicht und ließen seine dunklen Augen noch dunkler aussehen, als sie waren. Er sah gequält aus ... *nein, er sah verdammt gefährlich aus.*

Er war dabei, uns zu entgleiten und in die Dunkelheit zu stürzen.

Trotzdem machten wir uns langsam auf den Weg nach Süden, ließen die rasenden Jungs hinter uns, ebenso wie die glitzernden Lichter des Stadtzentrums. Aber bei jeder Abbiegung hatte ich das Gefühl, dass er irgendwo hin wollte. Irgendwohin, wo er eigentlich gar nicht hinwollte. Also nahmen wir die Seitenstraßen und Kreisverkehre, umrundeten die gefährlicheren und schäbigeren Vorstädte, bis ich mich nicht mehr zurückhalten konnte. »Kannst du mir sagen, wohin wir fahren, Bruder?«

»Ich habe vielleicht einen Kontakt, der uns reinbringen kann«, murmelte T. »Aber ich habe ihn schon eine Weile nicht mehr gesehen.«

Ich warf ihm einen kurzen Blick zu. »Ach ja? Warum zum Teufel hast du das nicht früher gesagt?«

T sagte nichts. Aber es war kein verärgertes Schweigen ... es war ein besorgtes Schweigen. Als wäre er sich der Sache nicht sicher. Wir bogen in die Seitenstraßen von Penance ein, wo die Biker die Lagerhäuser in den Hinterhöfen besetzten und die Einkaufszentren von Straßenbanden kontrolliert wurden. Vier Typen auf ATVs fuhren hinter uns her. Ich bemerkte die Bewegung im Seitenspiegel und das mulmige Gefühl machte sich breit.

»Wenn wir da sind, Nick, sagst du nichts. Hast du das verstanden?« T fuhr in das schäbige Einkaufszentrum und steuerte auf das unterirdische, mit Graffiti verunstaltete Parkhaus zu. »Stell keine Fragen, mach keinen Smalltalk ... vor allem keinen Smalltalk. Du bleibst ruhig und überlässt das Reden mir.«

T fuhr an dem zertrümmerten Gittertor und dem zerstörten Sicherheitsstand vorbei. Ich musterte die Gegend und entdeckte einen nagelneuen schwarzen Escape, der seitlich am hinteren Ende des Parkplatzes geparkt war. Drei Typen auf Sportmotorrädern hatten dort geparkt und beobachteten uns, als wir uns näherten.

Die sahen nicht wie irgendwelche Typen aus, schon gar nicht an einem Ort wie diesem. Ein kaltes Gefühl durchfuhr mich bei diesem Anblick. »Kannst du mir sagen, wer diese Typen sind?« Ich musterte sie und entdeckte drei weitere, die weiter hinten standen.

»Das willst du gar nicht wissen«, antwortete T. »Warte im Auto. Wir werden nicht lange bleiben.«

Er stieg aus, ließ den Motor im Leerlauf und ging zu dem Mann hinüber, der am Escape lehnte. Ich warf einen Blick in den Seitenspiegel und entdeckte eine Bewegung weiter hinten. Drei Männer schauten hinter den geparkten Autos in der Ferne hervor. Typen, die auf Harleys saßen und MC-Aufnäher trugen. Wer zum Teufel waren diese Typen?

Das Arschloch am Escape tastete T ab und ging dann weg. Sie unterhielten sich und sagten Worte, die ich nicht ganz verstehen konnte, bis der Typ seinen Kopf drehte und zu den Bikern am hinteren Ende deutete.

Die Motorräder starteten mit einem dumpfen Dröhnen. Die anderen Typen stiegen auf, während T sich einfach umdrehte und wieder in meine Richtung ging. Ich sagte nichts, als er sich hinter das Lenkrad setzte. Ich wartete, bis wir wieder auf dem Weg nach draußen waren. »T, willst du mich nicht aufklären?«

»Sie können uns reinbringen.«

Das war alles, was er sagte.

»Sie können uns reinbringen«, wiederholte ich und sah, wie ein Audi hinter uns herfuhr. »Zu welchem Preis?«

Er antwortete nicht, was auch eine Antwort war. Das kalte Gefühl grub sich noch tiefer in mich ein, als wir den Jungs auf den Harleys aus dem Einkaufszentrum und nach Osten auf die Penance folgten.

Nach Osten, wo niemand hinging. Jedenfalls niemand, der am Leben bleiben wollte. Ich zuckte zusammen und warf T einen Blick zu. Er konnte unmöglich wissen, welche Art von Männern sich in solchen Straßen aufhielten. Auf keinen Fall bewegte er sich auch nur in der Nähe der blutgetränkten Kreise dieser Männer. Auf keinen Fall …

Nicht mein kleiner Bruder.

Der Escape überholte uns in der Kurve, der Motor heulte auf, die dunkel getönten Scheiben waren heruntergekurbelt und der Fahrer starrte mich an, als er vorbeifuhr. T folgte uns bis zu den Sozialwohnungen, die sich im Osten ausbreiteten. An den Ecken standen Beobachter. Typen auf Motorrädern, andere in schnittigen, dunklen Fahrzeugen. Die teure Sorte. Wir fuhren zu einer Art leerem Grundstück mit einem hohen Zaun und einem schweren, verschlossenen Tor. Dort warteten wir, während der Fahrer des Escape ausstieg, lässig zum Schloss ging und den Schlüssel zog. Anschließend stieg er wieder in seinen Wagen und führte uns weiter an.

Der abgefahrene Weg führte zu einer Reihe von Lagerhäusern in der Ferne. Drei Stahlgebäude, die sich an verfallene Häuser in der Nähe anreihen. Der Schotterweg führte am Lagerhaus vorbei und bot denjenigen, die sich darin befanden, mehrere Fluchtmöglichkeiten. Das schien strategisch klug zu sein. T folgte dem Ford und ließ den Asphalt hinter sich. Ich hielt den Atem an, als wir uns ruckelnd und schaukelnd den Weg zur Vorderseite eines Lagerhauses bahnten.

Der Fahrer des Escape parkte, stieg aus und wartete, bis T den Motor abstellte. Ich folgte meinem Bruder und hielt mir die Seite, als ich ausstieg und die Tür hinter mir zuschlug.

»Denk dran, lass mich reden«, murmelte T, als ich um die Vorderseite des Jeeps herumging und ihm zur Tür folgte.

Von drinnen ertönte ein grässliches Heulen der Qualen. Da waren Hunde, und zwar sehr viele. Sie kämpften und töteten etwas, das dem Anschein nach klein und verängstigt war. Ich verkrampfte meinen Kiefer und duckte mich unter dem Rolltor hindurch, als es sich hob. Aber als ich hineinging, wollte ich sofort wieder raus.

Und zwar schnell.

Der Gestank von Scheiße, Pisse und Blut schlug mir entgegen. Zwei riesige Pitbulls griffen einen einzelnen dunklen Welpen in einer blutverschmierten Grube an. Ich sah die braunen Flecken. Je näher wir kamen, desto mehr wurde mir bewusst, was das war. *Sport. Das war ein verdammter Sport.* »Was soll der Scheiß?«

T warf mir einen Blick zu, der zwei Worte enthielt: *Sei still.*

Eine Gruppe erbärmlicher Mistkerle schrie, brüllte und feuerte das Blutbad an. Ich konnte nicht hinsehen ... Ich wollte es auch gar nicht, aber irgendetwas an diesen Schmerzensschreien hallte irgendwo tief in mir nach.

Das Heulen verstummte. Die enttäuschten Schreie dieser feigen Bastarde brachten mich dazu, sie in Stücke reißen zu wollen, Stück für Stück. Ich musste meinen Blick von der winzigen blutigen Gestalt in der Mitte der Grube abwenden, als zwei der Männer hineinkletterten und die Pitbulls mit Ketten und Maulkörben anbanden. Geld wechselte den Besitzer. Bei dem Anblick wollte ich kotzen, als einer der Unmenschen sich der winzigen Gestalt näherte, ihr einen Tritt verpasste, sich dann bückte, den Welpen an den Hinterbeinen packte und ihn über den Zaun warf, wo er mit einem dumpfen Aufprall auf dem Betonboden landete.

Ich hatte mich geirrt.

Das war kein Sport. Das war einfach nur verdammter Blutrausch.

»T«, knurrte ich und riss meinen Blick von der kleinen Gestalt los, die so still auf dem Boden lag.

»Du willst mitmachen?«, knurrte T und warf mir einen bösen Blick zu. »Dann halt dein verdammtes Maul.«

Er verlängerte seine Schritte und ging auf das hell erleuchtete Büro im hinteren Teil zu. Ich musterte das Lagerhaus und vergewisserte mich, dass ich jeden hässlichen Wichser da drin gesehen hatte. Ich wollte sichergehen, dass ich wusste, wen ich ausschalten musste, wenn ich zurückkam.

»Tobias«, murmelte das Arschloch hinter dem Schreibtisch, als er sich in seinem Stuhl zurücklehnte. Seine Beine waren gekreuzt, die Stiefel in der Mitte des Schreibtischs. Aber an ihm war nichts entspannt. Der Mann war eine Schlange, und das zeigte er mit dem Flackern der Verärgerung, als würde er gleich zuschlagen. »Das letzte Mal, als ich dich gesehen habe, hast du mir gesagt, dass du kein Interesse an dem Spiel hättest. Was hat sich geändert?«

»Die richtige Motivation«, antwortete Tobias.

Der Mann sagte nichts, sondern beobachtete ihn nur, während die Hunde weiter hinten im Lagerhaus zu knurren und zu bellen begannen.

»Netter Ort«, murmelte ich.

Ein langsames, verschmitztes Lächeln huschte über das Gesicht des Arschlochs, als er langsam den Kopf drehte und mir zum ersten Mal, seit wir reingekommen waren, seine Aufmerksamkeit schenkte. »Willst du eine Wette abschließen?«

Ich schluckte meine Wut hinunter und schmeckte die Säure. »Nicht wirklich.«

Sein Lächeln war kalt, eine verdammte Maske, als er seinen Blick auf meinen Bruder richtete. »Warum bist du hier, T?«

»Die Wachen des Ordens. Sie sehen aus wie deine Männer.«

Er zuckte vorsichtig mit den Schultern.

»Ich will mitmachen.«

»Du willst mitmachen?«

Tobias blieb stumm. Ich beobachtete die beiden und wollte unbedingt herausfinden, woher T diese Arschlöcher kannte. Es musste von Lazarus sein. Daran bestand kein Zweifel, aber ich war überrascht, dass sogar die Rossis so tief gesunken waren.

»Jackson«, rief der Hundekiller.

Das dumpfe Geräusch von Stiefeln war hinter mir zu hören. Ich drehte mich nicht um, wandte meinen Blick nicht von dem Mann ab, der das Sagen hatte.

»Ja, Boss?«

»Tobias hier will bei der Wache von Hale mitmachen. Hast du einen Platz für ihn?«

»Kann er sich durchsetzen?«

»Ich weiß es nicht.« Er starrte meinen Bruder an. »Kannst du dich selbst verteidigen?«

»Sag du es mir, Amo«, antwortete Tobias in einem harten Ton.

Ich wartete darauf, dass die Spannung abfiel, dass das Arschloch, das T Amo nannte, in Gelächter ausbrach und uns genau das gab, was wir wollten: einen Weg in den Orden, um Ryth zu befreien.

»Es gibt wohl nur einen Weg, das herauszufinden.« Amo nickte Jackson zu und warf dann einen Blick auf T. »Uns fehlt ein Mann für einen Job.«

Ich versteifte mich und warf meinem Bruder einen kurzen Blick zu. »Einen Job?«

»Was denkst du, T?«, fuhr er fort, ohne mich auch nur einmal anzusehen. »Du musst dich beweisen, Bruder.«

Ich mochte diesen zweitklassigen Gangster nicht, ich mochte ihn überhaupt nicht, und ich mochte es verdammt noch mal nicht, dass er T als seinen verdammten Bruder bezeichnete. T schaute von Amo zu mir und nickte dann langsam.

»Du musst das nicht tun«, murmelte ich.

»Er muss, wenn er einen Platz im Team haben will.« Amo schob seine Füße vom Schreibtisch, stand auf und ging um den Schreibtisch herum.

»Ist schon gut, Nick«, knurrte Tobias, als er sich abwandte.

So ein Mist. Ich lief ihm hinterher. »Dann komme ich auch mit.«

»Nick.« Amo legte seine Hand auf meinen Arm, als die beiden Arschlöcher aus dem Kampfring vor mich traten und mich von meinem Bruder trennten.

Es war mir scheißegal, wer der Typ war oder ob ich ihn verärgert hatte. Alles, was mich interessierte, war, wie T auf das aufrollende Tor zuging – wohin er ging und was er tat, wusste ich nicht.

Ich riss meinen Arm weg. »Lass mich los, verdammt!« Ich trat um das hundemordende Stück Scheiße herum. »Tobias!«

T warf einen Blick in meine Richtung, als er einstieg. Der Motor des Escape heulte auf. Die Scheinwerfer flackerten eine Sekunde später auf und warfen Schatten auf sein Gesicht.

Mein Bruder sah aus wie ein Fremder, als er wegfuhr. Ich richtete meinen Blick auf den kleinen, leblosen Körper auf dem Betonboden, als mich die Angst wieder einholte. Was zum Teufel hatten wir getan?

FÜNFZEHN

Ryth

Die Angst ließ mich wie angewurzelt dastehen, als der Mann Viv gegen die Wand vor dem Klassenzimmer drückte. Er packte ihren Kiefer und drückte zu, bis ihre Lippen einen Schmollmund zogen und sie zusammenzuckte. Doch die Schmerzen hielten ihn nicht auf. Im Gegenteil, es schien ihm zu gefallen. Er fuhr mit dem Daumen über ihre Lippe und sein Blick fixierte das langsame Gleiten. »Dieser verdammte Mund gehört mir, hast du das verstanden?«

Die anderen Mädchen blieben in der Tür hinter mir stehen und sahen zu.

Doch Vivienne wich nicht zurück. »Fick dich«, spuckte sie, und ihre Worte kamen verzerrt und seltsam heraus.

»Fünfzehn Tage.« Er schob seinen Daumen in ihren Mund, glitt über ihre Zähne und riss die Seite ihres Mundes weit auf. Dieser Akt hatte etwas Erniedrigendes und Erotisches an sich. »Ich werde es genießen, dich zu dehnen, Vivienne. Sehr sogar.«

»London.« Der schroffe, bittere Ton kam von hinten.

Der ältere Mann schaute nicht in unsere Richtung, sondern bohrte seinen Blick in den von Viv und richtete sich dann langsam auf. Seine Mundwinkel zuckten, als würde er ihr am liebsten alles Mögliche antun.

Schützling, hatte er sie nicht so genannt? Wenn sie also sein Schützling war, bedeutete das, dass er ihr ... *Meister* war?

Nein. Gott, nein.

Kein Wunder, dass sie verzweifelt von diesem Ort wegwollte.

Eine silberne Anstecknadel glitzerte auf seiner schwarzen Satinkrawatte, als er sich aufrichtete. Der Mann sah tadellos aus, auch wenn er alt genug aussah, um ihr Vater zu sein. Seine maßgeschneiderte schwarze Weste schmiegte sich an seinen harten Körper. Dicke Adern zeichneten eine Landkarte entlang seiner kräftigen Unterarme. Aber es waren seine stahlblauen Augen, die mich in ihren Bann zogen, losgelöst und unergründlich, als sie dem Blick des Lehrers begegneten.

»Ich will, dass sie nach Hause kommt«, forderte London.

»Sobald Vivienne mit ihrer Ausbildung fertig ist.« Der Lehrer ging an mir vorbei und trat auf den Flur hinaus.

Die Muskeln seines Kiefers spannten sich an, als der ältere Mann sich ihr zuwandte. »Ich kann ihr alles beibringen, was sie braucht.«

»Ich fürchte, das ist Teil des Vertrages.« Der Lehrer hielt Vivienne die Hand hin. »Ich kann den Direktor rufen, wenn du die Bedingungen besprechen willst?«

Es dauerte nur eine Sekunde. Eine Sekunde, in der ihm bewusst wurde, was er da tat. »Nein ... nicht nötig«, murmelte er. »Ich habe schon so lange gewartet. Was sind da schon ein paar Tage mehr?« Er drehte sich zu Viv um. »Vivienne.«

Er wartete. Als sie nicht antwortete, hob er seine Hand und schlug neben ihrem Kopf gegen die Wand.

Sie starrte ihn an und presste das Wort durch zusammengebissene Zähne hervor: »Daddy.«

Er zeichnete die Linie ihres Kiefers nach. Sie zuckte zurück. Doch das tat dem Hunger in seinem Blick keinen Abbruch. Er stieß sich einfach von der Wand ab, drehte sich um und ging davon. Meine Brust brannte, bis ich ausatmete. Am liebsten wäre ich ihm nachgelaufen, hätte ihn gegen die verdammte Wand gedrückt und ihm mit üblen Drohungen Angst eingejagt.

»Vivienne«, murmelte der Lehrer und sah zu, wie das Arschloch davon schritt. »Nimm Ms. Castlemaine mit in die Cafeteria, um etwas zu essen. Ich werde gleich zu dir kommen.«

Viv nickte nur und senkte ihren Blick.

Ich ergriff ihre Hand und zog sie von dort weg. Sie folgte mir, aber ihre Haut war blass und ihre Augen starrten geradeaus, als stünde sie unter Schock. An ihrem Mund hafteten rote Spuren von der Hand des Mannes, die mir Übelkeit bereiteten. Ich versuchte mich zu erinnern, in welche Richtung wir gehen mussten, aber am Ende war ich darauf angewiesen, dass Viv mir den richtigen Gang zeigte.

Als wir in der Cafeteria waren, zog ich sie in eine Umarmung. Ich wusste nicht, was ich tun sollte, wie ich sie trösten konnte. »Es ist okay.« Ich drückte sie an mich. »Es wird alles gut werden.«

»Nein«, flüsterte sie. »Das stimmt nicht.«

Ich löste mich von ihr und schaute ihr in die Augen. »Ich hole uns etwas zu trinken und dann kannst du mir sagen, wer dieser Mann ist und was hier los ist, okay?«

Sie nickte nicht, aber ich wartete nicht, sondern ging zu dem Tresen, an dem es eine Auswahl an Säften und Getränken gab, und schenkte uns beiden einen O-Saft ein, bevor ich zurückkam. Sie saß an einem der Tische, die an der Wand standen und starrte auf ihre vor sich verschränkten Hände. Ich schob ihr das Glas zu.

Aber sie trank nicht, sondern saß einfach nur da.

»Dieser Mann hat dich seinen Schützling genannt. Was hat das zu bedeuten?«

»Das bedeutet, dass ich einen Schritt davon entfernt bin, verkauft zu werden, das bedeutet es.«

»Mein Gott«, sagte ich, schüttelte den Kopf und schob das Gesicht meiner Mom beiseite, als es in meinen Gedanken auftauchte. »Wie kann das passieren? Wie können ...«

»Wie könne sie uns wie Eigentum behandeln?« Sie hob ihren Blick. »Weil wir nicht wichtig sind, deshalb.«

Ich brauche das, Ryth. Bitte, Liebling, kannst du dich nicht für mich freuen? Moms Worte trafen mich hart. *Hatte ich ihr jemals wirklich etwas bedeutet?*

»Das Warum ist nicht wichtig.« Sie zupfte an ihren Nägeln. »Wenn du dich auf diesen Weg begibst, führt er dich nur an einen Ort ... und zwar nach unten. Du wirst dich in ein Loch graben, das so tief ist, dass du nicht mehr herauskommst. Das Einzige, was du kontrollieren kannst, ist das Jetzt. Du bist nett, Ryth. Nett und unschuldig, und so solltest du auch bleiben. Du verstehst nicht, was sie von uns wollen, wie sie uns dazu bringen ...« Sie wandte den Blick ab.

Unschuldig ... Das war ich vielleicht mal vor Tobias, Nick und Caleb gewesen, aber jetzt sicher nicht mehr. Hitze stieg mir in die Wangen, als ich an die Nacht nach der Hochzeit dachte.

Trotzdem zwang ich mich, meinen Blick wieder auf Vivienne zu richten. »Wie sie uns wozu bringen?«

»Nichts«, antwortete sie, hob den Saft an und nahm einen Schluck. »Das würdest du nicht verstehen.«

»Dann sag es mir. Hilf mir zu verstehen. Was ist das für ein Vertrag?«

Sie schnaubte. »Der Vertrag ist nicht von Bedeutung. Alle denken, dass er es ist. Aber er ist nichts weiter als ein wertloses Stück Papier. Er hält sie nicht davon ab ... Dinge mit mir zu machen.«

Ich lehnte mich näher heran. »Wer?«

Ihre Stimme war so emotionslos wie ihre Augen. »Der Mann, den ich Daddy nennen soll ... und seine verdammten Söhne.«

Mein Inneres verkrampfte sich und mein Magen sackte zusammen. »Sie ... haben dir wehgetan?«

»Ja«, flüsterte sie. »Und es gefällt mir. Es gefällt mir verdammt gut, okay?« Sie trank, dann stellte sie ihr leeres Glas ab. »Deshalb will ich weg. Ich will weg von diesem Ort und all den verdammten Arschlöchern. Und ich will vor allem weg von ihm, von London St. James. Er wird mich zerstören, Ryth ... er und seine Söhne.«

Mein Puls dröhnte und ich stand auf. »Dann verschwinden wir von hier.«

Sie hob den Kopf, und für einen Moment blitzte in ihren leeren Augen Hoffnung auf. Sie warf einen Blick über ihre Schulter. »Sie werden uns bald holen kommen. Der Lehrer und wahrscheinlich auch der Direktor.«

Mein Herz raste bei der Erinnerung an diesen grausamen Bastard. Ich wollte so weit wie möglich von ihm weg sein, von ihm und diesem weißhaarigen Arschloch von einem Wächter. »Wir müssen ein Handy finden.«

Sie warf wieder einen Blick über ihre Schulter und beugte sich vor. »Das kann ich besorgen. Glaube ich zumindest. Werden sie heute Abend kommen, deine Stiefbrüder?«

NICK! Meine eigenen Schreie erklangen in meinem Kopf. Alles, was ich sah, war Blut. »Ich weiß es nicht.«

Sie richtete sich auf. »Dann versuchen wir es. Wenn nicht, versuchen wir zu fliehen. Wenn wir erst die Wachen und dann den Zaun überwunden haben, können wir versuchen, ihnen durch den Wald zu entkommen.«

Ich senkte meinen Blick auf die dünnen weißen Negligés, die wir beide trugen. »Wir werden noch vor Morgengrauen an der Kälte sterben.«

»Nicht, wenn wir weiter rennen.« Sie starrte mich an. »Was ist die verdammte Alternative? Willst du lernen, wie man eine Hure wird, Castlemaine?«

Ich schluckte schwer. »Auf keinen Fall.«

Ein langsames, vorsichtiges Lächeln zerrte an ihren Mundwinkeln. »Dann lass uns das Handy suchen und von hier verschwinden.«

Ich warf einen Blick hinter mich auf das Küchenpersonal, drehte mich dann um und nickte. Wir ließen die Gläser auf dem Tisch stehen und machten uns auf den Weg in den Flur. Aber da draußen waren wir viel zu ungeschützt. Vor uns versperrten Doppeltüren den Weg, der Scanner blinkte rot. »Wir haben keine Schlüsselkarte.«

»Wir brauchen auch keine.« Viv warf einen Blick hinter uns, ging dann zur Wand und drückte einen Code in das Tastenfeld. »Du glaubst doch nicht, dass ich dieses Arschloch kommen und gehen lasse, ohne dass ich seinen verdammten Code herausfinde, oder?«

Hoffnung keimte auf, als das Licht auf dem Tastenfeld von rot auf grün wechselte und die Türen surrten. Viv bewegte sich schnell, drückte den Griff und schlüpfte hindurch. Ich folgte ihr und eilte hinter ihr her. Wir drehten uns zueinander um und griffen nach der Hand der jeweils anderen, während wir rannten.

Unsere nackten Füße klatschten auf den Boden, bevor wir uns umdrehten und vor der nächsten verschlossenen Tür stehen blieben. Als wir durch die offene Tür stürmten und weiterliefen, hörte ich nur noch das Pochen meines Herzens.

Viv zog mich an der Hand, und wir bogen um eine Ecke. Soweit ich wusste, rannten wir geradewegs auf unser Ende zu. Trotzdem folgte ich ihr weiter, bis die Stimme eines Mannes ertönte. Viv blieb stehen und ihr Brustkorb hob sich mit tiefen Atemzügen.

Ich versuchte, durch das laute Rauschen meines eigenen Atems zu lauschen.

»Ich kann nicht zulassen, dass die anderen noch einmal so einen Ausbruch miterleben.« Der Direktor sprach mit Nachdruck. »Was außerhalb des Vertrags geschieht, ist nicht für diese Mauern bestimmt. Ich würde die Bedingungen nur ungern anpassen müssen.«

»Ich verstehe«, folgte ein knapper, gleichgültiger Ton. »Es wird nicht wieder vorkommen.«

Ich warf Viv einen Blick zu, als wir in der Nähe der Ecke anhielten und unsere Rücken gegen die Wand pressten. Schritte ertönten, bis das Knallen der Türen ertönte. Ich wartete, bis der panische Schrei in meinem Kopf so weit verstummt war, dass ich einen Blick riskieren konnte. Sie gingen weg, nach draußen, schätzte ich. Ich richtete meinen Blick wieder auf sie. »Viv.«

Sie bewegte sich neben mir und schaute sich um, als sie sah, dass die Tür zum Büro des Schulleiters offen war.

»Komm schon.« Sie ergriff meine Hand und zog mich vorwärts.

Wir würden jeden Moment erwischt werden ...

Ich stolperte hinter ihr her in das Büro. Viv umging den Schreibtisch, schnappte sich den Hörer und hielt ihn mir hin. »Ruf an, Ryth ... und beeil dich.«

Mein Magen verkrampfte sich. Was, wenn ich die Nummer vergessen hatte? Was, wenn ... Die Angst ließ mich wie angewurzelt dastehen. Ich konnte das Telefon in meiner Hand einfach nur anstarren. *Nick.* Sein Gesicht tauchte in meinem Kopf auf. Meine Hände zitterten. Ich wollte nur sicherstellen, dass es ihm gut ging. *Bitte Gott, lass es ihm gut gehen.*

»Willst du hier bleiben und von Fremden gefickt werden?«

Bei den Worten zuckte ich zusammen und schaute zu Viv hinüber. »Nein.«

»Dann wähl die verdammte Nummer und sag deinen Stiefbrüdern, sie sollen dich abholen.«

»Uns«, flüsterte ich, trat näher und tippte die Nummer ein. »Kommt und holt uns.«

Ich schluckte schwer, als das Handy am anderen Ende klingelte und klingelte und klingelte. Ich brauchte seine Stimme. Nur ein Flüstern, ein Ton.

»Ja?« Das tiefe Knurren hallte in der Leitung wider.

Ein Schluchzen brach aus mir heraus. »*Nick?*«

Stille ... »*Ryth?*«

»Nick!« Meine Knie zitterten und meine Wirbelsäule krümmte sich. Ich schloss die Augen und zitterte beim Klang dieses Knurrens. »Nick. *Oh, Gott, Nick.*«

»*Prinzessin*«, bellte er und seine Stimme wurde lauter. »Bist du das?«

»Ich bin es. Ich bin's ... Ich habe nicht viel Zeit.«

Die Schreie und das Bellen der Hunde übertönten ihn. »Geht es dir gut, Prinzessin?«

»Ja«, antwortete ich, während Viv Schubladen aufriss, Papiere durchwühlte und sein Büro durchsuchte. »Vorerst.«

»Wir wissen, wo du bist.« Angesichts der Verzweiflung, die in seinen Worten mitschwang, hörte ich das dumpfe Zuschlagen einer Tür auf dem Flur. »Hörst du mich?«, bellte mein Stiefbruder. »Wir wissen, wo du bist und wir kommen, verdammt noch mal. Halte durch, Baby. *Wir kommen.*«

SECHZEHN

Tobias

Ich riss die Beifahrertür des Escape hinter mir zu und lehnte mich gegen den Sitz. Der Motor sprang mit einem Knurren an. Dann setzten wir uns in Bewegung, fuhren von der Lagerhalle weg und ließen Nick hinter uns. Aus dem Augenwinkel sah ich, wie die Stahltür des Lagerhauses zurollte. Es würde ihm nichts passieren, solange er seinen verdammten Mund nicht aufmachte. Das sollte er auch nicht ... Ryths Leben hing davon ab.

Der Fahrer neben mir warf mir schräge Blicke zu. Ich sagte nichts, sondern beobachtete nur den Seitenspiegel, als wir unseren Eskorte auf dem Weg abfingen.

»Du bist die Verstärkung, verstanden?« Das Arschloch hinter dem Lenkrad griff über mich hinweg, drückte den Knopf für das Handschuhfach, zog eine Glock heraus und warf sie mir zu.

Ich nahm das Ding in die Hand. Zweifellos war die Seriennummer abgefeilt und es war Blut auf dem Lauf. Das war immer so, wenn es um Amo ging.

Ryths Gesicht blieb bei mir, als wir langsamer wurden. Wir warteten darauf, dass einer der Jungs auf den Motorrädern das

Tor öffnete, dann fuhren wir auf den Asphalt und beschleunigten. Ich stellte keine Fragen. Das war kein verdammtes Vorstellungsgespräch. Dies war ein Test. Einen, den ich bestehen musste.

Wir fuhren durch Penance, auf dem Weg zu einem Drecksloch, das immer gleich aussah. Erinnerungen an Laz schwammen im Hintergrund meines Geistes. Wir hatten Nächte wie diese verbracht, waren gefahren, hatten gearbeitet und Rossi-Scheiße erledigt.

Aber das war ein ganzes Leben her, bevor alles den Bach runtergegangen war.

Jetzt gab es nur noch uns. Die Familie. Und zwar nicht die blutsverwandte.

Ich ballte meine Faust um den Griff der Glock, als das Gesicht meines Vaters in meiner Erinnerung auftauchte. Die Zeit dieses Arschlochs war gekommen. Die Motorräder fuhren neben uns her und flankierten uns, als wir uns auf die schönere Seite der Stadt begaben, wo Nachtclubs und Bars die Straßen säumten.

Schließlich bogen wir in eine Gasse ein, die an der Viper Bar vorbeiführte. Ich wusste nicht, warum wir hier waren, ich wusste nicht, wer das Ziel war. Es wäre mir auch scheißegal gewesen, wenn ich meine Brüder nicht mit einer Waffe hätte bedrohen müssen. Wir fuhren hinter den Motorrädern vor und er stellte den Motor ab. Ich stieg aus, verstaute die Waffe an meinem Rücken und streifte mein Hemd darüber.

»Bereit?«

Ich schaute über das Auto hinweg und nickte.

»Du gehst mit Dion zum hinteren Teil der Bar und wartest dort auf mich.«

»Klar.« Ich warf einen Blick auf den Typen auf dem Motorrad, der seinen Helm abgenommen hatte. »Wie auch immer.«

Die Waffe trug ich auf meinem Rücken. Ich folgte Dion durch die Gasse, wo die Hintertür des Clubs normalerweise geschlossen war. Nur heute Abend war sie es nicht. Die Scharniere waren leise, als wir die Tür öffneten und eintraten. Es sah so aus, als sollte ich der Schlägertyp sein. Das war für mich in Ordnung. Meine Wut wurde mit jeder Sekunde, die ich von ihr getrennt war, noch größer.

Bringt sie mir zurück!

Meine eigenen Schreie hallten in meinem Kopf wider, gedämpft durch die dröhnende Musik, die durch den dunklen Flur schallte. Dion trat an eine Tür heran und überprüfte den Griff. Sie war verschlossen. Er deutete weiter den Flur entlang. Ich folgte ihm in den hinteren Bereich der Bar, wo wir Platz nahmen.

Der Club war zum Teil ein Restaurant und zum Teil ein teures Striplokal. Ich musterte das Lokal und entdeckte Jackson im hinteren Bereich. Er nickte, aber nicht in meine Richtung. Von einem der Tische erhob sich ein Mann wie aufs Stichwort. Er lachte, brüllte irgendeinen Trottel neben sich an und deutete in den hinteren Bereich.

Der Typ neben ihm wischte sich den Mund mit seiner Serviette ab und warf sie auf den Tisch, bevor er aufstand. Er war offensichtlich das Ziel. Aber warum? Eigentlich war es mir egal. Ich wandte mich ab und konzentrierte mich auf die Bar vor mir, während sie vorbeigingen, und wartete auf Dion.

Doch als er sich von seinem Platz erhob, blickte ich noch einmal hinter mich. Zwei Männer saßen mir gegenüber, wo das Ziel und sein Kumpel gesessen hatten. Einer von ihnen sah zu, wie das Ziel in den hinteren Teil der Bar ging, bevor er sich wieder seinem Essen zuwandte.

Ich folgte den beiden Männern weiter in die Bar, senkte meinen Blick und ging hinein. Als wir den Gang erreichten, der zu einem Lap-Dance-Raum führte, hatte ich die Waffe hinter meinem Rücken hervorgezogen. Dion betrat den Raum. Ich folgte ihm und schloss die Tür hinter mir.

Aber es waren keine Tänzerinnen da.

Da war nichts.

Nur wir.

»Was zum Teufel?« Die Zielperson drehte sich um und blieb stehen.

»Henderson.« Dion trat vor und holte ein Stück Papier und einen Stift aus seiner Tasche.

Das Opfer blickte von Dion zu mir und dann zu seinem Kumpel an seiner Seite. »Peter, was zum Teufel ist das hier?«

»Sie wollen den Vertrag.« Sein Kumpel ging einen Schritt weg und ließ das Opfer allein in der Mitte des dunklen Raums stehen. »Unterschreib ihn einfach, James. Unterschreibe ihn und wir können alle einen Haufen Geld damit verdienen. Das ist der einzige Weg. Nur so werden sie uns jemals in Ruhe lassen.«

Doch Henderson zuckte angesichts der Worte zurück und seine dunklen Augen wurden noch dunkler. Der Mann war es nicht gewohnt, dass man ihm sagte, was er zu tun hatte, das war unschwer zu erkennen. »Und du? Dachtest du, du könntest mit deinen Schlägern herkommen und mich zwingen, die Zukunft meines Unternehmens zu überschreiben?« Er sah mich an, als er das sagte.

»Sagen wir es mal so ...« Dion hob seine Waffe. »Mr. Kendry hat versucht, mit dir zu verhandeln. Das haben wir jetzt hinter uns. Entweder du unterschreibst den Vertrag, oder es gibt keine

Zukunft ... keine, in der du vorkommst.« Er hob das Papier in der einen und die Waffe in der anderen Hand.

Das Ziel verkrampfte sich und würdigte das Papier in Dions Hand keines Blickes. Ich hatte genug mit der Rossi-Scheiße zu tun gehabt, um zu wissen, wann ein Mann einknickte und wann er einem sagte, dass man sich die Waffe in den Arsch stecken konnte. Meine Hand umschloss die Waffe fester ... und dieser Kerl ... *ja, er würde nicht einknicken.*

»Fickt euch«, knurrte das Ziel und starrte dann seinen Kumpel an. »Und du kannst mich auch mal, Peter.«

Dion stieß ein Glucksen aus, das mir ein Schaudern über den Rücken jagte, bevor er mit zusammengepressten Lippen vorwärts stürmte und die Waffe an die Stirn der Zielperson hielt. »Das ist deine letzte Chance, bevor ich dein *verdammtes Hirn über den ganzen Boden verteile.*«

»Tu es!«, brüllte das Ziel. »*TU ES, DANN WIRST DU SEHEN, WAS PASSIERT!*«

Das war ein schlechter Zug ...

Ich spürte die Bewegung, bevor ich sie sah. Instinktiv hob ich die Waffe und trat zur Seite, als die beiden kräftigen Kerle vom Tisch gegenüber des Ziels her stürmten. Alles ging so schnell. Schüsse fielen. Dion wurde getroffen ... Jemand schrie, und dieses Geräusch legte einen Schalter in mir um.

Etwas zerbrach ...

Es zersplitterte in eine Million Scherben, die mich von innen heraus zerschnitten.

Nick! NICK! HILF MIR! Calebs verzweifelte Schreie schallten durch meinen Kopf und vermischten sich mit meinen eigenen, als ich mich drehte und schoss.

Aber es war nicht der bullige Bodyguard, den ich sah … *es war er … mein Vater*. Der Bastard, der das alles getan hatte.

Der meine Mutter verraten hatte.

Uns Ryth weggenommen hatte.

Fast meinen Bruder getötet hätte.

»Fick dich!«, schrie ich und stürzte mich auf ihn. Es war das Hemd meines Vaters, das ich mit der Faust traf. Der Kopf meines Vaters, der nach hinten krachte, als er gegen die Wand schlug. Die Augen meines Vaters weiteten sich vor Angst … und das war alles, worauf ich gewartet hatte.

»Du verdammtes Stück Scheiße!« Ich schlug mit der Faust zu und traf ihn an der Nase. Blut floss … und es hörte nicht mehr auf.

Der Wachmann …

Mein Vater …

Es spielte keine Rolle.

»GEBT SIE MIR ZURÜCK!«, brüllte ich. *»GIB SIE MIR SOFORT ZURÜCK!«*

Die Dunkelheit hatte mich im Würgegriff und trieb mir meine eigenen Dämonen in den Rachen. Ich schlug zu … und schlug immer weiter zu. Meine Knöchel knirschten in seinem Gesicht, als ich ihn mit kurzen Schlägen zu Boden warf. Er erhob sich auf die Knie und hob seine Waffe.

Bumm! Der Schuss ertönte und meine Muskeln heulten bei der Bewegung auf. All die Sprints, all die Gewichte, all der Schweiß. Sie brauchten ein Ventil, und ich war fertig damit, wegzulaufen. Ich rammte ihm meine Finger in die Augen und drückte zu, bis der Typ schrie. Aber ich konnte nicht aufhören.

Auch nicht, als die Tür zuschlug und weitere Männer hereinstürmten.

Zwei ... drei weitere Türsteher. Jemand packte mich von hinten. Ich riss meinen Kopf nach hinten und drehte mich. *»IHR HABT SIE MIR WEGGENOMMEN!«*

Ich schlug meine Faust in ein Gesicht, und es war egal, wer es war.

Ich schlug wieder und wieder zu ... immer und immer wieder, bis ich nichts weiter als Rache war.

»Tobias!«

Mein Name wurde geschrien.

»BANKS!«

Ich hielt inne und hob meinen Kopf. Meine Hände waren um den Hals eines Mannes gewickelt. Ein Typ, den ich nicht kannte ... aber ich wusste, dass er dem Tod nahe war. Ein Gestank wie Benzin erfüllte den Raum. Ich sah mich um ... und erstarrte.

»Du hast ihn verdammt noch mal umgebracht«, keuchte Dion und griff sich an die Seite. »Du hast sie alle umgebracht.« Sein Hemd war blutverschmiert, seine Augen waren vor Schreck geweitet und er starrte mich an, als wäre ich eine Art Monster.

Er leckte sich über die Lippen und seine Hand umschloss seine Waffe. Die Mündung hob sich und zielte auf mich. »Du hättest dich fernhalten sollen, Banks. Es war ein Fehler, zu Amo zu kommen.«

Ich holte tief Luft. »Ein Fehler?«

»Ja, ein *Fehler*.« Jacksons tiefes Knurren ertönte hinter mir. Der harte Metallbiss eines Gewehrlaufs drückte gegen meinen Kopf.

Du bist nur Verstärkung ...

Geh mit Dion ...

Die Worte schossen mir durch den Kopf. Stille kehrte in mir ein, als ich auf Dions Waffe blickte. »Es gibt keinen Weg in den Orden, oder?«

»Für dich?«, antwortete Jackson. »Nein.«

Es gab keinen ...

Es gab nie einen.

Ich richtete meinen Blick auf Dion.

»Jack Castlemaine.« Jackson drückte mir die Waffe fester an den Kopf. »Wo ist er?«

Verwirrung machte sich breit. »Castlemaine?«

Dions Augen weiteten sich und waren auf Jackson hinter mir gerichtet. Der Gestank von Blut erfüllte jeden meiner Atemzüge.

»Ja.« Jackson rückte näher. »Wo zum Teufel ist er? Unser Auftraggeber will es wissen.«

In meinem Kopf verschwamm alles, als mein Handy zu klingeln begann. Die Vibration tanzte gegen meinen Oberschenkel.

»Siehst du, wir waren sowieso hinter dir her«, murmelte Jackson. »Hinter dir und deinen Brüdern. Aber du ... *du dummes Arschloch, bist uns direkt in den Schoß gelaufen.*«

Sie waren hinter Ryths Dad her gewesen. Sie waren auch hinter uns her ...

Aber nicht hinter meinem Vater, oder? Nein ... nicht hinter ihm oder Elle.

Sie waren der Grund, warum Ryth an diesem Ort war.

Ich bewegte mich nicht, sondern sah Dion nur an. Ein Lachen drang aus mir heraus, auch wenn ich es nicht spürte. Das Geräusch grollte und sprudelte. Dion zuckte zusammen und richtete seinen panischen Blick auf Jackson.

Die Bewegung war alles, was ich brauchte. Ich riss meinen Kopf zur Seite, wirbelte herum, packte sein Handgelenk und stieß die Waffe weit weg. »Du willst sie mir wegnehmen?« Ich holte aus, schlug dem Typen ins Gesicht und schnappte mir die Waffe.

Aber anstatt sie ihm aus der Hand zu reißen, drückte ich seine Finger zusammen. Die Waffe ging mit einem Knall neben mir los. Das Geräusch war ohrenbetäubend, aber das machte nichts, denn alles, was ich hörte, waren Ryths Schreie. *TOBIAS!* Ich hatte sie in der Nacht gesehen, als Nicks beschissene Ex sie geholt hatte. Ich hatte gesehen, was sie getan hatten ...

Bumm!

Die Waffe ging wieder los und diesmal schrie Dion. Ich drehte die Waffe. Jackson wehrte sich und verpasste mir einen Schlag gegen den Kopf. Er traf mich. Ich stolperte, dann richtete ich mich auf, kräuselte die Lippen und stürzte mich auf ihn. Ich schleuderte meinen Kopf nach vorne und traf ihn an der Nase. Der Wutausbruch verblasste. Diesmal spürte ich jeden Schlag. Ich versetzte ihm einen Schlag nach dem anderen, bis ich den Abzug drückte.

Bumm!

Jackson erstarrte, harte Atemzüge entwichen seiner Brust ... die voller Blut war.

»Du?«, flüsterte er, als er zusammenbrach. »Du dummes Stück Scheiße. Du glaubst, du kannst es mit dem Orden aufnehmen? Du bist ein verdammtes Nichts. *Hast du mich verstanden? NICHTS!*« Ein Lachen drang aus ihm heraus. »Die Schlampe ist verdammt noch mal weg. Verkauft und gefickt von hundert verschiedenen Männern. Du wirst sie nie wieder zurückbekommen ... *Du wirst nie ...*«

Er erstarrte und seine Worte erstarben auf seinen verlogenen Lippen.

Ich stand über ihm, seine Waffe in der Hand, sein Blut an meinen Knöcheln. Ich hob die Waffe noch einmal an. »Ihr könnt sie nicht mitnehmen ... sie stand euch nie zu.« Mein Finger krümmte sich um den Abzug. »Weil sie mir gehört.«

SIEBZEHN

Nick

IRGENDETWAS STIMMTE NICHT ... IRGENDETWAS, DAS MEHR war als die verdammten Hundekämpfe und das widerliche Gelächter. Ich mochte diesen Wichser Amo nicht. Kein bisschen. Ich stand an der Tür zu seinem Büro und sah zu, wie er lachte und jubelte, als sie zwei weitere Hunde in den Ring führten, sie traten und schlugen, bevor sie ihnen die Maulkörbe abrissen und sie aufeinander warfen.

Sie lehnten sich zurück und beobachteten die Show. Mein Magen verkrampfte sich, Hass und Säure kochten in meiner Kehle, als ich meinen Blick auf den kleinen Welpen richtete, der immer noch auf dem Betonboden lag und weggeworfen worden war, als wäre er nichts gewesen ... bis sich sein Hinterbein bewegte. *Es bewegte sich.*

Ich knirschte mit den Zähnen und konzentrierte mich auf diese Bewegung. Ich starrte, bis mein Blick verschwamm ... dann sah ich es. *Er atmete.* Seine kleine Brust hob und senkte sich. Ich schaute zu den anderen, aber sie waren zu sehr damit beschäftigt, unter dem ohrenbetäubenden Heulen und Winseln der Hunde zu jubeln und zu schreien.

Amo blickte auf sein Handy hintunter ... zum fünften Mal. Er sah in meine Richtung und der kühle Blick ließ meinen Puls rasen. Irgendetwas stimmte nicht ... irgendetwas stimmte *ganz und gar* nicht. Ich unterbrach den Blickkontakt und drehte mich wieder zu dem lebenden Welpen um. Aber es war ihm egal, wohin ich schaute. Stattdessen wandte Amo sich wieder dem Kampf zu und heizte ihn mit seinem Gebrüll an. Einer der Männer beugte sich zu nah heran und ein Pitbull sprang ihn an und packte ihn am Arm.

Schreie brachen aus. Amo und die anderen stürzten sich auf ihn, als das Chaos ausbrach. Ich lächelte über die Schreie des Arschlochs und statt auf das Blut und die Panik zu achten, richtete ich meine Aufmerksamkeit auf das Büro hinter mir. Ich trat ein und bewegte mich zu dem Durcheinander von Papierkram auf dem Schreibtisch. Ein Wisch und ein Foto wurde sichtbar. Ein Mann, der in einer dunklen Gasse stand und direkt in die Kamera schaute.

Ich kannte ihn ...

Mein Magen überschlug sich.

Das Foto war unscharf, aber ich erkannte Jack Castlemaine, wenn ich ihn sah. Ich wusste es, weil ich den Kerl überprüft hatte, bevor ich Ryth ins Mitchelton-Gefängnis gefahren hatte. Das war er. Ich schob das Foto zur Seite und sah das Gesicht von Tobias, dann das von Caleb ... und meins. Unter dem Bild von Jack Castlemaine stand ein Name. *Sebastian Black.* Ich hatte diesen Namen noch nie gehört ... aber er war irgendwie wichtig. Ich hob den Blick und bekam Panik. Mein Instinkt schrie, als ich die Papiere wieder über die Fotos schob, mich bewegte, aus dem Büro trat und um die Rückseite des Lagerhauses lief.

Ich musste handeln. Wenn ich da so stand, war ich eine verdammt leichte Beute.

Ich wusste, dass etwas ganz und gar nicht stimmte. Sie hatten Fotos von uns. Das konnte nur eines bedeuten. Sie waren für einen Auftragsmord bezahlt worden und wir waren direkt in ihr Fadenkreuz geraten. »Mein Gott, T!« Er steckte in Schwierigkeiten ... in verdammt großen Schwierigkeiten. Ich schnappte mir mein Handy, bewegte mich um ein paar gestapelte Kisten herum, tippte Ts Nummer ein und hörte es klingeln.

Es ging niemand ran. Ich versuchte es erneut.

»Geh an das verdammte Handy, T«, murmelte ich und blieb neben einer Holzkiste stehen. Der Deckel war hochgeklappt. Ich blieb stehen, hörte das Handy klingeln und schob den Deckel zur Seite. Darin befanden sich Granaten und eine halbe Kiste mit C4. »Scheiße.«

Ich legte auf, schnappte mir drei Granaten und drehte mich um.

Mein Handy klingelte und ich ging ohne nachzudenken ran.

»Nick?«

Ich erstarrte ... *nein ... das war nicht echt. Sie war es nicht.* »Ryth?«

»*Nick!*«

»Prinzessin?«, knurrte ich und vergaß für einen Moment alles andere. »Bist du das?«

»Ich bin es. Ja, ich bin es. Ich habe nicht mehr viel Zeit.«

Ich weinte fast vor Erleichterung, bis es mir klar wurde. »Geht es dir gut, Prinzessin?«

»Ja, vorerst.«

»Wir wissen, wo du bist. Hast du mich verstanden? Wir wissen, wo du bist und wir kommen, verdammt noch mal. Halte durch, Baby. *Wir kommen.*«

Die Leitung war tot. Ich riss das Handy von meinem Ohr und schaute auf den Bildschirm. Sie war weg. Ich drückte die Taste, aber die Nummer war unbekannt gewesen. Ich überlegte, ob ich sie zurückrufen sollte, bis ich innehielt. Wenn sie in Schwierigkeiten steckte und der Anruf die Aufmerksamkeit auf sie lenkte, würde ich nicht damit leben können.

Stattdessen steckte ich mein Handy in meine Tasche. Es gab kein Warten, weder auf T. noch auf sonst jemanden. *Nicht mehr.* Ich musste einen Weg auf das Gelände finden. Und zwar sofort. Ich riss den Stift aus einer Granate, als ich um die Ecke des Büros schritt.

»Hey, Arschloch!«, rief ich und schleuderte die Granate durch die Luft.

BUMM!

Das Ding explodierte in der Grube ... aber Amo war nicht da. Ich musterte den Raum und bemerkte eine Bewegung, als er aus dem Büro trat. Sein finsterer Blick flackerte kurz auf, bevor er zur Seite stürzte. Meine Ohren dröhnten von der Explosion, aber seine Wutschreie drangen noch zu mir durch, als er mich angriff.

Ein Schmerz durchzuckte meine Seite, aber ich hatte keine Zeit, mich zu schützen. Ich reagierte einfach, riss meine Faust hoch, als ich mich umdrehte, und verpasste dem Bastard eine Rückhand, die sein Gesicht zerschmetterte. Sein Kopf kippte zur Seite und Blut spritzte aus seiner Nase. Aus der Grube kam der zweite Hund und stürzte sich auf den nächstbesten Kerl.

Ein ekelerregender Schmerzenslaut ertönte.

»*Nick!*« Ich zuckte zusammen, als mein Bruder mit weit aufgerissenen Augen und blutbespritztem Gesicht durch den Raum rannte. Mein Gott, er war ein Wrack. Er hob die Waffe in seiner Hand. Bumm! Der Schuss ertönte und traf Amo.

Der Bastard drehte sich von mir weg.

»Du hinterhältiges Stück Scheiße!« Tobias holte scharf Luft und schritt vorwärts. »Du wolltest mich umbringen? Du wolltest meine *Brüder* umbringen?«

»T«, krächzte ich und starrte ihn an. Er war ein blutiges Durcheinander, aber in seinem Blick lag etwas Unruhiges, etwas, das mir Angst machte.

Amo grinste nur und wischte sich das Blut von der Seite. T holte noch einmal tief Luft und fixierte Amo mit seinem gnadenlosen Blick. »Lass uns gehen, Nick.«

Ich spannte meine Seitenmuskeln an, griff die letzten beiden Granaten und trat zurück. Mein Bruder sah wie ein Fremder aus, härter, kälter und blutiger. Er richtete die Waffe auf Amo, als ich näher kam. Die Pitbulls waren weg, die beiden Arschlöcher, die sie angefeuert hatten, waren jetzt still. Das Blut war überall in der Grube verteilt und sammelte sich auf dem Boden.

»Wenn du uns noch einmal verfolgst, komme ich zurück ... und das nächste Mal komme ich nicht allein«, warnte Tobias.

»Ich habe die Gerüchte gehört«, knurrte Amo. »Du und die Rossis befinden sich im Krieg.«

»Das denkst du, ja?« Tobias hielt sein Handy hoch und drückte auf den Knopf, dann stellte er das Gespräch auf Lautsprecher.

Nach dem zweiten Klingeln ging er ran. »T.« Das tiefe Knurren von Lazarus Rossi ertönte.

»Ja«, murmelte Tobias. »Ich bin's. Ich will nur wissen, ob alles in Ordnung ist, Bruder?«

Es dauerte eine Sekunde, bis Lazarus antwortete. »Ja, alles in Ordnung. Bist du in Ordnung?«

Tobias schaltete den Lautsprecher aus. »Ja, sicher«, sagte er, den Blick auf Amo gerichtet. »Ich rufe dich bald zurück.«

Dann legte er auf, steckte sein Handy in die Tasche und zog den Schlüssel für den Jeep heraus. Mit einem Ruck warf er sie mir zu. Ich schnappte sie mir mit einer Hand, die eine Granate hielt. Ich war schon in Bewegung und ging auf das halb geöffnete Garagentor zu.

Bis ich innehielt und nach unten blickte.

Der kleine Rottweiler-Welpe lag immer noch da, die Augen offen, die Atmung flach. Ich klemmte mir das Ende der Granate zwischen die Zähne, bevor ich mich bückte und ihn aufhob. Das kleine Ding gab kein Winseln von sich, nicht einmal ein Kläffen. Ich tat ihm sicher weh, als ich ihn zur Tür hinaus trug und auf den Jeep zuging.

»Ganz ruhig, Kumpel«, murmelte ich, als ich am Auto anhielt, ihn so vorsichtig wie möglich festhielt und die Tür des Wagens öffnete.

Bumm!

Der Knall eines Schusses zwang mich, mich umzudrehen und in Richtung Lagerhaus zu schauen, als mein Bruder herauskam und sich unter dem Tor hindurch duckte, bevor er in meine Richtung ging. Ich warf ihm die Schlüssel zum riss dann die Beifahrertür auf und legte den verletzten Welpen auf den Boden, bevor ich einstieg.

»Was ist passiert? Ich dachte, du würdest ihn lebendig zurücklassen?«

Tobias stieg hinter das Lenkrad und startete den Motor. »Ich habe es mir anders überlegt.« Er warf einen Blick auf den Boden zu meinen Füßen, dann sah er mir in die Augen. Der Welpe wimmerte und leckte mir das Bein. »Ich konnte ihn nicht allein lassen.«

Tobias schnaubte leise und gluckste. »Du meinst *sie*, richtig?«

Sie? Ich schaute zu dem Welpen, als er sein Bein hob und an einer Wunde leckte. Er war weiblich …

Mein Herz raste, als T vorwärts fuhr. Die Scheinwerfer streiften ein Motorrad, das auf dem Boden lag. Schnell ließen wir das Gemetzel hinter uns. Ich erhaschte einen Blick auf die beiden entkommenen Pitbulls, als wir auf den Asphalt fuhren und davonbrausten.

»Was zum Teufel ist mit dir passiert?« Ich betrachtete das Blut, das das Gesicht meines Bruders bedeckte. Die Scheinwerfer ließen die Spritzer schwarz aussehen.

Er warf einen Blick in den Rückspiegel und versuchte, das Blut wegzuwischen. »Nichts Gutes.«

Wir fuhren in Richtung Stadt und hielten Ausschau nach roten und blauen Lichtern, die mit Sicherheit kommen würden. Die Scheinwerfer der entgegenkommenden Autos blendeten uns. Alles, was ich hören konnte, war das dumpfe Brummen des Verkehrs, als wir an der Ampel vor einem exklusiven Club anhielten. Zwei Männer stiegen aus einem Bentley. Es dauerte eine Sekunde, bis mir bewusst wurde, wer es war.

»Ist das nicht Caleb?«, murmelte ich und zog Tobias' Blick auf mich.

Wir rührten uns nicht vom Fleck, auch nicht, als die Ampel auf Grün schaltete und hinter uns die Hupen ertönten. Die Autos fuhren um uns herum, während unser Bruder seinen Kragen zurechtrückte. Er sah gut aus und lächelte das Arschloch an, mit dem er auf dem Weg zu einem teuren Club war.

»Ist er ...«

»So wie es aussieht, amüsiert er sich prächtig«, knurrte T und fuhr schließlich weiter.

Ich sah, wie Caleb seinen Kopf drehte, als T wegfuhr.

»Verdammter Mistkerl.« T presste die Worte durch zusammengebissene Zähne hervor. »*Verdammter, egoistischer Bastard!*«

Ich wusste nicht, ob er uns gesehen hatte ... aber wir hatten ihn gesehen. Er sah genauso aus wie unser Dad. Lachend. Trinkend ... und mit irgendwelchen Typen zusammen, als wäre ihm egal, dass Ryth an diesem Ort war.

ACHTZEHN

Caleb

»Warum zum Teufel müssen wir sie hier wieder treffen?«, murmelte Evans, als wir aus seinem Bentley stiegen.

Ich rückte mein Hemd zurecht und holte tief Luft. »Weil sie uns nicht trauen … noch nicht.«

Autos rasten neben uns die Straße entlang. Scheinwerfer flackerten auf und blendeten mich einen Moment lang. Rote Bremslichter erregten meine Aufmerksamkeit. Für einen Moment glaubte ich, Nicks Gesicht zu sehen, aber dann war das Auto weg.

»Bist du sicher, dass du das tun willst?«

Nein …

Aber ich hatte keine andere Wahl. Ich trat auf den Bürgersteig und hob meinen Blick zum Club. »Los geht's«, knurrte ich und schritt vorwärts. An der Tür wurden wir aufgehalten, die Ausweise kontrolliert und die Handys konfisziert. Niemand kam in diese Läden, ohne etwas abzugeben. Für mich war es meine verdammte Seele.

»Caleb.« Killion lächelte, als er auf uns zuging. »Ich hätte nicht gedacht, dass du auftauchen würdest.«

Ich schluckte schwer und zuckte zusammen, um die Abscheu zu verbergen, als er mir sanft auf den Rücken klopfte. »Wir sind jetzt da.«

»Das seid ihr.« Er strahlte fast, aber das Glitzern verblasste ein wenig, als er den Kopf drehte. »Evans.«

»Killion«, murmelte mein Kumpel.

»Sollen wir?« Killion bedeutete uns, ihm zu folgen.

Im vorderen Teil des Clubs tanzten halbnackte Stripperinnen um Stangen, an denen ein paar Männer in Geschäftsanzügen saßen und die Unterhaltung genossen. Evans beobachtete uns mit seinem Blick, während wir unserem Gastgeber in den hinteren Teil des Clubs folgten. Dort war er am liebsten, in dem Teil des Clubs, wo die trübe Dunkelheit ihm alles gab, was er wollte.

Aber ich war anders.

Als Killion dem Türsteher, der den Eingang zum hinteren Teil des Clubs bewachte, zunickte, durchfuhr mich ein Schaudern der Erregung. Diese Erregung raste bis zu meinem Schwanz. Ich hielt mein Herz gefesselt und konzentrierte mich auf eine Sache und nur auf eine Sache.

Ryth ...

Wir traten in den hinteren Raum, aber heute Abend warteten keine Frauen auf uns. Stattdessen führte Killion uns zum Ausgang auf der Rückseite des Clubs. Ein weiterer Türsteher wartete an der Tür und öffnete sie, als wir uns näherten. Hinten wartete eine Limousine auf uns. Killion stieg ein und ließ die Tür für uns offen.

Ich folgte ihm und ließ Evans als letzten einsteigen, bevor der Türsteher die Tür schloss und auf den Beifahrersitz stieg. Die Limousine fuhr aus der Gasse heraus auf die Straße. Ich lehnte mich zurück und richtete meine Aufmerksamkeit auf Killion.

Er beobachtete mich mit Interesse und sein Blick wanderte langsam an meinem Körper hinunter. Er wollte mich, das war klar. Aber ich war mir nicht sicher, ob es mein Körper war, den er wollte, oder mehr …

Ich wandte meinen Blick ab und hoffte, dass es nicht dazu kommen würde. Aber um Ryth zurückzubekommen … würde ich alles tun.

»Du scheinst sehr beschäftigt zu sein«, murmelte Killion.

»Familien-Zeug«, antwortete ich.

Er nickte nur. »Du hast mir nie erzählt, wie es dir nach deiner Mutter geht …«

»Gut«, schnauzte ich.

»Und deine Brüder? Ist Tobias immer noch so ein Hitzkopf?«

Fick dich, Caleb! Ts Stimme von heute Morgen dröhnte in meinem Kopf. »Mehr denn je.«

Killion leckte sich über die Lippen. »Ich frage mich, ob er Lust hätte, sich uns einmal anzuschließen?«

Ein Frösteln durchfuhr mich. Ich wandte meinen Blick wieder auf das abscheuliche Stück Scheiße. »Nein.«

Das Lächeln war augenblicklich und unecht. »Natürlich nicht.« Killion nickte und beobachtete mich.

Aber meine Stimmung hatte sich verändert, sie war etwas düsterer, etwas … *kälter* geworden. Wir fuhren aus der Stadt hinaus, wo die wohlhabenden Häuser weit von der Straße entfernt lagen, versteckt hinter hohen Zäunen und dicken

Hecken. Dann wurde der Wagen langsamer und wendete. Der Fahrer kurbelte sein Fenster herunter und griff nach einem Tastenfeld an einem überdachten Pfosten. Killion beobachtete mich mit Interesse.

»Mein Gott, ich brauche einen Drink«, murmelte Evans, als das Tor aufglitt und wir hineinfuhren.

Ich hielt Killions Blick stand. Er war aufgeregt wegen heute Abend, ein bisschen zu aufgeregt. Evans war schon dabei, die Tür zu öffnen, als wir vor dem Haus anhielten. Der Wachmann stieß seine Tür auf und hielt unsere auf, als Evans ausstieg.

Ich musterte das Haus, als wir aus dem Auto stiegen. Es war alt und unverschämt teuer. Sandstein und Schmiedeeisen. Verschnörkelte Gärten führten zu einem Weg auf der Rückseite des Hauses. Killion schritt vorwärts, er wusste genau, wohin er wollte, und einen Moment lang fragte ich mich, ob das sein Haus war.

Aber das war mir egal.

Neues Geld.

Altes Geld.

Es war egal. Sie hatten so oder so alles.

Ich folgte ihm zu einer Tür an der Seite des Hauses. Ein Bodyguard stand drinnen Wache und nickte Killion zu, als er eintrat. Er beobachtete uns, als wir Killion die Treppe hinauf folgten. Es waren noch andere da, drei oder vier Männer und eine Frau, die uns vage bekannt vorkam. Sie kniete auf dem Podest der mit Teppich ausgelegten Treppe, den Mund voll mit dem Schwanz von einem der anderen Partner. Sie begegnete meinem Blick, als ich vorbeiging, und ihre dunklen Augen funkelten.

Ich folgte Killion, als wir den Treppenabsatz entlang schritten. Ein Mann stand vor einer offenen Tür.

»Herr Direktor«, begrüßte Killion ihn und klopfte ihm auf die Schulter.

Sie begrüßten sich wie Freunde, aber ein Blick auf diesen Mann und ich wusste, dass er anders war. Ich schaute in den großen, offenen Raum und erblickte eine Frau in einem roten Negligé, die mit gespreizten Beinen in der Mitte des Raumes kniete.

»Sie wartet«, rief ein Mann. Der Direktor nickte in Richtung des Raumes.

Killion lächelte, als er eintrat. »Caleb, folge mir.«

Ich wollte nicht in diesen Raum gehen. Aber ein einfaches Nein und das Vertrauen, das ich aufgebaut hatte, wäre zerstört. Mein Herz raste, als ich durch die Tür trat.

»C«, murmelte Evans. Aber er folgte mir.

Da waren noch mehr Frauen, alle mit dem gleichen Negligé bekleidet, einige trugen Rot, andere Schwarz und zwei standen in Weiß an der Wand.

»Die roten kannst du ficken, die schwarzen sind käuflich ... aber die weißen.« Killion warf einen Blick auf die beiden erschrocken dreinblickenden Frauen. »Die Weißen sind nur zum Anschauen.« Er wandte sich an die kniende Frau. »Steh auf.«

Sie erhob sich, als der Direktor den Raum betrat. Zwei weitere Männer kamen hinter ihm herein und blieben auf beiden Seiten von ihr stehen. Ein Nicken von Killion und sie traten vor. Einer griff nach ihrem Halsausschnitt und riss ihn ihr vom Körper. Ihre Brüste quollen hervor, während er seine Hose aufknöpfte und den Hosenschlitz herunterschob.

»Auf die Knie«, befahl Killion.

Sie kniete mit kaum mehr als einem Wimmern. Aber ihr Blick wich nicht von Killion. Sie wusste, für wen sie performte, und öffnete ihren Mund, als der Typ nach vorne trat und sie an den Haaren packte. Er schob ihr seinen Schwanz in den Mund. Sie machte den Mund weit auf, saugte, leckte und gab Killion alles, was er wollte.

»Gute kleine Hure«, murmelte Killion.

Der Typ war ihm völlig egal. Es ging ihm nur um sie. Die Erniedrigung, die Demütigung, ihre Scham. »Fang an«, befahl er. Der zweite Typ öffnete den Knopf seiner Jeans. Aber ich hatte genug gesehen. Killion drehte den Kopf, blickte zu einer anderen Frau in Rot und winkte ihr zu. »Komm.«

Sie trat vor. Ich warf einen Blick auf die anderen, die in Schwarz und Weiß gekleidet waren. Die gleiche Kleidung, die die Frau von gestern Abend getragen hatte. *Rot kannst du ficken, Schwarz ist käuflich, aber die Weißen …*

Killions Worte schossen mir durch den Kopf. Mein Herz raste. Das Gefühl, das Wissen, schwebte am Rande meines Bewusstseins, als ich auf sie zuging. *Die roten kannst du ficken.* Als ich mich umdrehte, sah ich, dass Killion mich beobachtete, um zu sehen, welche ich nehmen würde.

Nein …

Ich wollte das nicht tun.

Schweiß rann mir den Nacken hinunter. Wenn ich eine andere nehmen würde, würde er wissen, dass ich nicht bereit war – ich begegnete seinem Blick, den dunklen Augen, die funkelten –, und wenn er wüsste, dass ich nicht bereit war, hätte ich keine Chance, in den Orden zu kommen.

Ryths Gesicht tauchte in meinem Kopf auf. Ich versuchte, das Brennen der Abscheu herunterzuschlucken, als ich einen

Schritt nach vorne trat, dem Blick der schwarz gekleideten Frau begegnete und den Kopf ruckartig bewegte. »Komm.«

Gott ... das fühlte sich zu sehr nach Betrug an.

Ich begegnete Evans' Blick und die Verzweiflung heulte in mir auf. Er schaute wieder zu Killion. Ich wusste, dass der Bastard lächelte, ich wusste es in meiner schmerzenden Seele. »Komm mit«, presste ich durch zusammengebissene Zähne hervor.

Er zuckte zusammen und seine Wangen brannten. Aber wenn er das nicht tat ... wenn er mich mit ihr allein ließ, dann ...

Ich ging auf die andere Seite des großen Raumes zu, als hinter mir ein Grunzen zu hören war. Die Frau, die zu Killions krankem Vergnügen von zwei Typen geschlagen wurde, gab ein Wimmern von sich, dann ein Stöhnen, bevor das Klatschen von Haut auf Haut zu hören war. Die Geräusche ... die Gerüche ... mein Schwanz wurde hart.

Wirst du unser braves Mädchen sein und unser schmutziges Geheimnis für dich behalten?

Meine eigenen Worte schlugen mir entgegen, als ich in den abgedunkelten Raum trat. Es war ein Schlafzimmer, ein Sexzimmer. Das Bett stand in der Mitte des Raumes, beleuchtet von einer Nachttischlampe, die gedimmt war.

»Meister?«, kam das leise weibliche Gemurmel hinter mir.

Ich drehte mich um und entdeckte sie ganz nah ... zu nah, verdammt.

Das Bett.

Ihr verdammter Körper.

Willst du betteln? Die gleichen Worte, die ich zu Ryth gesagt hatte, tauchten in meiner Erinnerung auf. »Dreh dich um.« Der

Befehl war heiser und rau. Ich wollte sie nicht ansehen. Wollte ihr Gesicht nicht sehen, wenn ich ...

Evans schwebte in der Tür. Seine Augen waren weit aufgerissen und das Weiß leuchtete fast neonfarben. Ich dachte nur an Ryth, daran, wie sie in der Nacht gezittert hatte, als ich sie gepackt und in die Speisekammer gezerrt hatte. Ich trat näher an diese Frau heran, als sie sich umdrehte und mir den Rücken zukehrte.

Willst du schreien?

Ich trat noch näher heran, bis sich die Hitze ihres Körpers gegen meinen presste. Mit einer schnellen Bewegung packte ich ihr Haar und zog ihren Kopf nach hinten. »Willst du schreien?«

Die Vergangenheit ...

Die Gegenwart.

Sie prallten aufeinander. Nur dass mein Körper sich jetzt vor Abscheu verkrampfte. Ein Schatten bewegte sich im Türrahmen. Hinter Evans trat Killion näher. Er beobachtete mich, als ich sie an den Haaren packte und sie mit dem Rücken gegen mich zog. »Antworte mir ... *wirst ... du ... schreien?*«

»Nein«, antwortete sie atemlos.

Ich schloss meine Augen. Es war nicht das, was Ryth zu mir gesagt hatte. In meinem Kopf spielte ich diesen Moment noch einmal ab.

Ja ... Ja, ich werde schreien.

Berühre sie. Berühre sie einfach, verdammt. Es ist doch nur Sex, oder? Nur verdammter Sex.

Die Wut brannte in mir und trieb mich tiefer, als ich es je zuvor gewesen war. Wenn ich eine Waffe hätte, würde ich sie auf sie und Killion und diesen ganzen verdammten Ort abfeuern. Ich wollte nur Ryth zurück ... und zwar sofort.

Abscheu brannte in mir, als ich nach oben griff, den Träger ihres schwarzen Negligés packte und daran zog. Der Stoff riss, offenbarte ihre Brüste und jeder Nerv in meinem Körper schmerzte vor Verrat. Evans trat näher heran. Killion grinste, als ich an ihrem Körper hinunter zu ihren entblößten Titten blickte.

Ihre erregten Brustwarzen warteten, aber meine Hand weigerte sich, sich zu bewegen. Ich zog sie fester an mich, verzweifelt darauf bedacht, dass mein Körper die Oberhand über meinen Kopf gewann. Tu es einfach ... tu, was er will. Ich schluckte schwer, als die Frau vor mir stöhnte. Ich stieß sie um, sodass sie vornüber gebeugt war, und griff nach unten, um den Saum ihres Höschens zu packen und es herunterzureißen.

Sie zuckte zusammen und stieß einen Schrei aus. Aber ich merkte, dass er nicht echt war. Alles an ihr war gestellt, von ihren Klamotten bis hin zu dem Verlangen in ihrem Blick. Sie war nichts weiter als ein warmer Körper, den ich ficken konnte, nichts weiter als jemand, den ich besitzen konnte.

Der Orden.

Der Direktor.

Du willst dein eigenes, privates Fickspielzeug. Jemanden, den du kontrollieren kannst ...

Meine Gedanken überschlugen sich. Mein Puls raste. Die Gedanken, die ich am Rande meines Verstandes hatte, leuchteten jetzt hell. Diese Frauen waren vom Orden ... demselben Ort, an den sie Ryth gebracht hatten.

Derselbe verdammte Ort.

Weiß. Ich griff nach meinem Reißverschluss und zog ihn herunter. *Die Weißen sind nur zum Anschauen da ...* Sie wurden abgestuft, von neu bis käuflich, um benutzt zu werden ...

Heilige Scheiße!

Ich blickte auf das rote Höschen in meiner Hand hinunter und ließ es auf den Boden fallen. Ihre nackten Brüste wackelten, als sie so tat, als würde sie sich in meinem Griff winden. Sie dachte, ich wolle sie mit Gewalt nehmen, dachte, das sei mein Ding. Sie wartete, nach vorne gebeugt. Ihr falsches Wimmern füllte den Raum. Ich wollte das nicht, ich wollte nichts damit zu tun haben. Ich drehte meinen Kopf, um Evans anzusehen, der mich entsetzt anstarrte.

Aber die Tür war leer. Killion war verschwunden.

»Verdammte, dreckige Schlampe.« Seine Stimme drang aus dem anderen Zimmer. *»Fick sie härter.«*

Schreie ertönten aus dem Raum, kranke, echte Schreie, als sie über sie herfielen. Galle füllte meinen Gaumen. Das war es nicht, was ich wollte. Das war nicht Ryth. »Ich kann nicht«, stöhnte ich und schüttelte den Kopf, als ich mich zu Evans umdrehte.

Verwirrung mischte sich mit Wut.

Er trat näher und blieb neben mir stehen, um zu zischen: »Dann bist du am Arsch. Das ist dir doch klar, oder? Deshalb sind wir beide hier.«

Wut durchströmte mich.

»Du musst sie ... ficken«, beharrte Evans.

Ich schubste sie nach vorne. Sie taumelte auf die Bettkante. Ihr nackter Arsch und ihre Muschi waren zu sehen, und mein

Schwanz wurde weicher. »Ich kann nicht … ich kann verdammt noch mal nicht.«

»Glaubst du, sie werden es nicht merken?«, knurrte Evans. »Killion ist in diesem verdammten Raum und hört zu, verdammt noch mal.«

Ich ballte meine Fäuste und knickte unter dem Gewicht der Erkenntnis fast ein. Ich hatte sie verloren … Ich hatte meine einzige Chance verspielt, sie zurückzubekommen.

»Geh mir verdammt noch mal aus dem Weg«, knurrte Evans, als er mich zur Seite schob.

Er schritt vorwärts und griff nach seinem Reißverschluss. Mit einer Hand packte er sie im Nacken, mit der anderen griff er nach seinem Schwanz. »Schau mich bloß nicht an, hast du verstanden?«

Er wartete nicht auf ihre Antwort, sondern drückte ihr Gesicht gegen die Matratze, schob seine Hose herunter und stieß so fest zu, dass sie zusammenzuckte und stöhnte. Nur dass das Geräusch dieses Mal echt war. Ich stand da und sah zu, wie er sie weit spreizte und seine Hüften immer wieder gegen ihren Arsch stießen. Ich hatte gesehen, wie meine Brüder unsere Stiefschwester gefickt hatten und wie Ryth mit ihren eigenen Dämonen gerungen hatte. Wie sehr ihr gefallen hatte, was Nick und Tobias mit ihr gemacht hatten. Das hatte mich geil gemacht. Das war es, was mich geil machte. Nicht … das …

Die Frau stöhnte und wimmerte. Evans biss die Zähne zusammen und versuchte verzweifelt, sein Stöhnen zu unterdrücken. Aber das Stöhnen und Grunzen aus dem Nebenzimmer verschluckte alles andere. Evans ließ seinen Kopf sinken und seine Finger gruben sich in ihre Hüften, während er sie benutzte … bis er mit einem tiefen, kehligen Stöhnen in ihr verharrte.

Schwere Atemzüge verschlangen ihn. »Nimm deinen verdammten Schwanz raus, C«, knurrte er und zog sich aus ihr heraus.

Die Schreie aus dem anderen Zimmer verstummten, als Evans seinen Griff um die Frau löste und vom Bett zurücktrat. Er drehte sich um, als langsame Schritte näher kamen. In einem Anflug von Verzweiflung wusste ich, was ich tun musste.

Ich rückte näher an die Frau heran, die immer noch über das Bett gebeugt war, und holte tief Luft. »Du bleibst verdammt noch mal da«, befahl ich und legte meine Hand auf ihre Hüfte. »Du bleibst verdammt noch mal genau da. Beweg dich nicht.«

Sie tat, wie ihr befohlen.

Killion trat in den Türrahmen, als ich meinen Schwanz zurück in die Hose schob und den Reißverschluss hochzog. Sein kalter, unerschrockener Blick musterte den Raum und blieb an mir hängen, als ich hinter ihr stand, dann senkte er seinen Blick, als ich zurücktrat.

Die Reste des Spermas glänzten auf ihrer feuchten Muschi.

»Gut gemacht«, lächelte Killion. »Verdammt gut gemacht.«

Ich wagte es nicht, Evans anzusehen, der sich der Wand zuwandte. Von der Tür aus sah es so aus, als würde er sich vor dem, was ich getan hatte, ekeln … und nicht hinsehen können.

»Zieh dich um«, befahl Killion. »Wir gehen zum Orden. Wir suchen dir eine, die dir gefällt.«

NEUNZEHN

Caleb

Ich dachte, mir würde schlecht werden. Abscheu durchströmte mich, als Killion durch die Tür in den anderen Raum ging.

»Evans«, rief ich, aber er schüttelte nur den Kopf.

»Geh.« Er schaute mich nicht einmal an, als er zur Tür ging. »Sieh nur zu, dass du sie zurückholst, Caleb. Lass das nicht umsonst gewesen sein.«

Er ließ das Echo seiner Schritte hinter sich. Ich starrte auf die Tür und kämpfte mit meinen Schuldgefühlen. Langsam warf ich einen Blick auf die Frau, die immer noch mit dem Gesicht nach unten auf dem Bett lag. »Steh auf«, befahl ich. »Steh auf und kümmere dich um dich selbst.« *Es tut mir leid. Es tut mir leid, dass wir nicht besser sind ...*

Die Worte kamen mir nicht über die Lippen. Die Reue würde noch warten müssen.

Ich richtete meine Hose und machte mich auf den Weg in den nächsten Raum. Die Frau, die Killion benutzt hatte, lag zusammengesunken auf dem Boden und die beiden Männer, die sie benutzt hatten, atmeten schwer, als sie nackt über ihr standen. Und Killion ... Killion strahlte.

Er drehte sich um, als ich mich näherte, und sein Lächeln war widerlich. »Einen Drink? Komm schon, wir trinken einen in der Limousine.«

Ich folgte ihm aus dem Zimmer und ging zurück in den Flur, bevor wir die Treppe hinuntergingen. Aber von dem Mann, den er ›den Direktor‹ genannt hatte, war nichts zu sehen. Ich versuchte, nach Evans zu suchen, aber er war nirgends zu sehen. Wahrscheinlich ertränkte er sich mit dem teuersten Scotch, den er finden konnte. Die Dinge zwischen uns würden jetzt anders laufen ...

Verdammt anders.

Ich schluckte den sauren Geschmack in meiner Kehle hinunter und folgte Killion zu der wartenden Limousine, wo er wieder einstieg.

»Evans?«, fragte Killion, als ich mich auf den Sitz sinken ließ.

Ich schüttelte den Kopf und brachte das verdammte Stück Scheiße dazu, noch mehr zu grinsen. »Gut, er ist nicht wie wir, Caleb.« Ein Nicken von ihm und die Autotüren wurden geschlossen. »Er wird dich nur aufhalten.«

Der Motor sprang an, und wir fuhren die Auffahrt entlang zum Eingangstor.

»Du bist zu Größerem bestimmt. Orte, an die ich dir helfen kann.«

In meinen Augenwinkeln zuckte es. Ich wollte über den Sitz greifen und ihn blutig schlagen. Ich wollte ihn äußerlich genauso beschädigen, wie er innerlich war. Aber ich tat es nicht, denn das hatte ich doch gewollt, oder? Diese ... verdammte Folter.

Stattdessen nickte ich. »Ja.«

»Ja?«, flüsterte Killion und seine Augen leuchteten hell.

Das Wort hallte nach, ging tiefer und ließ mich frösteln. Ich schaute aus den getönten Fenstern, als wir das Haus hinter uns ließen und auf eine Hauptstraße abbogen. Ich wollte jede Kurve und jeden Kilometer, den wir fuhren, nachverfolgen. Aber ich konnte es nicht. Die Dunkelheit schlang sich um meinen Verstand und schlug ihre Krallen tief in mich hinein. Ich geriet in eine Abwärtsspirale.

Killion beobachtete mich mit einer Aufregung, die mich eigentlich hätte erschrecken müssen. Aber als ich seinem Blick begegnete, fühlte ich nichts. Keine Angst, keine Aufregung ... einfach nichts.

Wir fuhren über Nebenstraßen, bis wir an einem hohen Zaun vorbeikamen und vor demselben Tor anhielten, gegen das mein Bruder gestern gefahren war. Aber diesmal öffneten sie es für uns. Das Fenster des Fahrers rollte herunter und er sprach mit dem Wachmann. Dann fuhren wir hindurch und steuerten auf das Gebäude in der Ferne zu.

Das Gebäude war groß ... und erstreckte sich über das ganze Gelände. Ich schluckte schwer, als mein Puls sich beschleunigte.

Killion beobachtete jede meiner Bewegungen. Also zwang ich mich, vorsichtig zu sein und musterte das Gebäude mit wenig Interesse. »Noch eine Party?«

»Nein.« Killion beugte sich vor, als der Wagen zum Stehen kam. »Besser.«

Der Fahrer verließ das Auto augenblicklich und öffnete seine Tür. Killion stieg aus, rückte seine Jacke zurecht und hob den Blick. Der Ort war riesig. Ein grauer, feindselig aussehender Betonbau. Draußen stand kein Name, nur eine Gruppe von Wachen, die in unsere Richtung gingen.

»Killion.«

Der steinerne, vorsichtige Tonfall ertönte hinter uns. Die stählerne Eingangstür stand offen, und der Direktor stand drinnen. Er begegnete Killions Blick, bevor er sich meinem zuwandte. »Mr. Banks.« Er trat einen Schritt zur Seite. »Willkommen im Orden.«

Panik durchfuhr mich, als ich eintrat. Ich kämpfte gegen das Bedürfnis an, jede Tür aufzureißen und jede Wand einzuschlagen, bis ich sie gefunden hatte. Aber eine falsche Bewegung und es war vorbei.

Ich war immer noch nicht davon überzeugt, dass ich sie getäuscht hatte. Das könnte ein Weg sein, mich hierher zu locken, um mich dann zu fesseln und einzusperren. Oder mich sogar töten, um mich aus dem Weg zu räumen. Also beschloss ich, auf Nummer sicher zu gehen. »Ich weiß immer noch nicht, warum wir hier sind.« Ich hob die Augenbrauen und musterte das weitläufige Foyer. »Oder was das für ein Ort ist.«

»Oh, ich denke, du wirst das, was wir zu bieten haben, sehr genießen.« Der Direktor lächelte. »Schließlich hattest du ja schon eine Kostprobe.«

Er führte mich durch einen breiten Korridor zu einer Doppeltür, die verschlossen war. Mein Puls raste, als ich beobachtete, wie er eine Karte gegen den Scanner drückte und darauf wartete, dass die Türen aufschwangen.

»Ein bisschen übertrieben«, murmelte ich.

Killion schenkte mir ein vorsichtiges Lächeln, als er vorwärts schritt. »Man kann nicht vorsichtig genug sein, oder?«

Vorsichtig ... so könnte man es auch ausdrücken. Ich verkrampfte meinen Kiefer und folgte ihm, wobei unsere Schritte laut widerhallten. Wo zum Teufel war Ryth?

ZWANZIG

Ryth

»Was macht ihr denn hier?« Der Direktor betrat das Büro, musterte den Schreibtisch und richtete dann seine kalten grauen Augen auf uns.

Wir standen an die Wand gepresst, so weit wie möglich vom Telefon entfernt. Ich traute mich nicht, auf den Hörer zu schauen, den ich fast weggeworfen hatte, weil ich meinen Anruf bei Nick vertuschen hatte wollen. Eine falsche Bewegung und er würde es sehen. Eine falsche Bewegung und er würde …

»Der Lehrer …«, begann Vivienne, ihre Augen weit aufgerissen. »Er sagte, ich solle zu dir kommen.«

Er runzelte die Stirn und verzog den Kiefer. Das machte ihn wütend.

Doch Vivienne sprach weiter und ihre Stimme zitterte, als sie sprach. »Mr. St. James hat eine Szene gemacht.« Ihre Finger zitterten, als sie nach ihrem Kiefer und den roten Spuren griff, die der Bastard hinterlassen hatte. »Der Lehrer … er musste eingreifen.«

Der Schulleiter durchquerte den Raum, packte sie am Hals und drückte sie gegen die Wand. »*Meister*«, knurrte er und seine Lippen kräuselten sich, als er sich dicht an sie lehnte. »*Er ist dein verdammter Meister und du wirst ihn als solchen respektieren.*«

Viviennes Augen weiteten sich.

Doch dann zog er sich zurück, als hätte er sich für eine Sekunde vergessen ... *nein, nicht vergessen. Eher zeigte er sein wahres Gesicht.* Er war gefährlich, gefährlicher als Lazarus Rossi ... gefährlicher als meine eigene Mutter.

Der Direktor holte tief Luft und seine grausamen Augen sahen mich an. »Wir werden diese Diskussion nicht noch einmal führen.«

Er griff in seine Tasche und holte sein Handy heraus. »Zurück in eure Zimmer«, befahl er. »Sofort.«

Wir huschten an ihm vorbei und hinaus auf den Flur. Ihre Hand fand meine, als wir zu den Doppeltüren rannten. Kaum hatten wir sie erreicht, bewegte sich etwas durch die Glasscheiben der Türen vor uns. Ein Wachmann kam auf uns zu, beugte sich vor, um seine Karte an den Scanner zu halten, öffnete die Türen und ging auf diejenige zu, an der wir standen.

»Was zum Teufel machen wir jetzt?«, flüsterte ich und riskierte einen Blick über meine Schulter. Aber der Direktor war uns nicht nach draußen gefolgt.

»Ich weiß es nicht.« Viviennes Hand schlang sich um meine.

Der Wachmann drückte seine Karte gegen den Scanner und öffnete die Tür. Er brauchte nicht einmal etwas zu sagen, er stand einfach an der Seite und wartete darauf, dass wir eintraten.

»Unsere Zimmer«, murmelte Vivienne.

»Ihr geht nicht auf eure Zimmer«, antwortete der Wachmann. Dann winkte er uns nach vorne, zurück durch die Gänge und in Richtung Klassenzimmer. »Wir bekommen Besuch.«

Bei diesen Worten schlug mein Herz schneller. Ich blickte zu Vivienne, deren Gesicht blass wurde. Besuch ... was sollte das bedeuten? Wir passierten das Klassenzimmer und die Wand, an der Vivienne gegen ihren Willen festgehalten worden war und gingen auf einen anderen Raum zu, der weiter hinten auf dem Flur lag.

Die Dunkelheit drang aus der offenen Tür vor uns. Ich schüttelte den Kopf und meine Schritte wurden langsamer, als Vivienne den Eingang erreichte.

»Beweg dich«, sagte der Wächter und schubste mich vorwärts. Ich versuchte, Viviennes Hand zu ergreifen, aber sie wurde mir entrissen, als der Wachmann sich zwischen uns und in die düstere Dunkelheit drängte. »Da drüben.«

Ich folgte ihr und trat ins Innere, wo ich die stahlgrauen Jalousien und die langen schwarzen Plüschsofas betrachtete. Andere Frauen standen an der Wand des Raums und warfen uns Blicke zu, als wir nach vorne gedrängt wurden.

»Stellt euch auf«, befahl der Wachmann.

Ich machte mich auf den Weg zu den anderen und stellte mich zu den weiß gekleideten Frauen. Die Farbe schützte uns irgendwie, zumindest für den Moment. Wir warteten schweigend. Jedes Geräusch ließ mich vor Angst zittern. Vivienne sagte nichts. Ich warf ihr einen Blick zu, in der Hoffnung, dass sie mir Kraft geben würde, aber sie hatte keine.

Die langsamen, schweren Schritte der Männer hallten wider. Ich zählte eine Person, dann noch eine ... und noch eine.

War es der Lehrer? Hatten sie von dem Anruf erfahren? Ich schluckte schwer, als Schatten über die Türschwelle fielen.

Der Direktor betrat den Raum, seine toten, grauen Augen schweiften und verweilten ein wenig zu lange auf mir, bevor er sich abwandte. Ein anderer Mann folgte, ein älterer Mann mit grauem Haar und dunklen Augen, die vor Aufregung funkelten. Er lächelte, als er dem Direktor folgte, und sein Blick musterte uns alle. »Ich habe es dir gesagt«, murmelte er. »Exquisit.«

Eine Bewegung zog meinen Blick auf sich, als sich ein weiterer Schatten über die Türöffnung schob ... und ein Mann eintrat.

Mein Herz setzte einen Schlag aus.

Mein Körper erstarrte.

Es war Caleb ... CALEB! Ich wollte auf ihn zu rennen, und Hoffnung keimte in mir auf, als er den Raum musterte. Seine perfekten haselnussbraunen Augen fanden meine, bevor er den Blick abwandte. *Er wandte den Blick ab ...*

Ich hielt inne und hatte kaum einen Schritt gemacht. Vivienne packte mein Handgelenk und riss mich zurück, als mein Stiefbruder eine Antwort murmelte: »Sie sind umwerfend.«

EINUNDZWANZIG

Caleb

»Sie sind absolut perfekt.« Killion drehte sich um und sah mich an. »Nicht wahr, Caleb?«

Ich konnte nicht antworten, konnte mich nicht bewegen. Sie dort stehen zu sehen, gekleidet wie ... *eine von ihnen,* war fast zu viel für mich. Ihre Augen weiteten sich und ein Ausdruck der Erleichterung überkam sie, als unsere Blicke sich trafen.

Sie stürmte nach vorne und ich wollte mich quer durch den verdammten Raum stürzen und sie in die Arme nehmen. Aber eine falsche Bewegung und *sie würden es wissen.* Die Türen. Wachen. Männer mit Maschinengewehren. Sie alle standen zwischen uns. Im Moment hatten wir keine Chance. Ich schüttelte leicht den Kopf, warf einen vorsichtigen Blick auf den Direktor und zwang mich, zu antworten. »Das sind sie.«

»Du kannst dir jede aussuchen, die du willst.« Killion schritt auf die Rotgekleideten zu. »Du kannst sie besitzen, wie du willst.«

»Solange der Vertrag erfüllt ist«, knurrte das kranke Schwein an meiner Seite. »Gegen Bezahlung natürlich.«

Ich verkrampfte meinen Kiefer und zwang die Worte durch die zusammengebissenen Zähne. »Natürlich.«

Die Frau neben Ryth ergriff ihre Hand und zerrte sie zurück in die Reihe. Die Bewegung lenkte Killions Aufmerksamkeit auf sich. Wie ein jagender Hai schielte er an den anderen vorbei zu Ryth. »Wen haben wir denn da?«

Nein ... Gott, nein.

Er ließ die Rot- und Schwarz gekleideten hinter sich ... bis er die Weißen erreichte. »Neue Rekrutinnen?« Er warf einen Blick auf den Bastard hinter mir.

»Einige«, antwortete der Direktor. »Eine ist bereits unter Vertrag, aber nur als Schützling. Sie ist noch nicht ... gebrochen.«

Killion drehte sich wieder zu Ryth um, die als Letzte in der Reihe stand. Panik pochte in meinem Kopf. Ich räusperte mich und ging weiter zum anderen Ende der Schlange. Ich konnte sie nicht sehen. Ich *konnte* sie nicht sehen. Aus den Augenwinkeln sah ich nur Killion, der ein Mädchen näher heranrückte. »Diese hier.« Er blieb vor Ryth stehen, hob die Hand und griff ihr grausam ins Gesicht. »Ist ruiniert.«

Das rosa Muttermal rötete sich unter seinem Griff.

Nein ... nicht ruiniert.

Besonders.

»Sie ist ... perfekt«, murmelte Killion, als er sie näher an sich zog. »Ich will sie.«

»*Nein!*« Sie stieß sich von ihm ab und warf mir einen ruckartigen Blick zu. »*Lass mich los, verdammt!*«

»Ryth ist neu«, erklärte der Direktor, als er näher kam. »Sie versteht es noch nicht.«

»Aber das wird sie, nicht wahr, Kleine?« Killion wirbelte sie herum und drückte sie gegen die Wand. »Ich werde sie dazu bringen.«

Die Wut schoss wie eine eisige Faust durch mich hindurch. Ich machte einen Schritt. »Er hat gesagt, sie ist nicht zu verkaufen.«

Aber der Bastard hörte mich kaum. Er riss Ryths Negligé hoch und knetete ihren Arsch mit seiner dreckigen Hand. »Das ist mir egal.«

»*Fick dich!*« Sie wand sich und stieß ihn zurück. Sie war so verdammt klein und wurde von seiner Größe und Kraft in den Schatten gestellt. Killion mochte das. Er mochte sie klein und schwach. Aber sie war nicht schwach – nicht, wenn sie bei uns war.

Die Erinnerung an sie und Nick kam mir wieder in den Sinn. Ihre Worte hallten in meinem Kopf wider. *Geh auf deine verdammten Knie, Nick. Geh einfach auf deine verdammten Knie.* Sie gehörte uns. Sie gehörte ... *mir.*

Meine Vergangenheit und meine Gegenwart prallten aufeinander. Sie und wir. Unsere verbotenen Qualen, dann die Brutalität in diesem Raum. Killion packte ihre Handgelenke mit einer Hand und hob sie an, um sie an die Wand zu drücken.

»Der Fleck in deinem Gesicht sieht aus wie der Abdruck einer Hand«, knurrte Killion ihr ins Ohr. »Als wärst du geschlagen worden.« Er stöhnte und kniff in ihre Brustwarze. »Du magst es, geschlagen zu werden?«

Sie stöhnte gequält auf und dieses Geräusch war wie ein Messer in meiner verdammten Brust. *Ich werde ihn umbringen! Ich werde ihn in Stücke reißen ...*

Ich musste etwas tun. Ich musste ... »Diese hier.« Ich schnappte mir eine Frau in Rot am anderen Ende der Schlange.

Killion hörte auf, meine verdammte Stiefschwester zu zerfleischen und beobachtete mich.

»Sie ist wunderschön«, murmelte der Direktor und trat näher heran. »Olivia ist ruhig und verletzlich, sie ist darauf trainiert, das zu machen, was Männer von ihr verlangen.«

Sie ist trainiert ...

Das allein sollte mich schon krank machen. Aber das tat es nicht. Ich packte sie im Nacken und zog sie nach vorne.

»*Nein, tu das nicht*«, stöhnte meine Stiefschwester und in ihrem Tonfall schwang Enttäuschung mit. Ich wusste, für wen ihre Worte bestimmt waren. Sie wäre lieber einem verdammten Monster wie Killion ausgeliefert, als zu sehen, wie ich eine andere Frau berührte. Ich tat ihr weh ... *das tat ihr weh.*

Ich musste das aus meinem Kopf verdrängen. Ich musste mich konzentrieren. Ich war jetzt so nah dran. So *verdammt* nah. Konnte sie nicht sehen, was ich vorhatte? *Konnte sie nicht sehen, dass dies nur ein Spiel war?*

Killion sah mir zu, während er meine Stiefschwester gegen die Wand drückte. Sie wehrte sich, wobei seine Hand ihren Hals umschloss und die andere über ihren Hintern glitt, um das weiße Spitzennegligé höher zu ziehen. »Nur eine Kostprobe. Das kannst du mir doch sicher erlauben.«

Ich packte die Frau, meine Finger umklammerten sie fest und fanden die Sehnen, die an ihrem Hals verliefen. »Ich könnte genau hier drücken.« Ich grub meine Finger hinein. »Damit sich deine ganze Welt in Dunkelheit verwandelt. Würde dir das gefallen? Immer wieder das Bewusstsein zu verlieren, während ich dich ficke?«

»Guter Gott«, murmelte Killion. »Du bist wirklich genau wie ich, oder?«

Sie stieß ein Wimmern aus, erfüllt von Schock und Verlangen. Das Geräusch vibrierte durch meine Finger und durchdrang den Raum. Bei dem Gedanken, dass wir gleich waren, wurde mir übel. Killion war ein schwaches, erbärmliches Stück Scheiße. Ein kranker Sadist, der sich einen Dreck um Vergnügen scherte, ihm ging es nur um Schmerz.

Er hatte keine Ahnung, was es hieß, zu verweigern und gleichzeitig zu geben. Dass Lust ein verdammter Spielplatz war, dass man gleichzeitig so verdammt zärtlich und brutal sein konnte. Dass man geben und nehmen konnte und dass das Stöhnen einen die ganze Zeit über anfeuerte. Diese kleinen Atemzüge waren eine Belohnung. Für beide Teilnehmer.

Für Ryth, meinst du ...

Ich schloss meine Augen, als ihr Name mich erfüllte.

Es war Ryth, mit der ich sprach. Ryth, die ich an meinem Körper spürte. Ryth wollte ich mehr als meinen nächsten Atemzug. Ich verkrampfte meine Finger und spürte das rasende Pochen. »Wurdest du schon mal geleckt, als du ohnmächtig geworden bist?«

Die Frau stöhnte.

Als der Hunger in mir aufkam, drängte ich mich gegen sie. Ich beugte mich herunter und mein Atem tanzte über ihr Ohr. »Ich werde diesen süßen, jungen Körper vögeln, Prinzessin. Ich werde dich hart und langsam ficken, während du meinen Namen schreist. Ich werde an deiner Klitoris saugen und deine Muschi lecken.« Ich drückte gegen die Ader in ihrem Hals, sodass sie vor Angst zusammenzuckte, dann lockerte ich meinen Griff. »Dann werde ich loslassen, wenn du kommst. Wir werden das immer und immer wieder tun, Prinzessin. Morgen früh wirst du nur noch flüstern können, weil du so viel schreien wirst. Ich werde dir blaue Flecken verpassen und du wirst jede verdammte Minute davon genießen.«

Aus dem Augenwinkel sah ich, wie Ryths Brustkorb sich mit einem Atemzug hob. Aber Killion drückte sie nicht mehr gegen die Wand. Ich drehte mich zu ihm um und wollte unbedingt, dass er sah, was er in diesem Moment haben konnte.

Komm schon ... komm schon, du verdammter Bastard.

Ich hielt seinem Blick stand und diese dunklen Augen leuchteten vor Erregung. Ich zog diese Frau an mich, diese Frau, die nichts weiter als eine verdammte Ablenkung war. Mein Blick schwankte, aber ich versuchte, seinen Fokus zu halten. Ich konnte Ryth nicht ansehen, konnte keine Tränen schimmern oder den Verrat in ihren Augen sehen. Noch nicht ... denn ich war mit meinem Verrat noch nicht fertig.

Ich war noch nicht fertig damit, *ihr verdammtes Herz zu brechen.*

»Du wirst mir gehören. Hast du mich verstanden?«, zischte ich, legte meine Hand um ihren Hals und hob sie hoch, bis ihr Körper sich streckte. »Du wirst mir gehören, bis ich mit dir fertig bin.«

Killion löste seinen Griff um meine Stiefschwester und rückte näher. »Du sagtest, ihr Name sei Olivia?«

Die Frau nickte kleinlaut, aber es war nicht ihre Unterwerfung, die ich wollte. Scheiße, ich war steinhart und mein Schwanz drückte gegen meinen Reißverschluss. Die Vorstellung von Ryth war fast schmerzhaft. »Ja«, flüsterte sie, so wie es ihr beigebracht worden war.

Mein Blick wurde unkonzentriert ... Ich begegnete Ryths Augen und mein Schwanz zuckte, weil er unbedingt loslassen wollte. Ich wollte sie ... ich wollte sie so sehr. Ich wollte sie küssen, sie kosten. Ich wollte sie noch einmal in dieser Vorratskammer haben. Aber dieses Mal würde ich nicht aufhören, auch nicht, wenn ihre Mom nur einen Meter entfernt war.

Dieses Mal würde ich sie gegen die Konservendosen ficken. Ich würde sie ficken, bis ihre Beine zitterten und ihre Muschi pochte.

Die Frau stöhnte und drückte ihren Arsch gegen mich, wobei sich ihre Wärme gegen meinen Schaft presste. Ich wollte kommen ... wollte ...

»Ich kann nicht zärtlich sein«, knurrte ich. »Ich werde eine Bestie für dich sein. Du wirst mich hassen und mich gleichzeitig begehren.«

»Nein.« Ryth stolperte rückwärts. »Nein ...«

»Ich werde sie nehmen.« Killion schritt vorwärts und blieb vor uns stehen. In der heulenden Verzweiflung des Raumes hörte niemand Ryths Weinen. Niemand außer mir.

Ich holte tief Luft. »Du willst sie, Killion?«

Sein kühles Lächeln wurde noch breiter. »Ja, hast du ein Problem damit?«

Darauf war es doch hinausgelaufen, oder? Für Männer wie ihn war alles nur ein Spiel, immer ein verdammtes Spiel. Ich löste meine Hand von ihrem Hals und schubste sie vorwärts, sodass sie gegen ein Monster stolperte. »Nein, ganz und gar nicht.«

Mein Körper schrie nach Erlösung, aber es war meine Seele, die in dieser Grube der Dunkelheit in mir gefangen war. Ein Ort, von dem ich wusste, dass ich dort nie wieder herauskommen würde.

»Setz den Vertrag auf«, befahl Killion. »Ich übernehme das heute Abend.«

»Sehr gut«, murmelte der Direktor.

Ich wandte meinen Blick von meiner Stiefschwester ab und sah ihn an. Der steinerne Blick zuckte nicht, nicht ein einziges Mal. Er ruckte mit dem Kopf und die Wachen gingen nach vorne, um die restlichen Frauen aus dem Raum zu holen. Ryth war die letzte, die den Raum verließ, die letzte, die an mir vorbeiging, und als sie das tat, richtete ich meinen Blick auf sie, während sie spuckte.

Spucke flog durch die Luft und landete auf meiner Wange.

Ich trug sie.

Ich hatte sie verdient.

Nein, ich hatte mehr verdient.

Schmerz erfüllte ihre blaugrauen Augen, als sie weggeführt wurde. Killion und der Direktor starrten sie an, aber sie sagten nichts, weil sie darauf warteten, dass ich forderte, dass sie geschlagen wurde. Schließlich war sie doch ein Niemand, oder?

Der Schmerz, der meine Brust erfüllte, sagte etwas anderes.

»Lass uns gehen«, murmelte ich. »Ich will hier raus.«

Killion nickte und betrachtete seine Beute. »Da kann ich nur zustimmen.«

ZWEIUNDZWANZIG

Caleb

Ich war wie betäubt, als wir aus dem Haus gingen. Ich war leer, als wir wieder in die Limousine stiegen, und kaputt, als wir wegfuhren.

»Du bist wunderschön, nicht wahr?« Killion zerrte Olivias Negligé nach unten und entblößte ihre Brüste, als wir durch die Tore fuhren. »Schade, dass du das hier verpasst hast, Caleb. Ich bin sicher, es gibt noch andere.«

Ich nickte und spürte nichts. »Da bin ich mir sicher.«

Ein leises, ekelhaftes Glucksen entwich dem Stück Scheiße, während er sie streichelte. »Auch wenn es mir leid tut, dass ich dich ausgeschlossen habe. Lass es mich wieder gut machen.« Seine dunklen Augen waren auf mich gerichtet. Er war wirklich ein sadistischer Hurensohn. »Was immer du willst, du bekommst es.«

Mein Herz raste. *Dann wendest du den Wagen und bringst mich zurück. Gib sie mir zurück.* Ich hielt seinem Blick stand, die Worte schrien in meinem Kopf. Aber würde er das tun? Würde er es wirklich tun oder spielte er mit mir? Das war seine

Art, mich gerade so weit zu reizen, dass ich verzweifelt war und mir dann alles wieder wegzunehmen.

Wenn ich meine Karten auf den Tisch legte, würde er es merken und alles wäre umsonst gewesen. Um Ryths willen musste ich die Kontrolle behalten. Ich schluckte schwer und drehte mich um, um aus dem Fenster zu schauen. »Ich werde es dich wissen lassen«, murmelte ich.

Einerseits wollte ich sie unbedingt zurückhaben, andererseits durfte ich nicht alles vermasseln. Ich hob meine Hand und berührte das Überbleibsel ihrer Wut auf meiner Wange, als ein Wimmern im Auto zu hören war. Aber es war kein Wimmern der Sehnsucht, es war ein Wimmern des Schmerzes. Die Säure brannte hinten in meinem Rachen. Mir würde schlecht werden, ich würde dieses schöne neue Leder vollkotzen wie ein verdammtes Kind.

Jede Meile war eine Qual.

Jede Sekunde eine Qual.

Jedes Wimmern der Frau, die mir gegenüber saß, war ein Nagel in meinem Sarg.

»Ich muss zurück zum Black Room, um mein Auto zu holen.« Die Worte waren so angestrengt, dass er mich kaum hören konnte.

»Fahr im Club vorbei«, forderte Killion seinen Fahrer auf. »Ich glaube, unser Gast hat für einen Abend genug von unserer Gesellschaft.«

Die hellen Lichter der Stadt funkelten vor uns. Ich brauchte meinen Blick nicht zu heben, um zu wissen, dass er mich beobachtete. Ich konnte diesen Augen nicht begegnen, nicht mehr. Stattdessen schloss ich meine und versuchte, mich unter Kontrolle zu halten. In mir heulte ein Orkan, der raus wollte.

Als ich die Augen öffnete, sah ich die vertrauten Straßen vor mir, bevor die Limousine in eine Seitenstraße einbog und am hinteren Ende des Clubs anhielt, in dem ich Evans vor Stunden getroffen hatte. Vor Stunden. Ich riss am Griff, bevor das Auto zum Stehen kam. Es könnte genauso gut ein ganzes Leben her sein.

»Caleb.«

Die Nachtluft strömte herein, als Killion etwas raunte. Als die Tür geöffnet war, blieb ich stehen. »Ich hatte viel Spaß heute Abend. Ich hoffe, wir können das wiederholen ... *bald*.«

Bald ...

Abscheu brannte in meinem Bauch, als ich die Tür hinter mir schloss. Mein Blick fixierte das blaue Leuchten vor mir, als wäre es meine letzte Hoffnung auf Erlösung. Der Wirbelsturm brauste auf, als die Limousine davonfuhr. Ich steckte meine Hand in die Tasche, drückte den Knopf an meinem Schlüsselanhänger und rannte geradezu zur Fahrertür.

Lichter blitzten auf, bevor ich hinter dem Lenkrad zusammensackte und die Tür schloss. *Nein*, ihre Stimme ertönte. Der Verrat. Der Schmerz ... *der Blick in ihren Augen*, als sie gegangen war und gewusst hatte, dass ich sie im Stich gelassen hatte. Ich holte aus und schlug gegen das Lenkrad. *»VERDAMMTES STÜCK SCHEISSE!«*

Ich hatte ihr das angetan.

Ich hatte ihr das angetan ...

Meine Hände zitterten, als ich auf den Knopf drückte und den Motor anließ. Dann traf mich der Schlag. Ich stieß die Tür auf, fiel nach vorne, und die Reste des Scotch brannten in meiner Kehle, als ich mich übergab und würgte.

Nein.

Ryth wimmerte.

Nein.

Nein.

Nein.

Schatten bewegten sich vor mir über den Beton. Jemand riss die Tür ganz auf und entzog sie meinem Griff, bevor ich gepackt und aus dem Auto gezerrt wurde. Ich schlug um mich, aber ich traf nur auf Stahl, bevor ich auf den Beton geschleudert wurde. Schmerz durchfuhr mein Gesicht, als die Kälte und der Gestank meiner eigenen Kotze mich trafen. Ich wurde hochgehoben, nach oben gezogen und gegen die Seite meines Autos geschleudert.

»Du ekelst mich an!«

Ruckartig hob ich den Blick und starrte meinen Bruder an. »Tobias.«

In diesem Moment war er wütend, seine dunklen Augen noch dunkler, als ich sie je zuvor gesehen hatte. Gespenstisch, beängstigend. Ich ließ meinen Blick hinter ihn schweifen und sah, dass Nick dort stand und mich anstarrte.

»Du bist hier draußen und machst Party, Bruder?« Der Ekel in Nicks Stimme war verletzend. »Du bist hier draußen, während unsere verdammte Schwester an diesem *schrecklichen Ort* ist?«

Ich schüttelte den Kopf, aber die Worte wollten nicht kommen.

Das schwache Licht des Parkplatzes glitzerte auf dem Stahl, als Tobias eine Waffe hob. Meine Knie knickten ein, denn der Griff meines Bruders war dem Sog der Hölle nicht gewachsen. Ich brach zusammen und schlug auf den Asphalt neben dem Auto auf. »Tu es.« Die Worte brannten. »Ich verdiene es. Ich verdiene alles für das, was ich ihr heute angetan habe.«

Die Nacht blieb kalt.

»Was hast du getan, Bruder?« In Tobias' Stimme war keine Spur von Brüderlichkeit zu hören. Der Biss der Mündung drückte gegen meinen Kopf. »Sag es mir. Ich will es wirklich wissen.«

»Ich habe sie verraten.« Ich hob meinen Kopf und begegnete seinem Blick. »Ich habe sie verdammt noch mal an diesem Ort zurückgelassen.«

Nick zuckte zusammen und trat einen Schritt näher. »Wovon zum Teufel redest du da?«

Ich öffnete den Mund, um es ihnen zu sagen, und versuchte, in dem, was ich heute Abend getan hatte, einen Hauch von Hoffnung zu finden. Aber es gab keine. Da waren nur die Schreie der Frauen, die ich verraten hatte. Und was hatte das gebracht?

Nichts.

Ich hatte absolut nichts erreicht.

»Ich habe es versucht. Ich habe es verdammt noch mal versucht.« Ich ballte meine Fäuste. »Siehst du das nicht? SIEHST DU DAS NICHT, VERDAMMT?«

Mein Schrei hallte in der Nacht wider. Ich schlug um mich, packte Tobias' Handgelenk und drückte die Waffe fester gegen meinen Kopf. »Tu es! *Tu es einfach, verdammt!*« Meine Schreie hallten in der Nacht wider. Niedergeschlagen ließ ich mich gegen das Auto sinken. »*Ich kann so nicht leben. Ich kann sie an diesem Ort nicht sehen. Ich kann nicht ...*« Nicht sehen, was *Killion ihr antun würde.*

»Du hast sie gesehen?«, flüsterte Nick.

Die Waffe schwankte und zog sich zurück. »Nein.« Ich zog Tobias näher an mich heran und starrte ihn hasserfüllt an. *»Nein!«*

»Ich glaube, du solltest lieber anfangen zu reden, C«, forderte Nick, »und zwar sofort.«

Sie hassten mich. Verdammt, sie hassten mich. Tränen stiegen mir in die Augen und ließen das Gesicht meines Bruders verschwimmen. Aber das war nichts im Vergleich zu Ryths leerem Blick, der sich in meine Gedanken brannte. »Ich habe sie im Stich gelassen. Ich habe sie im Stich gelassen und ich weiß nicht, was ich tun soll.«

Tobias beugte sich hinunter und sein Körper bewegte sich in den Lichtstrahl. Überall auf ihm waren Blutspritzer, rote Flecken, die so dunkel waren, dass sie auf seiner Haut schwarz aussahen. Ich warf einen Blick auf seine Hände und zuckte zusammen. Sie waren blutig ... und es war nicht nur ein Fleck. Ich ließ meinen Blick zu seinen Augen wandern. Ich war nicht der Einzige, der in dieser Nacht Sünden begangen hatte.

»Lass uns eins klarstellen«, knurrte mein kleiner Bruder. »Dein Gewissen ist mir scheißegal. Wenn du uns noch einmal betrügst, verteile ich ›dein Gewissen‹ auf der Motorhaube deines schönen Autos. Hast du das verstanden, *Bruder?«*

Das würde er auch tun.

Mir blieb die Luft weg. Aber ich zwang mich trotzdem zu den Worten. »Sie ist am Leben«, begann ich. »Aber sie ist in Gefahr.«

»Sie hat mich angerufen«, sagte Nick. »Sie hat dasselbe gesagt.«

Ich schüttelte den Kopf. »Wir müssen sie aus diesem Ort herausholen. Wir müssen sie wegbringen von ...« *Dem Direktor.*

»Was zum Teufel machen die mit ihr?«, forderte Tobias.

Lasst mich los, verdammt! Ihre Schreie ertönten. »Nichts Gutes.«

»Steh auf, verdammt«, knurrte Nick. »Wir gehen nach Hause.«

»Direkt nach Hause, C.« Tobias rammte mir die Mündung der Waffe in die Seite. »Zwing mich nicht, dich zu verfolgen.«

Ich nickte, als Tobias den Parkplatz musterte und die Waffe in seinem Rücken verstaute, bevor meine beiden Brüder in Richtung des Clubs gingen. In diesem Moment waren sie für mich Fremde. Aber vielleicht war das nicht der Grund ... vielleicht war ich derjenige, der von unserer Bindung abgewichen war. Ich war derjenige, den sie nicht mehr kannten. Ich war derjenige, dem sie nicht vertrauten.

Mein Arm zitterte, als ich mich am Auto abstützte, durch die offene Tür trat und hinter das Lenkrad schlüpfte. Der Lamborghini ruckelte und schüttelte sich unter meinem schwerfälligen Schalten, als ich den Parkplatz verließ und nach Hause fuhr.

Ein Teil von mir fürchtete sich davor, meine Brüder wiederzusehen, ein anderer Teil war erleichtert und wollte sich von dieser Last befreien. Ich krallte meine Hände um das Lenkrad und fuhr vorsichtig durch die Straßen nach Hause. Das Licht im Haus war an, als ich in die Einfahrt bog.

Komisch, ich hatte mich noch nie so verdammt allein gefühlt, nicht einmal in den Momenten nach Moms Tod und gestern, als ich fast meinen Bruder verloren hätte. Diese Momente verblassten im Vergleich zu dem hier. Ich stieß die Tür auf und hörte ein schmerzerfülltes Wimmern, dann die sanfte Stimme meines Bruders. »Ruhig, Süße. Ruhig. Ich werde dir nicht wehtun.«

Ich ging in die Küche und fand Nick ohne Hemd vor, wie er einen verletzten Welpen in den Arm nahm. »Was zum Teufel ist passiert?«

Nick warf mir einen Blick über seine Schulter zu. »Du bist nicht der Einzige, der eine verdammt schlechte Nacht hatte. Nimm das Tuch da.« Er nickte in Richtung eines Geschirrtuchs. Ich schritt vorwärts und suchte verzweifelt nach einer Aufgabe. Ich wollte mich nützlich machen. »Halte es auf ihre Wunde.«

»Was zum Teufel ist passiert?« Ich drückte das Geschirrtuch sanft gegen ihre Seite und ein schwacher Blutfleck sickerte in das Weiß. »Wessen Hund ist das?«

»Meiner«, murmelte Nick, der sich darauf konzentrierte, ihren ganzen Körper zu untersuchen, während er bei jedem Wimmern des Welpen zusammenzuckte. »Wir müssen sie von einem Tierarzt untersuchen lassen.«

»Später«, beharrte Tobias hinter mir.

Bei seinem eisigen Tonfall richtete ich mich auf und drehte mich um.

»Im Moment«, begann Tobias und zog sich ein sauberes Hemd über den Kopf, als er auf der anderen Seite der Theke stehen blieb, »will ich hören, was unser Bruder zu sagen hat.«

Nick hörte auf, sich um den Welpen zu kümmern, drückte ihn stattdessen an seinen Körper und streichelte seinen Kopf. »Fang an zu reden, C, und wehe, es ist nicht gut.«

Ich nickte und wusste nicht, wo ich anfangen sollte. Wie sollte ich ihnen sagen, was ich getan hatte ... nein, was ich *war*. »Wir brauchten einen Zugang zu diesem Ort, also habe ich einen gefunden.« Ich unterbrach Tobias' Blickkontakt.

»Wie?«, fragte Nick.

Ich schüttelte den Kopf. »Ist das wichtig?«

Tobias griff nach dem Tresen und zog mit seiner Bewegung meinen Blick auf sich. Zwischen seinen Fingern und in den Nagelbetten war getrocknetes Blut zu sehen. Ich brauchte nicht zu fragen, was passiert war. Es stand alles in seinen dunklen, unerschrockenen Augen geschrieben. »Ja«, sagte er durch zusammengebissene Zähne. »Das ist es.«

»Ich war in einem Sexclub, einem sadistischen, abscheulichen Sexclub, mit einem Mann, dem ich am liebsten nie begegnet wäre, um Zugang zu einem exklusiven Club zu bekommen. Die Art von Club, die Frauen von Orten wie dem Orden kauft.«

Tobias wurde ganz still. So still, dass er nicht mehr atmete.

»Was zum Teufel sagst du da?« Nick trat näher und ließ seine Hand von dem Welpen fallen. »Sie handeln mit den Frauen?«

Ich nickte und mir wurde flau im Magen. »Ja. Genau das tun sie.«

Nein … nein, lasst mich los, verdammt!, schrie Ryth. In meinem Kopf sah ich wieder, wie Killions Hände meine Schwester begrapschten.

»Ryth ist an diesem Ort?« Nicks Stimme war ein Flüstern.

Ich starrte Tobias an. »Ja.«

»Wurde sie …«, begann mein jüngster Bruder und hielt inne. Sein Gesicht verfärbte sich grau, als er den Blick abwandte.

»Ich weiß es nicht«, antwortete ich. »Ich weiß es nicht.«

»Aber du hast sie gesehen, oder?« Tobias begegnete meinem Blick. »Du hast sie heute Abend gesehen.«

Lasst mich verdammt noch mal in Ruhe!, wütete sie in meinem Kopf. Ich konnte ihnen nicht sagen, was Killion ihr angetan hatte, ich konnte ihnen nicht sagen, dass ich danebengestanden und alles mit angesehen hatte. »Ja, ich habe sie gesehen.«

»Dann weißt du ja, wie du reinkommst.« Nick rückte näher und hielt meinen Blick fest. »Du weißt, wie du reinkommst.«

Ich nickte. *Alles, was du willst, Caleb. Alles, was du willst,* drängte Killion in meinem Kopf. »Ja, ich weiß, wie man reinkommt. Aber wir müssen sehr vorsichtig sein. Wenn sie herausfinden, dass wir da sind, um sie rauszuholen, werden sie sie und uns töten.«

»Das werden sie nicht«, knurrte Tobias. »Das werden wir nicht zulassen.«

DREIUNDZWANZIG

Ryth

WEISSE WÄNDE VERSCHWAMMEN UM MICH HERUM. Das dumpfe Geräusch meiner Schritte klang weit entfernt und fremd. Aber das pochende Geräusch meines Herzens war ein ohrenbetäubendes, beängstigendes Brüllen, das meine Gedanken verzehrte.

Vivienne blickte in meine Richtung, als wir den Raum hinter uns ließen. Spucke trocknete auf meinen Lippen. Mein Stiefbruder war nicht hierher gekommen, um mich zu retten. Er war gekommen ... *um eine von uns für Sex zu kaufen.*

Meine Knie knickten bei dem Gedanken ein. Ich fiel und schlug hart auf dem Boden auf. Schmerz durchfuhr meine Knochen.

»Ganz ruhig«, flüsterte Vivienne, als sie mich am Arm packte und auf die Beine zog.

Er war nicht meinetwegen hier ...

Er war nicht ...

Ein Schluchzen riss mich aus meinen Gedanken, als ich nach vorne stolperte.

»Geh weiter«, schnauzte der Wachmann, als wir langsam an ihm vorbei taumelten.

Vivienne warf ihm einen Blick zu, als wir mit den anderen weitergingen. Aber meine Schritte wurden wieder langsamer und meine Füße weigerten sich, sich zu bewegen. Ich wollte dorthin zurückgehen, die Tür aufreißen und auf ihn einschlagen. Ich wollte ihn schlagen, bis er blutig war. Ich wollte ihm so wehtun, wie es mir wehtat. Ich wollte …

Ich wollte ihn …

Ihn berühren, ihn in den Arm nehmen. Ich wollte, dass er mich in den Arm nahm und mir sagte, dass alles in Ordnung sei. Dass er hier war, um mich von diesem Ort wegzubringen. Dass er nicht wie all die anderen war. Aber das wäre eine Lüge gewesen.

Ich hatte es in seinen kalten Augen gesehen, als er die Frau gepackt hatte, als er sie an sich gedrückt und ihr dieselben Dinge ins Ohr geflüstert hatte, die er mir ins Ohr geflüstert hatte.

Er war ein verdammter Player. *Ein gottverdammtes Stück Scheiße!* Nein, er war schlimmer als das. Er war die Art von Mann, die mich als Eigentum betrachtete, das er benutzen und wegwerfen konnte, wann immer er wollte. Ich konnte nicht glauben, dass ich etwas für ihn empfunden hatte. Ich konnte nicht glauben, dass ich–

»Ryth«, zischte Vivienne und warf einen panischen Blick den Flur entlang.

Der weißhaarige Wächter trat aus dem Schatten hervor und seine hungrigen Schritte verringerten den Abstand, während er unsere Reihe musterte und bei mir haltmachte.

»Wir müssen uns beeilen«, wimmerte Vivienne und zerrte mich nach vorne. »Jetzt!«

Ich ließ zu, dass Vivienne mich mit den anderen durch die Doppeltür zog, aber als der wilde Wachmann näher kam, ging er quer durch den Flur, packte mich und drückte mich rückwärts gegen die Wand. »Hast du mir etwas zu sagen?«

Ich hob meinen Blick und musterte ihn. Er war sauer, und man musste kein Genie sein, um zu wissen, warum. Wir waren in das Büro des Direktors eingebrochen und hatten sein Telefon benutzt. Ich verkrampfte meinen Kiefer und reckte mein Kinn nach oben. »Wie wär's mit: *Fick dich!*«

Seine Lippen kräuselten sich und in seinen Augen flammte Wut auf. Hinter mir ertönten leise Männerstimmen.

Die hier ist ruiniert ...

Diese Worte stiegen auf. Ich konnte immer noch seine Hände auf mir spüren, auf meinem Gesicht, meinem Hintern ... meinen Brüsten. Mein Magen verkrampfte sich und die Erinnerung daran ließ mich zurückschrecken.

»Wenn du noch einmal so eine verdammte Nummer wie in diesem Raum abziehst, brauchst du dir keine Sorgen zu machen, dass du an den Meistbietenden verkauft wirst.« Er drückte sich an mich, bis die Wärme seines Atems über meine Wange strich. »Denn dann nehme ich dich für mich.«

Ich verkrampfte meinen Kiefer, unterdrückte ein Wimmern und wandte meinen Blick ab.

Er lehnte sich noch fester an mich und drückte mich gegen die Wand. »Ich komme, Castlemaine. Ich komme verdammt noch mal ...«

»Bitte«, flüsterte Vivienne und zerrte an meiner Hand. »Sie hat es nicht so gemeint.«

Verzweiflung flackerte in ihren großen, verängstigten Augen auf. Der Blick des Wachmanns war hart, aber er machte keine

Anstalten, Vivienne aufzuhalten, als sie mich losriss. Meine nackten Füße patschten über den harten Boden, als ich davon taumelte.

»Essensraum.« Ein anderer Wärter deutete den Gang entlang. »Jetzt.«

Ich folgte ihr und spürte nichts als das eisige Stechen des Verrats. Ich hatte keinen Platz für Schmerz oder Angst, keinen Platz für etwas anderes als die brennende Wut, die in mir kochte.

»Komm schon«, zischte Viv und zerrte mich weiter, als wir den anderen in den Speisesaal folgten. Sie schob mich zu einem Tisch und zwang mich, mich zu setzen.

Ich ließ mich auf den Stuhl fallen und starrte einfach nur auf den Tisch. »Er hat mich verraten«, flüsterte ich.

Vivienne lehnte sich dicht an mich heran und beobachtete die anderen, als sie zischte: »Wovon zum Teufel redest du?«

»Caleb.« Ich hob meinen Blick zu ihr. »Ich dachte, er wäre meinetwegen gekommen, aber das ist er nicht.«

Sie erstarrte, als ihr die Erkenntnis dämmerte. »Dieser Mann ...«, sie erstarrte und stieß die Worte aus. *Dieser Mann war dein Bruder?*

Ich konnte nur nicken, die Worte waren zu brutal, um sie auszusprechen.

Sie atmete tief durch. »Aber du hast ihn doch gerade ...« *Angerufen.*

»Es war der Älteste.« Ich schüttelte den Kopf und meine Schultern sackten nach vorne, während mir die Tränen in die Augen stachen. »Caleb.«

Sie lehnte sich zurück und beobachtete aus dem Augenwinkel, wie die anderen Mädchen an der Theke entlanggingen und sich Essen und Getränke holten. Ich hatte keine Ahnung, wie spät es war, ob es Tag oder Nacht war, oder ob ich eine Woche oder ein ganzes Leben lang an diesem Ort gewesen war. Im Moment war es mir auch egal.

»Du musst etwas essen«, drängte Vivienne.

Mein Magen verkrampfte sich. Der Gedanke an Essen war ekelerregend. Ich schüttelte den Kopf. »Ich kann nicht. Aber du ... du musst es tun.« Zum ersten Mal sah ich sie wirklich an, sah, wie furchtlos sie mich von dem Wächter weggezogen hatte, auch wenn sie damit die Aufmerksamkeit auf sich gelenkt hatte. »Warum hilfst du mir? Warum kümmert es dich?«

Sie schluckte und warf einen Blick auf die anderen, die auf der anderen Seite des Raumes saßen, bevor sie antwortete. »Ich habe es dir gesagt.«

»Ich glaube dir nicht«, flüsterte ich. »Da muss noch mehr sein.«

Ihre Wangen glühten, als sie den Blick abwandte. »Wenn du dich nicht um dich selbst kümmerst, dann ist das deine Sache. Ich werde essen, denn ich brauche die Energie.« Um zu rennen. Sie musste die Worte nicht aussprechen. Trotzdem warf sie mir einen Blick zu, der genau das aussagte, als sie aufstand und sich auf den Weg zum Tresen machte.

Ich starrte auf den Tisch und spürte, wie der Schmerz immer tiefer wurde. Er war da draußen, war durch diese Flure gegangen und hatte mich zurückgelassen, als würde ich ihm nichts bedeuten.

Tränen kullerten mir über die Wangen. Ich wischte sie weg, als Vivienne mit zwei belegten Brötchen und zwei Säften zurückkam. Sie schob mir einen Teller über den Tisch und gab mir dann das Getränk. Wir sagten nichts, genauso wie die anderen. Aber diese leere Stille lenkte meine Aufmerksamkeit auf sich. Ich warf einen Blick durch den Speisesaal und sah, dass eine der anderen in Rot gekleideten Personen mich interessiert beobachtete.

In ihrem Blick lag nichts Beruhigendes.

Nichts, was dem von Vivienne ähnelte. Sie aß nicht, trank nicht. Ihre dunklen Augen beobachteten jede meiner Bewegungen. Ich zwang mich, einen Bissen von dem Sandwich zu nehmen und zu schlucken. Aber das Brot blieb wie ein harter Klumpen in meinem Hals stecken und schmerzte, als ich es herunterspülte.

»Du musst deinen Kopf unten halten.«

Ich warf einen Blick auf Viv, die das andere Mädchen aufmerksam beobachtete. »Du musst hier vorsichtig sein, Ryth.« Ihre Worte waren steinern. »Jetzt noch mehr als je zuvor.«

Schatten fielen über die Türöffnung. Ich hob meinen Kopf, als drei Männer eintraten. Der Direktor, der Lehrer ... und der Priester. Meine Wangen brannten, als ich ihn anstarrte. Ich hatte ihn nicht mehr gesehen, seit er mich aus dem Lagerhaus entführt und Nick blutend zurückgelassen hatte.

Nick ...

Ein Schmerz durchzuckte meine Brust, als ich an ihn dachte. Er lebte und war hinter mir her. Aber wenn er von Caleb und dem, was heute Nacht passiert war, erfuhr, würde er wütend werden ... und er war nicht der Einzige. Tobias. Mein Atem stockte, als ich an ihn dachte. Seine wutentbrannten Augen verweilten in meinen Gedanken. Er würde Caleb töten. Er würde ihn umbringen und nicht zweimal darüber nachdenken.

Nachdem er mich geholt hatte.

Bitte, Gott, lass es sein, nachdem er mich geholt hat.

»Du musst heute Abend schweigen«, sagte Vivienne, als der Direktor und der Lehrer durch den Speisesaal schritten.

Ihre kalten Blicke schweiften durch den Raum, wobei der Blick des Direktors ein wenig zu lange auf mir verweilte, als seine Stimme den Raum erfüllte. »Der Unterricht beginnt morgen. Einige von euch werden ein intensiveres Training absolvieren.«

Ein intensiveres Training.

Mit einem mulmigen Gefühl bedauerte ich den Biss in das Sandwich.

»Für den Moment werdet ihr auf eure Zimmer begleitet.« Er starrte uns an ... und wartete.

Die anderen standen als Erste auf und beobachteten ihn, als sie an den Tischen vorbeigingen und zur Tür eilten. Ich erhob mich zusammen mit Vivienne. Aber ich huschte nicht um sie herum wie die anderen. Stattdessen fixierte ich den Blick des Direktors.

»Ms. Castlemaine«, murmelte er.

Ich wollte mich quer durch den Raum stürzen und ihm die verdammten Augen auskratzen. Ich wollte schreien und wüten, aber meine Wut würde mir nichts nützen. Der Peilsender schlug gegen meinen Knöchel, während ich ging. Ich war so oder so eine Gefangene.

Wir kommen, Ryth! Nicks Worte verfolgten mich, als ich den Speisesaal verließ und wieder in den Flur trat. Wir gingen zurück zu den dunklen, leeren Zellen, und jede Wache trat dicht an uns heran, als wir eintraten. Die Türen schlossen sich mit einem dumpfen Geräusch hinter uns.

Die Stille war der schwierigste Teil.

Denn dort warteten die Erinnerungen.

Erinnerungen an eine Zeit, in der ich mich wirklich lebendig gefühlt hatte.

Als Caleb nicht das Monster gewesen war, das ich heute Nacht gesehen hatte. Als mein Leben einen anderen Sinn gehabt hatte, als wie ein Stück Fleisch an den Höchstbietenden verkauft zu werden. Draußen im Flur ging das Licht aus und ich saß im Dunkeln auf meiner Bettkante.

Vielleicht war jeder einzelne Moment, in dem ich mit ihnen zusammen gewesen war, eine Lüge? Ich zog meine Füße hoch und schlang meine Arme um meine Knie. Nicks Verzweiflung erfüllte mich. Diese Art von Schmerz konnte man nicht vortäuschen. »Er wird kommen«, flüsterte ich. »Er wird kommen.«

Ich saß eine Weile so da, bevor ich mich hinlegte und die Decke höher zog, um das hässliche Ding zu bedecken, das wir tagein, tagaus tragen mussten. Ich zitterte vor Kälte und schloss die Augen, um mich in den Schlaf zu wiegen.

———

ETWAS KLEMMTE MIR DEN MUND ZU. Eine tiefe Stimme knurrte leise. »Ich habe dir gesagt, dass ich dich holen werde, du Schlampe.«

Ich riss die Augen auf und mein Herz raste, als die Hand über meinem Mund mich in die Matratze drückte. In dem gedämpften Licht, das vom Flur hereinfiel, konnte ich den Glanz von weißem Haar erkennen ... und ich schrie.

Das Geräusch drang kaum hörbar durch den Raum, dumpf und rau, und brannte in meiner Kehle. Ich schlug ihn weg, aber er war zu stark, seine andere Hand umschloss meinen Hals, als er mich aus dem Bett riss. Schmerz schoss mir durch den Kopf, als ich hart auf dem Beton aufschlug. Funken sprühten hinter meinen Augen auf und schockierten mich für eine Sekunde. Er warf einen vorsichtigen Blick zur Tür.

Bevor Nicks Gebrüll mich durchfuhr ... *und ich mich wehrte.*

»NEIN! NEIN! LASS MICH LOS!« Ich wehrte mich und krallte mich in sein Gesicht, wo immer ich konnte. Es war ihm egal, er drehte den Kopf, als ich nach seinen Augen griff, und riss an meinem Negligé, das er mir von den Brüsten zerrte.

Er war ein Tier. Kalt. Stumm. Seine Entschlossenheit glitzerte in seinen dunklen Augen. Ich strampelte und schrie, als seine Hand meine Brust knetete und in meine Brustwarze zwickte. Aber das war egal. Er hielt mich fest, krallte sich regelrecht an mir fest, während er nach meinem Slip griff und zerrte.

Ich wand mich und der Schreck saß tief. Draußen ertönte ein schriller Alarm.

»Scheiße!« Der Bastard warf einen Blick in den Flur und dann wieder zu mir. »Dann muss ich mich wohl beeilen, oder?«

Seine Faust war nur noch ein verschwommener Fleck, bevor sie gegen mein Gesicht prallte. Mein Kopf kippte zur Seite. Ein Schmerz durchzuckte meinen Schädel und eine Sekunde lang konnte ich mich nicht bewegen. Er nutzte diese Sekunden und fummelte hektisch am Knopf seiner Hose herum. In dieser Benommenheit wusste ich, was passierte und was gleich passieren würde. *Bitte, nein!* Die Angst durchdrang meinen Schock. Ich wand mich, trat zu und trieb mein Knie nach oben, bis ich ihn in der Seite erwischte. Er stöhnte auf und seine dunklen Augen blinzelten vor Schmerz. Ich schlug und krallte zu, fuhr mit meinen Nägeln über seine Wange und griff nach seinen Augen.

In der Dunkelheit konnte ich schlecht zielen, aber ich traf etwas Warmes und Weiches. Etwas, in das sich meine Nägel bohrten.

»Au!«, brüllte er. *»Verdammte Schlampe!«*

Ich stieß erneut mit dem Knie zu, diesmal noch härter und wurde mit einem Grunzen belohnt. Ich hatte nur wenige Sekunden Zeit. Ich trat und huschte unter ihm hervor. Mein Slip war weg. Mein Spitzennegligé war zerfetzt, und draußen auf dem Flur ertönte weiterhin der schrille Alarm.

Ein dumpfes Leuchten drang aus der Tasche des Wachmanns, bevor sein Handy zu klingeln begann. Ich stolperte rückwärts und mein Atem ging stoßweise, während ich schrie: »*Lass mich in Ruhe, verdammt!*«

Draußen auf dem Flur näherten sich Schritte.

Schreie ertönten, als die Türen aufgerissen wurden und gegen die Wände knallten! Der Wachmann stemmte sich nach oben, als meine Tür geöffnet wurde ... und zwei Wachmänner hereinstürmten. Die Oberlichter wurden angeknipst, das Licht war grell.

»Was zum Teufel, Tig?« Der eine Wachmann sah meinen Angreifer an, dann mich.

»Was zum Teufel ist hier los?«

Ich warf einen Blick auf die Tür, als der Direktor in mein Zimmer trat. Er warf einen Blick auf mich und dann auf den Bastard, den er loyal nannte. »Tig? Der Feueralarm wurde ausgelöst.«

Aber der weißhaarige Mistkerl antwortete nicht, sondern starrte nur in meine Richtung. Seine Wangen waren blutverschmiert und eines seiner Augen tränte. Der Schleim überzog immer noch meine Nägel. Ich holte scharf Luft, mein Körper zitterte und bebte.

»Ryth!«

Ich warf Vivienne einen Blick zu, als sie sich aus dem Griff eines Wachmanns vor meinem Zimmer riss und durch die Tür stürmte.

»Peter, begleite Ms. Castlemaine und Ms. Brooks auf die Krankenstation.«

»Ja, Sir«, murmelte der Wachmann, dann nickte er und sagte: »Mit mir.«

Aber ich konnte mich nicht bewegen … meine Füße waren wie eingefroren. Bis der Direktor näher kam, auf mein Bett zuging, die Decke nahm und auf mich zuging. Wärme umgab mich, als er die Decke über meine Schultern legte und mich mit seinen dunklen Augen musterte. »Los, Ryth. Zwing mich nicht, es dir noch einmal zu sagen.«

Ich machte einen langsamen Schritt von ihm weg … und rannte dann auf Vivienne zu.

VIERUNDZWANZIG

Caleb

»Erzähl nochmal«, forderte Nick, während er sich um den verdammten Hund kümmerte.

Ich betrachtete seinen rasierten Körper und seine traurigen Augen, als er auf Nicks Schoß saß und ihn liebevoll ansah.

»Das haben wir doch schon besprochen«, protestierte ich. »Ich glaube, ich bin aus dem Schneider.«

»Dann gehen wir es noch einmal durch.« Tobias kam aus der Küche und hatte zwei Flaschen mit einem Elektrolyt-Getränk dabei. Ich hob meine Hand und griff nach meiner ... aber er gab sie mir nicht. Mein jüngster Bruder starrte mich nur wütend an, als er Nick eine Flasche reichte und dann den Deckel von seiner eigenen aufschraubte.

Die Spannung zwischen uns war brutal. Nach der letzten Nacht würde es ein Wunder brauchen, bis sie mir wieder vertrauten – wenn überhaupt. Ich ließ meine Hand sinken und begann zu reden, wobei ich die gleichen Details noch einmal wiederholte. Es war das fünfte Mal, dass wir es durchgingen. Einmal gestern Abend, zwei weitere Male heute Morgen, als wir beim Tierarzt gewartet hatten, und ein weiteres Mal, als wir nach Hause gekommen waren.

Es war egal, wie oft ich es wiederholte. Es gab immer noch Zweifel ... weil alles schief gehen konnte. »Ich rufe Killion an. Sage ihm, dass ich da wieder hin will.«

»Du wirst es verlangen«, knurrte Tobias. »Du *verlangst*, wieder da hinzugehen. Dieser kranke Wichser schuldet dir was. Also bring ihn dazu, seine Schuld zu begleichen, wenn es sein muss.«

Ich schluckte den bitteren Beigeschmack der Wut herunter und hielt Tobias' Blick stand. »Ich werde es verlangen.«

Er nickte langsam, dann wandte er sich ab. Irgendetwas war in meinem Bruder zerbrochen. Irgendein angeborener Teil, der ihn zu dem Kind gemacht hatte, das ich gekannt hatte. Vielleicht war er schon lange abgenutzt ... und vielleicht war er auch nie da gewesen.

»Ich verlange, dass ich da wieder hingehe.«

»Er wird dich nicht reinfahren lassen«, sagte Nick, während er den kleinen Hund streichelte. »Der Ort ist nicht für jeden Besucher zugänglich. Er wird wollen, dass sein Fahrer dich hinbringt.«

»Und wenn Killion mit dir kommen will?« Tobias beobachtete mich.

Er glaubte nicht, dass ich den Mut hatte, das durchzuziehen, er glaubte nicht, dass ich den Mut hatte, das zu tun, was getan werden musste. Nur wusste er nicht, was Killion unserer Schwester angetan hatte und wie tief ich gesunken war, um ihn davon abzuhalten, noch weiter zu gehen. Ich warf einen Blick auf Nick, dann wieder zurück. »Ich werde ihn töten, zusammen mit dem Fahrer.«

»Gut.« Tobias hielt die Waffe in der Hand, die er seit gestern Abend bei sich hatte. Eine Waffe, die ich noch nie gesehen hatte. Er trat vor und reichte sie mir. »Erledige so viele von diesen Wichsern, wie du kannst.«

Ich nahm die Pistole und steckte sie in den Bund meiner Jeans.

Nick erhob sich und legte den verwundeten Welpen auf einen Stapel Decken, die er aus dem Schrank im Obergeschoss geholt hatte. Als er sich aufrichtete, zuckte er zusammen und drückte seine Hand auf seine eigene Wunde. »Wir warten am Zaun. Du musst sie nur dorthin bringen ... und wir kümmern uns um den Rest.«

»Mach den Anruf«, knurrte Tobias. »Ich will, dass wir unsere Schwester heute Nacht zurückbekommen.«

Ich nickte. »Das will ich auch.«

Ich schnappte mir mein Handy, scrollte durch meine Kontakte und drückte auf Killions Nummer.

Er nahm nach dem dritten Klingeln ab. »Caleb.«

»Du hast gesagt, ich bekomme alles, was ich will, richtig?« Ich schaute Nick an, als ich sprach.

»Ja.« Die Aufregung machte seine Stimme heiser. »Hast du etwas im Sinn?«

»Ja«, antwortete ich und mein Puls raste. »Ich will wieder rein ... Ich will eine von ihnen für mich.«

Ich konnte ihn fast lächeln hören. »Das ist mein Junge.«

ICH BEWEGTE MICH NERVÖS, rückte meine Jacke zurecht und schaute mich auf dem Parkplatz des Nachtclubs um. Es war schon weit nach neun. Die perfekte Zeit. Killion hatte bereits Pläne. Er hatte nicht gesagt, ob er mich begleiten würde, auch nicht, als ich ihn darauf angesprochen hatte. Das machte mich nervös. Fast so nervös wie die Waffe an meinem Rücken und das Messer, das an mein Bein geschnallt war.

Die Scheinwerfer blendeten mich für eine Sekunde, bis sie vorbeizogen. Ich zuckte zusammen und drehte den Kopf, als meine Augen sich daran gewöhnten und der Wagen neben mir anhielt.

»Mr. Banks«, rief der Fahrer und öffnete mir die Tür. »Schön, Sie wiederzusehen.«

Ich nickte nur und starrte die offene Tür an, die leere Sitze enthielt. Erleichterung überkam mich, als ich einstieg und die Tür hinter mir schloss.

In Sekundenschnelle setzte er sich zurück hinter das Lenkrad und legte den Gang ein.

»Werden wir Killion unterwegs abholen?«, fragte ich.

»Tut mir leid, Mr. Banks. Mr. Killion sagte, ich solle mich für ihn entschuldigen, aber er habe heute Abend andere Pläne. Eine Nacht zu Hause, sagte er, und er wusste, dass du Sie es verstehen würden.«

Ich dachte an Olivia und zuckte zusammen. Ich verstand das nur zu gut. Ich lehnte mich in meinem Sitz zurück, angewidert und dankbar zugleich. Wir verließen den Nachtclub und fuhren durch die Stadt, wobei wir den Lamborghini wieder auf dem sicheren Parkplatz abstellten.

Jeder Kilometer war quälend. Die Waffe grub sich in meinen Rücken und zwang mich, mich auf dem Sitz zu verlagern. Die Bewegung zog die Blicke des Fahrers auf sich. Scheiße. Mit jeder Sekunde, die ich hier drin war, fühlte ich mich nervöser. Ich schluckte und versuchte zu atmen, aber unter dem Anzug schwitzte ich. Ich riss an meinem Kragen und beugte mich vor, damit die Lüftungsschlitze auf mein Gesicht gerichtet waren.

»Soll ich die Temperatur anpassen, Sir?«

Mist. Ich richtete mich auf.

Ich habe zu viel Aufmerksamkeit auf mich gezogen. »Nein, es ist alles in Ordnung ... Danke.«

Der Fahrer nickte nur und warf mir verstohlene Blicke zu, als wir aus der Stadt fuhren und den Trubel hinter uns ließen. Ich versuchte, mich auf die Straße vor mir zu konzentrieren und zwang mich, nicht daran zu denken, was gleich passieren würde. Jede Sekunde war eine Qual. Ich war hin- und hergerissen zwischen dem verzweifelten Bedürfnis, sie wiederzusehen, und dem abgrundtiefen Verrat, den ich in ihren Augen gesehen hatte. Ich drehte meinen Kopf und schaute aus dem Fenster, als die Dunkelheit das Auto verschluckte.

Kurz darauf erschien der vertraute Anblick der hohen Zäune vor meinem Fenster. Die Limousine bremste vor den Toren und der Fahrer kurbelte sein Fenster herunter. Ich war dankbar, dass ich begleitet wurde, auch wenn ich wusste, was ich tun musste, um diese Sicherheit zu haben. Der Fahrer sprach kurz mit dem Wachmann, bevor das Fenster wieder hochgefahren wurde und das Tor sich öffnete.

Im Nu waren wir durch und rollten bis zur Eingangstür. Mein Puls raste. Das Geräusch war so laut, dass ich wusste, dass sie es hören würden. *Bleib ruhig ... vermassel es nicht.* Gedanken schossen mir durch den Kopf. Ich stellte mir vor, wie ich offen auf alles und jeden schießen würde, der zwischen mir und Ryth stand, als die Limousine zum Stehen kam und der Fahrer ausstieg.

Ich schluckte schwer, als die Tür geöffnet wurde. Dort stand ein Wachmann, der mit steinerner Miene auf mich wartete.

»Mr. Banks«, sagte er, als ich ausstieg. »Der Direktor bedauert, dass er Sie heute Abend nicht treffen kann. Leider war er anderweitig beschäftigt.«

Ich rückte den Knopf an meiner Jacke zurecht und versuchte, ruhig zu bleiben. »Ich verstehe«, murmelte ich.

»Er hat mich gebeten, Sie in den Speisesaal zu begleiten. Dort können Sie sich die Objekte genauer ansehen.«

Objekte ...

Bei diesem Wort zuckte ich zusammen. Hitze stieg in mir auf. Trotzdem zwang ich mich, zu nicken. »Gut.«

Der Fahrer blieb zurück. Ich warf einen Blick über die Schulter, dann folgte ich dem Wachmann ins Gebäude. Das Poltern unserer Schritte ertönte in der Stille. Ich hätte ein Gefühl der Erleichterung verspüren sollen, als ich durch die Tür trat. Aber das tat ich nicht. Wenn überhaupt, dann machte es das Ganze nur noch realer.

»Tut uns leid, dass wir uns nicht mehr Mühe gegeben haben. Wir haben niemanden erwartet«, murmelte der Wachmann.

Er angelte und wartete darauf, dass ich etwas sagte. Ich hielt meinen Mund und folgte ihm zu den Doppeltüren. Ich beobachtete ihn wie ein Falke, als er näher trat und seine Zugangskarte gegen den Scanner drückte, bevor er durchging.

Ich zählte drei Türen, bevor das durchdringende Heulen von etwas ertönte, das wie ein Feueralarm klang.

»*Scheiße!*«, bellte der Wachmann und warf einen Blick nach oben auf die blinkenden roten Lichter an den Sensoren. Er warf einen panischen Blick in meine Richtung. »*Das geht schon die ganze Nacht und den ganzen verdammten Tag so. Es gibt kein Feuer!*«, brüllte er über den Lärm hinweg.

Ich trat einfach näher heran. »*Wenn du gehen musst, ist das in Ordnung. Zeig mir nur die richtige Richtung!*«

Bitte ... BITTE! Lass mich einfach in Ruhe.

Er blickte eine Sekunde lang unsicher drein und zuckte zusammen, als wir unter dem schrillen Geräusch standen, dann hob er die Hand und löste seine Zugangskarte und mein Herz blieb fast stehen. »*Durch diese Türen, dann rechts, durch den nächsten Gang, und du wirst sie finden!*«

Ich nahm die Karte und nickte, bevor ich loslief und ihn hinter mir ließ. Der Alarm dröhnte in meinem Kopf, als ich zu den Doppeltüren eilte. Dann warf ich einen Blick über die Schulter und sah den Wachmann, der mit einer zweiten Karte in der Hand den Weg zurückging, den wir gekommen waren.

Ich drückte die Karte auf den Sensor und wartete, bis sie grün wurde, bevor ich die Tür aufstieß. Das Geräusch hörte nicht auf, im Gegenteil, es wurde noch schlimmer. Ich hob meinen Blick, nahm den beißenden Geruch von etwas Elektrischem wahr und kämpfte gegen den Drang an, zu grinsen. Ich musste mich beeilen.

Die Muskeln meiner Oberschenkel spannten sich an, als ich meine Schritte verlängerte. Der Plan war viel zu vage. Ryth holen und so schnell wie möglich von hier verschwinden ... ohne dass einer von uns getötet wurde. Ich ging weiter. Mein Herz schlug schneller, als ich vor der nächsten Tür stehen blieb. Der Gang, der mich erwartete, schien leer zu sein.

Eine Bewegung lenkte meinen Blick auf sich. Eine eisige Berührung glitt über meine Wirbelsäule. Ein Instinkt durchzuckte mich, als ich hinter mir einen Fleck im Edelstahlglanz der Türen wahrnahm. Eine Hand presste sich auf meinen Mund, bevor ich rückwärts geschleudert wurde.

Ich stolperte, streckte meinen Arm aus und meine Faust fuhr durch die Luft. *Kämpfen!* Das Bedürfnis drängte in mir an die Oberfläche. Aber der Griff um mich herum war schwach ... und nicht der eines Mannes.

»Du willst deine Schwester sehen?«, zischte eine weibliche Stimme an mein Ohr. »Dann wehr dich verdammt noch mal nicht gegen mich.«

Ich blickte in das vertraute Gesicht der Frau, die Ryth letzte Nacht beschützt hatte. »Du?« Meine Stimme war unter ihrem Griff gedämpft.

»Ich habe gesehen, wie du gestern Abend warst. Wie du sie angeschaut hast, wie du sie verdammt noch mal wolltest«, zischte sie. »Du hast diesen kranken Bastard dazu gebracht, sie in Ruhe zu lassen. Die Frage ist also, Romeo. Bist du hier, um sie zu ficken, oder um sie zu verarschen?«

Wut brannte in mir, als ich mich zu ihrem Ohr lehnte. »Ich bin hier, um sie hier *rauszuholen.*«

Sie suchte in meinem Blick nach einer Lüge, nickte dann und ließ mich los. »Das habe ich gehofft.« Ein Blick auf die Glasscheibe der Tür und sie drehte sich wieder zu mir um. »Wir haben nicht viel Zeit. Du musst genau das tun, was ich sage, Romeo. Hast du mich verstanden?«

»Alles, was nötig ist.«

Ihr Lächeln war langsam und kühl. »Okay, dann hör zu ...«

FÜNFUNDZWANZIG

Caleb

Ich drängte mich durch die Tür und schaute hinter mich. Eine flüchtige Bewegung verschwand um die Ecke des Flurs und das Geräusch von Viviennes Schritten verklang, als sie davon eilte. *Das war's ... lauf, sofort.*

Mein Puls verlangsamte sich und der Hass wanderte tiefer, bis in mein eiskaltes Herz. Vivienne hatte mir ihre Anweisungen gegeben, voller Panik und Angst. Ich konnte es ihr nicht verdenken. Aber ich hatte meine eigenen Pläne.

Meine Brüder waren wütend und kämpferisch. Aber das ich nicht. Ich war keine heiße Wut und bestialische Brutalität. Ich war kalt. Steinhart. Frigide bis in mein verdammtes Innerstes. Ich war kein Mensch. Nicht mehr. Ich brauchte Informationen und es gab nur einen Mann, der sie mir geben konnte.

Der Direktor.

Ich verlängerte meine Schritte und machte mich auf den Weg in den Bauch dieser Bestie, während der Feueralarm über mir weiter heulte. Sie hatte gesagt, das Büro sei gleich da vorne. Ich musterte die Wachen, erblickte die geschlossene Tür weiter hinten im Flur und richtete meinen Blick auf das elektronische

Lesegerät an der Außenseite der Tür. So ein Schloss hatte keine andere Tür.

Ich zuckte zusammen, als ich mich auf die kleinen, blinkenden roten Lichter konzentrierte. Sie waren alles, was ich sah. Nein. Ryths Flüstern kam zu mir zurück. *Caleb, nein.*

»Ich komme, Prinzessin«, flüsterte ich, griff in meine Tasche, holte den illegalen Kartenleser heraus und machte mich an die Arbeit.

Ich steckte das Ende in das Schloss und drückte auf die Knöpfe, während das dumpfe Pochen in meiner Brust ertönte. *Du holst sie verdammt noch mal raus.* Tobias' Worte hallten in meinem Kopf wider. *Oder du kommst nicht zurück, verstanden, Bruder?*

Ich verstand ... *vollkommen.*

Es waren nicht seine nicht ganz so subtilen Drohungen, die mir Angst einjagten. Es war er. Seine Brutalität und seine Entschlossenheit, alles zu tun, um Ryth zurückzubekommen, egal wie viele verdammte Gesetze er dafür brechen musste. Hier war ich also und brach selbst ein paar Gesetze.

Erinnerungen kamen in mir hoch und ich konzentrierte mich wieder auf das, was ich gelernt hatte. Ich konzentrierte mich auf die Zahlen auf dem Bildschirm meines Geräts und sah zu, wie sie scrollten. »Komm schon«, knurrte ich.

Je mehr du etwas vor mir versteckst, desto mehr will ich es haben.

Genau wie Ryth.

Und all die Geheimnisse, die Mom hinter den verschlossenen Türen ihres Büros versteckt hatte. Geheimnisse, von denen wir nichts wissen durften. Geheimnisse über Frauen und die Männer, die sie benutzten. Ich war nur ein Kind gewesen, das mit einem Schraubenzieher in ihr Büro eingebrochen war, bevor ich erwischt worden war.

Sie hatte ihre Sicherheitsvorkehrungen auf etwas Stärkeres, Elektronischeres umgestellt.

Also war ich schlauer geworden. Ich war kälter und entschlossener geworden, hatte herausfinden wollen, was sich hinter diesen Schlössern verbarg.

Piep.

Das Lesegerät hörte auf zu scrollen. Das winzige rote Blinklicht wurde grün, als sich die Schlösser mit einem *Klicken* lösten.

Ich erhob mich aus meiner Hocke, stieß die Tür auf und drang in den Raum des Bastards ein. Sein Schreibtisch war mit Dokumenten übersät. Ich bog um die Ecke, schnappte mir eine Handvoll und suchte nach dem, was ich brauchte. Irgendetwas musste es doch geben, mit dem ich das Ganze aufklären konnte. *Der Vertrag zwischen London St. James und dem Hale-Orden.*

Ich hielt inne und mein Puls beschleunigte sich. Vertrag? Ich hob meinen Blick zu der aufgebrochenen Tür und richtete ihn dann wieder auf das Papier in meiner Hand. Mein Blick musterte den juristischen Schwachsinn, um zu den wirklichen Details zu gelangen. *London St. James erhält hiermit Vivienne Brooks als seinen persönlichen Schützling, um die unbefugte Weitergabe vertraulicher Informationen, wie unten definiert, zu verhindern.*

Es war ein Geheimhaltungsvertrag ... aber einen solchen hatte ich noch nie gesehen.

Sein Schweigen, gekauft und bezahlt.

Kein Wunder, dass Vivienne aussteigen wollte. Aber was war ein Leben für diese Bastarde wert? Und was zum Teufel wusste dieser London St. James, das so verdammt wichtig war?

Ich musterte den Vertrag noch einmal und durchsuchte dann die restlichen Papiere auf dem Schreibtisch nach allem, was ich noch gebrauchen konnte. Der Computer war bis zum Rand mit ihren Geheimnissen gefüllt. Ich hatte keine Chance, an die Daten heranzukommen, ohne stundenlang zu versuchen, die verdammten Sicherheitsvorkehrungen zu überwinden. Ein Ort wie dieser, der mit den Sünden der Menschen handelte, hatte zweifellos das beste vom Besten, was Kriminalität anging. Wenn ich mehr Zeit gehabt hätte ...

Ich schnappte mir mein Handy und legte die Papiere auf den Schreibtisch, um alles zu fotografieren, was ich konnte. Alles könnte wichtig sein. Das Heulen des Feueralarms hörte auf. Aber in meinen Ohren klingelte es immer noch.

Bumm ... Bumm ... Bumm.

Das Geräusch war nicht mein Herzklopfen. Ich schob die Papiere zurück in den Stapel, ging schnell um den Schreibtisch herum und nahm mit einem gelangweilten Blick in einem Ledersessel Platz.

Die Dunkelheit füllte den Türrahmen, bevor sie erstarrte und mich bemerkte. Die Stimme war tief und gefährlich ... und verdammt vertraut. »Entschuldige bitte. Ich wusste nicht, dass wir Besuch haben.«

Ich hob meinen Blick auf das schwarze Hemd und den weißen Kragen des Priesters. Er war es, der verdammte Priester, der am Ende des Altars gestanden und meinen Vater mit Ryths Mom verheiratet hatte. Ich begegnete seinem Blick. »Ich hatte einen Termin.«

Er hob eine Augenbraue und musterte den Raum, sein Blick wanderte zu dem Stapel Papiere. Ich verunsicherte ihn, weil ich hier alleine saß.

»Wirklich?«

Ich erhob mich und seufzte. »Vielleicht kann der Termin warten, bis wir uns vorgestellt haben«, murmelte ich und ging auf ihn zu.

»Vorstellen?« Er schenkte mir ein kühles, finsteres Lächeln. Aber in seinen Augen lag kein Anzeichen von Anerkennung, kein Hinweis darauf, dass er mich überhaupt erkannt hatte.

Fast hätte ich gelächelt. Stattdessen hielt ich seinem Blick stand und forderte den Bastard heraus.

»Ich kenne dich, nicht wahr?«, fragte er schließlich.

»Tust du das?«

Ich trat näher heran, als sein Blick mich erkannte. »Banks«, murmelte er.

Er brachte das Wort kaum heraus, bevor ich reagierte. Ich stürzte mich auf ihn und rammte meinen Körper gegen seinen. Aber ich hörte nicht auf. Ich war bereits gefangen ... bis zum Ende. In diesem Moment kämpfte ich nicht um mein Leben ... *sondern um das von Ryth.*

Ich stieß ein Gebrüll aus und rammte ihm meine Faust in die Seite des Kopfes. Der Priester stieß ein Grunzen aus und stolperte zur Seite. Aber falls ich gedacht hatte, er sei schwach und würde sich ducken, dann hatte ich mich getäuscht. Er drehte sich um und seine Lippen kräuselten sich, als er sich auf mich stürzte und mich so hart schlug, dass ich auf den Schreibtisch fiel.

Die Waffe biss in meinen Rücken und der Schmerz stach in meine Wirbelsäule. Ich holte aus, rammte ihm meinen Stiefel mitten in den Bauch und schleuderte ihn quer durch den Raum.

Es gab keine Möglichkeit, das zu verhindern. Es gab keinen Ausweg, ohne sie für immer zu verlieren. Nicht jetzt. Mein

Herz schlug mir bis zum Hals, als ich mich vom Schreibtisch abstieß und mich auf ihn stürzte. Ich rammte meine Faust in seinen Kiefer und sah zu, wie sein Kopf zur Seite schnellte. Eine Sekunde lang rollten seine Augen zurück, bevor sein fassungsloser Blick der Wut wich. Er brüllte los: »*WACH*–«

Er beendete das Wort nicht. Ich warf meinen Kopf nach vorne und schlug mit der Stirn gegen seine Nase. Blut spritzte gegen meine Wange, während ein unangenehmes Knirschen meine Ohren erfüllte. Ich schlug meine Faust noch einmal in sein Gesicht. Er stolperte und fiel dann auf die Knie.

Ich holte tief Luft und stellte mich über ihn. »Du hast sie mir weggenommen.« Meine Fäuste pochten ... Ich ballte meine Finger fester zusammen. »Und damit darfst du nicht durchkommen.«

Er hob seinen Blick und sein Gesicht war blutverschmiert, als ich noch einmal ausholte und ihn diesmal an seiner Schläfe traf. Er sackte augenblicklich zu Boden und blieb regungslos liegen.

Ich überprüfte nicht einmal, ob er noch atmete, sondern zog einfach meine Waffe, packte sie am Lauf und schlug sie dem Arschloch gegen den Kopf. Schwere Atemzüge durchbohrten meine Worte. »Bleib unten, du Wichser.«

Ich trat über seinen Körper und zog die Tür hinter mir zu, während ich die Waffe wieder an ihren Platz steckte und den Flur entlang zurückging. Ich ging jetzt schneller, verlängerte meine Schritte und blickte zu Boden.

Blut bedeckte mein Hemd. Ich zuckte bei diesem Anblick zusammen und griff nach den Knöpfen. Meine Finger pulsierten, als ich mein Hemd unter der Jacke so weit wie möglich öffnete und zum Eingang des Gebäudes eilte. Ich betete zu Gott, dass Vivienne ihr Versprechen gehalten hatte ... und meine verdammte Stiefschwester von hier weggebracht hatte.

SECHSUNDZWANZIG

Ryth

Ich zuckte zusammen, als ich mir die blauen Flecken auf meiner Seite ansah. Krämpfe packten meinen Magen wie eine Faust – wie *seine* Faust, die des Bastards, der mir das angetan hatte. Der Schmerz wurde immer stärker, je länger ich stillhielt. Ich unterdrückte ein Stöhnen, als ich mich auf dem Bett hin und her bewegte, was mir einen stechenden Blick der Krankenschwester einbrachte, bevor sie in das Büro am anderen Ende des Krankenzimmers schritt.

Sie hatten einen Arzt kommen lassen. Er hatte meine blauen Flecken und mein Gesicht untersucht. Seine kalten Augen waren emotionslos gewesen, als er den Riss an meiner Lippe untersucht hatte und dann gegangen war. Das war heute Morgen gewesen, doch sie hatten mich hier zurückgelassen ... und Vivienne und ich hatten das ungute Gefühl, dass es dafür einen Grund gab.

Es gab keinen Unterricht.

Keine Besuche von alten Männern, die meinen Körper betatschten und ihre Schwänze gegen meinen Arsch drückten ... und keine Besuche von Stiefbrüdern, die zusahen und dann gingen, als würde es keine Rolle spielen. Als wäre ich nicht wichtig. Ich schmiegte mich in das Kissen und schloss meine Augen. Weiße Haare und grausame Hände tauchten hinter meinen Augen auf und Panik flammte in meiner Brust auf. Aber es war Calebs kalter Blick, der mich mehr verletzte. Ich drehte mich um, drückte meine Knie an die Brust und schluckte den Schmerz hinunter.

»Wach auf.«

Ich öffnete die Augen und drehte meinen Kopf, als Vivienne am Fußende des Bettes auftauchte. »Was?«

Sie musterte den Rest der Krankenstation, fand nur leere Betten und den beißenden Gestank von Antiseptika und zog mir dann das Laken vom Körper. Sie hatten mir Boxershorts aus Baumwolle zum Anziehen gegeben. Natürlich weiß, genau wie das Ersatznegligé, das ich trug. Sie waren besorgt, dass der weißhaarige Bastard, den sie Tig nannten, mich vergewaltigt hatte ...

Das hätte er auch fast.

Viv lehnte sich zu mir und starrte mich aufmerksam an. »Du siehst nicht gut aus.« Sie hob den Kopf und ließ ihren Blick in Richtung des Büros am Ende des Raumes schweifen. »Okay?«

»Wovon sprichst du?«, zischte ich.

Viv trat näher heran. »Wenn du hier raus willst, dann musst du so tun, als ginge es dir schlecht ... *und zwar sofort, verstanden?*«

Panik schoss durch mich hindurch. In ihren Augen lag Verzweiflung ... eine rücksichtslose Entschlossenheit. Sie warf einen Blick auf die Schränke, die sich über die gesamte Länge der Krankenstation erstreckten. Ihre Augen blieben auf dem glänzenden Edelstahl eines der Schränke hängen.

Ich folgte ihrem Blick und erstarrte dann. Das Betäubungsgewehr lag in der Nähe der Kante und war leicht zu erreichen. Mein Inneres verkrampfte sich bei diesem Anblick. Es war dasselbe Gewehr, das sie in der ersten Nacht, als sie mich hierher gebracht hatten, gegen mich verwendet hatten ... und wieder verwenden würden.

Bei diesem Anblick stieß ich ein leises Stöhnen aus. Sie nickte kurz mit dem Kopf und Viv trat einen Schritt zurück. Mein Stöhnen wurde noch lauter, bevor ich mir den Bauch hielt. Ich wusste es jetzt. Jetzt oder nie ... jetzt ... *oder ich würde verdammt noch mal verkauft werden.*

»Genau so«, flüsterte Viv.

Ich stöhnte noch lauter und umklammerte meinen Bauch, wodurch ich den Blick der Krankenschwester auf mich zog. *»Bitte, hilf mir.«*

Viv trat einen Schritt zurück und bewegte sich auf den Tresen zu, während die Krankenschwester nach vorne eilte und das Stethoskop von ihrem Hals abwickelte. »Was ist los?«

»Mein Magen.« Ich wimmerte und schaute zu Viv. »Irgendetwas stimmt wirklich nicht. Mein Herz rast.«

Die Krankenschwester drückte mich zurück gegen das Kissen. Das kalte Metall des Stethoskops drückte gegen meine Haut. Verwirrung runzelte die Stirn der Krankenschwester, als sie den Mund öffnete, um zu sprechen ... aber die Worte kamen nicht heraus. Vivienne stürmte los, schnappte sich das Betäubungsgewehr und drehte sich um.

Die Krankenschwester war zu langsam, ihr Blick war auf das panische Pochen meines Herzens gerichtet. Viv schnappte sich die Waffe, packte sie die Krankenschwester und drückte ihr die Waffe auf die andere Seite.

Pfft.

Der Schuss war fast lautlos. Eine Sekunde lang weiteten sich die Augen der Krankenschwester. Sie kämpfte einen Moment lang, aber ich wusste aus Erfahrung, dass es nutzlos war. Damit trieb sie die Droge nur noch schneller durch ihren Kreislauf. Ich kroch unter den Bettlaken hervor und richtete mich auf. *»Vivienne! Was zum Teufel machst du da?«*

Ich warf einen panischen Blick auf die Tür – jeden Moment würde die Wache hereinkommen.

Die Krankenschwester strampelte und wand sich. Ihr Mund stand weit offen, als sie versuchte, um Hilfe zu schreien. Aber es gab keinen Laut ... nur ein Zischen, bis ihre Augen langsam in ihren Kopf rollten und ihr ganzer Körper in sich zusammensackte.

»Endlich.« Vivienne holte tief Luft und ließ die Krankenschwester auf den Boden fallen.

Wir waren tot ... wir waren so verdammt tot. Ich schaute von der Krankenschwester zu Viv. »Was zum Teufel hast du getan?«

Sie schnappte sich die Zugangskarte der Krankenschwester aus der Gürtelschlaufe an ihrer Taille. »Wie ich schon sagte, Ryth. Wir hauen hier ab.«

Angst und Verzweiflung durchzuckten mich, als sie einen Schritt nach vorne taumelte, meine Hand ergriff und mich zur Tür zog. Ehe ich mich versah, waren wir in Bewegung und verließen die Krankenstation.

Mein Puls raste und übertönte alles andere um mich herum. Ich hatte keine Chance, die Schritte der Wachen zu hören, wenn sie kamen. Viv ergriff meine Hand und zog mich hinter sich her, als wir zu den verschlossenen Türen rannten.

Sie drückte die Zugangskarte gegen den Scanner und stieß sich durch die Türen.

Wir waren augenblicklich durch und stürmten auf die nächste Tür zu. Meine nackten Füße klatschten über den Fußboden, bis sie stachen. »Wohin gehen wir?«

»Habe ich dir doch gesagt.« Sie presste die Worte durch zusammengebissene Zähne hervor. »Weg von hier.«

Trotzdem zerrte ich an ihrem Griff. »Viv ... *Viv!*«

Sie blieb stehen und drehte sich mit großen, panischen Augen zu mir um. »*Was?*«

»Wo zum Teufel gehen wir hin?«

Ihre Brust hob und senkte sich. »Weg von hier.«

Ich riskierte einen Blick über meine Schulter. »Wie?«

»Ich habe einen Plan. Vertrau mir.«

»Ich bin auch dafür, dass wir hier rauskommen, aber wenn sie uns erwischen ... Wenn sie uns erwischen, wird Tig unsere geringste Sorge sein.«

»Sie werden uns nicht erwischen.«

Bei diesen Worten zuckte ich zusammen. Vertrauen fiel mir schwer, besonders jetzt. Aber ich ließ zu, dass sie mich wieder an der Hand nahm und mich in Richtung der nächsten Tür zog. »Sag mir, warum du unbedingt rauswillst und erzähl mir nicht, dass dir gefällt, was dieser Mann mit dir macht! Warum bist du so ausgeflippt ... *Viv, sag es mir.*«

Viv hielt inne und zum ersten Mal sah ich echte Angst in ihren Augen. »Ich habe meine Gründe, okay? Sagen wir einfach, dass ich mit dem, was passieren wird, nichts zu tun haben will.«

Was passieren würde?

Die Worte stiegen in meinem Kopf auf, aber ich kam nicht dazu, sie auszusprechen. Ich rannte vorwärts, zu einer Tür, die wie ein Zugang nach draußen aussah. Stahl versperrte uns den Weg.

»Was wird passieren?« Die Worte drangen durch keuchende Atemzüge hindurch.

Sie drückte die Karte der Krankenschwester gegen den Sensor und wartete darauf, dass das Licht von rot auf grün wechselte. »Nichts Gutes.« Aber der Sensor änderte sich nicht. Das rote Licht blinkte immer noch.

Meine Mutter ... mein Vater ... *meine Brüder*. Wir waren alle davon gefangen. »Sag es mir ... sag es mir jetzt.«

»Mord, Brandstiftung. Eine ganze Reihe von Dingen, von denen ich weit weg sein möchte. Ich habe London am Handy belauscht, als er mich das letzte Mal hier rausgeholt hat.«

»Warte ... *er holt dich hier raus?*«

Sie drehte sich um und sah mir in die Augen. »Ja. Aber das ist unwichtig, Ryth. Es wird etwas Schlimmes passieren«, betonte sie und blickte hinter uns. »Etwas noch Schlimmeres als das hier. Sie haben einen Mann aus dem Gefängnis entführt, um Himmels willen, und das ist nur der Anfang. Es gibt einen Krieg zwischen dem Mann, der diesen Ort leitet, und jemand anderem.« Sie schob die Karte wieder und wieder gegen den Scanner. »Jetzt *komm* schon!«

Das Rot blinkte ... und verspottete uns. Ein Schock durchfuhr mich.

»Entführt«, flüsterte ich. »Was meinst du mit ›entführt‹?«

Bumm! Die Tür vibrierte mit einem dumpfen Schlag ... von der anderen Seite. Ich zuckte zurück und stolperte rückwärts, während mich der Schrecken durchfuhr. Das war falsch ... das war alles falsch. Da draußen war jemand ... *jemand, der dafür sorgen würde, dass wir getötet wurden.*

Ich machte einen weiteren Schritt rückwärts und die Verzweiflung brannte in mir. Kehr um ... *kehr um, bevor es zu spät ist.*

»AUSSCHWÄRMEN!« Das Gebrüll kam von hinter uns. *»ICH WILL, DASS DIE SCHLAMPE GEFUNDEN WIRD!«*

Die Angst breitete sich in mir aus wie Gift. Vivienne drehte sich nach dem Geräusch um, als ein dumpfer Schlag von der anderen Seite der Tür kam.

»Wer ist das?«, flüsterte ich. »Vivienne ... *wer zum Teufel ist das?«*

Ich wollte weglaufen, auf die Knie fallen, während die Wachen über uns herfielen, und beten, dass ich bei dem Ansturm getötet würde. Aber tief in mir kämpfte der wilde Teil immer noch gegen den weißhaarigen Wachmann, der mich angegriffen hatte. Sie schrie, schlug, trat und krallte sich wie eine Besessene in seine Augen. Sie kämpfte immer noch darum, zu denen zurückzukehren, die mich liebten.

BUMM!

Vivienne wich zurück und ergriff meine Hand, während sie die Tür anstarrte. »Mach dich bereit.«

Aber ich konnte mich nicht bewegen.

Viv richtete ihren Blick in meine Richtung. Besorgnis flammte auf. Sie drehte sich und packte mich an den Schultern. »Reiß dich zusammen, Ryth! Du willst doch von hier weg, oder? Dann ist das unser einziger Weg.«

»Wer ...«, das Wort rutschte mir heraus. *Mann aus dem Gefängnis entführt ... Mann aus dem Gefängnis entführt.* Das war alles, was ich in meinem Kopf hören konnte. »Wer war der Mann, Viv?«

Aber bevor sie antworten konnte, flog die Tür auf ... und Caleb stand da, mit nackter Brust unter seiner aufgeknöpften Jacke. Seine dunklen, haselnussbraunen Augen waren groß und starr auf mich gerichtet. »Was zum Teufel ist hier los?«, flüsterte ich.

Misstrauen durchzog seinen Blick, als er hinter uns blickte und einen Schritt nach vorne trat. »Wir haben keine Zeit für Erklärungen, beeil dich einfach.«

Aber der Schmerz des Verrats flammte auf. Ich riss meine Hand aus seinem Griff. »Lass mich los, Caleb!«

Hinter uns ertönte das dumpfe Geräusch von Schritten. Caleb stürzte sich auf mich, packte wieder meine Hand und riss mich gegen sich. »Wir haben keine Zeit für so etwas, Ryth.«

Ich wehrte mich gegen seine Gewalt. »Lass mich in Ruhe, Caleb!«

Er stieß ein verzweifeltes Gebrüll aus und warf mich über seine Schulter. »Du kannst treten und schreien, so viel du willst, kleine Schwester«, knurrte er. »Aber du kommst mit mir.«

Er drehte sich um, rannte los und trug mich hinaus in die Nacht, wo die Hintertüren einer Limousine warteten.

Bumm! Schüsse ertönten und zersplitterten den Türpfosten hinter uns ... und es ging mir nicht mehr darum, ihn zu bekämpfen ... *es ging mir darum, sein Leben zu retten.*

»Lass mich runter, Caleb!«

Er antwortete nicht, sondern schob mich einfach durch die offene Tür der Limousine. »Steig ein, Vivienne.«

In ihrem Blick glitzerten Geheimnisse und Lügen, während sie sich auf mich konzentrierte. Sie sprang hinter mir her und riss die Tür mit einem Knall zu.

Caleb war schon weg und raste um das Heck des Fahrzeugs herum, bis er sich förmlich hinter das Lenkrad stürzte. Mit einem Knall explodierte Glas hinter uns. Ich stieß einen Schrei aus, duckte mich und warf meine Arme über den Kopf, als die Limousine nach vorne schoss.

Bumm! Bumm! Kugeln schlugen in das Heck des Wagens ein. Doch die Verzweiflung darüber, warum Vivienne bereit war, ihr Leben für mich zu riskieren, kam wieder zum Vorschein. Ich drehte mich ruckartig um und packte sie an den Schultern, als sie sich auf den Boden kauerte. »Sag es mir!«, brüllte ich, als der Motor der Limousine aufheulte, wir zur Seite geschleudert wurden und auf die Baumgruppe vor uns zurasten. »Der Mann, den sie aus dem Gefängnis geholt haben ... *wie hieß er?*«

Ihre Augen waren groß. Ihre Verzweiflung hatte keine Chance, als der Motor der Limousine aufheulte. Lichter flackerten durch die Dunkelheit und kamen auf uns zu. Alles geschah wie im Flug. In der einen Sekunde lagen wir beide zusammengekauert auf dem Boden, in der nächsten waren wir in der Luft.

Wieder zersplitterte Glas.

Metall kreischte, als die Limousine zur Seite geschleudert wurde. Wir stürzten und überschlugen uns. Meine Arme schlugen gegen die Decke. Mein Kopf folgte mit einem Knall, dann krachten wir wieder nach unten ... und dort blieb ich, benommen, betäubt und von der Dunkelheit verschluckt. Der Schmerz pochte in meinem Hinterkopf und ließ mich aufstöhnen. Bis die Tür neben mir mit einem stählernen Kreischen aufgerissen wurde.

»Komm schon«, knurrte Caleb und griff hinein, um mich herauszuziehen.

Vivienne lag auf dem Sitz ... aber sie bewegte sich nicht.

»Vivienne«, stöhnte ich, als Caleb mich aus dem Wrack zog. Die Scheinwerfer blendeten mich.

»Lass sie liegen«, knurrte Caleb und versuchte, mich wegzuzerren.

Aber das konnte ich nicht, nicht nach allem, was sie für mich getan hatte. Ich riss meine Hand aus seiner. »Nein. Wir können sie nicht zurücklassen.«

Caleb drehte sich um und sah mich an. Die Scheinwerfer des entgegenkommenden Fahrzeugs beleuchteten das Blut, das ihn bedeckte.

»Oh Gott ... *Oh Gott*«, sagte ich und stolperte nach vorne.

»Wir müssen weg«, stöhnte er und ich wusste, dass wir in ernsten Schwierigkeiten steckten.

Ich warf mich nach hinten, griff durch die Tür und packte sie am Arm. »Viv!« Ich presste ihren Namen durch zusammengebissene Zähne hervor. *»Steh auf, verdammt noch mal!«*

Sie stieß einen gequälten Laut aus, dann öffnete sie die Augen.

»Wir müssen uns beeilen!«, brüllte ich, als die Scheinwerfer blendend wurden und die zerstörte Limousine in einen weißen Fleck verwandelten.

Sie schien zu verstehen. Sie stemmte sich mit den Füßen gegen den Sitz, als ich an ihr zog und rückwärts aus der Tür fiel. Sie schlug mit einem dumpfen Aufprall auf dem Boden auf, drehte sich dann um und rappelte sich auf.

»Komm schon!«, rief Caleb, als er seinen Arm hob. Die Dunkelheit verschwamm, bevor ein Knall ertönte. Die Waffe ruckelte in seiner Hand und traf etwas hinter uns. Ein Gebrüll folgte, schmerzhaft und brutal. Fassungslos wurde mir bewusst, dass er genau das die ganze Zeit geplant hatte.

Er hatte es *die ganze Zeit* auf mich abgesehen gehabt.

Er machte einen Schritt, ergriff meine Hand und zog mich vorwärts. Wir rannten in Richtung der Bäume in der Ferne.

»Lauf zu dem Zaun, Ryth!«, schrie Caleb und zerrte mich mit sich. *»HÖRST DU MICH? LAUF ZUM ZAUN, VERDAMMT!«*

Zum Zaun ... zum Zaun.

Stahl glitzerte durch die Bäume ... und dahinter leuchtete der kleine Strahl einer Taschenlampe aus der Dunkelheit. *Wir kommen, Prinzessin. Halte durch, wir kommen ...* Nicks Worte drangen durch die Qualen in meinem Kopf. Die Hoffnung explodierte. Ich trieb meine nackten Füße in den Boden und trieb mich vorwärts.

»Los.« Caleb schob mich an. »Los, Ryth ... *los!*«

Ich stürmte vorwärts und schlug die Äste weg, die sich mir in den Weg stellten, als das Glitzern des Stahls näher kam.

Bumm!

Der Schuss explodierte hinter uns und ein dumpfer Schlag traf den Boden. Ich warf einen panischen Blick über meine Schulter und fand Caleb am Boden vor. Eine gewaltige Welle der Angst überrollte mich. Ich blieb stehen und mein Atem brannte wie Feuer in meiner Brust, als Viv an mir vorbeiraste.

»Geh!«, schrie ich. »Ich bin direkt hinter dir!«

Ich stürzte mich auf Caleb, packte seinen Arm, warf ihn mir über meine Schultern und riss ihn auf die Beine. *»Lauf, RYTH!«*, brüllte er und stieß mich weg, als durch die Dunkelheit der weiße Fleck kam. Schwere Schritte donnerten, als Tig durch die Bäume raste.

Caleb erstarrte.

Er hob die Waffe und die Verzweiflung leuchtete in seinen Augen auf.

Und eröffnete das Feuer.

Bumm. Bumm. BUMM!

Der Wachmann fiel um und schlug hart auf dem Boden auf. Caleb verschwendete keine Zeit, packte mich am Arm und drängte mich vorwärts. Er hatte versucht, mir Zeit zu verschaffen. Genug, um zum Zaun zu gelangen. Dunkle Flecken schnitten durch die Bäume um uns herum, als wir von den Wachen des Geländes umringt wurden.

Ich rannte ... der Schrecken schoss durch mich hindurch.

Viv stieß einen Schrei aus, der schrill und verängstigt klang. *»Lasst mich los, verdammt!«*

Panik machte sich in mir breit. Wir würden es nicht schaffen ... *wir würden es nicht schaffen ...*

»Bewegung!« Caleb drückte seine Hand gegen meinen Rücken und trieb mich vorwärts. *Bumm!* Die Waffe ruckelte in seiner Hand ein. Die Kugeln schlugen um uns herum in die Bäume ein. Durch die Unschärfe hindurch konnte ich Vivienne sehen, die wie eine Wildkatze um sich schlug und strampelte.

»Lass mich verdammt noch mal los!«

Ihr weißes Negligé war in der Dunkelheit deutlich zu sehen ... bis es weg war. Ihre Schreie verklangen und auch die Geräusche dieses verdammt brutalen Kampfes. Tränen trübten meine Augen, als sich dunkle Gestalten hinter dem Zaun bewegten.

»Prinzessin!«, brüllte Nick. *»Hier drüben!«*

Ich rannte zu ihm, schwang meine Fäuste und Füße durch die Luft und trieb mich vorwärts. Stahl glitzerte im Schein der

Taschenlampe. Da war ein Loch im Zaun ... ich musste es nur schaffen.

»*NEIN!*«, brüllte Caleb hinter mir, als ich den Kopf einzog und mich durch das Loch warf, so dass ich stolperte und meine Füße rutschten. Ich traf auf etwas Hartes.

Etwas Warmes.

Etwas, das starke Arme um mich schlang.

»Ich habe dich, Prinzessin ... *Ich habe dich.*«

Caleb brüllte und stöhnte. Der Fleck aus hellem Haar war über ihm, bis sich etwas bewegte. Tobias sprang durch die Luft und prallte gegen den Bastard, der versucht hatte, mich zu vergewaltigen. Er stieß einen furchteinflößenden Laut aus, als er brutal zu Boden ging.

»Ins Auto, Ryth ...«, flüsterte Nick. »Das willst du nicht sehen.«

SIEBENUNDZWANZIG

Ryth

»*Steig ins Auto, Ryth!*« Nick schob mich in Richtung des Lamborghini.

Die Türen waren offen und der Motor lief. Ich stolperte zu ihm, warf mich durch die offene Tür und huschte auf den Rücksitz. Schüsse ertönten. Bei jedem Knall zuckte ich zusammen und mein Herz schlug mir bis zum Hals.

Tobias' Schreie durchdrangen die Nacht und ließen mich nach vorne schnellen, um nach der Tür zu greifen.

Bumm! Bumm! Bumm!

Ich stieß einen Schrei aus, als die Schatten das Auto umschwärmten. Aber ich konnte nicht sehen, wer sie waren. Ich wimmerte und drängte mich in den Sitz zurück, als die Fahrertür gepackt wurde und Nick hinter das Lenkrad rutschte. »Halt dich fest, Prinzessin.«

Er ließ den Motor aufheulen. »*Kommt* schon!«, brüllte er die anderen an.

Die Beifahrertür wurde aufgerissen, Caleb stürzte hinein und schloss die Tür mit der gleichen Bewegung, als sich hinter der Tür etwas bewegte.

»Los!«, brüllte Tobias, während er sich auf den Sitz warf und die Tür mit einem Knall hinter sich schloss. »*LOS!*«

Ich wurde gegen die Tür neben mir geschleudert, als die Reifen des Sportwagens durchdrehten und dann hängen blieben. Knall! Eine Kugel schlug im Heck des Wagens ein.

»Runter!«, brüllte Tobias und stieß mich zu Boden.

Sein Körper war schwer und drückte auf mich, während der Motor aufheulte und Nick das Lenkrad wie ein Profi bediente.

»Bist du verletzt?« Tobias' Hände glitten über meinen Rücken. »Ryth ... *bist du verletzt?*«

»Nein«, flüsterte ich und drückte mich an sein Bein.

Aber er musste es mit eigenen Augen sehen. Das Auto drehte sich und das Aufheulen des Motors wurde immer lauter. Die Scheinwerfer waren fast verschwommen, als sie durch die Bäume schossen. Hinter uns ertönte wieder das leise Knacken der Schüsse.

»Zeig es mir, Baby«, knurrte Tobias und zog mich auf den Sitz.

Ich begegnete seinem Blick und erstarrte. Seine Augen waren schwarze Tiefen in dem schwachen Licht. Seine markanten Wangeknochen waren noch stärker gemeißelt, als sie es vorher gewesen waren. Er trug eine Maske aus kalter, brodelnder Wut. Sein Blick starrte mich an, während er mit seinen Händen über meine Schultern, meine Brüste und meinen Bauch fuhr, suchend ... tastend. Bei jedem anderen hätte ich geschrien und gekämpft. Aber ich kannte sie ... *ich wollte sie.*

Mit Ausnahme von Caleb.

Ich warf einen Blick auf den Beifahrersitz und der Schmerz des Verrats wurde noch größer. Caleb war still und seine Hand drückte gegen das Armaturenbrett. »Los«, drängte er Nick. »Gib Gas, verdammt!«

Der Wagen schoss noch weiter vorwärts, das Aufheulen des Motors war wie ein Schlachtruf in der Nacht. Tobias hatte mich immer noch fest im Griff, seine Hände glitten langsam über meine Brüste, bevor er mir in den Nacken griff und mich an sich zog. Die Wärme seines Körpers presste gegen mich.

»Ich dachte schon, ich hätte dich verloren, kleine Maus«, krächzte er, sein Tonfall war heiser und seltsam.

Trotzdem war ich wie betäubt.

Bis in mein Innerstes hinein.

Tobias war mein Anker, der mich festhielt, als das Auto ins Schleudern geriet und ein Knall ertönte, als wir gegen etwas fuhren.

»Bring uns einfach nach Hause, Nick!«, bellte Caleb.

»Ich dachte, ich hätte dich verloren ...« Tobias stöhnte wieder, während er sich an mich klammerte.

Seine Wärme, seine Stimme, sein Geruch. Sie drangen in mich ein und holten mich zu dem Menschen zurück, der ich einmal gewesen war. Die Scheinwerfer des Autos blitzten über sein Gesicht und ließen ihn gequält und wütend aussehen.

»Nick«, knurrte Caleb.

»Ich sehe es.« Nick schaltete die Gänge und lenkte vorsichtig.

Die entgegenkommenden Scheinwerfer wurden heller, überfluteten uns und verschwanden dann. Die hellen Lichter der Stadt funkelten in der Ferne. Nick lenkte den Lamborghini meisterhaft und steuerte uns auf die belebten Straßen zu.

»Hänge sie ab.« Tobias löste seinen Griff um mich, drehte sich um und hob die Waffe in seiner Hand. »Oder bring mich nah genug ran, um sie auszuschalten.«

Nick drehte das Lenkrad, um den ständigen Strom von Autos zu umfahren, und schoss über eine gelbe Ampel, während die anderen Autos abbremsten.

»Langsam.« Caleb stützte sich ab, als wir ein Auto umfuhren und bremste dann stark, sodass wir in eine Seitenstraße rollten und in der Dunkelheit verschwanden.

Wir bogen erneut scharf ab und nahmen eine Straße nach der anderen, bis ich die Orientierung verlor. Schließlich bogen wir wieder ab und fuhren an einem bekannten Eingang vorbei. Es war der Park, in den Nick mich mitgenommen hatte. Ein Schmerz blühte auf, als ich mich daran erinnerte, wie er mich voller Lust und Verzweiflung auf den Boden geworfen hatte. Das fühlte sich an, als wäre es ein ganzes Leben her.

»Wir sind sie vorerst los, knurrte Nick und drehte das Lenkrad. »Aber sie werden kommen ... und zwar schnell.«

Der Lamborghini ruckelte, als Nick bremste und den Wagen in die Einfahrt lenkte. Tobias' Jeep war in der Nähe des Hauses geparkt. Angst durchfuhr mich, als ich nach Creeds Auto Ausschau hielt. »Wo sind sie?«

»Tot, hoffentlich«, murmelte Tobias, als Nick vor die Haustür fuhr und seine Tür aufstieß.

»Fünf Minuten!«, bellte Nick. »Schnappt euch, was ihr könnt, dann verschwinden wir.«

Tobias und Caleb rannten voraus. Nick bewegte sich langsamer und beobachtete die Straße, dann winkte er mich heran. »Beeil dich, Prinzessin.« Erst dann sah ich, wie er sich die Hand an die Seite presste. *RYTH!* Seine Schreie dröhnten noch immer in meinem Kopf, als ich vorwärts eilte.

»Du bist verletzt.«

Er begegnete meinem Blick. Sein trauriger Blick ließ mein Herz schmerzen. »Mach dir jetzt keine Sorgen darüber. Wir müssen dich von hier wegbringen.«

Ich folgte ihm ins Haus. Schwere Schritte hallten von der Treppe herauf und zogen wie ein Donnerschlag durch das Haus. Eine Tasche segelte über das Treppengeländer und schlug mit einem Knall auf dem Boden auf.

»Was willst du?«, rief Tobias.

»*Meinen Laptop und mein Ladegerät. Das ist alles!*«, rief Nick und machte sich auf den Weg in die Küche. »Prinzessin. Hilf mir mal, ja?«

Ein Wimmern ertönte hinter der Tür zur Waschküche. Er öffnete sie, trat ein und ging in die Hocke. »Ganz ruhig, Mädchen.«

»Nick?«, fragte ich, als er ein wimmerndes schwarz-hellbraunes Bündel hochhob und es mir reichte.

Mein Herz schmolz beim Anblick des armen kleinen Welpen. Ein Bein war bandagiert. »Oh mein Gott, sie ist so schön. Woher hast du sie?«

Sie streckte ihren Hals, um meine Hand zu lecken, als Schritte die Treppe hinunterpolterten.

»Wir hauen ab!«, bellte Tobias.

»Komm, Prinzessin.« Nick packte mich am Arm und drängte mich zur Tür.

»Hier!« Tobias warf einen Pullover durch die Luft und überließ es Nick, ihn aufzufangen, während T. das durchsichtige Negligé, das ich trug, anstarrte. »Niemand soll dich so sehen, kleine Maus. Außer uns.«

Nick nahm mir den Welpen aus den Armen und legte mir den Pullover über die Schulter. »Wir verschwinden jetzt von hier.«

»Nein.« Tobias blieb stehen, starrte mich an und schüttelte dann den Kopf.

Ein Schmerz durchzuckte meine Brust und ein Hauch von Verrat stieg in mir auf, als er seine Hand hob. »Nicht, bevor wir das nicht losgeworden sind.« Er deutete auf den Peilsender um meinen Knöchel.

Nick senkte den Blick und runzelte die Stirn, bevor er den Kiefer zusammenbiss. »Diese verdammten Mistkerle.« Er trat näher heran, den Welpen im Arm. Dann kniete er sich vor mich, hob mein Bein an und stellte meinen Fuß auf seinen Oberschenkel. Er hob seinen Blick zu mir. »Sie haben dich verfolgt wie ein verdammtes Tier?«

Mein Puls beschleunigte sich bei diesen Worten und ich nickte. Ich schluckte schwer und schreckte innerlich zurück, als ich an das Tattoo dachte, das in meinen Körper eingraviert war.

»Schneide das verdammte Ding ab.« Nick richtete seinen Blick auf Tobias. »Ich will nicht, dass irgendetwas von ihnen sie berührt.«

Tobias schritt durch die Küche.

»Bolzenschneider.« Caleb trat näher und wagte es nicht, mir in die Augen zu sehen. »Damit kriegen wir es ab.«

»Die Garage.« Nick stellte meinen Fuß wieder hin und erhob sich. »Beeil dich.«

Tobias rannte los und raste durch das Haus, seine schweren Schritte waren wie ein Donnerschlag und verschwanden in der Garage. Nick warf mir einen Blick zu, während ich Caleb anschaute. Dann wandte C sich ab und schleppte die Taschen zum Auto.

Ich war dankbar, als Tobias mit einem riesigen Bolzenschneider zurückkam. »Auf den Tresen, kleine Maus.« Er packte mich um die Taille und hob mich mühelos hoch. Ich trug nur meinen weißen Slip unter dem durchsichtigen Negligé. Tobias schaute hin ... nein, er *starrte*. Dann machte er sich an die Arbeit.

Seine Muskeln spannten sich an, als er fluchte, dann versuchte er es erneut.

Mit einem dumpfen Geräusch brach die Fußfessel und fiel ab. Ich beugte mich vor und fuhr mit der Hand über meine nackte Haut, während meine Kehle sich zuschnürte.

»Lass uns gehen, Prinzessin«, drängte Nick und nickte Tobias zu. »Du bist frei.«

Ich beeilte mich mit den beiden und ging durch die Tür zum Auto. »Ryth, du kommst mit mir«, drängte Nick hinter mir, als wir nach draußen rasten.

Ich öffnete die Beifahrertür, als Nick neben mich trat und mir den Welpen in die Arme legte. »Wo ist der Mustang?«

Nick raste um die Vorderseite von Calebs Auto herum und setzte sich hinter das Lenkrad. »Das ist eine lange Geschichte.«

Er ließ den Motor an, legte den Rückwärtsgang ein und wendete, bevor er aus der Einfahrt fuhr. Die Bremslichter des Jeeps leuchteten auf. Aber ich konnte das Thema nicht fallen lassen. »Sag es mir«, drängte ich und hielt an dem Welpen fest, während der Lamborghini vorwärts schoss.

Er warf einen vorsichtigen Blick in meine Richtung. »Er ist in der Werkstatt.«

In der Werkstatt? Er sorgte immer dafür, dass das Auto perfekt glänzte. Auf keinen Fall war er in der Werkstatt, nicht jetzt. Ich kraulte die Ohren des Welpen und wurde mit einer warmen, feuchten Zunge zwischen meinen Fingern belohnt. »Das glaube ich dir nicht. Sag es mir. Sag mir, was mit dem Mustang passiert ist und was sie dir angetan haben ... in diesem Lagerhaus.«

»Sie haben mich abgestochen.« Die Worte waren kalt und schmerzhaft. »Sie haben auf mich eingestochen und ich habe den Mustang in das Tor dieses Gebäudes gerammt, um dich zu befreien.«

»Das hast du?«

Er schaute in meine Richtung. »Ja, das habe ich.«

Ich schluckte den Schmerz in meiner Kehle hinunter. *RYTH!* Ich zuckte zusammen und meine Hand massierte den Hals des Welpen, um meine Aufmerksamkeit zu erregen. »Und diese Kleine hier?«

»Das ist eine ganz andere Geschichte, mit der ich mich noch nicht anfreunden kann.« Er warf einen Blick in den Rückspiegel, als er das sagte, und seine Augen wanderten zu den grellen, runden Scheinwerfern hinter uns.

Wir fuhren zurück in die Stadt. Ich zitterte, dann balancierte ich den Welpen auf meinem Schoß und zog den Pullover an. Ich griff mit den Händen in die Ärmel und zog ihn mir über den Kopf.

»Rede mit mir«, sagte er vorsichtig. Ich bemerkte das Zucken im Scheinwerferlicht eines entgegenkommenden Autos. »Nur, wenn du es willst.«

Ich wandte den Blick ab. Ich konnte nicht an diesen Ort denken, ohne Caleb zu sehen.

Jetzt war es an mir, zusammenzuzucken. »Das ist eine ganz andere Geschichte.« Meine Worte waren steinern. »Ich glaube nicht, dass ich schon so weit bin, sie zu verarbeiten.«

Er drängte mich nicht und dafür war ich ihm dankbar. Wir fuhren zu einem Wohnhaus, bevor Nick das Auto anhielt.

»Kennen wir hier jemanden?«, fragte ich, als ich durch die Windschutzscheibe nach oben schaute.

»Das kannst du laut sagen.« Nick fuhr in eine Parklücke und ließ Tobias neben uns herfahren. »Mich.«

»Das ist deine Wohnung?« Ich stieß die Tür auf und hielt den Welpen mit meinem anderen Arm fest.

Er stellte den Motor ab, stieg aus und schloss die Tür. Er ließ sich Zeit, um das Auto herumzugehen und vor meiner Tür anzuhalten. »Ja, Prinzessin, ich wohne hier.«

Ich stieg mit dem Hündchen in der Hand aus und schüttelte den Kopf, als er sie mir wegnehmen wollte. Ich brauchte sie. Die Wärme, das Gefühl ihres kleinen Körpers. Ohne sie war ich verloren, zitterte und zerfiel regelrecht. Ich folgte Nick, nachdem er seine Sachen vom Rücksitz geholt hatte, und machte mich auf den Weg zum Gebäude.

Wir fuhren mit einem klapprigen alten Aufzug in den obersten Stock. Von außen sah das Gebäude schmuddelig und alt aus. Aber sobald wir ausstiegen und uns auf den Weg zur Wohnung im obersten Stockwerk machten, wurde es elegant, industriell ... und teuer.

Er tippte den Code für die Eingangstür ein und öffnete sie. »In meinem Schlafzimmer sind saubere Klamotten, im Schrank steht Essen.«

»Wer zuerst duscht, mahlt zuerst«, rief Tobias, während er um uns herumging, die Wohnung musterte und dann verschwand.

»Hast du Hunger?«, fragte Nick.

Ich schüttelte den Kopf. »Nein.« Ich bezweifelte, dass ich jemals wieder hungrig sein würde.

»Ist dir kalt?«

Ich schüttelte den Kopf.

»Durst?«

Caleb knurrte kurz und ging dann auf das Wohnzimmer und die großen Glasfenster zu, die einen Blick auf die Stadt boten. Er wollte mich nicht ansehen, nicht zuhören, wenn ich sprach.

»Willst du mir erzählen, was zwischen euch beiden vorgefallen ist?«, murmelte Nick und starrte ihm hinterher.

Schmerz durchfuhr mich. Ich konnte C. nicht ansehen, konnte nicht beobachten, wie sich sein Körper bewegte, als er wegging. Was auch immer Caleb und ich vorher gehabt hatten, wir würden es nie wieder haben, das wusste ich in meinem Herzen.

»Nein«, antwortete ich und wandte mich ab. »Ich glaube nicht, dass ich das kann.«

ACHTUNDZWANZIG

Ryth

TOBIAS SCHRITT AUS DEM SCHLAFZIMMER. SEIN HAAR WAR noch feucht, seine Brust nackt. Ein Handtuch war notdürftig um seine Taille gewickelt, sodass seine Oberschenkel beim Gehen glänzten.

Er kam auf mich zu, und ich konnte das Verlangen in seinen Augen sehen, einen Hunger, der in der Dunkelheit brannte und den ich in den Tiefen meiner Seele spürte. Er schlang seine Arme um mich und zog mich an seine Brust. Ich vergrub meinen Kopf in seinem Hals und atmete seinen animalischen, maskulinen Duft ein. Einen, den ich einst verabscheut hatte.

»Ich dachte, ich hätte dich verloren, kleine Maus.« Seine Worte klangen wie ein Stöhnen in meinem Ohr und ließen meinen Puls rasen.

Ich konnte nicht genug von ihnen bekommen. Ich konnte nicht genug von ihm bekommen. Ich schlang meine Arme um ihn und presste meinen Körper an seinen. »Niemals.«

»Wir können heute Nacht hier bleiben«, verkündete Nick, als er den Kühlschrank hinter mir öffnete. »Aber dann müssen wir darüber nachdenken, ob wir weggehen. Wir brauchen einen sicheren Ort, einen Ort, an den sie es nicht wagen, uns zu holen.« Er warf einen Blick auf Tobias. »Es sei denn, sie wollen einen Krieg.«

Tobias runzelte die Stirn. »Willst du uns wirklich in einem Rossi-Versteck unterbringen?«

»Hast du eine bessere Idee?«, antwortete Nick. »Dann würde ich sie gerne hören.«

Aber niemand hatte eine. Auch wenn es das Letzte war, was Tobias tun wollte, würde er seinen Feind um einen weiteren Gefallen bitten müssen. Und er würde es für mich tun.

Er starrte mich mit diesen tiefen, dunklen Augen an, die für jeden anderen Menschen furchteinflößend waren. Er strich mir eine Haarsträhne aus dem Gesicht. »Aber wir haben doch heute Abend, oder?«

Ich erschauderte bei diesen Worten.

»Nein.«

Ich warf einen Blick auf Caleb, der aus dem Fenster starrte. Tobias' Lippen kräuselten sich, als Caleb sich umdrehte und ihn mit einem wilden Blick ansah. »Erst, wenn sie bereit ist.«

Tobias ließ seine Hand fallen und machte einen Schritt auf ihn zu. »Erst wenn sie bereit ist?« Unter der Oberfläche seiner Worte brodelte die Wut. »Willst du mir etwas mitteilen, C?«

Calebs Augenbrauen zogen sich zusammen. Aber er schaute nicht einmal in meine Richtung. Er starrte nur Tobias an, dessen distanzierter Blick noch kälter wurde. Mein Magen verkrampfte sich. Würde er die Wahrheit sagen? Oder würde er so tun, als wäre das, was dort passiert war, gar nicht passiert? Schließlich verzog er die Lippen zu einem Knurren und machte sich auf den Weg zu Nicks Schlafzimmer, wobei er sich sein Hemd auszog.

Tobias starrte ihm hinterher. Nick auch.

Er war eifersüchtig und kleinlich und wollte den Moment ruinieren, was ihm auch gelungen war. Tobias hob seinen Arm und zog mich zu sich heran. »Komm schon, kleine Maus. Du musst doch hungrig sein.«

Aber Essen war das Letzte, was ich wollte. »Nein.« Ich glaubte nicht, dass ich jemals wieder essen, schlafen oder allein sein wollte.

»Was hat Caleb gemeint, Prinzessin?« Nick schaute mich fragend an.

»Was haben sie mit dir gemacht?« Tobias' Worte waren angestrengt. »Das meint C doch, oder?«

»Dräng sie nicht«, schnauzte Nick seinen Bruder an. »Du musst es uns nicht sagen, es sei denn, du willst es.«

Ich wollte es nicht. Ich wollte vergessen, dass es diesen Ort und alles, was dort passiert war, überhaupt gegeben hatte. Ich wollte so tun, als wären wir wieder in der Zeit, bevor ich entführt worden war. Ich wollte so tun, als gäbe es nur uns.

»Oder wir können den ganzen Scheiß vergessen.« Tobias bot mir einen Ausweg. »Wir fangen neu an, genau jetzt, in diesem Moment. Was sagst du dazu?«

Ich zwang mich zu einem Lächeln. »Ich glaube, das würde mir gefallen.«

»Dann Essen.« Nick holte einen Haufen Lebensmittel aus dem Kühlschrank und öffnete einen Küchenschrank. »Ich habe nicht viel, aber es könnte eine Weile dauern, bis wir etwas Anständiges haben ... und du musst ja auch telefonieren, oder?«

Er warf Tobias einen Seitenblick zu. Es gab ein Gemurmel und ein wütendes Knurren, bevor mein mürrischer Stiefbruder sich umdrehte und davonstolzierte.

Nick war mit den Zutaten beschäftigt und schüttete alles in einen Topf: Brühe, gefrorenes Hühnchen und eine Art gefrorenes Dim Sum. Ich sah zu, während ich die Ohren des Welpen kraulte. »Woher hast du sie?«

»Von einem Hundekampfring. Sie dachten, sie sei tot.« Er blickte zu mir auf. »Sie hat gekämpft und überlebt. Ich schätze, sie ist zäher, als sie aussieht.«

Ich wusste nicht, ob er von dem Hund oder von mir sprach. Vielleicht war es beides. Vielleicht war das auch der Grund, warum er sie überhaupt gerettet hatte. Was auch immer es war, ich war froh darüber. »Hat sie schon einen Namen?«

»Ich hatte gehofft, dass wir uns gemeinsam einen aussuchen, da sie ja unser Kind sein wird.«

Unser ...

Während Nick kochte, dachte ich über einen Namen für die Hündin nach. Mir fiel nichts ein, zumindest nicht am Anfang. Sie war lieb und süß. Die großen, traurig schimmernden Augen ließen sie noch süßer aussehen. Aber unter der sanften Schnauze ihrer kalten Nase und dem glücklichen Funken war das Herz einer Kämpferin verborgen. »Ein Hundekampfring?«, flüsterte ich.

»Zwei ausgewachsene Pitbulls haben sie angegriffen, und sie hat überlebt.« Nick rührte weiter in der Suppe. »Selbst als diese Mistkerle sie wie Müll weggeworfen haben.«

Eine Kämpferin ... *genau wie ich.*

»Du bist eine Rebellin«, flüsterte ich ihr zu. »Nicht wahr?«

Nick hob den Kopf, als er den Topf umrührte, aus dem es jetzt so köstlich salzig duftete. Auch wenn ich gesagt hatte, dass ich keinen Hunger hatte, knurrte mein Bauch.

»Rebel, so möchte ich sie nennen.«

Nick lächelte und trat näher heran. »Rebel, hm?« Er schaute sie an. »Für mich sieht sie wirklich wie eine verdammte Rebellin aus. Gut gemacht, Prinzessin.«

»Die Dusche gehört ganz dir.« Caleb kam aus dem Schlafzimmer, sein Haar und seine nackte Brust waren noch feucht und er trug ein graues Sweatshirt von Nick.

Mein Puls raste bei seinem Anblick und verriet mich, als ich die Muskeln seiner Brust und seines harten Bauches betrachtete.

Das wird nicht sanft. Die Erinnerung an seine Worte tauchte auf. *Ich werde eine Bestie für dich sein. Du wirst mich hassen und mich gleichzeitig begehren.*

Das war die Wahrheit. Ich hasste ihn ... und begehrte ihn trotzdem.

»Ich werde dir ein paar Klamotten besorgen«, knurrte Nick und blickte von mir zu Caleb, bevor er im Schlafzimmer verschwand.

»Wirst du mir jemals verzeihen?«

Es war das erste Mal, dass er mit mir sprach, das erste Mal, dass er überhaupt so tat, als würde er mich sehen. »Nach dem, was du mir angetan hast?« Ich trat näher und starrte ihm in die Augen. »Nach dem, was du zugelassen hast, dass sie mir antun?«

»Und was war das?«

Ich zuckte zusammen, als ich den gefährlichen Ton in Tobias' Stimme hörte, als er näher kam. »Denn das will ich unbedingt wissen, Bruder.«

Ich antwortete nicht. Stattdessen trat ich näher, legte den Welpen in Tobias' Arme und murmelte: »Ich gehe duschen.«

Ich konnte mich jetzt nicht um Caleb kümmern, und auch nicht um das Blutvergießen, das sicher noch kommen würde. Ich trat in Nicks Schlafzimmer, als er eine Jogginghose und ein T-Shirt auf das Bett warf. Er erhob sich und sah mich an. »Was ist los?«

Ich schüttelte den Kopf. »Nichts.«

Aber draußen in der Küche ließ Tobias nicht locker. »Wirst du es mir sagen, Bruder? Oder muss ich es erst aus dir herausprügeln?«

Nick zuckte bei dieser Drohung zusammen, aber er rührte sich nicht. Es war nicht nur der Hale-Orden, der uns vernichten wollte. Wir schafften das auch ganz gut alleine.

»Dann lasse ich dich mal allein«, erklärte Nick, als die Tür mit einem Knall zuschlug.

Ich schnappte mir die Klamotten und eilte ins Bad, weil ich den Gestank dieses Ortes loswerden wollte. Ich wollte meine Erinnerungen wegschrubben, aber dafür war das Wasser nicht heiß genug. Ich schloss die Badezimmertür hinter mir und zog erst den Pullover, dann das Negligé und den Slip aus. Ich warf sie auf den Boden in der Ecke des Zimmers. Ich würde nie wieder etwas Weißes tragen.

Mein Blick fiel auf den Spiegel und auf das Tattoo auf meinem Bauch, das immer noch rot und schmerzhaft war, bevor ich unter die Dusche stieg und das Wasser aufdrehte. Der Strahl war heiß und stechend. Ich freute mich über die Hitze und senkte den Kopf, als ich das leise Geräusch von erhobenen Stimmen vernahm.

Ich versuchte, ihren Zorn und ihre Wut für einen Moment zu verdrängen, aber stattdessen ... weinte ich. Ein heftiges Schaudern durchlief meinen Körper, als ich langsam zu Boden sank. Ich hatte sie verlassen ... sie hatte mich beschützt, versucht, mich zu retten ... *und ich hatte sie allein an diesem Ort zurückgelassen.*

Sie hatten ihr wehgetan. Das wusste ich ohne jeden Zweifel.

Sie würden ihr wehtun, sie benutzen und sie brechen.

Und das alles nur, weil ich sie zurückgelassen hatte.

Ich schlang meine Arme um meine Knie und zog sie fest an meine Brust.

Mein Brustkorb spannte sich an und in meiner Kehle machte sich Schmerz breit. Ich hatte sie verlassen ... *Ich hatte sie verlassen.*

Der Schmerz verwandelte sich in einen Schrei. Ich biss mir auf die Faust, schaukelte und stöhnte.

Sie haben einen Mann aus dem Gefängnis entführt, um Himmels willen. Vivs Stimme hallte in meinem Kopf wider. *Es gibt einen Krieg zwischen dem Mann, der diesen Ort leitete, und jemand anderem.*

Ich zog meine Faust aus dem Mund. Der Mann, den sie entführt hatten, musste mein Vater gewesen sein. Ein Schaudern durchfuhr mich bei diesem Gedanken. Ich stemmte mich hoch und meine Knie zitterten, als ich das Wasser abstellte und aus dem Bad trat. Nasse Handtücher lagen auf dem Badezimmerboden und es war fast so, als wäre alles normal ... nur wusste ich, dass es das nicht war.

Ich schnappte mir eines, das noch gefaltet war, trocknete damit meinen Körper ab und wickelte es dann um mein Haar.

»Prinzessin.« Nicks Stimme ertönte, als er die Badezimmertür öffnete und den Kopf hereinsteckte. »Ich weiß, du hast gesagt, du hättest keinen Hunger ...« Er stockte.

Sein Blick war auf den Spiegel gerichtet ... und auf das schwarze Tattoo, das in meine Haut gestochen war.

Es gab eine Sekunde, in der er nicht verstand, was er da sah. Bis ich mich umdrehte und meine Hand senkte, um das Mal zu verdecken.

»Diese verdammten Bastarde ...« Die Worte drangen in einem rauen Atemzug heraus, bevor er tief einatmete und brüllte: *»DIESE VERDAMMTEN BASTARDE!«*

NEUNUNDZWANZIG

Ryth

Ich zuckte bei seinem Gebrüll zusammen und trat einen Schritt zurück, bis ich gegen den Waschtisch stieß. Aber Nick war nicht aufzuhalten, nicht als sein Blick auf meinen Bauch gerichtet war. Er betrat das Badezimmer. »Sie ... *sie haben dich tätowiert ...*« Sein Blick wanderte zu mir, seine Augen schimmerten vor Wut. »Wie verdammtes *Eigentum?*«

Ich ließ meine andere Hand fallen, um meine Scham zu verbergen. Die Tränen liefen mir langsam die Wangen hinunter, während ich einen verwundeten Laut ausstieß, der mir in der Kehle stecken blieb. Das war alles, was ich für sie gewesen war. Jemand, den sie besitzen konnten, als wäre ich ein Nichts.

Das Geräusch donnernder Schritte näherte sich. Sie schallten durch das Schlafzimmer, bevor Tobias mit seinem Bruder in der Tür stand.

Sein erbarmungsloser Blick glitt langsam an meinem Körper hinunter ... bis er stehen blieb. »Lass deine Hände fallen, Ryth«, forderte er.

Ich schüttelte den Kopf und hielt meine Hände zitternd an meinen Bauch.

Nick trat näher und versuchte, seinen grausamen Tonfall zu entschärfen. »Zeig es uns.«

Ich schüttelte erneut den Kopf und meine Tränen ließen ihre Gesichter verschwimmen. »Nein.«

»Prinzessin«, drängte Nick und trat näher, bis er direkt vor mir stand. Seine Hände waren so sanft, als er meine zur Seite schob. »Lass uns mal sehen.«

Ich konnte sie nicht ansehen, nicht, wenn sie sahen, dass mein Körper nicht mehr ihnen gehörte. Er war ruiniert ... nein, ich war ruiniert. Ich drehte meinen Kopf und mein Körper zitterte unter dem Gewicht ihrer Blicke.

»Was zum Teufel ist das?«, knurrte Tobias.

»H und O«, antwortete Nick, während sein Finger mein Kinn berührte. »Für den Hale-Orden, nehme ich an.«

»Diese Hurensöhne.« Tobias zwang die Worte durch zusammengebissene Zähne. »Diese verdammten Hurensöhne. Sie haben dir wehgetan. Sie haben dir verdammt noch mal wehgetan und dafür werden sie bezahlen. Ich schwöre bei meinem verdammten Leben, Prinzessin, sie werden dafür bezahlen.«

»Das spielt keine Rolle.« Meine Worte waren schmerzerfüllt.

»Doch, das tut es, verdammt.« Nick hielt meinem Blick stand und er verschluckte mich mit seiner Traurigkeit. »Ich werde das Tattoo entfernen lassen. Koste es, was es wolle, Prinzessin. Ich werde es entfernen lassen, okay?«

Er wollte unbedingt, dass ich das wusste, als würden die Erinnerungen irgendwie mit der Tinte verschwinden. Aber das würden sie nicht ... niemals. Tobias trat näher, schob seine

Hand unter die von Nick und drehte meinen Kopf. »Nie wieder, hörst du mich? Nie wieder werden sie dich in die Finger kriegen.«

Seine Stimme war heiser und bedürftig, während sein Mund sich meinem näherte. Ich schloss meine Augen, weil ich wusste, was kommen würde, aber ich konnte es nicht verhindern.

Er küsste mich ... langsam, intensiv, mit Zähnen, Lippen und Zunge, bis ich mich löste und zusammenzuckte. »Ich brauche dein Mitleid nicht, Tobias.«

Er griff nach oben, packte meine Hand und zog sie tiefer, bis ich seine Erektion umschloss. »Fühlt sich das für dich wie Mitleid an, kleine Maus?« Er war schon immer wild und fordernd gewesen, immer die harte Klinge der Banks, die meine Entschlossenheit zerschnitt.

»Wenn du uns sagst, dass wir uns zurückhalten sollen, werden wir das tun, Ryth«, beruhigte Nick mich. »Du willst Freiraum? Wir geben dir Freiraum. Aber wenn du willst, dass wir dir zeigen, wie sehr wir dich vermisst haben und dass dieses verdammte Symbol oder alles andere, was dir an diesem Ort passiert ist, uns nichts bedeutet, dann wollen wir das auch tun.«

Tobias' Hand breitete sich über meiner aus. Da war kein Zwang mehr. Keine Forderungen ... nur die Wärme seiner Hand auf meiner. Sie wollten mich ficken ... wollten mich alles andere vergessen lassen.

»Du gehörst uns, Prinzessin«, drängte Nick.

Tobias' dunkle Augen funkelten. »Und wir gehören dir.«

Meine Hand drückte gegen seine Erektion ... dieser *Mann*, der gekämpft und geblutet hatte ... der für mich gewütet hatte.

Seine Hände waren überall auf meinem Körper. Mein Gesicht wurde gegen die Wand gedrückt. Die Erinnerung an diesen

Raum drängte an die Oberfläche und die Scham folgte. Ich wollte ihnen sagen, was sie mir angetan hatten.

Ryth ist neu. Die Worte des Direktors tauchten auf. *Sie versteht es noch nicht.*

Aber sie wird es verstehen, nicht wahr? Abscheu stieg auf, als die Stimme des Mannes zurückkam. Der Mann, der mit Caleb gekommen war ... der, von dem er zugelassen hatte, dass er mich befummelt hatte. Ich versuchte, die Erinnerung zu verdrängen. »Sie ...« Eine Bewegung lenkte meinen Blick auf die Tür zum Badezimmer.

Caleb schritt durch Nicks Zimmer und blieb auf der anderen Seite des Türrahmens stehen. Wut stieg in mir auf und wurde eiskalt und furchterregend. *Du verdammter Mistkerl!* Ich wollte mich quer durch den Raum stürzen und ihn anschreien. Es gab kein Entrinnen vor dem, was an diesem Ort geschehen war, denn alles, was wir jetzt hatten, war mit der Erinnerung daran befleckt. Das auszulöschen, bedeutete, uns auszulöschen.

Und dafür hasste ich ihn.

Ein Schmerz durchzuckte meine Brust und zwang mich, den Kummer zu verdrängen.

»Scheiß auf diesen Ort«, knurrte ich, aber mein Blick sagte etwas anderes. Ich drehte mich zu Tobias um und drückte meine Hand fester gegen ihn. *Und scheiß auf dich, Caleb.*

»Das ist mein Mädchen«, murmelte Tobias.

Ich hielt Calebs Blick stand, als Tobias seine Hand an meinen Rippen entlang gleiten ließ und meine Brust umfasste. Ich wollte Caleb mehr wehtun, als ich irgendetwas anderes wollte. Sein Blick war so verdammt kalt, als er uns beobachtete.

»Mann, das hat mir gefehlt.« Tobias leckte über meine Brustwarze und zog meinen Blick auf sich. Er hob seinen Kopf. »Ich habe dich verdammt noch mal vermisst.«

Ich fuhr ihm mit den Fingern durch die Haare und drückte seinen Mund wieder nach unten. Er gehorchte ... Mein Gott, er gehorchte, indem er meine Brust knetete, sie wieder in den Mund nahm und mit der anderen Hand zwischen meine Beine glitt, um mit dem Finger an meinem Schlitz entlang zu fahren, bevor er eindrang.

»Oh.« Ich neigte meinen Kopf nach hinten und begegnete Nicks Mund.

Lippen und Zungen glitten in meine Muschi und meinen Mund. Das Verlangen blühte in mir auf und zog mich zu ihnen zurück ... zu *dem hier*. Nick riss sich los und zog sich sein Hemd über den Kopf. »Aufs Bett, T.«

Aber ich erstarrte und mein Blick war auf den großen Verband gerichtet. »Warte, das können wir nicht.«

Tobias hob den Blick und runzelte die Stirn. »Was?«

Ich schüttelte den Kopf. »Du bist verletzt, Nick.«

»Glaubst du, das hält ihn auf?« Tobias gluckste. »Der Mann ist nach der verdammten Operation aus dem Krankenhaus geflohen ... um dich zu finden.«

Mir stockte der Atem. »Stimmt das?«

»Ja«, bestätigte Nick und schob seine Hose nach unten. Sein Schwanz stemmte sich gegen den Bund seiner Boxershorts. »Und ich würde es sofort wieder tun.« Er ließ sich auf das Bett sinken und legte sich flach auf den Rücken. »Willst du mich jetzt warten lassen, Prinzessin, oder soll ich dir geben, wonach du dich sehnst?«

Caleb war kalt wie Stein, als er rückwärts vom Bett wegging. Aber er ging nicht ganz weg, auch nicht, als Nick das Bett neben ihm tätschelte. »Wir müssen trotzdem vorsichtig sein. Also, rückwärts, Prinzessin.«

Rückwärts? Um mein Gewicht von seinem Körper zu nehmen, natürlich. Ich nickte, hob mein Bein an und setzte mich auf seine Hüfte, wobei ich darauf achtete, nicht in die Nähe seiner Wunde zu kommen.

»Höher«, forderte er mich auf.

Ich rutschte zurück und bewegte mich zu seinem Bauch hinauf. Er wollte mich berühren ...

»Höher.«

Ich warf Tobias einen Blick zu. Er beobachtete mich mit einem amüsierten Grinsen, das sich mit seinen dunklen, gefährlichen Augen verband. Ich rutschte wieder nach hinten und bewegte mich zu Nicks Brust. Er drückte eine Hand auf seine Wunde und die andere glitt unter meinen Oberschenkel. Seine Finger streichelten mich. Ich erstarrte. Meine Hände stützten sich auf beiden Seiten seines Körpers ab, während ich zitterte.

Schwielige Finger tauchten in meine Hitze ein. Ich schloss meine Augen und kämpfte gegen den Drang an, mich an ihm zu reiben.

»Höher.«

Ich öffnete die Augen und meine Füße rutschten über das Kissen, als ich mich noch einmal zurücklehnte.

»Jetzt setz dich verdammt noch mal hin.«

Eine Ladung Adrenalin schoss durch mich hindurch. Ich schüttelte den Kopf und sah nach unten. Ich schwebte über ihm ... offen, entblößt. Er konnte *alles* sehen. Tobias atmete schwer.

Calebs dunkler Blick war gefesselt, als ich meinen Körper auf das Gesicht meines Stiefbruders sinken ließ.

Seine Zunge glitt über meine Spalte und, oh Gott, ich war wieder da und befand mich in einem Zustand, in den nur Nick mich versetzen konnte. Seine Hand wanderte zu meinem Oberschenkel, dann zu meiner Hüfte. Diese Hand drückte mich nach unten, bis ich nur noch die Wärme seines Mundes spürte.

»Reite ihn, kleine Schwester. So wie du es in der Nacht der Hochzeit getan hast«, knurrte Tobias.

Ich beugte mich vor und krallte mich in die Laken, aber anstatt mich zu erheben, wippte ich. Seine Zunge tauchte in mich ein, nur um meinen Kitzler zu finden ... immer und immer wieder. Ich wollte mehr ... *mehr*. Sein Schwanz pochte in meinem Blickfeld, die Spitze gekrönt von einem einzelnen, winzigen Tropfen. So eine Verschwendung. Ich griff nach oben, umfasste seinen Schwanz, und Nick stöhnte unter meiner Muschi.

»Verdammt, so ist es richtig, kleine Maus«, drängte Tobias, während seine Hand in den Bund seiner Hose wanderte. »Lutsch ihn.«

Ich öffnete meinen Mund, beugte mich hinunter und ließ meine Zunge um die leuchtend rote Eichel von Nicks Schwanz gleiten. Ein Knurren von ihm hallte auf seiner Zunge wider und ließ mein Innerstes vibrieren. Ich stieß ein Stöhnen aus und presste mich an ihn, während die Spannung stieg. Ich schloss die Augen und ließ seinen Schwanz an meiner Zunge entlang gleiten, während ich saugte.

Nicks Hüften stießen vom Bett. »Oh, fuck ... mach das noch mal«, stöhnte er und zog mich höher, um an meiner Klitoris zu saugen.

Ich tat es und nahm noch mehr von ihm in mich auf, während ich leckte und saugte. Ich war hin- und hergerissen zwischen dem Eintauchen seiner Zunge und meinem verzweifelten Bedürfnis, ihn in meinem Mund kommen zu lassen.

Es war ein Wettrennen.

Ein quälendes, animalisches Rennen. *Ich wollte kommen ... ich wollte ...*

Ich saugte und ballte die Fäuste, als der Höhepunkt über mich hereinbrach und mich dazu brachte, ihn in mich aufzunehmen, bis ich fast erstickte. Ich wollte in seinen Mund kommen, wollte, dass er alles von mir aufsaugte und schluckte. Er tat es und stieß ein Knurren aus. Sein Schwanz zuckte, die dicke Ader pulsierte und die Wärme spritzte in meinen Rachen.

Tiefer, *mehr*. Ich saugte und schluckte den salzigen Geschmack, während mein Körper vor Erregung erbebte. Ich erhob mich, als er weicher wurde, und ließ mich von seinen schweren Atemzügen tragen.

»Mein Gott, Prinzessin«, stöhnte Tobias.

Ich keuchte und hob meinen Blick, als ich seinen Schwanz in seiner Hand sah. Mit langsamen Bewegungen hob ich mein Bein über Nick und drehte mich um, um auf allen Vieren zu knien. »Tobias«, befahl ich. »Fick mich ... *hart*.«

Ich beugte mich hinunter und schmeckte mein eigenes Verlangen auf Nicks Lippen. Er lächelte und griff nach oben, um meinen Hinterkopf zu streicheln, als das Bett hinter mir nachgab. Ich wollte sie ... ich wollte das. Mein Körper sollte so benutzt werden, wie ich es brauchte, aber von ihnen, meinen Stiefbrüdern.

Tobias' große Hand glitt über meinen Hintern und dann meinen Rücken entlang, bevor er mich mit dem Gesicht in die Matratze drückte. Er schob ein Knie zwischen meine Beine, sodass ich meine Knie weiter spreizte. Ein harter Stoß, und er war bis zum Anschlag in mir. Ich wimmerte und schrie vor Lust.

»Willst du es so, kleine Maus?« Tobias stieß erneut zu und das glitschige Geräusch unserer Körper war laut.

»*Härter*«, forderte ich.

Der Druck auf meinen Rücken ließ nach. Er griff unter meinen Arm, seine Hand glitt über meine Brüste, bis er meinen Hals packte und mich hochhob. Nick starrte uns an und seine Augen weiteten sich, als sein Bruder den Kopf senkte und mir ins Ohr knurrte. »Du weißt doch, dass ich dich liebe, oder?«

Der Stoß seines Schwanzes ließ mich wimmern. »Ja.«

»Gut. Denn ich werde dich jetzt ficken, als würde ich es nicht tun.«

Seine Hand packte fester zu, der Druck ließ Panik durch mich schießen, während er mich mit seinem Hunger bestrafte. Aber ich konnte immer noch nach Luft schnappen. Seine eigenen Atemzüge klangen schwer und heiß an meinem Ohr. »Mein Gott, Ryth«, knurrte er. »Du. Bringst. Mich. Noch. Um.«

Ich versuchte, mich an seinem Arm festzuhalten, während er meine Knie noch weiter auseinander drückte, bis ich kein Gleichgewicht mehr hatte. Er wurde zu meiner Stütze und sein Schwanz drang tief in mich ein, während er mich hart fickte.

Er war brutal.

So brutal, wie Tobias nur sein konnte.

Mein, schrie sein Griff um meine Kehle. Ich wimmerte, als mein Körper die Kontrolle übernahm.

»Ich würde die ganze Welt für dich vernichten«, knurrte er.

Ich starrte in Nicks Blick und sah, wie Panik in ihm aufflammte. In diesem Moment kannte ich die Wahrheit – Tobias würde das wirklich tun. Der Gedanke daran trieb mich noch mehr an. Sein brutaler Griff um meine Kehle, seine rücksichtslosen Stöße. Beides brachte mich um den Verstand. Ich griff mit meinem Arm hinter ihn und zog ihn noch fester an mich, während ich stöhnte und zum Höhepunkt kam.

Sein Griff lockerte sich sofort und wanderte zu meinen Hüften, als er ein weiteres Mal stieß und ein kehliges Stöhnen ausstieß. Mein Körper konnte mein Gewicht nicht mehr halten. Ich brach zusammen und ließ mich neben Nick auf das Bett fallen. Ausgelaugt. Sicher.

Ich atmete schwer, als ich meinen Blick langsam zu der Stelle hob, an der Caleb gestanden hatte.

Aber er war nicht mehr da.

Schmerz durchfuhr mich.

»Geht es dir gut, Prinzessin?«

Ich nickte, griff nach ihm und zog seinen Körper fest an mich, während ich mich an Nicks Seite rollte, meine Augen schloss und flüsterte: »Jetzt schon.«

DREISSIG

Caleb

»Oh, Gott ...«, knurrte Tobias.

Der schwere Klang ihrer Atemzüge durchdrang die Luft. Das war alles, was ich hören konnte. Die beiden. *Sie.* Ich stand vor Nicks Zimmer, unfähig, sie auch nur eine verdammte Sekunde länger zu beobachten. Meine Eier taten weh. Mein Schwanz war hart und pochte in meiner verdammten Hose. Ich ließ meine Hand fallen, um ihn in meiner Jogginghose zu bändigen, und stützte mich mit der anderen Hand an der Wand ab. *Du wirst mir gehören. Hast du mich verstanden?* Meine eigenen Worte hallten in mir nach. Es waren die Worte, die ich zu einer anderen gesagt hatte ... aber sie waren für sie bestimmt gewesen. Alles, was ich hatte, gehörte ihr.

»Ryth«, stöhnte Tobias ihren Namen, als er kam.

Du wirst mir gehören, bis ich mit dir fertig bin. Ich krallte mich fest, als der Schmerz immer stärker wurde.

Das leise Wimmern des Welpen irgendwo hinter mir durchbrach die Macht, die Ryth über mich hatte.

Zumindest für eine Sekunde.

263

»C?«, rief Nick meinen Namen. Ich schloss meine Augen. Er erwartete von mir, dass ich mich ihnen anschloss … Ein Blick in ihre Augen und ich wusste, dass das nie passieren würde. Nicht jetzt. Nicht nach allem, was ich getan hatte.

Wenn sie nur wüssten …

Ich ließ meine Hand fallen und ging einen Schritt von der Tür weg, das Bedürfnis war jetzt so leer wie mein verdammtes Herz. Wenn sie wüssten, was passiert war, würden sie mich umbringen. Das wusste ich.

Der Welpe winselte erneut und lockte mich aus dem Zimmer. Ich ging hinüber und kniete mich hin, um ihre Stirn zu streicheln.

Ping.

Die Lautstärke meines Handys war zwar leise, aber in der Stille dieses Raumes immer noch zu laut. Ich nahm es in die Hand, stand auf und fand eine Nachricht von Evans. *Was zum Teufel hast du getan?*

Panik durchfuhr mich, als ich auf den Bildschirm starrte und dann einen Blick hinter mich in Nicks Schlafzimmer warf. Sie waren still … schliefen sie? Ich ging hinüber, schob meine Füße in Nicks Turnschuhe und ging zur Tür hinaus. Die Kälte brach über mich herein und traf mich wie ein Schlag. Eine Gänsehaut lief mir über die Arme, als ich die Wohnungstür leise hinter mir schloss und zum Aufzug ging, wo ich das Gitter herunterzog, bevor ich auf den Knopf drückte.

Das alte Ding zitterte und rüttelte, als es tiefer fuhr und im Erdgeschoss anhielt. Ich wartete, bis ich sicher war, dass ich weit genug weg war, bevor ich den Knopf auf meinem Handy drückte. »Evans.«

»Was zum *Teufel*, Caleb?« Er war panisch und angespannt. Sein Tonfall war etwa drei Oktaven zu hoch. »Was zum Teufel hast du getan?«

»Wovon redest du?« Mein Puls raste.

»Du bringst sie zurück, verdammt noch mal«, forderte er. »Hast du mich verstanden? *Bring sie verdammt noch mal zurück.*«

»Du weißt genau, dass das nie passieren wird.«

Stille hallte durch den Lautsprecher. Dann ertönte das leise Geräusch von schweren Schritten.

»Sprich mit mir. Was ist los?«, drängte ich.

»Was los ist?«, zischte er. »Du hast mich gefickt, das ist dir doch klar, oder? *Du hast mich verdammt noch mal gefickt.*«

»Hat Killion etwas gesagt ...«

Sein hartes, bellendes Lachen ließ mich zusammenzucken. »Ob er etwas gesagt hat?«, wiederholte Evans schrill. »Er ist in mein Büro gekommen und hat die Tür geschlossen. Er hat mich bedroht, Caleb. *Er hat meine gottverdammte Familie bedroht!*«

Ich schluckte schwer, als mein Magen sich verkrampfte.

»Dir ist klar, wie schlimm das ist, oder?« Evans Ton wurde steinern. »Du weißt, mit was für Leuten du es zu tun hast. Du hast ihnen genommen, was ihnen gehört. Du hast es genommen ... und jetzt musst du es zurückgeben.«

Es zurückgeben ...

Als wäre sie ihr gottverdammtes Eigentum. Die Schritte ertönten wieder im Hintergrund, nur dass sie diesmal widerhallten. Mein Verstand raste und versuchte, die Dinge zusammenzufügen, die mein Bauchgefühl mir zurief. »Danke für die Vorwarnung, Evans«, sagte ich vorsichtig und legte auf.

Die Lichter funkelten vor mir, die Stadt war auch mitten in der Nacht noch belebt. Er hat meine Familie bedroht. Evans Worte hallten nach, als mein Handy in meiner Hand vibrierte. Ich warf einen Blick auf die Anrufer-ID und sah seinen Namen, bevor ich auf den Knopf drückte und den Anruf auf die Mailbox schickte, dann schaltete ich das verdammte Ding aus.

Geh auf die Knie. Killions sadistisches Knurren schoss mir durch den Kopf. Ich warf einen Blick auf das Handy in meiner Hand. *Lutsch ihn ... Lutsch ihn, verdammt!* Der Hunger stieg wieder in mir auf.

Der verdorbene, kranke Hunger, den ich bekämpfen musste.

Ich schloss die Augen und meine Atemzüge wurden tiefer. Es war mehr als Sex, mehr als Lust. Es war die totale Kontrolle, nach der ich mich sehnte. Die Art und Weise, wie sie mit Tobias zusammen gewesen war, seine Hand um ihre Kehle, sein Schwanz in ihr. Er hatte sie benutzt. *Oh Gott.* Er hatte sie benutzt. Mein Schwanz versteifte sich bei dem Gedanken. Ich ließ meine Hand noch einmal sinken, nur dass ich sie dieses Mal in den Hosenbund schob.

Lutsch ihn ... Braves Mädchen. Ein Stöhnen entrang sich mir, schmerzhaft und hart in meiner Kehle. Ich bearbeitete meinen Schwanz, verzweifelt darauf bedacht, einen Bruchteil dessen zu spüren, was ich zuvor mit ihr erlebt hatte. In meinem Kopf waren wir wieder in der Speisekammer, meine Hand über ihrem Mund, meine Finger tief in ihrer Muschi.

Ich ließ meinen Kopf sinken und fuhr mit meiner Hand bis zum Ansatz meines Schwanzes und dann wieder nach oben. Ich drehte mich um und stützte mich mit der Hand an der Betonwand des Wohnhauses ab.

Wenn ich dich nehme, Ryth ... werde ich dich die ganze verdammte Nacht nehmen. Du wirst mein Lieblingsspielzeug sein ... mein feuchtes, perfektes Spielzeug.

In meinem Kopf stockte ihr Atem und ihre Kehle bewegte sich, um ein Stöhnen zu unterdrücken, das sich aufbaute. Ich stöhnte jetzt für sie, während mein Schwanz in meiner Hand zuckte. Wärme spritzte zwischen meinen Fingern hervor, feucht, verzweifelt vor Verlangen. Ich holte tief Luft und öffnete meine Augen. Noch immer erfüllte mich dieses Bedürfnis. Dieses verdammte, hungrige Bedürfnis. Meine Hand war ein schlechter Ersatz für die Realität.

Ich wischte meine Hand an meiner Hose ab und ging wieder hinein. Aber die widerhallenden Schritte im Hintergrund von Evans' Anruf beunruhigten mich. Er würde nicht reden, das wusste ich. Das war der Grund, warum ich zu ihm gegangen war.

Und wenn Killion nur leere Drohungen aussprach?

Evans wusste nicht wirklich etwas, nur das, was ich ihm erzählt hatte, und das war wenig. Der Aufzug hielt zitternd an. Ich hob das Gitter an, stieg aus, gab den Code, den Nick mir gegeben hatte, in das digitale Schloss ein und machte mich auf den Weg nach drinnen.

Es war ganz still, als ich die Tür schloss. Die schweren, rhythmischen Atemgeräusche kamen aus dem Schlafzimmer meines Bruders. Ich zog Nicks Schuhe aus und ging barfuß zur Schlafzimmertür. Das Zimmer war dunkel, das Licht im Bad ausgeschaltet und die drei schliefen tief und fest. Trotzdem fiel das Mondlicht durch das große, raumhohe Fenster und liebkoste ihre Haut.

Sie lag in Nicks Armen und benutzte seinen Bizeps als Kopfkissen. Tobias lag auf ihrer anderen Seite, einen Arm um ihre Taille gelegt. Sie waren perfekt, nur sie drei. Mein eigenes verdammtes Herz nagte und pulsierte und trieb diesen unerträglichen Hunger durch meine Adern.

Ich schaute weg ... ich musste es tun. Entweder das oder ich würde verrückt werden.

Das würde ich nie zulassen. Nicht noch einmal. Nicht mit ihr. Das wusste ich. Ich verließ sie und ging zum zweiten Schlafzimmer. Der Welpe humpelte herüber und die Krallen klapperten auf dem Boden, als die Kleine mir folgte. Dann sprang sie vorsichtig auf das Bett, während ich das Bettzeug hob und zwischen die Laken schlüpfte.

Aber der Schlaf kam nicht. Nicht für eine lange Zeit.

Ich wälzte mich hin und her und konnte die Schmerzen und die nörgelnde Stimme in meinem Kopf, die mir sagte, dass es schlimm enden würde, nicht abschütteln. Ich schloss meine Augen und zwang mich in die Dunkelheit. Als ich im heller werdenden Zimmer erwachte, brannten meine Augen und tränten.

Ein leises Schnarchen kam von der kleinen Hündin, die sich am Fußende des Bettes zusammengerollt hatte. Ich schob meine Füße um sie herum und wurde mit einem erschöpften und genervten Seufzer belohnt. »Tut mir leid«, murmelte ich.

In der restlichen Wohnung war es immer noch still. Ich gähnte, rieb mir die Augen und stolperte aus dem Schlafzimmer in Richtung Küche. Das Abendessen von gestern Abend war in den Kühlschrank geschoben worden, noch im Topf. Aber der Gedanke an Essen bereitete mir Bauchschmerzen. Ich brauchte Kaffee ...

Zum Nachdenken.

Schritte. Widerhallende Schritte. Der Gedanke daran ging mir nicht mehr aus dem Kopf. Ich durchsuchte die Schränke, fand Kaffee im Gefrierschrank und machte mich daran, eine Kanne zu brühen, bevor ich zurück ins Schlafzimmer ging und mir mein Handy schnappte. Ich schaltete es ein und wurde mit einer ganzen Reihe von verpassten Anrufen und Nachrichten belohnt. Die letzte Nachricht erregte meine Aufmerksamkeit.

Davis: Hast du das gesehen? Was soll der Scheiß?

Mein Puls schlug schneller, als ich auf den Link klickte, der mich zu einem Online-Nachrichtenartikel führte.

Der renommierte Anwalt der Copeland Anwaltskanzlei, Michael Evans, wurde heute Morgen nach einem Einbruch in seine Wohnung tot aufgefunden.

»Oh Scheiße«, krächzte ich und meine Finger zitterten, als ich den Artikel öffnete und nach weiteren Informationen suchte, bevor ich mich wieder den Anrufen zuwandte.

Da war noch ein weiterer ... ein weiterer Anruf und eine weitere Nachricht. Mein Magen verkrampfte sich, als ich sie öffnete.

»Wir wollen sie zurück, Banks. Liefere das Mädchen aus, oder du wirst der Nächste sein ... oder vielleicht einer deiner Brüder, wie wär's damit? Wie der kleine Mistkerl, der mich überrumpelt hat. Ich glaube, es wird mir Spaß machen, ihm einen Besuch abzustatten.«

Ein Schrei folgte, kehlig und von Schmerz durchdrungen. *»Bitte nicht ... ICH WUSSTE ES NICHT! ICH WUSSTE ES NICHT, VERDAMMT!«* Die verzweifelten Schreie machten mich krank. Dann verstummten sie. Es folgte Stille, eine schreckliche, endlose Stille. Ich schloss meine Augen und meine Hände zitterten. Sie hatten ihn verdammt noch mal umgebracht ...

Sie hatten ihn verdammt noch mal umgebracht.

Ich legte mein Handy beiseite, dann starrte ich zur Tür. Wir mussten hier raus... *sofort.*

Ich vergaß den Kaffee ... vergaß alles andere, verließ die Küche und ging zu Nicks Schlafzimmer. Sie schliefen immer noch aneinander gekuschelt, als ich hereinkam. »Nick«, sagte ich und ging zur Seite des Bettes, um ihm einen Schubs zu geben. »Wach auf. Wir müssen hier raus.«

Mein Bruder riss die Augen auf und starrte mich mit trübem Blick an. »Was?«

Ryth öffnete ihre Augen und ihr Blick fand mich. Ihr Hass auf mich brannte hell. Aber ich konnte mir im Moment keine Gedanken über ihre Wut machen, denn ich war zu sehr damit beschäftigt, ihr Leben zu retten.

»Sie kommen und wir müssen hier weg.«

»Was zum Teufel?« Tobias stöhnte auf.

Sie glaubten mir nicht ... sie glaubten mir nicht. Ich hob mein Handy, loggte mich wieder ein und drückte auf Replay ... und die Geräusche von Evans, der um sein verdammtes Leben bettelte, hallten durch den Raum, bevor ich auf Pause drückte. »Steht auf, verdammt noch mal ... wir hauen ab.«

Ryth

»*BITTE NICHT ... ICH WUSSTE ES NICHT! ICH WUSSTE ES NICHT, VERDAMMT!*« Ich stieß mich hoch, als Schreie das Schlafzimmer erfüllten, bevor Caleb den Knopf drückte und das Geräusch beendete. In meinem Kopf hallten sie noch immer nach, verängstigte, gequälte Schreie. Mein Atem wurde flach und mein Puls raste.

»Wir müssen gehen.« Er blickte in meine Richtung und seine dunklen Augen waren von Schmerz gezeichnet. »*Jetzt.*«

Nick richtete sich auf und zog die Laken weg. »T.«

»Schon dabei«, knurrte Tobias und rollte sich auf die andere Seite des Bettes. In ihrer Abwesenheit wurde mir kalt.

»Wir müssen so viele Sachen wie möglich aus der Wohnung holen, Prinzessin«, drängte Nick, während er sich seine Klamotten überstreifte und in meine Richtung schaute. »Kannst du das für mich tun?«

Ich nickte und rutschte auf seine Seite. Er drehte sich um, nahm mein Gesicht in seine Hände und küsste mich, bevor er sich löste und mir in die Augen schaute. »Ich besorge uns eine

Mitfahrgelegenheit, die sie nicht zurückverfolgen k
dann müssen wir uns darum kümmern, unsere Ha
alles andere loszuwerden, womit diese Mistkerle uns a *und*
können. Ich bin so schnell wie möglich wieder da.«

Das Donnern in meiner Brust verwandelte sich in ei
Schmerz. *Nein, bitte verlass mich nicht.*

Ich wollte ihn aufhalten, als er zur Tür ging. »Bleib bei ihr.
Keiner kommt rein, ohne dass du ihn umbringst, verstanden?«

»Ich gehe nirgendwo hin«, murmelte Caleb, als er ging.

Ich konnte Tobias vor dem Schlafzimmer knurren hören, sein
Knurren klang verzweifelt und wütend. Ich konnte nur
vermuten, dass er mit Lazarus sprach.

»Tobias hat gestern Abend die Wahrheit gesagt.« Ich warf
Caleb einen Blick zu, während der Schmerz sich in meiner
Brust sich ausbreitete. »Er würde wirklich die Welt vernichten
... für dich.« Dann drehte er sich um und ging zur Tür, wobei er
murmelte: »Und das gilt auch für seine Brüder.«

Er ließ mich nackt in Nicks Schlafzimmer stehen und seine
Worte mischten sich mit den gequälten Schreien in meinem
Kopf. Ich bewegte mich, streifte mir Klamotten über und
wandte mich dem Badezimmer zu. Nimm alles. Das war es,
was Nick gesagt hatte. Ich riss den Schrank auf, suchte nach
einer Tüte und fand hinten eine, in der sich Parfüm und
Deodorant für Frauen sowie Shampoo und Spülung
befanden.

Sie gehörten Natalie ... so musste es sein. Ich schluckte einen
Anflug von Eifersucht hinunter und stopfte alles in die Tasche.
Ich scherte mich nicht mehr um verdammte Ex-Freundinnen.
Im Moment zählte nur noch, dass wir am Leben blieben ...
zusammen. Mein Magen verkrampfte sich, als ich das
Badezimmer ausräumte und sogar Handtücher und

Waschlappen mitnahm, bevor ich alles auf dem Bett ablegte und mich seinem Kleiderschrank zuwandte.

Als ich mit Nicks Zimmer fertig war, kam Tobias auf mich zu. »Nick ist zurück und wir haben eine Bleibe. Wir müssen uns beeilen, verstehst du, Prinzessin?«

Ich nickte und warf einen Blick in die Küche. »Ich brauche ein paar Minuten.«

»Du hast zehn, dann verschwinden wir«, sagte er über seine Schulter.

Rebel gab ein Wimmern von sich und lenkte meine Aufmerksamkeit auf sich. »Ist schon gut.« Ich eilte nach vorne, riss die Gefriertruhe auf und holte den Inhalt heraus. »Ich sorge dafür, dass du was zu essen bekommst.«

Meine Hände brannten von der Kälte, als Nick die Tür aufstieß und wieder hereinkam. »Bist du bereit?«

Ich nickte. »Die Taschen sind im Schlafzimmer.«

»T«, bellte Nick.

Tobias kam herein, er trug Jeans und ein schwarzes T-Shirt und hatte eine Waffe hinter seinem Rücken verstaut. In diesem Moment sah er gefährlicher aus als jemals zuvor. Calebs Worte hallten in meinem Kopf wieder. Er hatte nicht so gesprochen, als wäre die Vorstellung, dass Tobias für mich tötete, ein Hirngespinst ... eher eine Realität.

»Ryth?«

Ich hob meinen Kopf und blickte in Tobias' dunkelbraune Augen. »Ja?«

Er hob seine Hand und strich mir eine Haarsträhne von der Wange, wobei sein Blick auf das Muttermal gerichtet war. »Bist du bereit?«

Ich schluckte schwer. »Ja.«

»Das Auto steht unten«, verkündete Nick. »Wir verschwinden von hier. T, hast du die Adresse?«

»Hab sie.« Tobias ließ seine Hand fallen, trat um mich herum und schnappte sich vier Einkaufstüten, die mit so viel Essen gefüllt waren, wie sie tragen konnten, und schritt zur Tür.

In Windeseile waren wir wieder draußen. Nick schnappte sich Rebel und trug sie zum Aufzug. Wir fuhren schweigend nach unten. Ich fröstelte, obwohl ich einen von Nicks Pullovern trug und barfuß lief, als wir uns vorsichtig zum Auto begaben. Tobias war der Erste, der mit seiner Waffe in der Hand die Gegend absuchte, bevor er einen kurzen Blick über seine Schulter warf und nickte.

Das Auto war älter, ein blauer Ford, dessen Motor im Leerlauf lief. Caleb ging voran. »Bleib hinter mir, Ryth«, flüsterte er und sah sich um, bevor er die Hintertür aufriss und mich mit einem Kopfschütteln zum Einsteigen aufforderte.

Ich kletterte eilig hinein, schob zwei volle Einkaufstaschen zur Seite und streckte meine Arme nach Rebel aus.

»Alles klar, Prinzessin?«, fragte Nick. Ich nickte. »In den Tüten sind Kleidung und Schuhe für dich. Wir holen mehr, wenn wir im Unterschlupf ankommen.«

Klamotten ... Schuhe? Ich drückte den Welpen an meine Brust und warf einen Blick auf die Taschen, als Nick die Tür schloss und sich hinter das Lenkrad setzte. Caleb kletterte stieg neben mir ins Auto und Tobias ließ sich auf dem Beifahrersitz nieder. Dann fuhren wir von dem Wohnhaus weg und ließen alles hinter uns.

»Hier.« Caleb griff nach einer Tasche und holte ein Paar nagelneue Laufschuhe heraus.

»Ich habe sie«, schnauzte ich und drängte Rebel in die Lücke zwischen uns.

Er zuckte zurück und meine Wut brannte. Ich konnte nicht anders. Ich wollte nicht so tun, als wäre das, was an diesem Ort passiert war, nicht geschehen. Die alte Ryth, die so etwas hingenommen hatte, war schon lange weg. Sie war genauso brutal wie die Männer, die sie liebte. Ich beugte mich vor, warf einen Blick über Nicks Schulter und sah, dass die Zündung des Fords ein Wirrwarr aus Drähten war, bevor ich mich darauf konzentrierte, die Laufschuhe anzuziehen und die Schnürsenkel zu binden.

»Fahr auf der Eastgate nach Norden und dann die Montview bis nach Morningside.«

»Du meinst ihr Lagerhaus? Scheiße, T. Ich wollte sicher sein. Ich wollte nicht in ihrem verdammten Hinterhof campen.«

»Du wolltest einen Unterschlupf. Das ist ein verdammter Unterschlupf«, knurrte Tobias und schaute über seine Schulter. »Freddy wird uns dort treffen.«

Nick atmete schwer aus, als er durch die Straßen fuhr. Wir nahmen einen großen Umweg, um den morgendlichen Pendlern auszuweichen ... und den Bullen, da wir in einem gestohlenen Auto unterwegs waren. Als die Sonne heiß durch die Windschutzscheibe schien, fuhren wir an Lagerhäusern vorbei, die mit vier Meter hohen Zäunen und Stacheldraht umgeben waren.

Hier hielten sich keine Menschen auf den Straßen auf. Es war ... verdammt ruhig und unheimlich. An der Ecke der Straße, in die wir einbogen, stand ein Auto, hinter dessen Lenkrad die schemenhaften Umrisse einer Person zu erkennen waren. Tobias schaute den Mann direkt an und hielt seinem Blick stand, als wir einbogen. Mir wurde mit erschreckender Klarheit klar, dass mein Vater hier gearbeitet hatte, denn er war fast nie zu Hause gewesen und wenn doch ... hatte er sich mit meiner Mutter gestritten.

Oder besser gesagt hatte sie sich mit ihm gestritten.

»Die dritte links«, deutete Tobias an. »Dann ist es das fünfte Haus auf der rechten Seite.«

Nick bremste und wendete scharf, dann warf er einen Blick in den Rückspiegel, aber das hätte er nicht tun müssen, denn ein Blick auf die vergitterten Fenster und die riesigen Hunde, die die Zäune der Grundstücke bewachten, sagte uns, dass hier niemand kam und ging, ohne dass die Rossis davon wussten.

Ich hatte ja keine Ahnung gehabt ...

Weder wie mächtig sie waren, noch wie gefährlich.

Nick wendete das Auto und fuhr in die Einfahrt eines kleinen, unscheinbaren Backsteinhauses. Ein schwarzes Auto mit glänzendem Lack stand am Straßenrand. Nick ließ den Motor laufen, als er anhielt. Die Haustür öffnete sich und Lazarus Rossis Leibwächter trat heraus.

Freddy ...

Das war sein Name.

Seine schwarze Sonnenbrille glitzerte, als er sich mir zuwandte. Er trat zurück, lehnte sich gegen das Mauerwerk und verschränkte die Arme. Tobias, Caleb und Nick stiegen als Erste aus und ließen unsere Sachen im Auto zurück, während sie um das Auto herumgingen und die Treppe zu ihm hochstiegen.

Rebel gab ein leises Wimmern von sich. Ich kraulte ihr den Kopf und stieß die Tür auf. Wir wechselten ein paar Worte, ohne uns mit einem Handschlag zu begrüßen. Freddy starrte mich nur an, als die anderen ins Haus traten. Nick kam eine

Sekunde später heraus und beugte sich mit leiser Stimme zu mir hinunter. »Bist du bereit?«

»Klar«, antwortete ich, schnappte mir die Tasche mit den Klamotten, die Nick mir gekauft hatte, und folgte ihm.

Das Haus war ruhig und schlicht, aber komplett eingerichtet. Nick trug Rebel hinein und setzte sie auf eines der weichen Kissen auf dem Sofa.

»Netter Hund«, murmelte Freddy, als er uns ins Haus folgte.

»Ryth, du kommst mit mir rein«, rief Nick.

Eine Welle der Aufregung erfüllte mich, als ich ihm in eines der Schlafzimmer folgte. Tobias und Caleb hatten bereits die Taschen aus Nicks Wohnung auf dem Bett abgeladen und waren dann zurück ins Wohnzimmer gegangen. In dem Moment, als ich ihnen folgte, spürte ich Freddys Blick auf mir.

»Alles in Ordnung?«, fragte der Leibwächter und starrte mich an. Aber ich wusste, dass die Frage nicht an mich gerichtet war.

»Ja«, antwortete Tobias, während er eine Waffe, die er vorher nicht gehabt hatte, herausholte und sie auf den Tresen legte. »Uns geht es gut.«

Ein Nicken und der Leibwächter trat näher. Näher an mich heran.

»Gut, wir wollen sichergehen, dass ihr alle wohlauf seid«, murmelte er und starrte mich durch die dunkle Sonnenbrille an. »Wo ist dein Vater, Castlemaine?«

Hitze stieg mir in die Wangen. Ich runzelte die Stirn, schaute dann zu Tobias und wieder zurück. »Ich weiß es nicht. Warum fragst du?« Je länger ich ihn anstarrte, desto wütender wurde ich. »Ich habe Lazarus schon gesagt, dass ich sein verdammtes Geld nicht habe.«

Freddy grinste nur und seufzte, als er sich aufrichtete.

»Wir haben es nicht.« Tobias trat näher heran.

Freddy starrte ihn nur an. »Glaubst du wirklich, es geht hier nur um Geld? Es wird Zeit, erwachsen zu werden, T. Ich habe dich eines Besseren belehrt. Sieh nur zu, dass du deinen Teil der Abmachung einhältst. Die erste Nummer, die du anrufst, während ihr hier seid, ist besser meine.«

Er drehte sich um und begegnete erst Nicks und dann Calebs Blicken, bevor er zur Haustür hinausging.

Nick folgte ihm, schloss die Tür ab und spähte durch die Jalousien, als das Geräusch einer Autotür zu hören war, bevor der Motor des Wagens aufheulte.

»Was zum Teufel hat er gemeint?« Nick drehte sich wieder zu uns um. »Ich dachte, sie wären hinter dem verdammten Geld her. Was ist den verdammten Rossis denn wichtiger als das?«

Es herrschte Schweigen, bevor Caleb sprach. »Informationen.«

»Informationen?«, murmelte ich, und einer nach dem anderen schaute in meine Richtung. »Informationen worüber?«

»Über die Mistkerle, die uns jagen.« Nick fuhr sich mit den Fingern durch die Haare und wandte sich ab. »Ich kann nicht glauben, dass ich das übersehen habe. Es geht nicht um Geld.«

»Was auch immer dein Vater gegen diese Leute in der Hand hat, es ist gefährlich«, murmelte Caleb. »Deshalb müssen wir ihn finden ... und zwar schnell.«

ZWEIUNDDREISSIG

Nick

Darum ging es also … Es ging überhaupt nicht um Geld, oder? *Es ging um verdammte Informationen.* Ich fuhr mir mit den Fingern durch die Haare, während meine Gedanken an dem offenen Ordner im Lagerhaus hängenblieben. Der Ordner war voll mit Details über den Angriff auf Ryths Vater gewesen. Ich versuchte, alles zusammenzufügen, bis ich langsam auf Ryth aufmerksam wurde.

Sie war der Mittelpunkt des Ganzen.

Ihr Vater, ihre Mutter … dieser verdammte Ort.

Sie stand zitternd da, ihre Augen weit aufgerissen und voller Schock. Verdammt, wenn sie nicht aussah, als würde sie jeden verdammten Moment aus diesem verdammten Haus fliehen. *Tu etwas!* Tobias starrte nur finster zur Tür, ohne sich um sie zu scheren. Aber scherte mich um sie. Sehr. »Prinzessin.« Ich rückte näher und sprach sie leise an. »*Hey.*«

Sie schaute mich mit großen Augen an. Panik flammte auf.

»Es wird alles gut«, murmelte ich.

Ihre Lippen bebten und zogen mich zu ihr. Ich sah nicht mehr das Kind, das in unser Haus eingezogen war. Ich sah die Kämpferin, die von dort weggelaufen war und verzweifelt versucht hatte, zu uns zurückzukommen, so wie wir gekämpft hatten, um zu ihr zu gelangen. Wir hatten im letzten Monat mehr gemeinsam erlebt als Natalie und ich in den letzten Jahren.

Ich wollte sie beschützen, wollte sie lieben. Ich wollte ihr ein Zuhause geben, das sie nicht hatte, ein Zuhause voller Loyalität und Liebe. Ich trat näher und lenkte ihren Blick auf mich, indem ich die Fingerspitze unter ihr Kinn legte. Ich hatte sie gekostet und gefickt, und Gott, ich wollte mehr. »Bleib bei uns, okay?«

Ihre keuchenden Atemzüge gerieten außer Kontrolle. Verdammt, ich musste sie aus ihrem Kopf holen. Also tat ich das Einzige, was mir einfiel. Ich senkte meinen Kopf und küsste sie. Doch sie war steif und reagierte nicht. Verzweiflung stieg in mir auf, als ich näher kam und mehr nahm. Wärme umspielte meinen Mund. Sie zitterte, aber ihre Atemzüge wurden langsamer und tiefer. Ich umfasste ihren Hinterkopf und fuhr mit den Fingern durch ihr Haar. Und langsam, so verdammt langsam, löste sie sich aus ihren panischen Gedanken und kam zu mir zurück.

»Sie werden nicht kommen«, sagte Tobias, als ich den Kuss vertiefte. »Sie können uns nicht aufspüren, nicht jetzt. Sie werden nichts ausrichten können, dafür werden wir sorgen. Und wenn sie das merken, werden sie uns in Ruhe lassen.«

Seine Worte sollten mich trösten, aber sie lenkten mich nur von ihr ab. Ich löste mich sanft von ihr, hob meinen Blick zu ihr und stellte fest, dass das Glitzern der Angst nun gedämpft war.

»Hör auf zu reden und küss sie, Tobias«, murmelte ich. »Sie muss fühlen und nicht denken.«

Aber Tobias starrte nur zur Tür. »Ich muss laufen oder ficken, aber wenn ich dich ficke, kleine Maus, wird es nicht das sein, was du brauchst. Es wird eine verdammte Bestrafung sein.«

Er ging auf die Tür zu, riss sie auf und ging. Ich biss die Zähne zusammen. Dieses egoistische Arschloch. Ich warf einen Blick auf Caleb, der nur finster dreinschaute. »Und?«, bellte ich meinen älteren Bruder an.

Aber er zuckte nur zusammen, als Ryth sich abwandte. »Ich brauche keine Küsse, verdammt noch mal.« Sie riss sich von mir los ... Nein, sie riss sich von Caleb los. »Am wenigsten von *ihm*.«

Am wenigsten von ihm ...

Ich schaute von ihr zu ihm. »Was zum Teufel ist mit euch beiden los?«

Caleb sah einfach nur kalt und distanziert aus.

Bumm!

Ryth knallte die Schlafzimmertür hinter sich zu. Ich trat dicht an Caleb heran und stach ihm mit dem Finger in die Brust. Wir hatten keine Zeit für so etwas. Als hätten wir nicht schon genug Feinde vor unserer verdammten Tür. »Wir waren uns *alle* einig, dass wir alles tun würden, um sie aus diesem Ort herauszuholen. Ich weiß, dass du einige beschissene Dinge tun musstest, um in ihre Nähe zu kommen. Aber was auch immer zwischen euch vorgefallen ist, du musst den Schalter wieder umlegen, C. Komm wieder in das Team. Bring es in Ordnung, oder du wirst sie für immer verlieren.«

Der stechende Schmerz in meiner Seite ließ mich zusammenzucken, dann hob ich meine Hand und drückte auf die Wunde. Aber ich konnte den verdammten Ordner nicht aus meinem Kopf schütteln. Das Letzte, was ich tun wollte, war zu gehen, aber wenn ich blieb, würde keiner von ihnen reden.

Sie brauchten einen Auslöser. Einen Grund, um das, was es war, an die Oberfläche zu bringen. Und sie mussten ihn finden, ohne dass ich hier war. Ich ging auf das Schlafzimmer am Ende des Flurs zu. Auf dem Einzelbett stand ein Rucksack voller Waffen, die Freddy uns hinterlassen hatte. Ich brauchte nicht genau hinzusehen, um zu wissen, dass die Seriennummern abgefeilt worden waren. Keine Fragen stellen, richtig? Das war einer der Vorteile, wenn man zur Mafia gehörte. Im Moment würde ich jede Waffe nehmen, die ich in die Finger bekommen konnte.

Ich steckte eine Waffe in den Bund meiner Jeans und ging hinaus, wobei ich Caleb einen Blick zuwarf, bevor ich vor ihrer Tür stehen blieb. Ich hob meine Hand und wollte anklopfen, um ihr Trost zu spenden. Aber welchen Trost sollte ich geben?

Schließlich ging ich einfach und schloss die Haustür leise hinter mir. Ich stieg wieder in den Ford und fuhr rückwärts aus der Einfahrt. Ich brauchte ein anderes Auto, eines, das nicht gestohlen war.

Ich machte mich auf den Weg durch das Rossi-Viertel. Die Straßen waren verdammt ruhig. Niemand machte hier Ärger, es sei denn, er wollte, dass die verdammte Mafia hinter ihm her war. Ich ging in Richtung Westen und konnte den verdammten Ordner nicht aus meinen Gedanken vertreiben. Wenn ich nur herausfinden könnte, wo ihr verdammter Vater war ... dann könnte ich die Sache beenden.

Ich würde das alles aufhalten und sie retten ...

Das war alles, was mich antrieb.

DREIUNDDREISSIG

Caleb

In Ordnung bringen ... in Ordnung bringen? Ich biss die Zähne zusammen und starrte die geschlossene Schlafzimmertür an. Wie zum Teufel sollte ich das in Ordnung bringen? Ich drehte mich um und fuhr mit den Fingern durch mein Haar. Der verdammte Welpe starrte mich vom Sofa aus an. »Was zum Teufel glotzt du so?« Ich schnappte nach Luft und stieß einen aufgestauten Atemzug aus.

Zumindest für eine Sekunde hatte ich wieder ein Ziel vor Augen. Ich ging in die Küche, riss einen Schrank auf, schnappte mir eine Plastikschüssel, füllte sie unter dem laufenden Wasserhahn und ging zurück in die Ecke des Wohnzimmers. »Du scheißt nicht auf den Teppich, verstanden?« Ich stellte den Wassernapf dorthin, wo sie ihn erreichen konnte. »Wenn du nach draußen musst, komm zu mir. Ich bin mir sicher, dass ich zumindest das hinbekomme, ohne es zu versauen.«

Und dann ...

Ich zog mein Handy aus der Tasche und starrte die Nachricht auf dem Display an. Ich war nicht dumm; ich wusste, dass sie versuchen würden, unsere verdammten Handys zu orten. Aus diesem Grund hatte ich meinen Standort deaktiviert, sobald wir aus diesem verdammten Ort verschwunden waren, und dafür gesorgt, dass das VPN eingeschaltet war.

Ich hatte vor, es loszuwerden, sobald ich diese Screenshots gefunden hatte. Ich rief die Bilder auf und vergrößerte die Ansicht, wobei ich jedes verdammte Wort genauer betrachtete. Irgendetwas musste in den Verträgen stehen, die ich im Büro des Direktors fotografiert hatte, irgendeine Information, mit der ich uns diese Bastarde vom Hals schaffen konnte.

Bumm!

Ich wandte meinen Blick dem Geräusch zu, das aus dem Schlafzimmer kam.

Bumm!

»Was zum Teufel ...« Ich ließ meine Hand fallen und machte einen Schritt.

BUMM!

Ich bewegte mich zur Tür, hob meine Hand zum Griff und hielt inne.

BUMM!

»Ryth?« Meine Stimme war kalt. Ich leckte mir über die Lippen und versuchte es *noch einmal.* Diese verdammte Stimme trieb mich dazu, den Griff zu drehen und ihre Tür zu öffnen. »Bist du ...«

Sie lag auf dem Bett, die Schultern gekrümmt, und ihr Körper bebte, als sie weinte. Ich trat einen Schritt näher und der Anblick ließ mich vor Schmerz erstarren. Ich sah, wie sie sich versteifte und ihren Kopf hob. Ihre Stimme war heiser. »*Verpiss dich, Caleb!*«

»Ryth«, begann ich, ohne zu wissen, wie ich ihren Schmerz lindern konnte.

Sie rappelte sich auf und drehte sich um. Tränen glitzerten auf ihren geröteten Wangen, als sie eine Schreibtischlampe neben sich packte und quer durch den Raum schleuderte. »Ich sagte: Verschwinde, verdammt!«

Ich wich aus und das verdammte Ding verfehlte mich nur knapp, als es gegen die Wand prallte.

Bring es in Ordnung. Bring es in Ordnung. Bring es in Ordnung. Nicks verdammte Stimme verfolgte mich. Jedes Mal, wenn ich sie ansah, wünschte ich– Wurdest du schon mal geleckt, während du ohnmächtig geworden bist? Meine eigenen Worte drangen zu mir durch. Nein. Ich versuchte, sie wegzuschieben.

Sie drehte sich wieder um, griff nach einem Buch, das neben der Lampe gelegen hatte, und zielte diesmal auf meinen Kopf. Ich duckte mich und ließ es hinter mir aufschlagen.

»*Stopp!*«, befahl ich, als sie sich umdrehte und verzweifelt nach etwas anderem suchte, das sie in die Finger bekommen konnte. Sie würde sich selbst verletzen und Rossis verdammtes Haus zerstören, wenn ich nichts unternahm. Ich machte einen Schritt und griff nach ihr. »Ryth, ich habe gesagt, *du sollst aufhören.*«

Mit einem wilden Atemzug drehte sie sich um und starrte mich mit ihren großen Augen an. »*Fick dich!*«, schrie sie und schlug zu.

Klatsch!

Mein Kopf schnellte zur Seite. Ich erstarrte eine Sekunde lang vor Schreck, bis die Bestie in mir nach Vergeltung brüllte. Aber ich bändigte sie und drehte mich wieder zu ihr um.

»*Hast du es ihnen gesagt?*«, schrie sie mit großen, wilden Augen. »Hast du ihnen erzählt, dass du einfach nur dagestanden und zugesehen hast, wie er mich *angefasst* hat?«

Sie schlug erneut zu. Nur war ihr Schlag diesmal schwach, sodass ich ihre Handgelenke packte und sie an meine Brust drückte. *Bring es in Ordnung ... bring es in Ordnung ... bring es in Ordnung.* »Nein«, antwortete ich und starrte auf sie herab. »Das habe ich nicht.«

Schmerz flackerte in ihren Augen auf. »Du verdammter *Mistkerl.*« Sie holte tief Luft. »Du kaltes, gefühlloses, krankes Stück Scheiße! Ich sollte es ihnen sagen. Ihnen sagen, was du getan hast ...«

Tu etwas, oder du wirst sie verlieren.

»Mach doch«, knurrte ich. »Was glaubst du, was passiert wäre, wenn ich ihn nicht abgelenkt hätte?« Sie versuchte, ihre Hände aus meinem Griff zu reißen, aber ich hielt sie fest und drückte sie wieder an meine Brust. »Du kannst mich hassen, so viel du willst, denn was du als Verrat ansiehst, war in meiner Welt eine verdammte Notlösung. Ich habe getan, was ich tun musste, kleine Schwester, und ich würde es wieder tun. Denn am Ende habe ich bekommen, wofür ich gekommen bin, egal, was es gekostet hat.«

»*Du würdest es wieder tun?*«, fragte sie kalt. »Du willst sie, nicht wahr? Du willst sie angrapschen.«

Das war der wahre Grund, genau das. Sie war eifersüchtig. Eine Welle der Befriedigung stieg in mir auf und mein Schwanz wurde bei dem Gedanken hart. Ich stieß sie nach hinten, bis ihre Beine auf dem Bett aufschlugen und sie fiel.

Die Eifersucht schimmerte in ihren Augen, als sie zu mir aufblickte. »*Ich hasse dich, verdammt!*«

Sofort war ich auf ihr und packte ihre Hände, während ich sie mit dem Rücken gegen die Matratze drückte. »*Du hasst mich?*«, brüllte ich. »*Ist es das, Ryth? DU HASST MICH, VERDAMMT?*«

Sie wand sich. »*Ja!*«

Bring es in Ordnung ... bring es in Ordnung. Bring es in Ordnung, drängte Nick, der verzweifelte weiße Ritter. Nur war ich nicht so perfekt. Ich war nicht wie er. Ich war derjenige, der nicht für sie kochte und ihr keinen verdammten Welpen geschenkt hatte. Ich war derjenige, der sie festhalten und ficken wollte, bis sie wusste, wem sie gehörte, und sie erst kommen ließ, wenn sie bettelte. »Das glaube ich nicht, Prinzessin.« Der Hunger stieg und dieses Mal konnte ich ihn nicht zurückdrängen. »Ich glaube, du gefällst mir genau da, wo du bist – unter mir. Es gibt nur ein Problem«, flüsterte ich und senkte meinen Kopf. »Es wird zu viel geschrien und nicht genug gelutscht.«

Bei diesen Worten versteifte sie sich und ihre Brust drückte hart gegen meine, während sie keuchte. »Du bist erbärmlich«, zischte sie, aber ich hörte die Lüge in ihren zittrigen Worten.

Sie mochte es, wie ich mit ihr sprach. Sie mochte es, erniedrigt zu werden.

»Ich wette, wenn ich meine Finger in deine süße Fotze stecken würde, würde ich die Wahrheit finden, nicht wahr? Du hasst mich nicht, Ryth, du *willst* mich.« Ich stemmte mich hoch, gerade so weit, dass ich ihr in die Augen sehen konnte. »Deshalb bist du so wütend, stimmt's? Du willst mich nicht wollen, aber das tust du.«

Mit einer Hand hielt ich ihre Hände über ihrem Kopf fest und schob die andere unter den Bund ihrer Jogginghose. Sofort war ich zwischen ihren Beinen und fand sie warm und feucht vor.

»Siehst du?« Ich fickte sie mit meinen Fingern. »Du musst gefickt werden, nicht wahr, Prinzessin?«

Sie schloss die Augen, als ihre Lippen sich mit einem Luftzug öffneten. Verdammt, sie war wunderschön. Die Erinnerung an diesen Raum ließ die Qualen aufblühen. »Glaubst du, ich spiele diesen verdammten Moment nicht in meinem Kopf ab?« Ich ließ meine Finger in sie hinein- und wieder herausgleiten und bearbeitete sie besser, als sie ihre Beine für mich spreizte. »Glaubst du nicht, dass mich das bis zu meinem letzten Atemzug verfolgen wird? Ich hasse es, was er dir angetan hat, Ryth ... *Aber noch mehr hasse ich es, dass ich es trotzdem noch viel mehr tun will.*«

Das war die Wahrheit. Die kranke, entwürdigende, verdammte Wahrheit. »Glaubst du, ich wollte nicht derjenige sein, der dich an die Wand drückt?« Ich umkreiste ihre Klitoris, schob zwei Finger hinein und beobachtete, wie sie sich in das Kissen zurückzog. »Dieser gottverdammte Hunger nach dir zerreißt mich jede verdammte Sekunde. Du machst mich wahnsinnig, kleine Schwester, und ich bin hin- und hergerissen zwischen dem Wunsch, dich vor mir zu beschützen ... und dem Wunsch, dich an meinem verdammten Schwanz ersticken zu sehen.«

Sie stöhnte bei diesen Worten auf.

Ich war schon so verdammt hart. Ich rieb mich an ihr und drückte ihre Schenkel mit meinen Knien auseinander. Sie öffnete die Augen und ihre Lippen kräuselten sich, als sie zu mir hochstarrte. Diese Wut entfachte in ihr und veranlasste sie zu kämpfen ... und verdammt, *das gefiel mir.* »Willst du gegen mich kämpfen, Prinzessin?« Ich hielt ihre Arme fester. »Willst du mich wieder anspucken?«

Ihre Lippen kräuselten sich. Verdammt, in diesem Moment sah sie wie eine Wilde aus.

Reine verdammte Wut.

Ich legte meine Hand auf ihre Kehle. »Weißt du noch, was ich in dem Raum gesagt habe?« Ich packte sie fester und presste meine Finger gegen ihren Hals, bevor ich sie losließ. »Ich will dich lecken, wenn deine Augen flattern und die Dunkelheit in dir aufsteigt. Ich will, dass du dich an mich verlierst. Wirst du das tun, Ryth? Wirst du nichts anderes sein als das Vergnügen, das ich dir bereiten kann?«

Sie keuchte und holte tief Luft.

Ich senkte meinen Kopf, drückte meinen Körper gegen ihren und genoss es, sie zu spüren.

»Das hast du auch zu ihr gesagt.« Ihre Worte waren ein raues Flüstern, aber ich sah trotzdem Eifersucht in ihrem Blick.

»Nein«, knurrte ich gegen ihr Ohr. »Die Worte waren alle für dich. Jedes einzelne.« Ich drückte gegen die Adern in ihrem Hals. »Du bist diejenige, die ich in meinem Kopf sehe. Du bist diejenige, die mich beherrscht. Ich kann mich nicht zurückhalten, ich kann dieses verdammte Bedürfnis nicht kontrollieren. Ich werde es an die Leine nehmen und so sanft wie möglich sein – *wenn du mich lässt.*«

Sie war still. So gottverdammt still. Ich wollte in ihrem Kopf sein. Ich musste wissen, was sie dachte. Ich drängte und hoffte. »Das Safeword, Prinzessin. Erinnerst du dich?«, wiederholte ich.

Ihr Blick verengte sich auf mich. »Ja.«

»Willst du ...« Hoffnung flammte auf, und in diesem Moment sah sie meinen Hunger, mein Bedürfnis ... und sie wich nicht zurück.

Das Adrenalin schoss in die Höhe, auch wenn ich zitterte. Niemand sah mich so ... nicht einmal meine Brüder, nicht so. Sie hatte hier die ganze Macht, auch wenn ihr kleiner Körper unter mir gefangen war und meine Hand ihre Kehle umschloss.

Sie war diejenige, die die Kontrolle hatte, diejenige, die ihre schlanken Finger um mein Herz schloss.

Sie hielt meinem Blick stand, und obwohl ich mich hinter der Maske verstecken wollte, tat ich es nicht.

»Tu es.« Ihre Atemzüge waren heiser.

Mein Schwanz zuckte, während mein Puls raste.

»Hör auf«, murmelte ich und versuchte, wieder zu Atem zu kommen. »Ein Safeword nützt dir hier nichts, also brauchst du das.«

Ich erhob mich, griff nach meiner Gürtelschnalle, löste den Gürtel aus meiner Hose, wickelte ihn fest und drückte ihn in ihre Handfläche. »Wenn du das fallen lässt, höre ich auf, verstanden?«

Sie schwieg. Ich hob meinen Kopf und sah in ihre Augen, die genauso dunkel waren wie meine. »Verstehst du, Ryth? Das ist wichtig.«

Ihr Puls raste unter meinem Daumen. Das fiebrige Vibrieren weckte dieses dominante Verlangen in mir. Ich war wie ein Löwe auf der Jagd, schlug mit den Pfoten auf den Boden, riss das Maul auf und wollte ihr Fleisch mit den Zähnen spüren. Ich drückte meinen Schwanz gegen sie, weil ich in ihr sein wollte. Aber ich wollte das hier mehr. Ich wollte sie bis zum Äußersten bringen, sie ... *besitzen*. »Sag es.«

»Wenn ich das fallen lasse, hörst du auf«, flüsterte sie.

Ich hielt ihren Blick noch eine Sekunde länger fest, dann tauchte ich tiefer, drückte meine Lippen auf ihren Hals und fuhr mit meiner Hand an der Falte ihrer Jogginghose entlang. Es war Nicks Jogginghose, dunkelgrau. Ich beobachtete sie, drückte nur ein wenig, bis sich ihre Pupillen weiteten, und zog die Hose dann grob nach unten. »Füße«, forderte ich.

Sie erstarrte für eine Sekunde und ihr Geist war gefangen zwischen Panik und Gehorsam. Dann hob sie ein Bein.

»Braves Mädchen«, lobte ich sie und löste den Druck. Ihr Puls beschleunigte sich bei diesen Worten. »Mein süßes, perfektes Fickspielzeug.«

Sie wimmerte und ich lächelte bei dem Geräusch, als ich ihr den neuen Schlüpfer, den mein Bruder ihr gekauft hatte, auszog und ihn auf den Boden warf. »Das andere, Prinzessin«, erinnerte ich sie.

Sie tat wie ihr geheißen und hob das andere Bein an. Ich zog sie aus. »Hüfte.«

Sie richtete sich auf. Gott, sie war gut darin, zu gehorchen. Ich hob meinen Blick zu ihr und strich über ihren Hals, um ihre Aufmerksamkeit auf meine Berührung zu lenken. Ich streifte ihr den Pullover ab und darunter war sie nackt. Mein Blick wanderte zu der Tätowierung auf ihrem Körper, dem H im O. Meine Brüder hatten bei diesem Anblick gewütet. Sie hatten Blut gewollt, nach Rache geschrien. Aber nicht ein einziges Mal hatten sie es als sie gesehen.

Und es *war* sie.

Jedes Zeichen, das sie gegen ihren Willen an ihrem Körper angebracht hatten.

Sie hatte sich gewehrt, verdammt.

Doch sie hatten gesiegt und ihr die Kontrolle entrissen.

Sie musste die Kontrolle wiederfinden, sie hatte kämpfen, wüten und lernen müssen, wie man sich unterordnete, wie man die Macht in der Unterwerfung fand ... wenn es um mich ging. Sie musste beschützt und auf die einzige Art und Weise umsorgt werden, die ich kannte.

Meine Dunkelheit traf auf ihre Wut.

Ich senkte meinen Kopf, küsste die Tätowierung und spürte, wie sie sich versteifte. »So verdammt perfekt«, flüsterte ich und öffnete ihre Beine. Ihre Muschi glänzte. Ich fuhr mit einem Finger an ihrem Schlitz entlang und spürte, wie sie bebte. Sie war bereits feucht ... verdammt feucht.

Das gefiel ihr.

Ich spreizte ihre Schamlippen und ließ meinen Finger um ihre Klitoris gleiten. Sie pulsierte bei der Berührung. Bestimmt hatte sie in diesem Moment Schmetterlinge im Bauch ... ein animalisches Verlangen, das sie in Wallung brachte. Ich richtete mich auf und presste meine Lippen gegen das Flattern an der Seite ihres Halses, das sich bewegte, als sie versuchte, zu schlucken. Ich leckte, fuhr mit meiner Zunge an der Ader entlang und sank tiefer, wobei ich meinen Griff um ihre Kehle beibehielt.

Ich verstärkte meinen Griff, spürte die aufsteigende Panik und ließ los, als ich ihre Muschi mit meinen Fingern spreizte und ihren Kern leckte. »Das machst du so gut, Prinzessin, so verdammt gut.«

Ein Stöhnen entrang sich ihrer Kehle. Der Laut vibrierte gegen meine Hand und mein Schwanz drückte gegen meine Hose. Ich lockerte meinen Griff und drückte wieder zu, während ich an ihrer Klitoris saugte und einen Finger in sie schob. Sie war so verdammt feucht.

Ihre Hände umklammerten die Laken.

Drücken ... loslassen ... saugen ... gleiten. Immer und immer wieder, bis das Stöhnen wieder einsetzte. Sie war so nah dran ... so verdammt nah.

Ich zog meine Finger heraus und küsste ihre Klitoris, bevor ich meinen Griff um ihren Hals lockerte. »Du hasst mich.« Ich leckte mir über die Lippen und schaute auf ihre feuchte Muschi hinunter. »Ich kann es in deinen Augen sehen. Nick will, dass ich das in Ordnung bringe. Er will, dass ich uns in Ordnung bringe.«

Ich beobachtete, wie die panische Wut in ihren Blick zurückkehrte, dann stürzte ich mich auf sie. »So werde ich es also *in Ordnung bringen.*«

Ihre weichen, rosafarbenen Brustwarzen spitzten sich zu. Ich senkte meinen Kopf und streifte mit meinen Zähnen über ihr Fleisch. Ich biss gerade so fest zu, dass sie zusammenzuckte.

»Caleb ...« Mein Name war ein verdammtes Knurren, sie spuckte das Wort förmlich aus.

Ich ignorierte ihr Flehen. »Dreh dich um.«

Das wütende Funkeln in ihren Augen war immer noch da und brannte mit einer unglaublichen Heftigkeit. Ich hob meinen Kopf und begegnete ihrem Blick. Dominanz, Kampf. Kontrolle. Sie musste es lernen ... *Bei mir hatte sie keine.*

Sie brauchte sie nicht.

Ich richtete mich auf und sah, wie ihr Körper zitterte. Sie dachte, sie könnte fordern, als wäre ich ... Nick. Ich warf ihr einen trotzigen Blick zu. »Jetzt.«

Sie kräuselte die Lippen und tat, wie ihr befohlen. »Auf deine Hände und Knie.«

Ihre Brüste wippten, als sie sich umdrehte, dann stützte sie sich auf ihre zitternden Arme. Ich biss mir auf die Lippe und betrachtete sie. »Sieh dir dieses perfekte Loch an.« Ich strich über das empfindliche Fleisch und hielt an ihrem Hintern inne. »Du bist so verdammt eng, nicht wahr?« Ich schob meinen Finger hinein. Ihr Körper wehrte sich und verkrampfte sich gegen das Eindringen. *Verdammte Scheiße.*

»So eine gute kleine Hure«, murmelte ich. Bei diesen schmutzigen Worten ließ sie ihren Kopf sinken und drückte sich gegen meinen Finger, um ihn noch tiefer aufzunehmen. »Dieser Arsch gehört mir«, erklärte ich, senkte meinen Kopf und ließ meine Zunge in ihr Inneres gleiten. »Diese Fotze ... gehört *mir*.«

Sie wimmerte. Ich fickte ihren Arsch und ihre Muschi mit meinen Fingern, genau wie sie es brauchte. »Mach die Beine breiter, Prinzessin.«

Aber sie gehorchte nicht, zu fasziniert war sie von meinem Finger, der knöcheltief in ihrem Arsch steckte, und von meiner Zungenspitze, die sie leckte. Ich ließ meinen Finger herausgleiten, wobei ich ihr einen Moment Zeit ließ, bevor sie die Regeln verstand. »Ich sage es dir nicht zweimal.«

Sie spreizte ihre Knie und verschaffte mir den Zugang, den ich wollte. Die Erinnerung daran, wie sie auf Nicks Gesicht geritten hatte, kam mir in den Sinn. Sie hatte es gemocht, die Kontrolle zu haben ... oben zu sein. Ich schob meine Hose nach unten und mit der Bewegung spürte ich ein heftiges Ziehen in meinen Eiern. Ich war so hart, dass ich genauso dringend kommen wollte wie sie.

Aber das war unser Moment, unsere Zeit, den Maßstab zu setzen. Ich beugte mich vor, sammelte die Spucke in meinen Mund und benetzte dann ihren Arsch damit. Feuchte Wärme überzog meine Finger. Ich schob ihn tief hinein, bearbeitete den engen Muskelring und spürte, wie ihr Verlangen überhandnahm. Langsam entspannte sie sich und ich drang bis zum Anschlag ein.

»So ist es brav«, murmelte ich und sah zu, wie mein Finger ganz in sie hinein glitt. »Sieh nur, wie gut du ihn nimmst.« Ich erhob mich über sie und ließ meine Hand noch einmal zu ihrer Kehle gleiten.

Diesmal stöhnte sie bei dem Gefühl auf. Sie wusste, was kommen würde. Ein dumpfes Klopfen ertönte an der Tür und Tobias' vertrauter schwerer Gang kam näher. Er blieb in der Tür stehen und seine Brust hob sich mit tiefen Atemzügen – genau wie ihre.

»Leck mich«, knurrte er.

Aber ich ignorierte ihn. Dieser Moment gehörte nur ihr ... *Nein*, er gehörte *uns*. Ich zog meinen Finger heraus und griff stattdessen nach meinem Schwanz. *Drücken* ... Loslassen. Ihre Kehle arbeitete, als sie schluckte. Ich stieß gegen ihr Loch und spürte, wie ihr Körper sich wehrte. *Drücken* ... Loslassen.

Sie stöhnte auf, als die Eichel in sie eindrang und sie dehnte. Gott, ich liebte es, sie zu dehnen. Sie ließ ihren Kopf fallen und ihre Arme zitterten. Ich könnte schwören, dass sie wimmerte, aber ich war zu sehr auf das Gefühl konzentriert, wie sie gegen meinen Schwanz ankämpfte. Ich packte zu, gerade so viel, dass die Panik begann, und ihr Körper umklammerte mich fest. »Atme, Prinzessin.«

Tobias kam näher und beobachtete, wie ich in sie eindrang. Er beugte sich tief hinunter, griff nach ihrem Kinn und hob ihren Blick zu seinem. »Sieh mich an, während er dich fickt.« Als er sah, wie meine Hand ihren Hals umklammerte, war sein Tonfall scharf. »So ist es gut, Prinzessin, nimm seinen Schwanz.«

Ich knurrte bei dem Lob meines Bruders. Meine Eier verkrampften sich, weil ich unbedingt kommen wollte. Die feuchten Berührungen unserer Körper waren zu hören und brachten mich an den Rand des Abgrunds ... bis ich mich zurückzog und meinen Griff löste. Ihr Arsch klaffte auf und schloss sich langsam, als ich mich zurückzog. Sie wimmerte und ihr ganzer Körper zitterte.

Raue Atemzüge unterbrachen meine Worte. Ich versuchte, die Kontrolle zu behalten, aber es war verdammt schwer. »Sag mir, wie sehr du kommen willst, Prinzessin.«

»Bitte ...«, keuchte sie und wimmerte.

Ihre Arme knickten ein und sie fiel mit dem Gesicht voran auf das Bett. Tobias richtete sich auf und blickte auf sie herab, als sie sich auf den Rücken rollte und ihre Beine öffnete. Sie senkte ihre Hand auf ihre Muschi.

»Nein«, bellte ich und sie hielt mit großen Augen inne.

Ich stürzte mich auf sie, packte ihre Hand und zog sie über ihren Kopf, während ich in ihren Schenkel drückte und sie spreizte. »Muss sie kommen, Bruder?«

Tobias umrundete das Bett, zog seine Schuhe aus und riss sich sein Hemd über den Kopf. »Verdammt, ja, das muss sie.«

»Zusammen«, forderte ich.

Ihre Augen weiteten sich, als ich sie nach vorne riss, sie um die Taille packte und vor mir hochhob. Ihr Arsch gehörte mir, ihre Muschi meinem Bruder. Tobias packte ihre Hände, als wir standen und schlang sie um seinen Hals. »Halt dich fest, Baby«, drängte er und schaute nach unten.

Ich packte meinen Schwanz, als er ihr Bein anhob und es um seine Taille schlang. Ein Stoß und ich war von hinten tief in ihrem Arsch. Ich konnte mich nicht zurückhalten und stieß ein Stöhnen aus.

»Atme, Ryth«, forderte Tobias, als er in ihre Muschi glitt.

Sie drückte gegen mich, als sie uns beide nahm.

Ich packte ihren Kiefer und drehte ihren funkelnden, unkonzentrierten Blick zu mir. »Das ist meine perfekte Prinzessin. Nimm uns beide.«

Tobias grunzte und senkte seinen Kopf, als er zustieß. Ich passte mich seinen brutalen Stößen an und stieß tief zu. Sie stöhnte, wimmerte und krallte sich an meinem Bruder fest, während wir sie fickten.

»Ich ... werde ... dich ... benutzen.« Ich stieß immer und immer wieder zu. »Und ... du ... wirst ... *es verdammt noch mal ... lieben* ...«

Sie stieß einen Schrei aus und ließ ihren Kopf nach hinten fallen. Ich schloss die Augen, als mein Orgasmus kam und sich wie eine Klinge durch meinen Körper bohrte. Ich wollte die Worte sagen ... ihr sagen, was ich fühlte.

Aber kein Wort konnte das ausdrücken. Wärme umgab mich, als ich sie ausfüllte.

»Mein«, beanspruchte Tobias sie. »Du gehörst verdammt noch mal mir. Genau so ... genau ... so ...«

Ihr Körper wippte, aufrecht gehalten von uns.

»Komm, Prinzessin«, drängte ich, als sie wimmerte und ihre Augen schloss. »So ist es gut, komm.«

Ihr Körper verkrampfte sich und pulsierte, was Tobias bis zum Äußersten trieb. Er ließ seinen Kopf gegen ihre Schulter sinken und seine Finger gruben sich in ihre Hüften, als er ein letztes Mal zustieß.

Sie zitterte und keuchte, als ich vorsichtig aus ihr herausrutschte. Tobias war der Nächste und glitt heraus. Und wir fielen alle drei auf die Matratze. Mein Geist war wie betäubt, mein Körper erschöpft, meine Seele und mein Herz gesättigt. Als ich endlich wieder sprechen konnte, flüsterte ich ihr ins Ohr: »Jetzt kennst du meine Abgründe, kleine Schwester. Du kennst meine Verderbnis. Ich kann dich nicht gehen lassen, nicht jetzt ... und auch sonst niemals.«

Ryth

Caleb packte mein Kinn und richtete meinen Blick auf ihn. »Verstehst du, was ich sage, Prinzessin?«

Seine Atmung war schwer, hektisch. Trotzdem lag Macht in seinen Augen. Eine Quelle ungenutzter, sexueller Bedürfnisse ... alles für mich und ich wollte mehr.

Mein Körper zitterte. Meine Muschi pochte mit ihrem eigenen Herzschlag. Ich war bewusstlos und gefühllos, aber ich spürte trotzdem alles. »Ja.« Endlich begriff ich, wie sehr er mich liebte. »Ich verstehe.«

Er beugte sich vor und küsste mich sanft, bevor er meinen Kopf neigte und auf meinen Hals hinunterstarrte. Ich brauchte keinen Spiegel, um zu wissen, dass er Spuren hinterlassen hatte. Seine Hände ... sein Hunger. Ich konnte bei dem Gedanken kaum noch Luft holen, und im Zuge dieses Verlangens kam die Erinnerung an Vivienne zurück. Die Art, wie sie den Mann angesehen hatte, der alt genug war, um ihr Vater zu sein ... Es war genau so wie das hier.

Sie mochte es. Den Kontrollverlust. Die Erniedrigung.

Ich starrte Caleb an und spürte wieder dieses berauschende Gefühl der Macht, als sich die Haustür öffnete und mit einem dumpfen Schlag schloss.

»Das müsst ihr euch ansehen«, rief Nick. Das Geräusch eines Fernsehers ertönte.

»Was soll der Scheiß?«, murmelte Tobias, rollte sich aus dem Bett und zog seine Jogginghose hoch, während er um das Bett herumging. Er bückte sich und schnappte sich sein T-Shirt vom Boden. Seine Rückenmuskeln spannten sich bei dieser Bewegung an, bevor er den Kopf drehte und mir einen gierigen Blick zuwarf.

Die primitive Kraft in seinen Augen ließ mir den Atem stocken. Ihm hatte gefallen, was wir gerade zusammen gemacht hatten. Es hatte ihm sehr gut gefallen.

Caleb folgte mir und schnappte sich meine Jogginghose, mein T-Shirt und meinen BH vom Boden, bevor er sich wieder zu mir umdrehte. Dieses dunkle, sexuelle Verlangen war jetzt genauso gefährlich wie vorher.

Er kam näher und beugte sich vor, um mir meine Jogginghose aufzuhalten. »Prinzessin.« Sein Schwanz wippte, als er sich vorbeugte, und sein Körper fesselte meinen Blick, während er sich bewegte. Gott, meine Brüder würden mich noch umbringen. Ich schob einen Fuß hinein, dann den anderen, nahm meinen BH und mein T-Shirt aus seiner Hand und erstarrte, als die Stimme meiner Mutter durch die Luft schallte.

»Wir haben große Angst um ihre Sicherheit. Wir wollen nur, dass Ryth nach Hause kommt.«

Caleb warf einen Blick zur Tür, dann griff er schnell nach seinen eigenen Klamotten und eilte durch die Tür. Ich folgte ihm, trat um das Durcheinander auf dem Boden herum und eilte ins Wohnzimmer, wo ich meine Mutter im Fernseher sah.

Sie stand neben Creed, tupfte sich die Augen mit einem Taschentuch ab und starrte direkt in die Kamera. »*Wir befürchten, dass sie von ihren Stiefbrüdern als Geisel gehalten wird. Sie sind gefährlich, sehr gefährlich. Uns wurde berichtet, dass sie einen Angestellten meines Mannes überfallen und das Haus unserer Familie in Brand gesetzt haben. Wir wissen nicht, was sie als Nächstes tun werden, und wir haben Angst um die Sicherheit meiner Tochter. Wir sind so traurig, dass es so weit gekommen ist, aber wir wollen sie einfach nur finden. Bitte, wenn jemand mein Baby gesehen hat, haben eine spezielle Nummer bei der Hale Orden Stiftung eingerichtet.*«

»Diese verdammte Schlampe!«, bellte Tobias und warf einen Blick auf Nick. »Diese *verdammte Schlampe!*«

Nick starrte nur auf den Bildschirm. »Sie hetzen die ganze Stadt auf uns.«

Tobias trat näher, aber er starrte nicht meine Mutter an, sondern Creed.

»Jeder verdammte Bulle, jeder verdammte Söldner«, murmelte Nick und drehte sich weg, bis er mich ansah.

Aber ich konnte meinen Blick nicht von dem Mann losreißen, der hinter ihnen stand ... ein Mann, den ich überall wiedererkennen würde. *Der Direktor.* »Das sind sie«, murmelte ich und begegnete Nicks Blick. »Es ist der verdammte Orden, der hinter all dem steckt.«

Ein Telefon klingelte und lenkte meine Aufmerksamkeit auf sich. Wir drehten uns alle zu Caleb um und senkten unsere Blicke auf die Tasche seiner Jogginghose.

»Du bist dein verdammtes Handy nicht losgeworden?« Nick warf Caleb einen kurzen Blick zu.

»Nein«, antwortete er und starrte auf seine Anruferliste. »Keine Sorge, sie können uns nicht aufspüren.« Er drückte auf

Ablehnen und schickte den Anruf auf die Mailbox. Kaum ein paar Sekunden später klingelte sein Handy mit einer Nachricht. Er schaute in meine Richtung und machte einen Schritt zurück.

»Wer ist es?«, schnauzte Tobias.

Caleb drehte sich um. »Niemand.«

Aber T hörte nicht zu. Er trat vor und packte Caleb am Arm, sodass sein Bruder stehen blieb. Caleb schaute nur nach unten. »Nimm deine verdammte Hand von mir, Tobias.«

Es gab eine angespannte Sekunde, in der ich dachte, T würde ihn schubsen, bis er langsam losließ. Calebs Handy klingelte wieder und der schrille Ton ließ mich zusammenzucken.

»Wer ist es?«, forderte Nick. »C, wer ruft denn da ständig an?«

»Killion«, antwortete Caleb vorsichtig.

Er bewegte sich nicht, schaute nicht in meine Richtung. Aber ich wusste, dass er es wollte. Mein Atem ging tiefer, als der Name Erinnerungen an den Raum heraufbeschwor. Ich hörte immer noch seinen rauen Atem in meinem Ohr, spürte seine Hände auf mir, die in meine Brustwarze kniffen, bevor sie zwischen meine Beine wanderten.

»Warum zum Teufel ruft er an, C? Und warum zum Teufel bist du dein verdammtes Handy nicht losgeworden?«

Caleb schüttelte nur den Kopf und schaute in meine Richtung, bevor er antwortete. »Weil er denkt, dass ich gebrochen bin, darum.«

»Gebrochen?« Tobias' Knurren war erschreckend. »Warum zum Teufel sollte er denken, dass du gebrochen bist, Bruder?«

Caleb antwortete nicht, lange nicht. »Weil er jemanden umbringen hat lassen. Jemanden, den ich kannte ... jemand, der ein Freund war.«

Ein Freund ...

Ich schluckte schwer. »Meinetwegen, richtig?«, flüsterte ich.

Nick warf mir einen bösen Blick zu. »Nein, Ryth. Nicht deinetwegen.« Er ging auf mich zu und zwang meinen Blick in seine Augen. »Nichts davon ist deine Schuld. Daran musst du denken.«

Nicht meine Schuld? Vielleicht nicht. Trotzdem änderte es nichts an der Tatsache, dass der Kerl noch leben würde, wenn ich an diesem Abend nicht mit meiner Mutter durch die Tür gekommen wäre – ich senkte meinen Blick auf die Wölbung des Verbandes unter Nicks Hemd – und Nick wäre nicht verletzt.

»Was ist so verdammt wichtig an diesem Handy, Caleb?«, fragte Nick, während er seinen Finger an mein Kinn legte und meinen Blick zu ihm zwang. »Hoffentlich ist es verdammt gut.«

»Verträge«, antwortete er. »Getarnt durch kranke Deals, bei denen sie Frauen gegen Schweigen tauschen.«

»Schweigen?« Nicks Blick verfinsterte sich, als er sich zu seinem Bruder umdrehte. »Wofür?«

Caleb starrte ihn nur an. »Das versuche ich gerade herauszufinden.«

»Und das hast du noch nicht, was bedeutet, dass da nichts ist, zumindest nicht genug.« Tobias ging auf den Fernseher zu und drückte auf den Knopf, um das Bild meiner vermeintlich weinenden Mutter auszuschalten.

»Sie haben einen Mann getötet«, flüsterte ich. »Sie haben ihn getötet.«

»Und alles niedergebrannt.« Nick schaute Tobias an. »Ich habe bei den Söldnern nachgefragt, um mehr über den Anschlag auf Ryths Vater herauszufinden, aber es ist alles weg.«

Seine Worte ließen mich erstarren. »Die Söldner sind hinter meinem Vater her?«

»Ja«, nickte Nick. »Es geht also um mehr als nur um dich, Prinzessin. Es hat alles mit diesem verdammten Ort zu tun.«

Dem Hale Orden.

»Wessen Name steht auf dem Vertrag?«, fragte Nick.

Caleb nahm sein Handy in die Hand. »London St. James.«

St. James ... Vivienne. »Den Namen kenne ich.«

Alle meine Brüder drehten sich in meine Richtung. Hitze stieg mir in die Wangen, und der Raum *wurde scharf. Alles, was ich sehen konnte, war sein Griff um ihren Kiefer, als er knurrte: Fünfzehn Tage. Ich werde es genießen, dich zu dehnen, Vivienne.*

Mein Mund wurde trocken. »Der Mann, dem Vivienne gehört.«

»Gehört?«, murmelte Caleb.

Bei diesem Wort glitzerte die Dunkelheit in seinen Augen. Selbst nach dem Schrecken, den wir gerade gemeinsam erlebt hatten, wollte er mehr. Kontrolle. Dominanz. Besitz ... Ich wusste jetzt, was das für Vivienne bedeutete. Mein Puls raste, als ich antwortete: »So hat sie es genannt. Sie ist sein Schützling. Sie wurde vom Orden unter Vertrag genommen.«

»Als Bezahlung für ihr Schweigen.« Caleb rief die Details auf seinem Handy auf und reichte es zuerst Nick, bevor Nick es an Tobias und er schließlich an mich weitergab. *Hiermit wird Vivienne Brooks zu seinem persönlichen Schützling ernannt, um eine unbefugte Weitergabe vertraulicher Informationen zu verhindern (wie unten definiert).*

Ich überflog den unteren Teil, aber verstand nichts von dem Fachchinesisch. »Bevor wir abgehauen sind, hat sie mir erzählt, dass sie diesen Bastard, dem sie gehört, am Telefon belauscht hat. Sie sagte, sie hätten darüber gesprochen, einen Mann aus dem Gefängnis zu entführen.«

»Dein Vater ...« Nick strich sich mit den Fingern durch die Haare. »Mein Gott, sie haben ihn. Sie haben deinen Vater.«

Ich schluckte schwer, als mein Herz sich zusammenzog. Wenn sie ihn hätten, wäre er jetzt auf keinen Fall mehr am Leben. Vielleicht waren sie deshalb hinter mir her. Dachten sie, er hätte mir etwas verraten? Etwas, das *vertraulich* war ...

Ich reichte Caleb das Handy zurück und wollte es nie wieder ansehen.

»Dann finden wir diesen London St. James und bringen ihn zum Reden.« Tobias schaute die anderen an. »Dann finden wir Ryths Vater und verschwinden aus der Stadt.«

»Und wohin?« Caleb starrte ihn an. »Was schlägst du vor, wohin wir gehen?« Er nahm sein Handy in die Hand. »Wenn du glaubst, dass diese Typen uns einfach so gehen lassen, dann hast du verdammt noch mal Wahnvorstellungen.«

»Dann jagen wir sie.« Nicks Worte waren eiskalt. »Und wir fangen beim Herzen der Sache an.«

Beim Herzen?

»Wer soll das sein?«, schnauzte Tobias.

Nick hielt dem Blick seines Bruders stand und antwortete: »Haelstrom Hale.«

FÜNFUNDDREISSIG

Tobias

»Wir fangen beim Herzen der Sache an.« Nick sah mich an und wusste, was zu tun war.

Ich nickte nur. Ich war bereit. Bereit, die Sache ein für alle Mal zu beenden.

»Was?« Ryth blickte von Nick zu Caleb und dann zu mir. »Nein.« Sie schüttelte den Kopf und schritt auf mich zu. »Auf keinen Fall. Hast du eine Ahnung, was das bedeuten würde?«

»Ja«, antwortete ich und hielt ihrem Blick stand. »Wir zwingen sie in die Öffentlichkeit.«

»Und lassen uns dabei umbringen«, schnauzte sie und ihre blaugrauen Augen verfinsterten sich. Verdammt, sie war süß, wenn sie wütend war. »Nein. Das werde ich nicht zulassen.«

Calebs Blick war stählern. »Es wird passieren, Prinzessin. Ob es dir gefällt oder nicht.«

Sie drehte sich um und warf ihre Hände in die Luft. »Ihr seid alle verdammt selbstmordgefährdet, wisst ihr das?«

»Eher mörderisch«, antwortete ich vorsichtig.

Bei diesen Worten verstummte sie und ihre Brust hob sich noch ein wenig mehr. Nick trat näher heran, umfasste ihr Kinn und lenkte ihren Blick auf ihn. »Es gibt keinen Ort, an dem wir sicher sind, nicht mehr.« Er nickte in Richtung des Fernsehers. »Früher oder später wird uns jemand entdecken und dich wieder mitnehmen.«

»Das wird nicht passieren«, knurrte ich, während der kalte Hunger in mir brannte. »Nicht jetzt und auch nicht in Zukunft. Ich werde dieses kranke Stück Scheiße ausschalten, bevor ich zulasse, dass er dich in die Finger kriegt.«

Sie dachte, das seien nur Worte, nur eine Drohung ohne Aussicht auf Verwirklichung. Sie wusste nicht, dass sich in den Sekunden, Minuten und Tagen, in denen sie entführt worden war, ein Loch in mir gebildet hatte. Dachte sie, ich wäre Zuhause auf und ab gegangen und hätte meine verdammten Hände gewrungen, um ihren Verlust zu verkraften? Sie würde es noch früh genug merken.

»Ich weiß, wo er ist.« Caleb hob den Kopf und blickte finster auf das Handy in seiner Hand hinunter. »Hier steht, dass er eine Dauerreservierung für ein Mittagessen in einem Spitzenrestaurant in der Stadt hat.«

Mein Puls beschleunigte sich ein wenig, als ich murmelte: »Dann lass uns verdammt noch mal gehen.«

Caleb ließ seine Hand sinken. Sein Blick war steinern, als er ins Schlafzimmer ging. Wir ließen sie zurück, während Nick und ich Caleb zu der Tasche mit den Waffen folgten, die Lazarus uns freundlicherweise zur Verfügung gestellt hatte. Ich zog mich um, streifte eine schwarze Jeans und ein schwarzes T-Shirt über, schnallte mir dann einen Doppelgurt um die Schultern und verstaute zwei schwarze Glocks im Holster.

»Danach gibt es kein Zurück mehr. Das ist dir doch klar, oder?« Nick warf mir einen Blick zu, während er sein Hemd zurechtrückte und seine eigene Waffe hinten in seine Jeans steckte. »Wenn das nicht funktioniert, müssen wir darüber nachdenken, wegzulaufen.«

Weglaufen. Ich schüttelte den Kopf. »Das kommt nicht infrage, Bruder.« Ich begegnete seinem Blick. »Leute wie Hale geben nicht auf, und wenn du das glaubst, hast du nicht aufgepasst.« Ich warf einen Blick zur Tür und hörte Ryth zu, wie sie im Wohnzimmer auf und ab ging, während das Dröhnen des Fernsehers immer noch in meinem Kopf widerhallte. »Sie waren in der verdammten Glotze, Nick. Glaubst du, sie lassen das einfach so verschwinden?«

Er antwortete nicht.

»Sie haben sich selbst entlarvt. So verzweifelt sind sie, um sie zurückzubekommen.

»Aber warum sie?«, murmelte mein Bruder.

In meinem Augenwinkel bewegte sich etwas. Ich brauchte meinen Kopf nicht zu drehen, um zu wissen, dass sie da war. Ich spürte sie wie ein gottverdammtes magnetisches Summen in meiner Seele. Für mich war sie wie eine Anziehungskraft.

»Warum sie?«, wiederholte Nick und schüttelte den Kopf. »Ich komme nicht drauf. Warum zum Teufel *sie*?«

Ich antwortete nicht. Denn die Wahrheit war, dass ich es auch nicht wusste. Ich dachte an nichts anderes, nichts anderes trieb mich an. Warum sie? *Warum sie?* Und wie könnten wir es beenden?

Ich schüttelte den Kopf, denn ich wusste, dass sie jedes Wort hörte und sich dabei selbst zerfleischte. »Das spielt keine Rolle.« Ich rückte mein Halfter zurecht, griff nach meiner Lederjacke und zog sie über meine Waffen. »Sie wollen sie und sie werden nicht aufhören, es sei denn, wir zwingen sie ... also zwingen wir sie.«

Nick nickte langsam und sein Blick war entschlossen.

»Bereit«, fügte Caleb von der Tür aus hinzu.

Mein Blick fiel auf Ryth, als ich mich umdrehte und auf sie zuging. Nick war freundlich und tröstlich. Ich war hart und hatte blutige Knöchel. Sie war sicher, weil ich die Grausamkeit war. Ich schritt an ihr vorbei zur Haustür, und die anderen folgten mir.

Ich stieg auf den Rücksitz des dunkelgrauen Autos, das Freddy für uns zurückgelassen hatte, nachdem er das gestohlene Auto entsorgt hatte. Nick setzte sich hinter das Lenkrad und ließ Caleb auf den Beifahrersitz sinken. Aber Ryth kam nicht heraus, sondern ließ uns einfach in dem verdammten Auto sitzen und warten ... bis sie schließlich durch die Tür des Unterschlupfs trat und auf das Auto zuging.

Sie knallte die Autotür hinter sich zu und starrte in meine Richtung. Aber wir fuhren schon los, verließen die Einfahrt und machten uns in eisiger Stille auf den Weg in die Stadt. Sie rang mit den Händen, verdrehte und beugte ihre armen Finger auf eine Weise, die verdammt schmerzhaft aussah.

Aus dem Augenwinkel sah ich ein Zucken ... *Sie tut sich weh ... Sie tut sich weh ... Sie tut sich weh ... Sie tut sich weh.* Ich biss die Zähne zusammen, holte aus und packte ihre Hand. Ihr Atem stockte. Überraschung flackerte in diesen verdammt schönen Augen auf. Meine Atemzüge fühlten sich zu schnell an, als ich sie anschaute. Ich war nicht so, war nicht tröstend oder fürsorglich, *und doch war ich hier.*

Bei ihr fühlte ich mich unruhig.

Ich fühlte mich gehäutet und roh und nicht wie der Bastard, der ich wirklich war. Ich senkte meinen Blick auf meine Finger, die sich um ihre legten, und wusste, dass dies Liebe war. Wir fuhren auf diese Weise in die Stadt. Ich hielt ihre Hand auf dem Rücksitz und versuchte, sie davon abzuhalten, ihre verdammten Knöchel zu ruinieren.

Es klappte, bis Nick uns auf Anweisung von C in eine dunkle Gasse lenkte und das Auto parkte. Meine Hand war verschwitzt, als ich sie losließ, aber ich strich mir nicht über den Oberschenkel, als ich ausstieg. Stattdessen konzentrierte mich auf meine Brüder. Nick zog sie dicht an seine Seite, als Ryth ausstieg. »Ich möchte, dass du dich ein bisschen zurückhältst.« Er strich ihr eine Haarsträhne aus dem Gesicht. »Bleib im Freien, wo du gesehen wirst. Aber wenn es schiefgeht ...«

»Wenn es schiefgeht, bin ich so oder so am Arsch«, antwortete sie.

Er drückte ihr die Autoschlüssel in die Hand. »Im Handschuhfach ist ein Umschlag. Darin findest du die Daten für ein Konto, das ich auf deinen Namen eingerichtet habe. Ein Konto, das sie nicht zurückverfolgen können, jedenfalls nicht in nächster Zeit, und genug Geld, um dich irgendwo unterzubringen.«

Mit schmerzverzerrtem Gesicht schüttelte sie den Kopf. »Das wird nicht passieren.«

»Nein«, stimmte ich zu und suchte Calebs Blick. »Wird es nicht.« Eher würde ich den Wichser mitten in seinem hochnäsigen Restaurant umbringen, als dass es so weit käme.

»Dir wird nichts passieren, solange du in der Öffentlichkeit bist, wo es Zeugen gibt. Wir haben nicht vor, etwas Unüberlegtes zu tun.« Caleb warf einen weiteren Blick in meine Richtung. »Wir wollen nur ein ... *Gespräch* führen. Das ist alles. Ihm zeigen, dass wir nicht nachgeben, egal, was für einen Scheiß er uns vorwirft.«

»Ihr wollt es also darauf ankommen lassen?«, fragte sie.

»Wir stellen ihm eher ein Ultimatum«, antwortete Caleb.

Das schien sie ein wenig zu beruhigen und die Angst in ihren Augen ließ nach.

»Okay, Prinzessin?«, murmelte Nick.

Sie nickte. Es gab nicht mehr viel, was sie tun konnte, oder? Es geschah, ob sie es wollte, oder nicht. Ich schaute über meine Schulter, drehte mich um und überprüfte meine Waffen ein letztes Mal.

»Los geht's.« Ich ging auf die Straße und dann den Weg entlang zu dem teuer aussehenden Restaurant. Caleb und Nick reihten sich hinter mir ein, als ich die Glastüren eintrat und die Treppe hinaufstieg.

Der Oberkellner stand am Eingang und lächelte kurz, bis er von mir zu meinen Brüdern schaute und stotterte: »Habt ihr eine Reservierung?«

Ich antwortete nicht, wurde nicht einmal langsamer, sondern ging einfach weiter und musterte die Tische, bis ich den Bastard in der Ferne sah. Er saß mit drei anderen Männern zusammen und nippte lässig an seinem Glas. Zwei diskrete Sicherheitskräfte standen hinten, schwarz gekleidet, mit den Ausbuchtungen von Waffen unter ihren Jacken. Eine verdammte Bewegung ... und ich würde mich quer durch das Restaurant stürzen, bevor sie überhaupt eine Chance hatten zu reagieren.

»Nein«, knurrte Nick leise und begegnete dem Blick des nächstbesten Arschlochs.

»Mr. Hale«, rief Caleb und lenkte die Aufmerksamkeit des Bastards auf sich.

Kalte, schwarze, glänzende Augen wanderten in unsere Richtung. Die Muskeln in seinem markanten Kiefer spannten sich an. Haelstrom Hale zeigte keine Regung, als er von meinen Brüdern zu mir blickte.

»Ich bin sicher, du weißt, wer wir sind«, sagte Caleb vorsichtig.

Das Problem war nur, dass mein Bruder viel zu höflich war. Ich beugte mich vor, stützte meine Hände auf die Tischkante und starrte in die schwarzen Abgründe der Hölle. Unter der Oberfläche schimmerte die Erkenntnis. Verdammt, dieser Typ war kalt, bis ins Innerste. In seinem Inneren war etwas faul. Etwas Eiterndes, das hinter den schwarzen Abgründen anzuschwellen schien, während er wegschaute und das Restaurant hinter uns absuchte. Aber es war nicht seine Sicherheit, die er suchte ... nein, es war Ryth.

Aus dem Augenwinkel heraus sah ich sie. Sie wartete in der Mitte des Restaurants und stand zwischen den Tischen, wie wir es ihr gesagt hatten. Ich merkte sofort, als er sie sah. Sein Atem wurde tiefer, seine Pupillen weiteten sich.

»Du siehst sie verdammt noch mal nicht an«, knurrte ich und beugte mich hinunter, um seinen Blick auf mich zu lenken. »Hörst du mich, du Stück Scheiße? Du siehst sie verdammt noch mal überhaupt nicht an.«

»Haelstrom.« Einer seiner Freunde starrte die Waffe an, während ich meine Jacke zur Seite schob. »Was ist hier los?«

»Nichts«, antwortete Hale.

»Ruf die Hunde zurück, Hale.« Caleb war ruhig neben mir, viel ruhiger als ich. In mir brodelte die Wut.

Einer seiner Wächter bewegte sich auf den Tisch zu, bis er eine Hand hob, die ihn aufhielt. »Es ist alles in Ordnung, Gregor.«

»Ja.« Ich begegnete dem Blick des Wächters. »Es ist alles in Ordnung.«

»Wie habt ihr mich gefunden?«, fragte Hale.

Aber es antwortete niemand. Ich wusste, dass Caleb hinter unserem Rücken mit Freddy gesprochen hatte. Hale war nicht der einzige, der Späher in der Stadt hatte.

»Wir sind hier, um dir zu sagen, dass du aufhören sollst, sie zu verfolgen«, fuhr Caleb fort. »Such dir jemand anderen, irgendeine. Ryth gehört nicht dir.«

Hales Mundwinkel zuckten. Ein Zeichen, das mir gar nicht gefiel.

»Es ist uns scheißegal, ob ihre Mutter sie nicht bei uns haben will«, fügte Nick hinzu. »Es ist uns scheißegal, was unser Vater dazu sagt. Wir sagen dir jetzt, dass Ryth nie wieder einen Fuß in diesen Ort setzen wird.«

Caleb wartete, bis Nick zu Ende gesprochen hatte, bevor er hinzufügte: »Es sei denn, du willst, dass die Welt genau weiß, was dort vor sich geht.«

Und da war wieder dieses verdammte Zucken, das mich die Augen verengen ließ. Augen, die ich am liebsten für immer geschlossen hätte. »Das hört sich verdammt nach einer Drohung an, Caleb.«

C zuckte mit den Schultern. »Drohung. Versprechen. Nenn es, wie du willst.«

Ich schaute zu den aufgeblasenen Arschlöchern, mit denen er zusammensaß, und sah, wie jeder von ihnen den Kopf drehte und wegschaute. Sie wussten genau, mit was für einem Monster sie es zu tun hatten ... und sie hatten Angst vor ihm.

Rückgratlose Mistkerle.

Hale stieß einen langsamen Seufzer aus. »Sag mir, was genau denkst du, was du hier tun kannst, Mr. Banks?« Er warf einen Blick auf Ryth, die sich näher herangeschlichen hatte. »Ryth ist eine junge Frau mit Problemen, die aus einem Umfeld weggelaufen ist, das ihr Stabilität und Sicherheit geboten hat. Ihre Mutter hat sich vertraglich für ein Umfeld entschieden, das kein rücksichtsloses, kriminelles Verhalten fördert. Sie ist emotional instabil und extrem verletzlich. Ich befürchte, dass das erst recht der Fall sein wird, wenn sie herausfindet, was für Dinge ihr Stiefbruder unterhält. Vor allem die entwürdigenden privaten Partys, auf denen er seine Fantasien auslebt.«

Caleb erstarrte. Sein Gesicht wurde aschfahl. Sehnen traten an seinem Hals hervor, bis sein Puls zu sehen war.

»Caleb?«

Ich zuckte bei ihrer leisen Stimme zusammen, als Ryth näher kam. Hale schaute nicht in ihre Richtung, sondern starrte nur C an.

Mistkerl.

»Wovon redet er?«, fragte sie.

»Soll ich ihr die Aufnahme zeigen?«, bot Hale an. »Ich bin sicher, dass man sie sich ansehen kann, auch wenn sie erst achtundvierzig Stunden alt ist. Ich dachte, nach dieser Nacht wären deine ... Vorlieben gestillt.« Er warf einen Blick auf Ryth. »Aber vielleicht auch nicht.«

Der verletzte Laut, der aus ihrer Kehle drang, war strafend. Ryth stolperte rückwärts, drehte sich dann um und rannte an den anderen Gästen vorbei zur Tür.

»Schönes Gespräch«, murmelte Hale. »Vielleicht haben wir ja bald wieder eins ...«

Bald ...

Dieses eine Wort war eine größere Bedrohung als die verdammte Munition, die wir mitgebracht hatten. Ich warf einen Blick auf die dreckigen Arschlöcher an seiner Seite und prägte mir ihre Gesichter ein.

Mein Bruder warf ihr einen Blick zu, dann brüllte er los und stürmte ihr nach. »*Ryth!*«

Hale grinste, als C durch das Restaurant rannte und mich und Nick hinter sich ließ.

»Bist du bereit für das Leben nach dem Tod, Arschloch?« Die Worte rutschten mir heraus. Ich erwartete das Lächeln, aber ich wollte die Wut.

Hale starrte mich mit eisigem Blick an. Ich wusste, mit was für einem Mann wir es hier zu tun hatten. Er war der verdammte Teufel, ein Teufel in Calvin Klein und mit einer Armee von Korrupten um ihn herum.

SECHSUNDDREISSIG

Caleb

»Ryth!«, brüllte ich, als ich gegen die Eingangstür des Restaurants stieß. Aber sie blieb nicht stehen, sondern stürzte die Treppe hinunter und rannte in die Gasse. »*Bleib stehen, verdammt noch mal!*«

»Lass mich verdammt noch mal in Ruhe!«, schrie sie und stürzte sich auf das Auto. In dem Moment, in dem sie in der Dunkelheit versank, drehte sie sich um und ihre Augen glänzten vor Tränen. »Ich habe dir *vertraut,* verdammt!«

»Ich habe es nicht getan!«, bellte ich und stürzte mich auf sie, als sie das Ende des Autos erreichte. Ich packte ihren Arm und drehte sie so, dass sie mich ansah. »Hast du mich verstanden? *Ich habe es verdammt noch mal nicht getan.*«

Ihre Faust flog durch die Luft und landete auf der Kante meines Kiefers, und schon waren wir wieder da – voller Wut und Zorn, und ich wurde von ihrem Schmerz verzehrt. Ich packte sie, ohne mich um ihre Schläge oder das brutale Pochen in meinem Kiefer zu scheren, und zog sie an mich. »Warum glaubst du, dass ich so verdammt kaputt bin?«

Schritte donnerten in die Gasse hinter uns. Ich wusste, dass es Nick war, ohne hinzusehen. »Es war Evans. Er hat es getan, um mich davor zu bewahren, mich selbst zu zerstören, denn genau das wäre passiert, wenn ich dich betrogen hätte. Er hat alles getan, und sie haben ihn trotzdem getötet.«

»Lass mich in Ruhe, Caleb.« Sie schlug mit ihren erbärmlichen Hieben nach mir. Aber ich ertrug sie alle, jedes einzelne Aufflackern von Schmerz, weil ich es verdient hatte. »Lass mich los, verdammt noch mal!«

Ich ließ sie los und sie fiel stolpernd gegen das Heck des Autos. Sie schaute mich mit einem verräterischen Blick an. »Ich habe dir verdammt noch mal *geglaubt*.«

»Glaubst du, ich weiß das nicht? *Mein Freund ist meinetwegen tot.*«

Sie erstarrte und ihr Atem raste. »Was?«

»Die Aufnahme, die du vorhin gehört hast. Sie haben ihn umgebracht, und das alles wegen dem, was wir in dieser Nacht getan haben.« Ich warf einen Blick über meine Schulter zu Nick. »Es war ein verdammter Verrat und eine verdammte Botschaft. Nick hat gesagt, dass wir alle irgendeinen kranken Scheiß machen müssen, um dich zurückzubekommen, und das war meiner. Das ist meiner, okay?«

Tobias ging schnell in die Gasse und deutete auf das Auto. »Was auch immer es ist, wir müssen es später besprechen. Steig ins Auto. Wir verschwinden *jetzt* von hier.«

Er hatte recht. Nick drückte den Knopf, um das Auto zu entriegeln und wir stiegen alle ein. Diesmal setzte ich mich auf den Rücksitz. »Fang lieber an zu reden, Bruder«, schnauzte Nick, während er den Rückwärtsgang einlegte und das Gaspedal durchdrückte.

Innerhalb weniger Minuten fuhren wir durch die Stadt zurück zum Unterschlupf der Rossis. Ich sah Ryth an, die so weit wie möglich von mir entfernt saß und die Autotür fast umklammerte. Dann begann ich zu reden. »Es gab nur einen Weg, wie ich in den Orden gelangen konnte, und das war über Killion.«

Ich merkte, wie sie bei dem Namen erschauderte und ihren Blick auf mich richtete. Tränen schimmerten auf ihren Wangen und ich fühlte mich noch mehr wie ein Bastard, als ich es ohnehin schon war. »Um reinzukommen, wollte er, dass ich Sex mit Frauen habe, die der Orden zur Verfügung gestellt hat.«

Sie schluckte schwer, und in ihren Augen flammte Schmerz auf, bevor sie den Blick abwandte. Hier waren Gefühle im Spiel, mehr als ich je erwartet hatte. Ihr Herz und meines standen auf dem Spiel. »Aber ich konnte es nicht durchziehen. Evans hat das gesehen, und es ging darum, es zu tun oder dich zu verlieren. Während ich also daneben gestanden und zugeschaut habe, hat er es für mich getan.«

»Mein Gott ...« Nick warf einen Blick in den Rückspiegel.

Meine Stimme war rau und heiser. Ich spürte das Brennen bis in meine Brust hinein. »Es hat ihn verdammt noch mal zerstört, was er in diesem Raum tun musste. Aber sie haben ihn trotzdem dafür umgebracht.«

Die Stille im Auto war ohrenbetäubend, bis Ryth sprach. »Hat er ihr wehgetan?«

Ich zuckte bei diesen Worten zusammen und biss die Wut in mir zurück. »Nein«, antwortete ich, während ich in ihre Richtung schaute. »Aber ich kann nicht für die anderen sprechen.«

Sie schlang ihre Arme um ihre Rippen und zitterte. Ich wusste, dass das Letzte, was sie wollte, war, dass ich sie berührte, aber ich konnte es nicht ertragen, sie leiden zu sehen. Ich rutschte über den Sitz und zog sie in meine Arme. Sie sträubte sich einen Moment lang, dann drehte sie sich um und vergrub ihren Kopf an meinem Hals. »Ich würde dich nicht anlügen. Ich weiß, was auf dem Spiel steht. Ich schwöre dir bei meinem Leben und dem Leben meiner Brüder, dass ich diese Frau nicht angefasst habe.«

Sie hob den Kopf, und ich wusste, dass ich in diesem Moment völlig berauscht von ihr war. Ich beugte mich hinunter und berührte ihre Lippen mit meinen. »Verstehst du mich jetzt? Du kennst mich besser als jeder andere. Ich mag viele Dinge tun, Ryth, aber ich werde dich nie anlügen.«

Ich küsste sie noch einmal, schob meinen Finger unter ihren Kiefer und drückte ihre Lippen auf die meinen. Ihr Mund war hart und unversöhnlich, bis die Hitze zwischen uns die Oberhand gewann. Zentimeter für Zentimeter gab sie mir nach, bis ihre Arme meinen Körper umschlangen und mich an sich zogen. Die Verzweiflung trieb meinen Mund noch fester gegen ihren. Ich ließ meine Hand sinken, umfasste und knetete ihre Brust, bis sie stöhnte.

Meine Brüder schwiegen, als ich meine Hand senkte und ihr Hemd nach oben und über ihre Brüste schob. Ich zerrte den BH-Träger herunter und gab ihre Brustwarze frei. »Ich hätte eher mein Leben riskiert, als dich zu verraten. Weißt du, wie beschissen das ist?«

Daraufhin krümmte sie ihre Wirbelsäule, um mir die Wärme ihres Körpers zu geben und nicht den Schmerz ihrer Wut.

»Mein Gott, C. Kannst du nicht warten, bis wir wieder zu Hause sind?«, murmelte Nick.

Ich konnte nicht erwarten, nicht eine Sekunde länger. Das war mehr als Sex, mehr als Lust und Verlangen ... das war ein Schnitt in meine Seele. Das war ein Versprechen, das sie verstehen musste. Ich drückte sie sanft zurück auf den Sitz, während meine Hände zum Knopf ihrer Jeans wanderten und ihren Reißverschluss herunterzogen.

Sie hob ihren Hintern und ließ mich mit einem kräftigen Ruck ihre Jeans und ihr Höschen herunterschieben. Als wir auf die Autobahn abbogen, waren meine Finger schon tief in ihr drin. Ich konnte nicht genug bekommen. Ich senkte meinen Kopf und küsste den oberen Teil ihres Schlitzes. »Es gibt sonst niemanden. Hast du das verstanden, Ryth? Es gibt keine andere für mich.«

Ihre Finger glitten über meinen Kopf und umfassten mein Haar, während sie ihr Knie anhob und ihre Beine so weit spreizte, wie sie konnte. Tobias griff nach ihrem Oberschenkel und stützte sie, während ich mit meiner Zunge an ihrer Spalte entlangfuhr und saugte.

»So ist es gut, kleine Maus«, drängte Tobias. »Lass unseren Bruder seine verdammten Dämonen austreiben.«

Seine Worte machten mich nur noch gieriger, denn genau so fühlte es sich an. Es ging nicht darum, sie um Vergebung zu bitten, es ging darum, sie zu fordern. Ich hob meinen Blick zu ihr, spreizte ihre Schamlippen mit meinen Fingern und dehnte sie. Ich leckte sie, als stünde meine Seele auf dem Spiel und trieb sie dem Vergessen näher.

Sie war so verdammt feucht, ihre rosa Muschi so verdammt bereit für mich.

»Leck sie«, knurrte Tobias. »Leck sie, C.«

Ihr Körper zuckte und sie hob ihre Füße hoch, aber sie waren immer noch in ihrer Jeans verheddert. Der Druck an meinem Hinterkopf nahm zu und drängte mich noch fester gegen sie. Gott, sie war so nah, so verdammt nah. Ein winziges Wimmern ging mit einem Anspannen ihres Lochs einher. Sie bäumte sich auf, wurde glitschig und warm in meinem Mund und stieß dann ein lautes Stöhnen aus.

»Genau so«, lobte mein Bruder. »Verdammt, genau so, Prinzessin.«

Schwere Atemzüge verschlangen mich. Sie spannte ihre Schenkel an und ihre Muschi pulsierte gegen meinen Mund, als ich sie ein letztes Mal leckte und mich zurückzog. »Niemand sonst, Ryth. Das verspreche ich dir.«

Sie blickte zu mir auf und das Muttermal glühte förmlich auf ihrer Wange, als ich meine Finger in meinen Mund schob und daran saugte. Verdammt, ich wurde es nie leid, sie so zu sehen. Ich senkte meinen Blick auf ihre Muschi, die ganz geschwollen und feucht war.

»Wir müssen dieses London St. James finden.« Nick brach den Bann und lenkte meine Aufmerksamkeit auf ihn. »Was auch immer er gegen Hale in der Hand hat, wir können es verwenden. Vielleicht hört der Bastard dann auf unsere Drohungen.«

Er hatte recht. London St. James und Ryths Vater waren der Schlüssel zu all dem hier. »Ich verfolge ihn und finde einen Weg, ihn dazu zu bringen, seine Loyalität zu brechen. Wir geben ihm, was er will.«

Ryth hob ihren Kopf, während sie ihre Jeans und ihr Höschen wieder an ihren Platz zog. »Du meinst Vivienne, nicht wahr?«

»Hast du eine andere Idee?«

Sie runzelte die Stirn, bis sie ihre Augen schloss und den Kopf schüttelte.

»Dann ist es das«, antwortete Nick. »Wir holen sie da raus und locken St. James dazu, ihr alle Informationen zu geben, die er hat.«

Aber Ryth war sich da nicht so sicher. Sie war still und sah mich an. Sie hatte Angst, und zwar nicht nur um sich selbst. Ich wusste, was Vivienne getan hatte, um sie in diesem Raum zu beschützen, ich wusste, was sie getan hatte, um ihr zu helfen, zu entkommen. Für Ryth wäre das ein Verrat. »Sobald wir haben, was wir brauchen, lassen wir sie frei. Du hast mein Wort«, drängte ich. »Ich verspreche es.«

»Ich weiß, dass ich an ihrer Stelle lieber das Risiko mit uns eingehen würde, als auch nur eine verdammte Sekunde länger an diesem Ort zu bleiben«, murmelte Tobias und wandte sich wieder der Straße zu. »Besonders jetzt.«

Nachdem wir sie zurückgelassen hatten. Das meinte er. Oh Gott. Ich ballte meine Faust und spürte noch immer den Schmerz von dem, was ich dem Priester angetan hatte. Sie würden es an ihr auslassen, da war ich mir sicher. »Wir holen sie raus, besorgen, was wir brauchen, und verstecken sie«, fügte ich hinzu. »Irgendwo, wo sie sie niemals finden werden.«

»Wo?«, fragte sie. »Wo kann sie denn hingehen, wo Hale sie nicht finden wird?«

»Ich weiß es nicht«, antwortete ich. »Aber wir werden schon etwas finden.«

Wir fuhren zurück zum Unterschlupf und fuhren in die Einfahrt. Je mehr ich darüber nachdachte, desto klarer wurde mir, dass Killion tiefer in die Sache verstrickt war, als ich gedacht hatte. Er war mein Zugang gewesen, aber er war mehr als das. Er war das Herz dieses Ortes. Vielleicht hatte er sogar genauso viel zu sagen wie Hale.

In meinem Kopf verschmolzen Evans' Schreie mit denen von Ryth.

Ich stieg aus und blieb hinter den anderen zurück, als sie ins Haus gingen. Tobias sah sich auf der Straße um, dann griff er nach seinem Handy und tippte eine Nachricht ein. Als ich hineinging, sah ich das schwarze Auto am Haus vorbeifahren. Freddy saß hinter dem Lenkrad. Ich wusste, dass wir im Moment sicher waren, aber ich wusste nicht, wie lange noch.

Ich ging ins Wohnzimmer und hörte, wie sich die Badezimmertür schloss. Nach einem kurzen Blick auf den Rest des Hauses machte ich mich auf den Weg zum hinteren Schlafzimmer und der Tasche mit den Waffen.

»Wo willst du hin?« Tobias lauerte in der Tür.

Ich warf ihm einen bösen Blick zu, während ich mir zwei abgefeilte Sig Sauers und ein Ersatzmagazin schnappte. »Raus.«

Er trat näher heran. »Willst du Gesellschaft?« Das war nicht wirklich eine Frage. Vielleicht vertraute Tobias mir ja doch nicht ganz. So brutal mein jüngerer Bruder auch war, das hier musste ich alleine machen.

»Nein.« Ich drängte mich an ihm vorbei. »Pass gut auf sie auf.«

Ich ging in die Küche und hielt Nick meine Hand hin. »Schlüssel.«

Er warf mir einen Blick zu, dann schaute er zur Tür. »Wo willst du hin, Caleb?«

Ich schüttelte den Kopf. »Die Schlüssel, Nick.«

Mit einem tiefen Seufzer drückte er mir die Schlüssel in die Hand. »Wenn du dich umbringst, Bruder, wird sie dir das nie verzeihen.«

Ich schritt auf die Haustür zu und murmelte: »Da sind wir schon zwei.«

Caleb

Lass dich nicht umbringen. Klingt einfach, oder?

Obwohl es sich nicht einfach *anfühlte*. Nicht bei dem, was ich vorhatte. Ich stieg ins Auto, ließ den Motor an und fuhr rückwärts aus der Einfahrt, wobei ich mich gefährlicher fühlte als je zuvor in meinem Leben.

Ich nahm die Seitenstraßen zum anderen Ende der Stadt und erinnerte mich an den Moment, in dem ich Halestroms Blick begegnet war. Stählerne, dunkle Augen und ein markanter Kiefer. Der Mann war ein Raubtier und immer berechnend. Eine Maschine, die vorgab, ein Mensch zu sein.

Die Drohung war nicht gerade nach Plan verlaufen. Ich nahm an, dass er alles tun würde, um seine kranke Anlage geheim zu halten. Aber anstatt sich hinter seinen Bestechungsgeldern zu verstecken, schien er uns fast herauszufordern, ihn zu entlarven. Schließlich stand der Hale-Orden in seinen Augen über allen Vorwürfen und versteckte sich hinter seiner gefängnisähnlichen Einrichtung für verhaltensgestörte, junge Frauen.

Nur dass dieser Ort keine verdammte Beratung anbot. Er war nichts weiter als eine Fassade, um Frauen an die Elite zu verkaufen. Ich leckte mir über die Lippen, schmeckte Salz und Sex, und mein Puls raste bei der Erinnerung an das, was gerade mit Ryth passiert war.

Ich hatte sie heute fast verloren, sie fast zu weit getrieben. Das Bild von ihr, wie sie da gestanden hatte, mit diesem verdammten Blick des Verrats, traf mich wie eine Faust in die Brust. Sie hatte geweint ... meinetwegen.

Mein Atem raste, als ich meinen Blick zum Rückspiegel lenkte und die Autos hinter mir musterte. Ich hätte sie fast verloren ... *ich hätte sie fast verloren. »Verdammter Idiot!«*, schrie ich und schlug gegen das Lenkrad.

Das lag mir schwer auf der Seele, als ich zu Evans' Wohnung in der Upper West Side der Stadt fuhr. Er wohnte in der Penthouse-Suite eines eleganten, teuren Wohnhauses, das seiner Familie gehörte, mit Sicherheitsdienst und hochmodernen Kamerasystemen vor Ort. Es war Monate her, dass ich dort gewesen war. Aber bevor der ganze Scheiß mit Mom und Ryth losgegangen war, hatte ich meine Wochenenden dort mit Trinken und Feiern verbracht. Diese Zeit fühlte sich an, als wäre sie ein Leben lang her. Ich zuckte zusammen, drehte das Lenkrad, fuhr in den Hintereingang seines Gebäudes und schaltete die Zündung aus.

Diese ganze Sache war ein verdammtes Chaos.

Ich parkte den Wagen, stieg aus und schritt zum Eingang. Evans war ein Freund gewesen, ein besserer, als ich es verdient hatte. Er war einsam und unbeholfen gewesen, ein Erbe eines Vermögens, das schwer auf ihm gelastet hatte, und tief im Inneren hatte ich das ausgenutzt und ihn benutzt, um in die verkommenen Partys zu kommen, die mich jetzt verfolgten.

Evans hatte mir Türen geöffnet und mich mit der Art von Männern bekannt gemacht, von denen ich mir wünschte, dass ich sie nie zu Gesicht bekommen hätte. Männer wie Killion.

Vielleicht war es meine Schuld, dass das passiert war? Als hätte ich irgendwie ihre Aufmerksamkeit auf Ryth gelenkt … wie Blut im Wasser, das eine Meute wütender Haie anlockte.

Der Gedanke daran war fast nicht zu ertragen. »Nein. So einfach kann es nicht sein.«

Ich richtete meinen Blick auf das Gebäude, ging zum Tastenfeld und tippte die Nummer ein, die Evans für mich programmiert hatte. Er hatte mir gesagt, dass ich kommen und gehen konnte, ohne dass ich mir Sorgen um die Security machen musste. Ich hätte nie gedacht, dass ich sie mal für so etwas benutzen würde.

Er hat mich bedroht, Caleb. Er hat meine verdammte Familie bedroht.

Diese Worte hallten in mir nach, als ich darauf wartete, dass sich das Schloss öffnete. Ich trat ein, suchte das Foyer ab und ging zum Aufzug. Ich brauchte den Code ein weiteres Mal, um in den zehnten Stock zu gelangen, wo Evans' Penthouse-Wohnung auf mich wartete. Kalte, leere Augen begegneten mir im Spiegelbild der Edelstahltüren des Aufzugs, als sie sich schlossen.

Nach außen hin wirkte ich ungerührt, aber innerlich zerriss es mich. Erinnerungen an den Orden blitzten in meinem Kopf auf. Die Schreie des Priesters, als ich ihn im Büro des Direktors angegriffen hatte. Bilder von Blut und Zerstörung folgten und ließen mich zusammenzucke. Ich wandte den Blick von dem Monster in meinem Spiegelbild ab.

Ich stieg aus, als der Aufzug zum Stehen kam, und machte mich auf den Weg zu meiner Wohnungstür. Ich gab den Code erneut ein, drückte die Klinke herunter und ging hinein. Der vertraute Duft von teurem Parfüm und Zigarren schlug mir in der bernsteinfarbenen Düsternis der Wohnung entgegen. Meine Schritte verlangsamten sich von selbst, als ich das Klebeband am Ende des Flurs sah und dann die Zerstörung im Wohnzimmer erblickte.

Ich wollte nicht sehen, was mich auf der anderen Seite des gelben Bandes erwartete, aber ich konnte mich nicht zurückhalten und ging auf das weggeschobene Sofa und den zerschlagenen Couchtisch zu. Winzige Glasscherben knirschten unter meinen Stiefeln, und größere Stücke lagen auf dem Boden des Raumes verstreut. Die Wohnung war ein einziges Durcheinander.

Mein Gott ...

Am Ende des Flurs blieb ich stehen, weil ich meine Füße nicht dazu bringen konnte, einen Schritt weiterzugehen. Auf dem glatten Fliesenboden befand sich Blut. Die große Lache war inzwischen rostbraun getrocknet. Ein Esszimmerstuhl stand umgestürzt in der Mitte des Raumes. Ich wusste sofort, dass er an dieser Stelle gestorben war. Seine Schreie schossen mir immer wieder durch den Kopf, als ich Reste von Kabelbindern auf dem Boden sah.

Mein Magen verkrampfte sich, als ich mich vor Abscheu mit der Hand gegen die Wand stemmte. *Sie hatten ihn getötet ... sie hatten ihn verdammt noch mal getötet.* Alles wegen dem, was wir getan hatten. Und das Perverse daran war, dass ich es sofort wieder tun würde, selbst wenn ich wüsste, was passieren würde. Denn ich würde sie auf keinen Fall verlassen.

Nicht in diesem Leben.

Ich riss mich los, stolperte ins Arbeitszimmer und machte das Licht an. Der Raum wurde sofort hell und ich ging zum Schreibtisch. Es lagen keine Dokumente auf der Oberfläche. Ich zog den Stuhl heraus und setzte mich.

Ich hatte Evans wahrscheinlich besser gekannt, als ich es hätte tun sollen. Wir hatten viel zu viele Nächte gemeinsam verbracht, nachdem wir in unserem ersten gemeinsamen Ethik- und Rechtskurs aufeinander getroffen waren. Und weil ich ihn so gut gekannt hatte, wusste ich, dass er Informationen über die Täter hatte. Informationen, die ich brauchte. Ich öffnete die Schubladen, zog die Akten heraus und fand eine, auf der mein Name ganz oben stand.

Ich öffnete die Akte und breitete den Inhalt auf dem Schreibtisch aus. Oben lagen Schwarz-Weiß-Bilder und darunter Informationen über die Männer, die den Hale-Orden unterstützten. Evans mochte im wirklichen Leben unbeholfen und still gewesen sein, aber seine Ermittlungsfähigkeiten stellten alles andere in den Schatten. In der Ausbildung und in der Firma war er als ›das Strebergenie‹ bekannt gewesen. Die Person, die den ganzen Schmutz über unsere Gegner ausgegraben und uns einen Vorteil verschafft hatte, als wir ihn gebraucht hatten.

Und es sah so aus, als hätte er das ein letztes Mal getan.

Nur dieses Mal für mich.

St. James, Killion, Hale und viele andere wurden detailliert aufgelistet. Namen, Geburtsdaten, Adressen und mehr. Mein Puls beschleunigte sich, als ich die Informationen überflog. Ich stand auf, schob die Seiten zurück in den Ordner und schloss die Tür hinter mir, als ich das Arbeitszimmer verließ. Doch bevor ich ging, schaute ich noch einmal ins Wohnzimmer. Ich hatte noch einen weiteren Stopp, bevor ich mich auf den Weg zu London St. James machte. Ein weiterer Nagel in meinem Sarg.

Ich verließ das Wohnhaus, stieg wieder ins Auto und machte mich auf den Weg zum Anwesen der Evans Familie, weiter westlich der Stadt, um dann vor den hohen schmiedeeisernen Toren anzuhalten. Das Haus war von der Straße aus kaum zu sehen, meist versteckt hinter hoch aufragenden Trauerweiden und der geschwungenen Auffahrt, die zum Haus führte. Schuldgefühle hatten mich hierher gebracht. Jetzt, wo ich hier war, wusste ich gar nicht, was ich sagen sollte ...

Ich lehnte mich hinaus, drückte auf die Sprechanlage und zuckte zusammen, als ein eisiger, knapper, weiblicher Ton erklang. »Dies ist ein Privatanwesen.«

»Mrs. Evans, hier ist Caleb Banks.«

»Caleb?«

Ich schluckte den sauren Geschmack in meiner Kehle hinunter. »Ja, ich bin's.«

»Ich werde das Tor öffnen«, sagte sie und eine Sekunde später ging es vor mir auf.

Ich machte mich auf den Weg zu dem opulenten Kalksteinhaus, das sich vor mir erhob, und hielt in der Mitte der kreisförmigen Einfahrt an. Die Haustür öffnete sich, als ich anhielt und den Motor abstellte. *Du Arschloch,* sagte die Stimme in meinem Kopf, als ich aus dem Auto stieg und Francine Evans am Fuße der Eingangstreppe antraf.

Sie stand groß und stoisch da, das Kinn hocherhoben, was ihre kantigen Gesichtszüge noch mehr betonte. Aber ihr trotziges Auftreten war nur gespielt. Ihre geröteten Augen glitzerten mit frischen Tränen. Sie wischte sie weg, als ich den Abstand zwischen uns verringerte und sie sanft in die Arme schloss.

Sie tätschelte meinen Arm mit einer zitternden Hand, ließ sich aber nicht von ihren Gefühlen leiten.

»Es tut mir so leid.« Meine Stimme war heiser. »Ich kann einfach nicht glauben, dass das passiert ist. Einer der Jungs hat mir heute Morgen einen Link geschickt. Sie nennen es einen Einbruch?«

Ich zog mich zurück und beobachtete ihre Reaktion. Sie wandte den Blick ab und machte einen Schritt zurück, um Abstand zu gewinnen. Die Muskeln in ihrer Kehle arbeiteten, als sie schluckte und sprach: »Das haben sie gesagt, ja.«

Mein Puls raste. »Meinst du, es könnte etwas anderes gewesen sein?«

Sie zuckte mit den Schultern. »Ich weiß es nicht. Ich weiß gar nichts mehr.« Sie fing an, sich zusammenzureißen und schlang die Arme um ihre Taille. »Es war nett von dir, dass du gekommen bist, Caleb. Aber du hättest dir keine Sorgen machen müssen.«

»Es war keine Sorge.« Die Erinnerungen an meine eigene Mutter schwebten viel zu nah. Ich wollte den Schmerz dieser Frau lindern ... aber was sollte ich sagen? *Es war meine Schuld gewesen ... alles meine verdammte Schuld.* Aber woher sollte ich das wissen?

»Danke, dass du gekommen bist«, sagte sie und entließ mich. »Grüß deine Mutter von mir.«

Deine Mutter ... Ich zuckte zusammen und nickte langsam. Ihre Trauer ließ sie die Tatsache vergessen, dass sie noch vor wenigen Monaten neben unserer Familie am Sarg meiner Mutter gestanden hatte. »Sicher«, murmelte ich. »Das kann ich machen. Bitte zögere nicht, mich anzurufen, wenn ich etwas tun kann.«

»Das ist sehr nett von dir.« Sie machte einen Schritt auf das Haus zu. »Aber wir kommen schon zurecht.«

Nur, dass sie nicht gut zurechtkamen. Ich richtete meinen Blick auf das Haus und wusste, dass Gerald Evans in diesem Augenblick die letzten Monate seines Lebens verbrachte, da er Krebs im vierten Stadium hatte, und dass ihr einziges Kind nun weg war. Francine Evans war allein, versteckt hinter den

Mauern dieses Anwesens, wo auch sie eines Tages sterben würde ... immer noch allein.

Ich gab nach, nickte und machte mich auf den Weg zurück zum Auto. Ich stieg ein, ließ den Motor an und fuhr zurück zum Tor, während ich meinen Blick auf die Akte auf dem Beifahrersitz neben mir richtete.

Die Adresse von London St. James stand auf der ersten Seite, gekritzelt in Evans' Handschrift, fast wie ein nachträglicher Hinweis. Wollte er mich leiten?

Ich tippte die Adresse in mein Handy, kurz bevor ich aus der Einfahrt der Evans' herausfuhr. St. James wohnte nicht weit entfernt ... nur ein paar Straßen weiter, obwohl die Straßen eher wie die aussahen, in denen wir wohnten, und nicht wie das weitläufige Gelände, das ich gerade hinter mir gelassen hatte. Ich fuhr weiter nach Westen, bog schließlich links in die Sunset und dann rechts in die Rayne ein und wurde langsamer, als ich die Hausnummern überprüfte. Aber das war gar nicht nötig ...

Zwei Männer standen am Heck eines schwarzen Chryslers vor einer Drei-Pkw-Garage. Eineiige Zwillinge, so wie es aussah, im gleichen Alter wie Tobias, und ich wusste aus dem Bauch heraus, dass dies der richtige Ort war. Der Kofferraum war offen und zwei Sporttaschen lagen zu ihren Füßen auf dem Boden. Ich hielt an, parkte vor ihrer Einfahrt und stellte den Motor ab.

Ich dachte an nichts anderes als an Ryth. Ryth und ihren Schmerz, der ihr ins Gesicht geschrieben gestanden hatte. Schmerz, den ich nie wieder sehen wollte. Ehe ich mich versah, war ich aus dem Auto gestiegen und hatte die Waffe unter meinem Hemd hervorgeholt, als ich die steile Auffahrt hinaufging. »St. James, richtig?«

Zwei gleiche Blicke drehten sich zu mir. »Wer zum Teufel fragt das?«, knurrte der eine und sein Blick verengte sich, als ich die

Waffe hob und sie direkt auf den Kopf seines Bruders richtete. Dann weitete sich der Blick des Arschlochs.

Ich ruckte die Waffe in Richtung des Hauses. »Rein.«

Sie bewegten sich nicht. Zuerst nicht, denn die Angst ließ sie auf der Stelle erstarren. Aber ich hatte keine Lust, herumzualbern. Dafür waren wir schon zu weit. Ich verringerte den Abstand und drückte die Mündung gegen den Kopf des Arschlochs. »Ich werde diesen verdammten Abzug drücken und dein Hirn über das ganze Auto verteilen.«

»Okay, Mann.« Der andere Zwilling trat einen Schritt zurück. »Was immer du sagst. Aber bleib locker.«

Ich trieb sie zum Haus und warf einen Blick auf den leeren, dritten Parkplatz. Das andere Auto war ein aufgemotzter Bronco und ich konnte mir beim besten Willen nicht vorstellen, dass London St. James so etwas fahren würde. Sie steckten einen Schlüssel in die Haustür und traten ein, sodass ich ihnen folgen und die Tür hinter mir schließen konnte. Das Foyer war mit Kunstwerken aus Holzkohle verziert, die teuer aussahen. Aber ich war nicht hier, um das Haus auszurauben. Stattdessen lauschte ich auf Bewegungen. »Wer ist noch zu Hause?«

»Keiner«, schnauzte der andere Zwilling. »Also nimm dir, was du willst, und verpiss dich.«

Dachten sie, das sei ein Einbruch? *Hatten sie nicht gehört, dass ich ihren verdammten Namen gerufen hatte?*

»Wir haben Geld«, sagte der Idiot, der vor mir stand. »Es müssen zehntausend im Safe sein. Es gehört alles dir. Wir werden nicht einmal die Bullen rufen.«

»Natürlich werdet ihr das nicht.« Ich trat näher und starrte ihm in die Augen. Ich bin nicht hinter eurem verdammten Geld her. Wo ist euer Vater?«

Er runzelte die Stirn und langsam flammte die Erkenntnis in seinen Augen auf. In dieser Sekunde sah er aus wie sein Vater. Der gleiche berechnende Blick, das gleiche raubtierhafte Funkeln. Mein Griff um die Waffe wurde fester. Ich wollte St. James, St. James würde ich zum Schreien bringen. Ich würde alles tun, um die Informationen zu bekommen, die ich brauchte, um Ryth zu retten.

Aber ich war nicht gekommen, um ihn zu töten. Nein, das hatte ich mir für Killion aufgehoben.

»Unser Vater?«, wiederholte das Arschloch und blickte auf die Waffe.

»Ja«, schnauzte ich. »Euer gottverdammter Vater.«

Der andere Zwilling trat einen Schritt näher und knurrte: »Was zum Teufel willst du von ihm?«

»Sagen wir einfach, wir haben etwas zu besprechen«, antwortete ich kalt und drückte die Waffe fester auf den Kopf seines Bruders.

Er starrte mich an und prägte sich zweifellos mein Gesicht ein, während er antwortete. »Dann hast du wohl Pech gehabt. Er ist nicht hier.«

Mein Atem stockte. *Er war nicht hier ...* »Wo ist er?«

Seine Lippen kräuselten sich vor Wut. »An demselben verdammten Ort, an dem er immer ist ... er ist zu ihr gegangen.«

Vivienne.

Panik machte sich in mir breit, als ich an die kahlen Flure und verschlossenen Sicherheitstüren dachte. »Der Orden.«

»Ja«, antwortete der Sohn vor mir. »Der verdammte Orden.«

ACHTUNDDREISSIG

Caleb

DER ORDEN ...

»Wer zum Teufel *bist* du?« Das Arschloch vor mir verengte seinen Blick.

Ich zuckte zusammen und schüttelte meinen Kopf. »Das spielt keine Rolle.«

»Ich denke schon.« Sein Bruder trat einen Schritt näher. »Ich denke, es ist sehr wichtig.«

Die Waffe in meiner Hand schwankte und fühlte sich plötzlich zu schwer an. Mein Puls raste, als ich sie senkte. Ich war nicht hier, um sie zu erschießen ... Ich wollte nur ... »Er wird sie nicht gehen lassen.« Ich fixierte den Blick des Zwillings, der einen weiteren Schritt auf mich zukam. »Du bist hinter ihr her, das ist es doch, oder? Wir werden sie nicht gehen lassen, nicht jetzt.« Seine Stimme war nichts weiter als ein wildes Knurren. »Sie *gehört* uns, verstehst du das? Ihr könnt sie nicht haben, weil sie *uns* gehört.«

Sie gehört uns ...

Die Worte hallten in mir wider. Ich sah jetzt nicht nur London St. James in den Augen seiner Söhne, ich sah mich selbst. Sie besitzen … Das war es doch, was ich wollte, oder? Es war der gleiche Hunger, die gleiche unstillbare Sehnsucht, die mich beherrschte. In jeder Sekunde, die ich mit Killion verbracht hatte, war es nicht darum gegangen, sie zu retten. Es war darum gegangen, sie zu kontrollieren, sie zu nehmen, sie zu ficken. Mein Körper zitterte unter dem Drang. Ryth brannte in mir wie eine Droge, die ich in der begehbaren Speisekammer in meinem Elternhaus mit dem Mund gekostet hatte, während ich sie mit meinen Fingern gefickt hatte. Diese Droge wollte ich wieder schmecken.

Es war mehr als Liebe …

Dunkler als Verlangen.

Es war ein kranker Zwang.

Eine Besessenheit, der ich nicht ausweichen konnte.

Weil ich es nicht wollte.

»Hast du das verstanden?« Ich zuckte bei der Stimme zusammen und richtete meinen Blick wieder auf den Zwilling vor mir, als er nach mir griff, mein Hemd packte und warnte: »Vivienne gehört uns.«

Ich riss mich aus seinem Griff los. »Lass mich los, verdammt.«

»Wer zum Teufel bist du?«, wiederholte er.

Ich blieb nicht stehen und antwortete nicht. Ich stolperte einfach rückwärts, bevor ich mich umdrehte und zur Tür eilte. Im Nu war ich draußen und holte tief Luft, während meine Finger zuckten und meine Beine zitterten. Ich schaffte es kaum bis zum Auto, bevor meine Knie nachgaben. Ich krallte mich an den Türgriff, riss sie auf und sackte hinter dem Lenkrad zusammen.

Meine Hände zitterten, als ich den Schlüssel ins Zündschloss steckte und den Wagen startete.

Ping …

Ich griff in meine Tasche und holte mein Handy heraus, als ich eine Benachrichtigung blinken sah. Ich drückte auf die Taste und das Display leuchtete auf. Da war eine Nachricht von Killion …

Meine Finger zitterten, als ich den Code eintippte und die Nachricht öffnete. Es war ein Video, aber der Bildschirm war zu dunkel, um zu erkennen, was es war. Also drückte ich auf Play …

»Haltet sie fest!« Das Gebrüll dröhnte durch den Lautsprecher. Ich zuckte zusammen und starrte auf den Bildschirm … Die Dunkelheit drängte sich vor, als ich hörte, wie Ryth ein Stöhnen ausstieß, dann erhellte sich das Video augenblicklich. Ryth wand sich schreiend, als sie auf einem Tisch aus Edelstahl festgeschnallt wurde. Es folgte das Summen einer Tätowierpistole. Ich sah hilflos zu, wie man ihr die Hose herunterzog und sich an die Arbeit machte.

Ein Zischen entrang sich ihrer Kehle, tief, rau und hasserfüllt. Ich umklammerte das Handy mit festem Griff, bis es in meiner Hand erbebte. Sie heulte auf und wand sich unter ihren Griffen. »NICK!«, kreischte sie und rief nach meinem Bruder. »TOBIAS!«

Mein Herz verkrampfte sich. Ich sah es kommen, aber ich war nicht darauf vorbereitet.

»CALEB!«

Sie heulte nach mir. *Sie heulte nach mir …* Ich schloss meine Augen, als der Schmerz durch meine Brust fuhr. »Nein … *nein … nein.«*

Ping.

Ich riss die Augen auf und starrte auf den Bildschirm, als ich das Video beendete und das Summen der Tattoo-Pistole ausschaltete. Eine Sprachnachricht von Killion wartete auf mich. Ich wollte sie nicht anhören, aber ich konnte seinen Anruf nicht ignorieren ... nicht, wenn nicht nur mein Leben auf dem Spiel stand, sondern auch das von Ryth.

Ich ballte meine Faust, dann drückte ich den Knopf und hörte, wie Killions rauer Ton durch den Lautsprecher schallte. »Ich habe es mir anders überlegt, Caleb. Ich will die ruinierte Schlampe jetzt doch.« Sein Ton wurde tiefer und kämpfte sich durch die dumpfe, vertraute Musik im Hintergrund. »Sie ist mir versprochen«, sagte er, und ich konnte das Grinsen in seinem Gesicht fast sehen. »Der Vertrag ist unterschrieben, und wir kommen sie holen. Es ist nur eine Frage der Zeit, Caleb, und die kleine Castlemaine-Fotze gehört mir ... Ich werde es genießen, deinen Namen zu schreien, wenn sie an meinem Schwanz erstickt.«

Ich schloss die Augen, während ich mich in den Sitz zurücklehnte. In meinem Kopf schrie ich. Die Verzweiflung zerriss mich. *Ich bringe ihn um ... ich bringe ihn verdammt noch mal um.* Meine Hand zitterte, als die Aufnahme endete, aber anstatt die Nachricht zu löschen, drückte ich erneut auf den Knopf und spielte seine Drohung erneut ab. Aber es war nicht seine Stimme, auf die ich mich konzentrierte, es war die Musik im Hintergrund. Derselbe vertraute Beat, den ich schon einmal gehört hatte. Der Hale Club.

Meine Mundwinkel zuckten. Der Hale Club ...

Er war da, stachelte mich an und bedrohte mich. Ich hob meinen Blick zum St. James Haus und konnte die Verzweiflung nicht aufhalten, die sich in mir ausbreitete. Die Waffe bohrte sich in meinen Rücken und ich konnte nur noch daran denken,

Killion die Mündung ins Gesicht zu rammen und den verdammten Abzug zu drücken.

Ich wollte es mehr, als ich jemals zuvor etwas gewollt hatte.

Ich legte den Gang ein, trat auf das Gaspedal und tippte während der Fahrt Nicks neue Nummer in mein Handy.

Er nahm nach dem dritten Klingeln ab. »Wo zum Teufel bist du, C?«

»Ich bin auf dem Weg zum Hale Club, Nick. Killion ist dort ... Killion ...« *Ich will die ruinierte Schlampe jetzt doch.* Die Stimme des Mistkerls hallte in meinem Kopf wider. Ich konnte sie nicht abschütteln, konnte mich nicht von dem erdrückenden Gewicht dieser Wut befreien. »Killion ist dort, und ich werde ihn töten.«

»Was redest du da für einen Scheiß, Caleb?«, bellte er. »Wenn du dorthin gehst, wirst du getötet. Verstehst du das nicht?«

Doch. Vielleicht hatte ich tief im Inneren schon immer gewusst, dass es so weit kommen würde. Ich gegen ihn ...

»Komm zurück. Komm zurück und wir reden darüber«, flehte Nick, aber ich konnte die Wut in seinem Tonfall hören.

»Nein, das glaube ich nicht, nicht dieses Mal.« Meine Worte verstummten und sanken bis zu dem mörderischen Dröhnen, das in meiner Brust widerhallte. »Sag Ryth ... sag ihr ... dass ich sie liebe.«

»Caleb ...«

Ich ließ den Hörer sinken.

»*Caleb ...*«

Und drückte den Knopf, um den Schrei meines Bruders zu beenden.

Mir ging es jetzt gut, ich war ruhig und gelassen. Mein Blick war auf die Straße gerichtet, die vor mir lag, als ich mich durch die Wohnstraßen zurück in die Stadt bewegte. Ich wusste, was ich jetzt tun musste. Ich wusste, wie ich die Erlösung erlangen würde ... für sie jedenfalls ...

Durch einen Mord nach dem anderen.

NEUNUNDDREISSIG

Ryth

»*Caleb!*«, schrie Nick fast und ich sprang auf. »*Verdammt!*«, brüllte er und ließ das Handy sinken. Er drückte erneut auf das Display und hob es wieder an sein Ohr. »*Antworte mir! Antworte mir, du dummes Arschloch!*«

»Was ist denn los?« Ich starrte Nick an, als er das Handy klingeln ... und klingeln ... und *klingeln* hörte. Eine Gänsehaut lief mir über die Arme, als ich durch die Küche schritt. »Nick?«

Er ließ die Hand sinken, beendete den Anruf und starrte mich eine Sekunde lang an. Nein, er starrte direkt durch mich hindurch, als würde er mich gar nicht sehen. »Verdammter Idiot!«, knurrte er, als sein Blick wieder scharf wurde und auf mich gerichtet war.

»Was ist los?« Ich ließ meine Hand an seinem Arm entlang gleiten. »Sag es mir.«

»Er ist hinter Killion her«, antwortete er. »Der dumme Idiot ist hinter Killion her und wird sich umbringen lassen.«

»Was soll der Scheiß?«, knurrte Tobias und ging in die Küche, während er sein Hemd herunterzog. Sein Gesicht war immer noch gerötet, nachdem er vom Joggen zurückgekommen war. »Was meinst du damit, dass er hinter Killion her ist?«

Nick schaute nur in meine Richtung. »Ich soll dir sagen, dass er dich liebt«, sagte er.

»Nein.« Tobias warf Nick einen vernichtenden Blick zu. »*Auf keinen Fall!* Hol ihn ans verdammte Handy, Nick. Sag ihm, er soll seinen Arsch wieder hierher bewegen. Sag ihm ...«

»Er geht nicht ran.«

Ich starrte Nick an, während meine Gedanken rasten und mein Herz heulte. »Was zum Teufel denkt er sich dabei?«

»Was meinst du mit ›*was zum Teufel denkt er*‹?«, schnauzte Tobias. »Denkst du, er denkt an etwas anderes als an dich?«

»An mich?« Das Wort traf mich tief. »Nein. Das kannst du nicht auf mich schieben. Ich habe nicht darum gebeten ...«

»Ich kann dir das nicht vorwerfen?« Tobias schnitt mir das Wort ab. Seine Lippen verzogen sich zu einem spöttischen Grinsen, als er den Abstand zwischen uns verringerte. »Bist du blind, Prinzessin? *Du* bist seine verdammte Schwachstelle, seine Achillesferse. Siehst du nicht, dass er versucht, das wiedergutzumachen, was er getan hat, um dich aus diesem Ort herauszuholen? Er lässt es an jedem aus, der dich angefasst hat, an jedem, der dich *bedroht* hat. Er wird diesen Killion töten ... selbst wenn er sich dabei selbst umbringt.« Sein Ton wurde weicher, als er mir in die Augen schaute. »Das ist nicht nur eine Mission, um dich zu retten, Ryth. Es ist eine Mission, um sicherzustellen, dass dich niemand mehr anrührt. Du gehörst uns. Du hast schon *immer* uns gehört ... seit dem verdammten Moment, als du einen Fuß durch unsere Tür gesetzt hast. Ob wir es wollten oder nicht.«

Jene Nacht brach wieder über mich herein. Ich hatte nach Rauch gestunken und war mit nichts weiter als einem

Kleidersack in der Hand in ihr Haus und in ihre Herzen eingedrungen. Im Gegenzug hatten sie sich in mein Herz geschlichen. Nein, nicht geschlichen ... sie hatten sich mit Gewalt hineingedrängt.

Unsere Schicksale waren in dieser Nacht in einer Schockwelle aufeinander geprallt, die uns alle verändert hatte. Verheerend. Zerstörerisch bis ins Mark. Sie hatten mich zerschmettert und gleichzeitig wieder aufgebaut.

Jetzt versuchten sie, mich zu retten ...

Jeder mit seiner eigenen Dunkelheit.

Mit nichts weiter als einer Waffe in der Hand und diesem brennenden Hunger.

Caleb würde sterben ...

Für mich.

»*Nein.*« Der Schmerz saß tief. »Wir können das nicht zulassen. Hört ihr mich? Wir müssen ...«

»Schon dabei, Prinzessin.« Nick warf einen Blick auf Tobias. »Wir brauchen ein Auto. Etwas Schnelles ... *und zwar schnell,* T.«

Tobias holte tief Luft, riss seinen Blick von mir los und stürzte auf die Tür zu. Der Knall hallte im ganzen Haus wider. Nick war bereits in Bewegung. »Wir brauchen Waffen, Prinzessin ... und zwar jede Menge davon.«

Waffen ...

Ich eilte ins hintere Schlafzimmer, schnappte mir die Tasche, die am Ende des Bettes stand und schob die Waffen, die auf der Bettdecke verstreut lagen, wieder hinein. Caleb würde sterben *... er würde sterben ...*

Es sei denn, wir hielten ihn auf.

VIERZIG

Caleb

Ich fuhr den Wagen auf den Parkplatz des elitären Hale Clubs und stieg aus. Der Himmel verdunkelte sich, während die Dämmerung sich der Nacht näherte und die Lichter des Parkplatzes neben mir noch ein wenig heller brannten. Von Killions Auto oder seinem Fahrer war nichts zu sehen, aber das hieß nicht, dass er nicht hier war.

Ich schaute auf mein Handy auf dem Beifahrersitz und hörte immer noch das Grinsen des Mistkerls, das jedes verdammte Wort infizierte, das er mir hinterlassen hatte. Mein Puls raste. Mein Verstand war ein rachsüchtiger Sturm, der seine Wut in mir entlud.

Meine Hände zitterten, als ich ausstieg und nach der Waffe griff, die gegen meinen Rücken gepresst war. Entschlossenheit trieb mich dazu an, den Schlitten zurückzuziehen und die Patronen zu überprüfen. Ich hatte ein volles Magazin, das war alles …

Konnte ich es schaffen?

Konnte ich abdrücken und einen Mann kaltblütig töten?

Ryths Gesicht erfüllte mich, und die Antwort folgte schnell. Ja, für sie konnte ich es. Ich stieß die Tür zu und schritt mit der Waffe in der Hand, die ich neben meinem Oberschenkel hielt, auf den Club zu. Angst stieg in mir auf und ich schluckte sie hinunter, denn ich wusste, dass dies wahrscheinlich das Ende für mich sein würde.

Ich sah es vor mir, als ich mich auf den Weg zum Privateingang auf der Rückseite des Clubs machte. Die Bullen würden gerufen werden. Vielleicht würden die Türsteher mich ausschalten. Wenn ich Tobias wäre, hätte ich vielleicht eine Chance gehabt ... aber ich war nicht mein kleiner Bruder.

Ich war einfach nur ich ...

»Halt mir die Tür auf, Mom«, murmelte ich, trat an den Eingang und drückte auf den Summer, während ich die Waffe hinter mich schob.

Einen Moment lang dachte ich, die Tür würde sich nicht öffnen und die Sicherheitsleute würden mich überrennen, bevor ich überhaupt eintreten konnte. Doch dann öffnete sich die Tür, und der Sicherheitsbeamte stand da und starrte mich an. »Mr. Banks.«

Ich hob die Waffe, richtete sie auf das Gesicht des Wachmanns und trat ein. »Weg da!«

Seine Augen weiteten sich vor Überraschung, bevor er den Kiefer zusammenbiss. Ich drängte mich hinein und zog die Tür hinter mir zu. »Killion, ist er hier?«

Der Wachmann antwortete nicht, erst als ich ihm die Waffe entgegenschob. »Ja, ja, er ist hier.«

Er ist hier ... er ist hier ... er ist ...

Ich suchte den Gang ab und trieb ihn zurück in das Hinterzimmer des Clubs. Dort waren noch keine Tänzerinnen, keine verängstigten Frauen in Schwarz, Rot und Weiß, die vom Hale Orden zum Ficken und Kontrollieren geholt worden waren. Nein, nur korrupte Männer, die nur eines im Sinn hatten: alles, was sie berührten, zu verderben und zu entwürdigen.

Nein, das Hinterzimmer des Hale Clubs war ruhig und dunkel. Ich verlängerte meine Schritte und schob den Wachmann nach vorne, wo die Musik lauter war.

»Bleib da, wo ich dich sehen kann.« Ich suchte den Club in der Dunkelheit nach Killion ab und konzentrierte mich dann auf den Wachmann, während ich mit der Waffe auf die leeren Tische deutete.

Ich war nicht hierhergekommen, um den Wachmann zu erschießen, aber wenn er zwischen mir und meiner Rache stand, hatte ich keine andere Wahl, als abzudrücken. »Wo ist Killion?«

Er deutete auf die verdunkelten Lounges auf der anderen Seite der Bar. Ich folgte seiner Bewegung und suchte die Düsternis ab. Mein Herz raste und mein Mund wurde trocken. Ich drückte den Wachmann fester an mich und bahnte mir einen Weg zum Ende der Bar, wobei ich den Blick des Barkeepers auf mich zog, der gerade Gläser abwischte.

Seine Hände hielten inne und sein Blick verengte sich. Angst machte sich in ihm breit, bevor er zu dem schemenhaften Umriss eines Mannes blickte, der zwischen den Tischen saß ...

Killion.

Mein Herz hatte jetzt das Sagen und drängte mich nach vorne. Die Waffe zitterte in meiner Hand, als ich den Wachmann hinter mir ließ und auf den dunklen Schatten zuging, der ganz allein dasaß. Je näher ich kam, desto deutlicher sah ich ihn. Killion saß mit gekreuzten Beinen da und nippte lässig an seinem verdammten Cognac, als wäre ihm alles egal ... Vielleicht war es das auch, wenn er kein Gewissen hatte.

Die Waffe wackelte dieses Mal nicht, als ich meine Hand hob und auf den Kopf des Bastards zielte. Ein Aufflackern von Verwirrung durchfuhr mich. Für den Bruchteil einer Sekunde dachte ich, dass das alles zu einfach war, dass es zu glatt lief. Aber dann schob ich den Gedanke beiseite und konzentrierte mich auf ihn.

»Du hast Evans töten lassen«, knurrte ich, als ich näher kam. »Und seine Familie bedroht.«

Killion stellte das Glas langsam vor sich auf den Tisch und richtete seinen Blick auf mich. Das dumpfe Geräusch der Musik ertönte. Aber ich wusste, dass er mich gehört hatte, denn seine Augen glitzerten.

Ich holte tief Luft, meine Hand war jetzt ruhig, als ich näher kam und ihm die Waffe an den Kopf hielt. »Du glaubst, du kannst sie mir wegnehmen? *Du glaubst, du kannst sie mir ... stehlen?*«

Diese hier ... ist ruiniert. Das Echo seiner Worte hallte in meinem Kopf wider. Alles, was ich sehen konnte, waren seine Hände auf Ryth, als er sie in dem Raum im Orden gegen die Wand gedrückt hatte. *Der Fleck in deinem Gesicht sieht aus wie der Abdruck einer Hand ... als wärst du geschlagen worden.* In meinem Kopf kniff er ihr in die Brustwarze. *Du magst es, geschlagen zu werden?*

Mein Finger krampfte sich ein wenig fester um den Abzug. »Das werde ich nicht zulassen.«

Sie ist perfekt ... Ich will sie ...

Er zuckte nicht zurück, schaute die Waffe nicht einmal an.

In meinem Blickfeld bewegte sich etwas. Und wieder überkam mich ein kaltes Frösteln.

»Ich wusste, dass du kommen würdest«, lächelte Killion. »Ich habe sogar damit gerechnet.«

Pftt ...

Das plötzliche Geräusch ertönte hinter mir. Etwas biss mich in den Nacken und ließ mich zur Seite stolpern. Ich schlug mit der Hand gegen den Schmerz und stieß etwas weg. Es klapperte auf den Boden und der Stahl des Geschosses glänzte. Aber es war keine Kugel ... *keine Kugel.* Der dunkle Raum begann zu schwanken, als ich taumelte. Ich drehte mich und entdeckte den weißhaarigen Wächter des Ordens, der nach vorne schritt und die Betäubungspistole in seiner Hand senkte.

Erst dann schlug Killion die Beine auseinander und stand auf. »Weißt du, wir konnten nicht zu ihr. Keiner, den wir kannten, wollte mit uns reden, stattdessen sprachen sie einen anderen Namen ... *die Rossis.* Ihr habt sie gut versteckt gehalten. So gut, dass ich ziemlich beeindruckt war.« Er trat näher, und die Dunkelheit schien mich zu umhüllen. Mein Herz schlug wie wild und trieb die Angst durch meine Adern.

»Nein«, flüsterte ich.

Er nickte langsam. »Doch, leider schon. Wir brauchten einen anderen Weg, um sie zu uns zu locken ... und was wäre besser, als dich auf die Palme zu bringen?« Ich versteifte mich, als er näher kam, seine Hand hob und meine Wange berührte, während seine finsteren Augen aufleuchteten. »Und du weißt, wie gerne ich das tue.« Er grinste. »So haben wir zwei zum Preis von einem ...«

Meine Brüder ...

»Nick ... *Tobiiiiassss.*« Meine Stimme lallte, als der Raum zur Seite kippte. Ich wusste, dass ich fiel, aber ich war nicht in der

Lage, es aufzuhalten. Ich wollte es aufhalten ... *ich versuchte es aufzuhalten.*

Stattdessen schlug ich mit einem dumpfen Aufprall auf dem Boden auf und mein Kopf knallte so hart auf, dass ich für eine Sekunde Sterne sah.

Schwarze Stiefel leuchteten, als Killion näher kam. Ich kämpfte, stieß mit dem Fuß und zwang ein Heulen der Wut durch meine Zähne, als ich versuchte, das Gift zu bekämpfen, das in meinen Adern summte, aber der Raum wurde kälter, bis die Dunkelheit mich einhüllte.

»Deine Brüder ...«, spottete Killion, als er sich neben mich kniete. »Jetzt brauchen wir sie nicht mehr, oder?«

Die Finsternis drängte sich vor und stahl mir sein Gesicht. *»Nnneeiin ...«*

Meine Stimme war nicht meine eigene, nicht mehr.

Nur ein Stöhnen.

Nur ein Flehen ...

Und als die letzte Spur meines Bewusstseins entglitt, schoss mir ein Gedanke durch den Kopf: *Was habe ich bloß getan?*

EINUNDVIERZIG

Ryth

DAS KREISCHEN VON REIFEN KAM VON AUßERHALB DES HAUSES. Ich richtete meinen Blick auf Nick, der sich den schweren Rucksack vom Bett schnappte und sich den Gurt über die Schulter warf. »Lass uns gehen, Prinzessin.«

Ich war direkt hinter ihm, als wir den Flur entlang zur Haustür und dann nach draußen rannten. Ein altes, ramponiertes Auto parkte auf der Straße und rumpelte und stotterte. Tobias stieg aus dem Fahrersitz und rannte vorne herum.

»Ein Charger?«, murmelte Nick, als er seinem Bruder die Tasche mit den Waffen zuwarf.

»Du wolltest doch schnell sein, oder?« Tobias ging zur Beifahrertür, riss sie mit einem Quietschen der Scharniere auf und klappte den Sitz nach vorne.

Ich wartete nicht, sondern stieg ein und krallte mich an den Sicherheitsgurten fest.

»Dann wollen wir mal sehen, was dieses Baby kann«, knurrte Nick, als er hinter das Lenkrad stieg.

Der Motor stotterte wieder und ging fast aus, bevor Nick das Gaspedal durchdrückte und das pochende Brummen ertönte. Das Auto schüttelte sich, dann wurde es schneller, als Tobias den Sitz in die richtige Position drückte, die Tasche mit den Waffen zu seinen Füßen fallen ließ und sich ins Auto stürzte. »Los ... los!«

Ich wurde rückwärts gegen den Sitz geschleudert und kämpfte damit, den Sicherheitsgurt zu schließen, als wir die Straße entlang rasten und den Unterschlupf der Rossis hinter uns ließen. Wir flogen an einem schimmernden, schwarzen Fleck vorbei. Ich sah Nick an, als wir an dem bekannten Wagen von Lazarus' Leibwächter vorbeischossen, der hinter dem Lenkrad saß. Ich drehte mich auf meinem Sitz um und schaute aus dem Rückfenster. Aber Freddy folgte uns nicht. Er ließ uns einfach passieren, um uns aus dem Schutz der Mafia zu befreien.

Wir waren jetzt auf uns allein gestellt.

Drei von uns, verzweifelt auf der Suche nach einem.

Caleb ...

Mein Herz bebte in meiner Brust. Ich schnallte den Sicherheitsgurt quer über meinen Körper und stützte mich mit der Hand an der Tür ab, als wir seitlich um eine Kurve fuhren und stark beschleunigten.

Du bist seine verdammte Schwachstelle. Seine verdammte Achillesferse.

Tobias' Worte hallten in meinem Kopf wider. Ich konnte an nichts anderes denken, nichts anderes hören. Meine Brust schmerzte bei dem Gedanken an Caleb. Hass, Liebe, Verzweiflung und Lust kochten in mir hoch. Er wollte Killion töten ... um mich zu retten.

Das Auto überschlug sich und drehte sich heftig. Ich biss meinen Kiefer zusammen und lehnte mich gegen das Fenster.

Siehst du nicht, dass er versucht, das wiedergutzumachen, was er getan hat, um dich aus diesem Ort herauszuholen? Wir stürmten in Richtung Stadtzentrum und nahmen die Seitenstraßen. Nick schaltete schneller, als ich es je erlebt hatte. Ich hielt mich fest. *Er lässt es an jedem aus, der dich angefasst hat, an jedem, der dich bedroht hat. Er wird diesen Killion umbringen ... selbst wenn er sich dabei selbst umbringt.*

Ein Auto tauchte aus dem Nichts auf, woraufhin Nick ein Fluchen ausstieß, den Gang einlegte, das Lenkrad drehte und mich gegen die Seite schleuderte. Der Schmerz traf mich in die Schulter und breitete sich in meiner Brust aus. Ich verkniff mir einen Schrei und drückte mich in den Sitz zurück.

»Halt dich fest, Prinzessin«, knurrte Nick und schaute mich über seine Schulter an.

Tobias drehte sich um und packte mich am Arm. »Bist du okay?« In seinen Augen blitzte Besorgnis auf.

»Mir geht es gut«, versicherte ich und richtete meine ganze Wut und Aufmerksamkeit auf die Straße. »Bring uns einfach hin, Nick.«

»Ich arbeite daran«, antwortete er und beschleunigte das Auto noch stärker.

Wir bogen in eine Seitenstraße ein, prallten hart in die Einfahrt und zerkratzten die Unterseite des Chargers. Tobias beugte sich vor, griff in die Tasche, und ich wusste, dass wir nah dran waren. Mein Magen überschlug sich, als ich die Einfahrt zu einem Parkplatz sah und mir klar wurde, dass es das war. Es war zu sauber, zu ordentlich ... *zu ruhig.*

Die Sicherheitsbeleuchtung leuchtete schwach auf dem düsteren Parkplatz. Ich suchte die Dunkelheit ab und entdeckte das Auto, das wir benutzt hatten ... Caleb ... *er war hier.*

»T«, knurrte Nick.

Das Beifahrerfenster quietschte, als Tobias es herunterkurbelte und eine Pistole herausdrückte, die die Parkplätze absuchte, als wir hart einbogen.

»Da ist das Auto«, bellte Nick.

Wir schleuderten zur Seite und kamen davor zum Stehen. Tobias war sofort zur Stelle und musterte das Innere des Wagens, bevor er in den hinteren Teil des Clubs rannte. Nick stieß die Fahrertür auf und drehte sich um, um über seine Schulter zu befehlen. »Bleib im Auto, Ryth!«

Ich hatte keine Zeit, zu antworten. Er war im Nu verschwunden und ließ mich verängstigt und wütend zurück. »Was zum Teufel?« Ich krallte in die Verriegelung des Sicherheitsgurts, schob mich zwischen die Sitze und griff nach der Tasche.

Ihr Gebrüll drang durch Tobias' offenes Fenster herein, als sie sich ihren Weg in den Club bahnten. Ein kaltes Frösteln durchfuhr mich, als ich sie drinnen verschwinden sah. Ich starrte die offene Reisetasche auf dem Boden des Beifahrersitzes an.

Ich mochte keine Waffen, nicht nach dem, was mir in dem Lagerhaus und an diesem verdammten Ort widerfahren war. Aber die Vorstellung, die zu verlieren, die ich liebte, gefiel mir noch weniger. Also schob ich meine Hand in die Tasche, umklammerte einen stählernen Griff und zog eine Waffe heraus, die im Licht der Scheinwerfer schwach glitzerte.

»Komm schon, Nick«, flüsterte ich und umklammerte die Waffe mit beiden Händen, während ich versuchte, das Zittern zu beruhigen.

Schatten rasten auf mich zu. Ich hob meine Hand und zielte, als Tobias knurrte: »Um Himmels willen, Ryth, schieß nicht auf mich.«

Nick folgte ihm, riss die Fahrertür auf und rutschte hinter das Lenkrad, wobei er sich die Waffe unter den Oberschenkel klemmte, bevor er den Gang einlegte. Ich suchte die Dunkelheit ab, aber es war niemand zu sehen. »Caleb?«

»Er ist nicht da«, antwortete Nick.

»Sie haben ihn mitgenommen«, fügte Tobias hinzu.

Sie haben ihn mitgenommen ... *Sie haben ihn mitgenommen* ... Ich schüttelte den Kopf und klammerte mich an den Sitz, als ich nach vorne und dann zurückgeschleudert wurde. Meine Gedanken waren verschwommen, ein panisches, verzweifeltes Durcheinander. *Sie würden ihn töten* ... das wusste ich in meiner Seele. Sie mussten es tun ... *weil er zu viel wusste.*

Er hatte sie an diesem Ort gesehen, in diesem Raum ... in dieser kranken Qual. Er kannte ihre Namen, kannte ihre Gesichter. Er wusste, was für Abscheulichkeiten sie da drin verbrochen hatten. Ich griff nach der Waffe und schlang meinen anderen Arm um meine Taille. Aber mir wurde nicht warm. Mir konnte nie warm werden.

Er wird diesen Killion umbringen ... selbst wenn er sich dabei selbst umbringt.

Die hellen Lichter der Stadt verschwammen um uns herum, als wir hart auf eine Hauptstraße einbogen und vorwärts rasten.

»Sie können nicht allzu weit vor uns sein«, knurrte Tobias.

Ich begann, meinen Blick auf die Autos in der Ferne zu richten. Erst dann sah ich das Blut auf Tobias' Faust. »Du bist verletzt.«

Er schaute in meine Richtung, seine dunklen Augen waren eingefallen und gefährlich. »Was?«

»Deine Hand«, sagte ich. »Du bist verletzt.«

Er folgte meinem Blick zu den purpurnen Tropfen auf seiner Faust, die im Licht der Straßenlaternen schimmerten. »Es ist nicht mein Blut.« Er wischte mit dem Handrücken über seine Jeans, um den Fleck zu verwischen, und sah mich dann wieder an. »Es ist nicht meins.«

Es war nicht seins ...

Ich sah ihn noch einmal an und erkannte jetzt, was für ein Mann er war – ein gefährlicher Mann, der alles tun würde, um die zu schützen, die er liebte. Sie waren alle so.

»Da«, knurrte Nick und zog meinen Blick auf sich. »Da sind sie. Das ist das verdammte Auto, stimmt's?«

Alles, was ich sah, waren rote Bremslichter, aber sie sahen etwas anderes. Etwas, das ihnen genau sagte, was sie wissen mussten.

»Das ist es«, sagte Tobias und hielt die Waffe an den Rand des Fensters, als wir an den letzten Straßenlaternen vorbei aus der Stadt fuhren.

Die Angst füllte meinen Magen, schwer wie ein Stein. Ich wusste, wo sie hinwollten, ich hatte es schon gewusst, als wir den Parkplatz des Clubs verlassen hatten. »Sie gehen zum Orden.«

Nick warf mir einen ruckartigen Blick zu. Ich sah Angst, die sich hinter der brutalen Entschlossenheit verbarg. Er glaubte nicht, dass wir Caleb zurückholen würden ... oder hatte er Angst, dass wir es tun würden ... *nur zu welchem Preis?*

»Wir müssen ihn zurückholen«, flüsterte ich, als Nick seine Aufmerksamkeit wieder auf die Straße richtete. Es war mir egal, was es kostete, es war mir egal, welche Folgen es hatte, das war mir alles egal. Ich umklammerte die Waffe mit festem Griff und mein Blick war jetzt so klar wie nie zuvor. »Was immer nötig ist, Nick. Was auch immer nötig ist.«

Nick verstummte und zuckte zusammen. Er schaute Tobias an und etwas Unbehagliches meldete sich.

»Was?«, fragte ich.

»Ein Déjà-vu«, antwortete Nick. »Ein verdammtes Déjà-vu.« Er schaute mich an, als er wieder einen Gang höher schaltete. »Das sind dieselben Worte, die wir zu Caleb gesagt haben, bevor er getan hat, was er getan hat, um dich rauszuholen.«

Mein Magen drehte sich und ich bekam eine Gänsehaut. Am liebsten hätte ich meine Arme um mich geschlungen. Aber ich tat es nicht. Ich konzentrierte mich einfach auf die Straße, denn ich wusste, wie tief Caleb in die Grube gegangen war, um mich zu befreien. Liebe durchflutete mich. Liebe und Verzweiflung. *Was immer nötig ist … was immer nötig ist.*

Nicks Fingerknöchel wurden am Lenkrad weiß und der Motor des Charger heulte auf. Wir hatten die anderen Autos hinter uns gelassen. Es gab nur noch uns … und den großen, schwarzen Geländewagen vor uns. Wir holten Kilometer um Kilometer auf, die wie im Fluge an uns vorbeizogen. Der Charger röhrte und dröhnte und der Lärm war durch das offene Beifahrerfenster ohrenbetäubend.

»Halt uns ruhig«, befahl Tobias, während er die Waffe aus dem Fenster richtete. *Bumm! Bumm! BUMM!*

Ich zuckte bei jedem Schuss zusammen und sah, wie die Bremslichter des Autos vor mir erloschen. Der Geländewagen wich mit quietschenden Reifen aus, als er an den Straßenrand geriet.

»Festhalten«, warnte Nick, während er den Charger vorwärts fuhr. »Mach das noch mal.«

Tobias zielte und gab zwei weitere Schüsse ab, die die Heckscheibe trafen und sie im Nu zertrümmerten. Gleichzeitig richtete Nick unser Auto wie eine Waffe aus, trat das Gaspedal durch und traf den hinteren Kotflügel des Geländewagens, als dieser noch einmal ausscherte.

Ich wurde durch den Aufprall nach vorne geschleudert und zuckte bei dem Geräusch von Metall auf Metall zusammen.

»Sie können ihn nicht halten«, sagte Nick, als er uns wieder in den Geländewagen fuhr und dessen Heck von der Straße drückte. Staub wirbelte auf und stieg in düsteren Schwaden hinter uns auf. »Bewegung«, brüllte Nick. »*BEWEGUNG!*«

Mein Puls beschleunigte sich, als ich meinen Blick auf das Glitzern der Stahltore in der Ferne richtete. Wir würden es nicht schaffen. Ich betrachtete den Geländewagen, der mit der Straße zu kämpfen hatte und Steine aufwirbelte, die die Front des Chargers wie Kugeln durchbohrten. *Wir würden es nicht schaffen.*

Durch die zerbrochene Heckscheibe rückte Caleb ins Blickfeld. Nein, er rückte nicht ... er wurde *geschoben*. Sie benutzten ihn als Schutzschild.

»Verdammte Wichser«, knurrte ich.

Tobias lehnte sich aus dem Fenster und zuckte zurück, als ein Knall von der Beifahrerseite des Geländewagens kam. »*Zurück, Ryth!*« Er winkelte seinen Körper schützend vor meinen und holte noch einmal mit der Waffe aus, um das Magazin zu leeren.

Aber er schoss nicht auf die Fenster oder die Karosserie des Fahrzeugs, sondern auf die Reifen. Bumm! Ein Reifen platzte und brachte den Geländewagen ins Schleudern. Nick fuhr uns vorwärts, als das Glitzern von Stahl in der Ferne näher kam und sich die Tore des Ordens öffneten.

»*Nick, nein!*«, schrie ich.

Aber ich schrie nicht für mich. Wenn sie es hinein schafften, würde Caleb verloren sein. Für immer verloren …

In der zerbrochenen Heckscheibe drehte Caleb seinen Kopf und sah mich an … Sein Gesicht war blutverschmiert und seine unbeirrbaren Augen sahen seltsam aus. Ich kannte diesen benommenen Ausdruck besser, als ich sollte. Es war derselbe Blick, den ich in meinem eigenen Spiegelbild gesehen hatte, nachdem sie mich zum Orden gebracht hatten. Sie hatten ihn unter Drogen gesetzt. Ich drückte die Waffe fester an mich. Sie hatten ihn verdammt noch mal betäubt.

»Ihr werdet mir meinen verdammten Bruder nicht wegnehmen.« Nick zwang die Worte durch zusammengebissene Zähne. »Nur über meine verdammte Leiche.«

Nick fuhr den Wagen wieder vorwärts, diesmal noch härter als zuvor. Der Geländewagen geriet ins Schleudern und drehte sich wild in der Mitte der Straße, bevor er zum Stehen kam. Wir schossen blitzschnell an ihm vorbei und blickten alle drei hinter uns.

»Festhalten!«, brüllte Nick eine Sekunde, bevor ich zur Seite geschleudert wurde.

Ich hatte keine Zeit, mich auf den Aufprall vorzubereiten. Ich hatte keine Zeit, irgendetwas anderes zu tun, als zu hoffen und zu beten, dass das Auto sich nicht überschlug. Der beißende Gestank des Motors erfüllte das Auto und der Geruch war erdrückend, als der Charger zur Seite schleuderte, die Reifen auf dem Asphalt quietschten und er zum Stehen kam. Doch bevor mein Körper wieder zur Ruhe kam, legte Nick den Gang ein und trat das Gaspedal durch, sodass wir vorwärts auf die blendenden Scheinwerfer des Geländewagens zufuhren.

Wir würden zusammenstoßen … *wir würden zusammenstoßen.*

Ich schloss meine Augen und machte mich auf den Aufprall gefasst.

Aber er passierte nicht. Wir kamen ins Schleudern und blieben stehen, ohne zusammenzustoßen. Ich öffnete die Augen und sah, wie die Türen des schwarzen Geländewagens aufsprangen und zwei Männer herausstolperten. Tobias hatte seine Tür geöffnet und stürzte hinaus. Die Scheinwerfer blendeten mich, als der Geländewagen des Ordens in unsere Richtung raste.

Knack!

Knack!

KNACK!

Schüsse schlugen in das Auto ein, als Nick seine Tür aufriss und nach mir griff. *»Ryth, beweg dich!«*

Wir ließen die Waffen zurück, als die Söldner des Ordens näher kamen. Aber sie zielten nicht auf uns.

Stattdessen schossen sie auf Tobias, der einen der Männer tötete, die auf uns zuliefen.

»Hier drüben!«, brüllte ein Mann.

Ich brauchte eine Sekunde, bis ich die Stimme erkannte. Er war es ... er, der Mann, der mich gegen die Wand gedrückt und meine Brust betatscht hatte. Ein Schaudern durchfuhr mich, als Tobias sich auf unsere Seite des Wagens stürzte und Schutz suchte.

Schüsse, die über unsere Köpfe hinweg abgefeuert wurden, hinderten uns daran, zu Caleb zu gelangen. Auf der anderen Seite des Geländewagens raste ein anderer Geländewagen aus dem Orden heraus. Ich griff nach der Waffe und stemmte mich gegen das Auto, um aufzustehen.

»Ryth!«, brüllte Nick und zerrte mich wieder nach unten. *»Bleib verdammt noch mal unten!«*

Seine Hände lagen überall auf mir und schirmten mich ab.

Aber da war kein Platz für Schutz.

»Nick!«, schrie Caleb.

Ich wartete nicht eine Sekunde länger – *ich konnte nicht.* Ich stieß mich gegen das Auto, riss mich aus Nicks Griff und stürzte nach vorne, als Caleb noch einmal schrie: *»HOL RYTH!«*

Aber es war zu spät. Die Türen wurden aufgerissen und weitere Männer stürmten aus dem zweiten Geländewagen nach vorne. Männer, die mich beobachteten, während sie Caleb in den anderen Geländewagen zerrten. Ich rannte ... so schnell wie noch nie zuvor. Ich hob die Waffe und meine Hand zitterte unter dem Gewicht. *»Lasst ihn in Ruhe!«*

Ich drückte einen Schuss ab. Aber er ging daneben und traf nichts.

Ich rannte ...

und rannte ...

Und als der zweite Geländewagen vorwärts schoss und auf die offenen Tore des Ordens zusteuerte, rannte ich ihm hinterher. Ich konzentrierte mich auf die roten Bremslichter, die vor mir aufleuchteten, während ich meine Stiefel in den Boden rammte.

Sie dürfen ihn nicht kriegen ...

Sie können ihn nicht haben ...

DENN ER GEHÖRT MIR!

ZWEIUNDVIERZIG

Tobias

»*RYTH!*«, SCHRIE ICH UND STÜRZTE NACH VORNE. EIN Schmerz schoss durch meinen Oberschenkel, als mein Bein einknickte. Ich schaute nach unten und sah, wie meine schwarze Jeans dunkel wurde. Ich brauchte nicht nach unten zu greifen, um zu wissen, dass es Blut war ... Ich spürte es, warm und nass. Ich schlug meine Hand gegen meinen Oberschenkel und schrie mit zusammengebissenen Zähnen, dann trieb ich mich wieder vorwärts.

Sie war schnell ... zu verdammt schnell.

Ich humpelte und rannte, wobei meine Stiefel gegen den Asphalt stießen. Jeder Schritt war eine Qual.

»Hol sie zurück, T!«, brüllte Nick.

Ich riskierte einen Blick über die Schulter, als hinter mir ein Knurren ertönte, das nicht von meinem Bruder stammte. Ein Arschloch aus dem SUV stolperte mit erhobener Waffe auf ihn zu, bevor er einen Schuss abfeuerte. Ich wartete eine Sekunde lang und sah zu, wie Nick zu Boden stürzte.

Er würde es schaffen ... selbst mit der Hand über der Wunde an seiner Seite würde er es schaffen. Ich musste in Bewegung bleiben. Ich richtete meine Aufmerksamkeit auf Ryth, die zu den Toren des Ordens rannte. »Ryth, um Himmels willen, STOPP!«

Sie entglitt mir, Sekunde um Sekunde ... *sie entglitt mir.*

Ich stieß einen wütenden Laut aus und zog meine Hand von meinem Oberschenkel. Schmerz und Wut prallten aufeinander. Ich nutzte das alles, um mich vorwärts zu treiben. Mein Körper reagierte, als das Adrenalin die Oberhand gewann. Meine Muskeln verkrampften sich und setzten den Schwung ein, den sie kannten. Meine Schritte verlängerten sich und meine Atemzüge vertieften sich. Ich konzentrierte mich auf Ryth, als sie durch die offenen Tore auf die Bäume zu rannte.

Es war so dunkel dort ... zu dunkel. »Ryth, bleib stehen!«, brüllte ich und drängte weiter.

Sie wurde langsamer ... und ich holte auf. Das trieb mich noch mehr an. Sie duckte sich unter einem niedrigen Ast und versank für eine Sekunde in den Schatten. Ich verlor sie aus den Augen, also ging ich weiter und stieß ein paar Sekunden später auf denselben Ast. Aber ich konnte sie nicht sehen ...

»Ryth?« Ich riskierte es, ihren Namen zu rufen.

Aus den Augenwinkeln sah ich eine Bewegung. Eine Sekunde lang war ich erleichtert, als ich den Kopf drehte. »Mein Gott, hast du mich erschreckt ...«

Ein Schlag. Die Faust kam aus dem Nichts und traf mich unvorbereitet. Ich stolperte rückwärts, als der weißhaarige Wächter des Ordens auf mich zustürmte und mich mit einem Gebrüll zu Boden warf. Die Angst traf mich härter als seine Fäuste. Ich wich zur Seite aus und rollte, als sein Schlag nur wenige Zentimeter neben meinem Kopf auf dem Boden landete.

Ryth ...

Ich versuchte, die Bäume zu scannen, stieß mich vom Boden ab, stolperte dann zur Seite und riss meine Waffe nach oben.

Bumm!

Ich zuckte zusammen, als der Schmerz meine Schulter durchzuckte. Der Bastard zielte wieder. Ich konnte nichts anderes tun, als mich gegen die Bäume zu stemmen. Der Schmerz schoss durch meinen Oberschenkel und drückte auf meinen Magen. Wärme sickerte durch, glitt meinen Oberschenkel hinunter und kitzelte mein Knie. Ich spürte sie, spürte sie in meinen Bewegungen, spürte sie in meinen Gedanken.

Bumm!

Ich zuckte zusammen und tauchte hinter einen Baum, als ein Geschoss in den Stamm einschlug. Ein hektischer Blick hinter mich, und ich sprang zurück, rannte zum nächsten Baum und versuchte, so viel Abstand wie möglich zwischen uns zu bringen ... und ich suchte nach Ryth. Ich dachte nur an sie, ich rannte zu ihr, denn ohne sie war ich *nichts*.

»Wo bist du, du verdammter Mistkerl?«

Der Schrei kam von hinter mir. Ich rannte weiter und suchte die Bäume nach dem schwachen Flackern der Lichter des Ordens ab. Ich hätte sie schreien gehört ... Ich hätte es doch gehört, wenn sie sie geholt hätten, oder? *Ich hätte ...*

Die Verzweiflung trieb mich vorwärts. Ich umrundete einen Baumstamm und trat heraus.

»Da bist du ja.«

Ich drehte mich um und hob meine Waffe. Ich drückte einen Schuss ab und wurde mit einem Grunzen belohnt, als der Bastard taumelte. Meine Hand wanderte an den unteren Teil des Griffs, um meine Genauigkeit zu bewahren. »Komm schon, du hässlicher Wichser.«

Ein leises Glucksen drang aus der Dunkelheit. »Hässlich, hm? Für die Fotze, die du Stiefschwester nennst, spielt das Aussehen wohl keine Rolle, was, Banks?«

Ich versteifte mich und sah zu, wie er in mein Blickfeld trat. »Damals hat sie sich nicht an meinem Aussehen gestört, als ich ihre Muschi angefasst habe.«

Kalte. Harte. Wut stieg in mir auf. »Du hast was?«

Selbst in der Dunkelheit erkannte ich das Grinsen. »Sie hat es dir nicht gesagt?«

In meinem Kopf sah ich nur noch ihr trauriges, gebrochenes Lächeln, das sie sich so hart erkämpft hatte. Sie war zu uns zurückgekommen.

»Sie hat ein bisschen geschrien«, fügte er hinzu, als er näher kam. »Ich bin sicher, sie wird wieder schreien, wenn ich mit ihr fertig bin.«

»Du verdammtes Stück Scheiße!«, knurrte ich und trat selbst hinaus. »Wenn du sie auch nur anrührst, schneide ich dir die Hand ab und schiebe sie dir so weit in den Arsch, dass du daran erstickst.«

Er grinste. Dieser ekelhafte Blick wurde immer dreister, je näher er kam. »Wie wär's, wenn ich sie stattdessen in den Arsch ficke?«

Ich holte tief Luft, hob die Waffe und zielte auf das Gesicht des Mistkerls.

»Sie wird schreien«, sagte er und machte einen weiteren Schritt. »Aber ich mag es, wenn sie das tun. Ich mag es verdammt gern.«

Seine Worte trafen mich und trieben mich vorwärts, bis sich die Dunkelheit neben mir bewegte ... und ein Wächter aus dem Nichts kam. Der Schlag kam von der Seite und traf mich am Kopf. Ich wurde zur Seite geschleudert und schlug hart auf dem Boden auf. Der Wachmann ging auf mich los.

Fäuste schlugen in mein Gesicht, immer und immer wieder ... und in den blitzenden Schlägen kam mir das Bild des Arschlochs wieder in den Sinn, das ich im Büro meines Vaters gesehen hatte. Seine Schreie. Sein Blut. Meine Rache. Ich spürte es jetzt. *Sie wird schreien ... aber ich mag es, wenn sie das tun.*

Rache.

Wut.

Liebe.

Die Liebe machte mich wild. Die Liebe machte mich gefährlich.

Mein Kopf ruckte zur Seite. Der Schmerz und die Gedanken an Ryth brachten mich dazu, mich auf ihn zu konzentrieren. Als seine Faust wieder kam ... *bewegte* ich mich. Mein Kopf kippte zur Seite und seine Faust traf mit einem Knirschen gegen meine Stirn. Sein Schrei folgte, und er war wie Musik in meinen Ohren.

Ich rammte ihm meine Faust in die Rippen, dann schlüpfte ich um ihn herum, griff nach meiner Waffe und drückte den Abzug mit voller Wucht gegen seine Brust. *Bumm!*

Unsere Körper dämpften das Geräusch, als er zum Stillstand kam. Ich stieß zu und versuchte, ihn von mir wegzudrängen.

Bumm!

Das Arschloch auf mir zuckte zusammen, als die Kugel einschlug. Ich trat aus und schob den Körper von mir, während ich meine Waffe zu dem weißhaarigen Wichser hob, der ebenfalls zielte.

Bumm!

Bumm!

Schüsse krachten durch die Nacht. Ich rappelte mich auf und drängte mich in Richtung der Bäume, als er auf mich zukam. Mein Kopf dröhnte, meine Gedanken waren verdammt langsam. Ich sog die eisige Nachtluft ein und wich zur Seite aus. Im Moment ging es nicht darum, Ryth zu finden.

Das musste ich Nick überlassen ... Ich betete, dass er sie fand, und konzentrierte mich auf den Bastard vor mir.

»Das muss wehtun«, rief der Wichser. »Ich weiß, dass ich dich mindestens einmal erwischt habe.«

Ich blickte auf das Stechen in meinem Arm hinunter. Aber das war nichts im Vergleich zu dem in meinem Oberschenkel. Ich knirschte mit den Zähnen, suchte die Dunkelheit ab und bewegte mich wieder. Alles, was ich brauchte, war ein sauberer Schuss ...

Ich stürzte mich auf den nächsten Baum.

Bumm!

Rinde flog aus dem Stamm vor mir und pfefferte mir ins Gesicht. Ich zuckte zusammen und duckte mich, dann schoss ich zurück und wurde mit einem Knurren der Frustration belohnt. Jetzt oder nie ... Jetzt, oder ich verliere Ryth.

Ich konzentrierte mich und zwang meinen Körper, mir noch ein wenig mehr zu geben. Die Nacht schloss sich um mich, als ich wieder nach vorne stürmte und mich auf eine Baumreihe vor mir zubewegte.

Bumm! Bumm!

Seine Schüsse gingen daneben, während ich rannte. Meine Stiefel rutschten auf den feuchten, gefallenen Blättern aus. Ich bewegte meine Arme, um das Gleichgewicht zu halten, und hörte das Donnern von Schritten hinter mir. Beweg dich ... beweg dich!

Ich rannte, als wäre es nicht mein Leben, das davon abhing ... ich rannte, als wäre es das von Ryth. Der Schmerz grub sich tiefer ein, schnitt wie ein heißes Messer bis zu den Knochen in meinem Oberschenkel und ließ mein Bein zittern. Ich wusste in dem Moment, dass ich es nicht schaffen würde. Mein Bein wurde taub, und ich verlor die Kontrolle. Das Donnern der Stiefel hinter mir wurde lauter.

»Verdammter Mistkerl«, brüllte der Bastard und riss mich zu Boden.

Ich griff mit Brutalität an und ließ die Wut in mir aufsteigen. Und der leere Teil von mir übernahm die Kontrolle, der Teil, der in Hass lebte und vor Verzweiflung brodelte. Ich schlug zu, brach dem Bastard den Kiefer und er stolperte rückwärts.

Das war alles, was ich brauchte. Diese Sekunde, in der ich durchatmete und meine Sinne sammelte, war alles, was ich brauchte. Ich stürzte mich auf ihn, packte ihn an der Kehle und stieß ihn nach hinten, bis sein Kopf gegen einen Baum knallte. Meine andere Faust war bereits erhoben, und sie pflügte durch die Luft, um sein Gesicht wieder und wieder zu treffen.

Sein Kopf wackelte zur Seite und seine Augen wurden glasig.

Sie wird schreien ...

Aber ich mag es, wenn sie das tun.

Klatsch!

Meine Faust traf seinen Kiefer, einmal ... zweimal, bis ich ein ekelhaftes Knacken hörte. Er blieb dort, gegen den Baum gelehnt, allein durch meine Faust fixiert. Ich schaute nach unten, suchte auf dem Boden nach meiner Waffe und fand das Glitzern von Stahl in der Nähe meiner Füße.

»Nein.« Das Wort war ein Gurgeln.

Aber es gab kein Halten mehr. Ich schubste ihn zur Seite und bückte mich. Die Waffe war im Nu in meiner Hand. »Du hast etwas angefasst, das mir gehört.« Ich hob die Mündung an. »Du hast ihr Schmerzen bereitet.« Mein Finger legte sich um den Abzug. »Es gibt kein Universum, in dem ich das noch einmal zulassen würde. Sie gehört mir. Sie gehört uns. Und wir gehören ihr.«

Bumm!

Die Waffe ruckelte in meiner Hand. Aber er war schon in Bewegung und stürmte durch die Dunkelheit auf mich zu. Ich drückte erneut ab, als er auf mich zukam und mich nach hinten schleuderte ...

Ich flog durch die Luft und fiel rückwärts in die Dunkelheit. Eisige Luft rauschte um mich herum. Ich schlug mit einem brutalen Aufprall auf etwas auf, das mir den Atem raubte. Trotzdem fiel ich weiter, eine Böschung hinunter, bis ich schließlich zum Stillstand kam.

Der weißhaarige Bastard war wieder auf mir und sein Gewicht drückte mich in den Dreck. Aber meine Hand war leer und sie lag kalt auf dem Boden. Meine Gedanken überschlugen sich. Ich streckte die Hand aus, suchte ...

Das Stück Scheiße auf mir stieß ein Grunzen aus und stieß sich an mir ab, um wegzukommen. Wie zum Teufel konnte er noch am Leben sein? Panik machte sich in meiner Brust breit. Ich streckte mich weiter aus, suchte nach Stahl in den kalten, nassen Blättern. Aber der Bastard stöhnte auf und sackte wieder in sich zusammen, sein Gewicht war wieder ein Schlag. Ich schob, stieß und rammte meinen Stiefel in den Boden, während ich meine Hüften anwinkelte.

Er rollte und fiel von mir herunter, dann lag er still. Ich atmete schwer und heftig. Ich sog die kalte Luft ein und blieb eine Sekunde lang liegen. Mein Puls dröhnte in meinen Ohren und das Geräusch war ohrenbetäubend, bis das winzige Knacken eines Zweigs meine Aufmerksamkeit auf die Dunkelheit lenkte.

Aus den Schatten kam eine Bewegung, aber ich hatte meine Waffe nicht und meine Bewegungen waren langsam und schwach. Der Schatten wurde schärfer, und als sich meine Augen an das schwache Licht gewöhnten, sah ich ein vertrautes Gesicht. Einen Moment lang dachte ich, es wäre Nick. Mein Bruder hatte mich gefunden und Erleichterung durchströmte mich. Aber er bewegte sich nicht wie Nick, und er klang auch nicht wie Nick ...

»Tobias.«

Ich runzelte die Stirn. »Dad?«

Er kam näher, bis ich ihn deutlich genug sehen konnte, um das Glänzen in seinen Augen zu erkennen ... und in seiner Hand. Er hob die Waffe und zielte. Aber er zielte nicht auf den weißhaarigen Mistkerl an meiner Seite. Es zielte auf mich.

Mein Atem stockte. Angst durchzuckte mich ... *echte Angst*. Seit Moms Tod war unsere Beziehung angespannt gewesen. Es hatte immer diesen brodelnden Unterton der Wut zwischen uns gegeben.

Aber nicht so ...

Niemals *so.*

Ich hob meine Hand und meine Finger zitterten, als ich flüsterte: »Nein.«

DREIUNDVIERZIG

Nick

BUMM!

Ich zuckte bei dem Geräusch zusammen und richtete meinen Blick auf die Baumgruppe in der Nähe. Der Schuss war nah ... *verdammt nah*. Ich presste meine Hand gegen die Seite und versuchte, das Geräusch zu lokalisieren. Ich hatte Tobias und Ryth aus den Augen verloren, als ich mit dem Arschloch aus dem SUV gekämpft hatte. Aber in dem Moment, als er in meinen Armen zusammengesackt war, war ich losgerannt, auf die offenen Tore des Ordens zu.

Ich wollte sie unbedingt finden. »T?«, rief ich und erschrak beim Klang meiner Stimme in der stillen Nachtluft. Sie reichte nicht weit, aber sie war laut genug.

Laut genug, um die Aufmerksamkeit der Menschen in meiner Nähe zu erregen. Ich ging vorwärts, suchte die Bäume ab und ging weiter in Richtung des Ordens. Nasses Laub klatschte mir ins Gesicht und ließ mich für einen Moment in Panik geraten. Ich schlug den Ast beiseite, stolperte vorwärts und fand mich am Rande der Einfahrt wieder, die sich durch die Bäume schlängelte und auf das Gebäude zusteuerte.

Scheinwerfer tauchten aus dem Nichts auf, weiß und blendend. Ich sprang nach hinten und suchte die Sicherheit der Bäume. Das Knurren eines Autos durchbrach die Dunkelheit, bevor es blitzschnell an mir vorbeifuhr. Ich stolperte aus dem Schutz der Bäume und sah ein blasses Gesicht auf der Rückscheibe.

Eine Frau drückte ihre Hände gegen die Scheibe, das Weiß ihrer großen Augen leuchtete hell, ihr Mund war zu einem stummen Schrei geöffnet. Bei diesem Anblick stieg in meiner Kehle ein stechender Schmerz auf. Ich warf einen Blick auf das Nummernschild und entdeckte die Worte St. James im Scheinwerferlicht. Ich wusste genau, wer es war.

Die Frau, die Ryth zur Flucht verholfen hatte ... Vivienne ...

Und der Mann, der am Steuer saß, musste London St. James sein.

Das Auto schleuderte zur Seite, als es auf die Tore des Ordens zuraste. Ich versuchte zu Atem zu kommen und sah mir den verbeulten Charger an.

Ein Teil von mir wollte ihnen nachjagen und London St. James zur Strecke bringen, denn ich wusste, dass er irgendwie im Mittelpunkt dieser Sache stand. Wenn ich ihn zwingen könnte, uns zu sagen, warum das alles passierte, könnte ich es aufhalten. Dann warf ich einen Blick auf das Gebäude, das sich vor mir abzeichnete. Caleb war dort, und Ryth und Tobias waren irgendwo hier draußen.

Sie waren meine Priorität ...

Ich musste sie finden. Ich musste sie retten. Ich drängte mich weiter ... auf das Gebäude zu.

VIERUNDVIERZIG

Ryth

WAS AUCH IMMER NÖTIG IST ... DIE WORTE SCHOSSEN MIR durch den Kopf, während ich weiterlief. Alles, was ich sah, waren die roten Bremslichter des Fahrzeugs vor mir. Alles, was ich fühlte, war Liebe. Liebe für den Mann, der alles riskiert hatte, um mich zu retten. Liebe im Kielwasser der Hoffnungslosigkeit.

Rings um mich herum kam Bewegung ins Spiel. Söldner mit Gewehren beobachteten mich, während ich rannte. Sie waren mir egal, ich *konnte* mich nicht um sie kümmern. »Caleb!«, schrie ich und pumpte mit den Armen. »*CALEB!*«

Ich hob die Waffe, als der Geländewagen ins Schlingern geriet und in der Mitte der Einfahrt zum Stehen kam. Mein Herz raste in meiner Brust, als Angst und Verzweiflung aufeinandertrafen. Ich griff die Waffe, genau wie Tobias es mir gezeigt hatte, und zielte auf den Mann, der die Fahrertür aufstieß und ausstieg.

»Lasst ihn frei!«, schrie ich. »Lasst ihn *SOFORT* frei!«

Der Wachmann hob die Hände, trat vor und riss die Hintertür auf. »Er geht nirgendwo hin, Ryth.« Diese kalte, eindringliche

Stimme war frei von jeglichen Gefühlen. »Aber du kannst reinkommen.«

»*Nein!*«, schrie Caleb. »*Nein, Ryth. NEIN!*«

Meine Schritte wurden langsamer, aber mein Puls raste weiter. Ich ergriff die Waffe, richtete sie auf die Brust des Wachmanns und blieb hinter dem Fahrzeug stehen. Caleb heulte und strampelte, während er gegen den Mann an seiner Seite kämpfte. Ein Grunzen ertönte, dann schlugen die Fäuste auf Fleisch.

»Ryth!«, stöhnte Caleb. »*Ryth, nein!*«

Schatten bewegten sich um mich herum. Ich brauchte nicht hinzusehen, um zu sehen, dass ich umzingelt und in der Unterzahl war. Trotzdem umklammerte ich die Waffe, während ich meinen Blick von Calebs dunklen Umrissen auf dem Rücksitz auf den Mann richtete, der neben der offenen Tür stand.

»Du hast die Wahl«, erklärte der Wachmann, als er nach vorne trat, um die Tür zu schließen.

»*Warte!*«, rief ich. »Warte …«

Meine Atemzüge waren brutal und rissen aus meiner Brust. Ich zwang mich, mich zu bewegen und machte einen langsamen Schritt nach vorne. Die Tür hatte es nicht ganz geschafft, aber ein Zentimeter mehr, und sie würde geschlossen sein. Die Waffe zitterte in meiner Hand und sank, als ich näher kam.

Die Augen des Wachmanns glitzerten zufrieden und seine Mundwinkel verzogen sich, als ich vor ihm stehen blieb. Er öffnete die Tür, streckte die Hand aus und nahm mir die Waffe ab. »Die wirst du nicht brauchen.«

Ich dachte nur an Caleb, als ich durch die offene Tür neben ihn auf den Sitz stieg. Seine Hände waren hinter seinem Rücken gefesselt. Trotzdem lehnte er sich an mich, als ich meine Arme um ihn schlang. »Caleb«, weinte ich und vergrub meinen Kopf an seinem Hals.

»Du verdammte Idiotin«, stöhnte er, als die Tür mit einem dumpfen Knall zufiel.

Ich erstickte seine Worte mit meinem Mund, als das Echo der Fahrertür ertönte und wir uns wieder in Bewegung setzten. Als ich ihn küsste, hörte ich nur noch diese Worte ...

Was immer nötig ist.

Caleb hatte alles riskiert, um mich zu retten: sein Leben, seinen Verstand. Jetzt war es an mir, das Gleiche zu tun. Ich schlang meine Arme fester um ihn und presste meinen Mund auf seinen. Aber es war immer noch nicht genug. Es würde nie genug sein. Die Reifen quietschten, als der Geländewagen vor dem Gebäude anhielt.

Ich wollte den kalten Betonbau, der sich durch die Windschutzscheibe abzeichnete, nicht sehen, ich wollte den eisigen Luftzug nicht spüren, als sich die Türen öffneten, und vor allem wollte ich ihre Hände nicht auf mir spüren, als sie mich herauszogen. Aber ich fühlte und sah alles. Meine Arme wurden ihm vom Hals gerissen. Wut blitzte in seinem Blick auf, als er den Mann hinter mir anstarrte. *»Tu ihr nicht weh, verdammt! HEY! Ryth ... RYTH!«*

Ich wand mich, trat, krallte und kämpfte mit allem, was ich hatte, um zurück zu ihm zu gelangen.

»Nein, das wirst du nicht tun!«, knurrte der Wächter und sein heißer Atem drang an mein Ohr, während er meine Arme an meine Seiten presste und mich nach hinten zerrte.

Ich warf meinen Kopf zurück und prallte gegen etwas Hartes. Mit einem Grunzen fielen wir und schlugen auf dem Boden auf. Aber meine Arme waren frei. Ich stemmte gegen den kalten Kies und rappelte mich auf. »Caleb!«

Aber der Wachmann auf dem Fahrersitz hatte eine Waffe auf Calebs Kopf gerichtet. »Versuch es doch«, stichelte er. »Und ich werde sein Gehirn auf dem Sitz neben dir verteilen.«

Die Angst ließ mich erstarren. Ich starrte die Waffe an und dann meinen Stiefbruder ... den Mann, in den ich verliebt war.

Der Wachmann fummelte am Türgriff herum und riss die Tür auf, bevor er rückwärts ausstieg.

»Du bist verdammt angriffslustig, nicht wahr?«, knurrte das Arschloch hinter mir und packte mich mit einem grausamen Griff im Nacken. »Versuch das noch mal, dann wirst du sehen, was passiert.«

Seine Finger bohrten sich in meinen Nacken und versetzten mir ein schmerzhaftes Stechen, das sich in meine Schultern ausbreitete, als er mich nach hinten riss. »Du bist schon einmal entkommen. Das wirst du nicht wieder tun, verstanden?«

Die Angst ergriff mich mit eisigem Griff, als er mich herumschleuderte und mich zur Seitentür des Ordens trieb. Sie war bereits offen ... und der Direktor wartete.

»Ryth«, schnauzte er und die Wut in seinen Augen brodelte. »Du dumme ... *dumme kleine Hure.*«

»Fick dich!«, brüllte Caleb hinter mir. »Du *verdammter* Mistkerl!«

Der Direktor schaute an mir vorbei und seine dunklen Augen wurden noch kälter, als sie auf Caleb gerichtet waren. »Mr. Banks«, sagte er vorsichtig. »Mein Bruder freut sich schon darauf, dich wiederzusehen.«

Caleb bäumte sich auf und kämpfte. Ich suchte die Dunkelheit nach den anderen ab und hoffte verzweifelt, dass Tobias mit einer Waffe in der Hand und Rachegelüsten im Gesicht aus dem Schatten stürmen würde. Aber da war niemand. Kein Tobias und kein Nick. Ein eisiges Gefühl des Grauens durchströmte mich.

Aber ich hatte keine Zeit, noch mehr in Panik zu geraten, als das Stück Scheiße mit seinem Schraubstockgriff um meinen Hals mich nach vorne schob. »Beweg dich«, bellte er, als er mich an dem Direktor vorbeischob und zurück an den Ort brachte, den ich am meisten hasste.

Das waren die kahlen weißen Wände meiner Albträume. Der scharfe, klinische Geruch von meinen Panikattacken. Das letzte Mal hatte ich das nur knapp überlebt, jetzt war ich wieder hier …

Das Geräusch von Stiefeln erfüllte den Korridor, als ich durch die Türen stolperte. Dort warteten Wachen auf mich, die zusahen, wie ich den Flur entlang und zurück zur Krankenstation geschoben wurde, aus der ich geflohen war. Das Geräusch von Handschellen ertönte hinter mir. Ich brauchte nicht nachzusehen, um zu wissen, dass es Caleb war, den sie befreit hatten. Sie hatten uns jetzt drinnen wie Ratten in einem Käfig.

Der Priester wartete, die Arme vor der Brust verschränkt, das Gesicht voller blauer Flecken und einer geschwollenen, aufgeplatzten Lippe. Er starrte mich mit blutroten Augen an, als ich mich näherte. »Schön, dich wiederzusehen, Ms. Castlemaine.«

»Fick dich!«, schrie ich. *»Ihr könnt mich alle mal!«*

Vom Ende des Flurs aus zog eine Bewegung meinen Blick auf sich. Es war meine Mutter. Ihr Haar war wild und es sah aus, als wäre sie gerannt … *um mich zu retten?* Hoffnung keimte auf, als sie mit feuerroten Wangen auf mich zuging.

»Mom …«, begann ich.

Sie riss ihre Hand zurück und gab mir eine Ohrfeige. Mein Kopf kippte zur Seite, als Feuer sich auf meiner Wange entlud.

»Du verdammte *Fotze!*«, schrie Caleb hinter mir. »Ich bringe dich um! *Hörst du mich? Ich werde dich umbringen!*«

»*Bringt ihn in den Verhörraum*«, brüllte der Direktor. »*JETZT!*«

Ich ignorierte das Feuer und schluckte den Schmerz hinunter. Ich richtete meinen Blick auf die Männer hinter mir, während Caleb um sich schlug, trat und sich nur auf mich konzentrierte. »Tut ihm nicht weh!« Ich stürzte mich auf ihn und versuchte, mich aus dem Griff des Wächters zu befreien. *»Tut ihm nicht weh!«*

»Ryth!« Caleb griff nach mir. *»Ryth!«*

»CALEB!«

Ein Wächter schlug zu und traf mit seiner Faust Calebs Wange, sodass er nach hinten geschleudert wurde. Seine Knie knickten ein und er stürzte, während die anderen Wachen sich schnell um ihn scharten. Einer packte ihn auf beiden Seiten und zerrte ihn den Gang entlang, weg von mir.

»Nein!«, schrie ich. *»NEIN!«*

»Du hättest nicht weglaufen sollen«, sagte der Direktor bitter, als der Gang durch meine Tränen verschwamm. »Du hast dir das selbst zuzuschreiben.«

»Fick dich«, krächzte ich, als mir die Tränen aus den Augen glitten und ich mich zu der Frau umdrehte, die mich geboren hatte. *»Ihr könnt mich beide mal!«*

Sie wich nicht zurück. Sie sah nicht so aus, als würde sie sich Sorgen machen. Hatte sie das jemals? Der Griff um meinen Hals wurde fester, als ich an meiner Mutter vorbei in einen

Raum getrieben wurde, der weiter hinten auf dem Flur wartete. Die Tür war einen Spalt offen und das Licht war an. Ich musste mich beherrschen, um nicht zusammenzubrechen und mein Ende herbeizusehnen.

Denn im Tod würde ich sie nicht mehr sehen ...

Im Tod könnten sie mich nicht noch einmal gefangen nehmen.

Ich schaffte es, meinen Blick hinter mich zu lenken und sah Caleb, als die Wachen ihn den Flur entlang und dann durch die Doppeltüren führten, bevor sie schließlich verschwanden. Die Trauer verschlang mich, eine Leere, die mich verschlang.

Mein Körper bewegte sich von allein, die Füße schlurften, die Atemzüge kamen und gingen. Aber ich glitt immer tiefer in diese Leere, die ich nur einmal zuvor gekostet hatte ... aber jetzt war sie da. Sie wartete in diesem Raum auf mich. Schritte erklangen hinter mir, dann gingen sie zur Tür und in den Raum, aber ich machte mir nicht einmal die Mühe, aufzublicken.

Der Tisch vor mir verschwamm. Alles, was ich sah, waren Schatten, bis ich blinzelte, dann wurde die einzige Farbe im Raum schärfer und mein Herz verkrampfte sich bei diesem Anblick. Rot. Rot ... die Tür schloss sich mit einem dumpfen Schlag hinter mir. Ringsherum ertönten Schritte.

»Zieh dich aus«, befahl der Direktor.

Der strafende Griff fiel von mir ab, als er mich nach vorne stieß. Ich streckte meine Hände aus, als ich fast gegen die Ecke des Tisches stieß. Aber ich konnte nur das leuchtende Rot sehen. Bei diesem Anblick überkam mich das Grauen. »Nein ... *nein.*«

»Nein?«, wiederholte der Direktor. Ich schloss meine Augen, als er näher kam. »Nein?«

Ein jämmerlicher Laut entrang sich mir. Aber er berührte mich nicht, sondern stand nur hinter mir. »Wir waren schon einmal hier, Ryth, aber dieses Mal hast du mir bewiesen, was für ein Problem du wirklich bist. Also sage ich es dir noch einmal: *Zieh dich aus.«*

Als ich die Augen öffnete und das sauber gefaltete Spitzennegligé sah, durchfuhr es mich wie ein Schock. »Nein«, wimmerte ich. Das würde ich auf keinen Fall freiwillig anziehen. Schritte kamen näher. Ich hielt den Atem an, als diese grausamen Hände mich wieder einmal fanden.

»Nein!«, schrie ich, bäumte mich auf und schlug um mich, als der Wächter mein Oberteil zerriss.

Das Geräusch von reißendem Stoff erfüllte meine Ohren, als sie mich vom Boden hochhoben und auf den Tisch warfen. Mein Kopf knallte nach hinten und schlug auf die harte Oberfläche, bis weiße Sterne in meinen Augen tanzten. Diese Sekunde war alles, was sie brauchten. Sie rissen mir die Stiefel von den Füßen und jemand fummelte am Knopf meiner Jeans herum. Ich trat und schlug um mich und schrie, bis meine Kehle brannte.

»Du wirst mir gehorchen, Ryth«, sprach der Direktor weiter.

Sie zogen mir die Jeans aus und mein Höschen war als Nächstes dran. Kalte Luft drang zwischen meine Oberschenkel. Tränen trübten meine Sicht, aber ich kämpfte weiter. Calebs Gesicht war wie ein Brandzeichen in meinem Kopf. Aber es war alles umsonst. Schließlich traten sie zurück und ließen mich nur noch mit meinem BH bekleidet zurück. Ich holte tief Luft, als sie sich entfernten.

Ich wimmerte, schrie und stieß mich an der Bewegung ab, als der Direktor näher an den Tisch trat. Er hob das rote Negligé auf und hielt es mir hin. »Du musst dich anziehen, Ryth.«

Noch mehr Tränen rutschten heraus. »Nein.«

Ich starrte die Farbe an und wusste sofort, was sie bedeutete.

»Kein Weiß mehr.« Er starrte auf mich herab, als ich fast nackt auf dem Tisch lag. Sein steinerner Blick wanderte an meinem Körper entlang. »Kein Schwarz. Dieses Mal ist es rot. Rot, weil ich will, dass du verschwindest, auch wenn es ein Opfer kostet.«

Ich schüttelte den Kopf. »Nein ...« *Bitte* ... das Wort wurde lauter, aber ich brachte es nicht über die Lippen.

»Rot, weil du verkauft wurdest.«

Die Worte ließen mich erstarren.

Der seelenlose Blick durchbohrte mich. Ich schüttelte langsam den Kopf und verdrängte die Tränen aus meinen Augen. »Nein.«

Die Tür öffnete sich hinter ihm ... und ein Mann betrat den Raum. Mein Magen verkrampfte sich. »Nein ... *bitte ... nein.*«

Killion sah auf mich herab. Sein widerlicher Blick verweilte zwischen meinen Schenkeln. Ich spannte meine Schenkel an und schloss meine Beine fest. »Nein.«

»Sie werden dich nicht retten«, beharrte er. »Keiner wird dich retten, Ryth. Das ist jetzt dein Leben. Du bist allein den Launen des Ordens ausgeliefert ... so wie du es immer warst.«

Ich riss meinen Blick von Killion zum Schulleiter und bewegte mich. Ich riss ihm die rote Spitze aus der Hand, um meinen Körper zu bedecken, während ich vom Tisch rollte, rückwärts stolperte und gegen die Wand schlug. »Nein.« Ich schüttelte den Kopf.

Killion grinste. Die Wachen hielten die Reste meiner Kleidung in ihren Händen. Sie hielten mein Leben. Meine Jeans. Meine Stiefel. Den Slip und die Kleider, die Nick mir gekauft hatte. »Nein.«

»Niemand wird kommen«, wiederholte der Direktor, als würden die Worte ins Schwarze treffen. »Weder deine Brüder, noch der Mann, den du Vater nennst.«

Der Mann, den ich Vater nannte?

Ich versuchte, meinen Atem zu kontrollieren, versuchte, das Zittern zu stoppen. Aber sie zerrissen mich weiter. »Mein Vater.«

Er grinste und ich hatte noch nie einen so ekelhaften Anblick gesehen. »Er ist nicht mehr dein Vater und war es auch nie, Ryth.« Er blickte auf die rote Spitze in meinen Händen hinunter. »Wie ich schon sagte, gehörst du dem Orden. Das hast du immer und wirst du immer. Wir entführen dich nicht.« Er begegnete meinem Blick. »Wir holen uns zurück, was uns bereits gehört.«

Er drehte sich um und schritt zur Tür, wobei er Killion zurückließ.

Was uns bereits gehört? »Was meinst du?«, rief ich, als eine Wache die Tür für ihn öffnete.

Seine Schritte hallten wider, als er hinausging und verschwand.

»Was meinst du damit?«, schrie ich. *»Komm wieder her! KOMM ZURÜCK!«*

Aber er tat es nicht, sondern ließ mich mit Killion und zwei seiner Männer zurück. Männer, die ramponiert und blutig aussagen. Killion hob seine Hand an seinen geschwollenen Mundwinkel. »Du hast mich ein Auto und mindestens ein paar meiner Männer gekostet.«

Ich holte tief Luft und riss meinen Blick von der geschlossenen Tür los und richtete ihn auf das Monster. »Es war ein teures Auto.«

Mein Puls raste.

Mein Magen verkrampfte sich.

Ich drückte meine Wirbelsäule gegen die Wand und zitterte.

Er hob seine Hand und strich mir eine Haarsträhne aus dem Gesicht. »Es wird mir Spaß machen, dich jeden verdammten Dollar verdienen zu lassen, um es mir zurückzuzahlen.« Er lächelte. »Sehr ... *sehr viel Spaß.*«

FÜNFUNDVIERZIG

Caleb

»*Lass mich los, verdammt!*« Ich stürzte rückwärts und stürmte auf die Doppeltüren zu, als sie sich hinter mir schlossen.

Meine Arme schmerzten und pochten, als meine Hände hinter mir gefesselt waren. Aber jetzt waren sie frei, und ich würde kämpfen. Durch die Glasscheibe in der Tür hatte ich gesehen, wie Ryth aus meinem Blickfeld getrieben worden war. Der Anblick dieser Szene hatte etwas Wildes in mir freigesetzt. Ich wirbelte herum, holte aus und schlug meine Faust in das Gesicht eines Wachmanns. Sein Kopf schnellte zurück und Blut spritzte aus seiner Nase. Ich blieb nicht stehen, sondern stürmte weiter und griff nach dem Ausweis an seiner Taille.

Bis sie mich von hinten angriffen. Sie schleuderten mich zu Boden. Etwas in meinem Mund knackte und Schmerzen folgten.

»Bringt ihn rein.«

Ich hob meinen Blick zu dem Priester, der über mir stand und grinste. Sein Gesicht war schwer geprellt, ein Auge war blutunterlaufen und tränte. Ich hatte ihn schwer verletzt ... Das war wohl die Rache.

»Ihr könnt mich mal«, knurrte ich, als sie mich auf die Beine zogen. Ich half ihnen nicht, sondern ließ sie mit meinem Gewicht grunzen. »Gebt sie mir zurück, oder ich lasse euch das nächste Mal nicht am Leben.«

Der Priester trat näher und starrte mich mit seinem blutigen Blick an. »Wie kommst du darauf, dass es ein nächstes Mal geben wird?«

Die Angst durchfuhr mich, kalt und schwer. Aber ich ließ den Bastard nicht die Wahrheit sehen. Ich konzentrierte mich auf ihn und sorgte dafür, dass er jedes verdammte Wort spürte. »Wenn du mich tötest, werden sie sie trotzdem holen kommen. Du wirst sie nicht alle bekämpfen können ... einer von ihnen wird dich finden. Sie werden dich finden und dich töten. Ich wette, es wird Tobias sein. Dann ist jede Drohung und jedes Versprechen, das du machen kannst, egal.«

Der Priester lächelte nur. Es war ein wissendes Lächeln ...

Ein kühles Lächeln.

Mein Blick wurde unruhig, als er sich an die Wachen an meiner Seite wandte. »Bringt ihn in den Raum.«

Sie zerrten mich nach hinten. Aber ich bekam dieses Leuchten nicht aus meinem Kopf ... dieses Lächeln, das sich bis in meine Seele bohrte, und das Gesicht meines kleinen Bruders. Tobias ...

Meine Schritte waren langsam, als sie mich in den Raum drängten. Nein ...

Ich blieb in der Tür stehen, drehte mich um und begegnete noch einmal dem Blick dieses Bastards. »Nein. Nein ...«

»Nein?«

»Das glaube ich dir nicht.« Ich hielt seinem Blick stand und suchte in dem blutigen Augapfel nach der Wahrheit. T war nicht tot ... das konnte er nicht sein. *Er konnte es nicht sein.*

»Runter mit ihm auf die Knie«, befahl der Priester, ohne unseren Blick zu unterbrechen.

Der Wächter schubste mich nach hinten, ich stolperte und streckte meine Hand aus. Das Gesicht meines kleinen Bruders brannte in der Dunkelheit. Ich weigerte mich, dem Kummer nachzugeben. Nick war immer noch da draußen. Er kämpfte immer noch und versuchte, sie zu retten. Er brauchte sie jetzt — mehr als je zuvor.

Der Wachmann kam wieder auf mich zu, trat mir in die Kniekehlen und drückte mich an den Schultern zu Boden. Ich knickte ein und schlug hart auf dem Boden auf.

»Du hast mich schon einmal besiegt«, sagte der Priester, als er nach der Waffe des Wachmanns griff und sie aus seinem Hosenbund zog. »Aber diese Chance bekommst du nicht noch einmal.«

Mein Puls war seltsam gleichmäßig, nicht mehr als ein gelegentliches Hüpfen, als sich die Tür hinter ihm öffnete und der Schulleiter eintrat. Ich sah jetzt die Ähnlichkeit, sah den gleichen leeren Blick, als er neben seinem Bruder stand. Die gleiche Härte ... die gleiche Kälte.

Sie waren genau wie Tobias.

»Mr. Banks«, murmelte der Direktor. »Ich bin mir sicher, dass du weißt, dass dies das Ende unserer Beziehung ist. Ich fürchte, wir können keine weiteren Probleme zulassen ... was Ryth betrifft.«

Das Hüpfen in meiner Brust verstärkte sich, als ich ihren Namen hörte.

»Mach dir keine Sorgen«, fuhr der Bastard fort. »Killion wird sich hervorragend um sie kümmern.«

»Nein«, flüsterte ich, als sich eine eisige Klinge der Angst bis in meine Seele bohrte. »Nein.«

Der Direktor trat einen Schritt näher. »Ich fürchte, der Vertrag ist bereits unterschrieben ... und in diesem Moment nimmt Killion sie in Besitz. Du hast dem Orden eine Menge Probleme bereitet ... du und deine Brüder.«

»Fick dich«, zischte ich.

Er lächelte nur und schaute auf mich herab, doch für eine Sekunde wurde sein Lächeln schwächer. Traurig hauchte er: »Du warst nie dazu bestimmt, dich in sie zu verlieben.«

Ich holte tief Luft, als ich diese Worte verstand.

Du warst nie dazu bestimmt, dich in sie zu verlieben.

Er nickte langsam, und der Priester hob die Waffe, deren Mündung direkt auf meine Schläfe gerichtet war ...

Bis das scharfe Klingeln eines Handys durch die Luft schallte. Ich starrte den Direktor an, der mit finsterer Miene auf den Bildschirm schaute. Er hob einen Finger zum Priester, wischte über den Bildschirm und ging dann ran. »Ja?«

Ich hörte den schwachen Klang einer Stimme am anderen Ende. Er richtete sich auf und wurde blass. »Ich verstehe.« Er zwang die Worte durch zusammengebissene Zähne. »Ich lasse mich nicht einschüchtern ...«, begann er und hielt inne, bevor er knurrte: »Gut.«

Er ließ seine Hand sinken und drückte einen Knopf. »Du bist auf Lautsprecher.«

»Caleb?«

Die Stimme eines Fremden war zu hören. Ich wusste nicht, wer es war, aber ich antwortete trotzdem. »Ja.«

»Haben sie dir wehgetan?«

Die ruhige, vorsichtige Stimme am anderen Ende war von Mitgefühl geprägt. Ich versuchte, mich von dem Abgrund zurückzuziehen, in dem ich mich auf das Ende vorbereitet hatte, und antwortete. »Nein.«

»Und meine Tochter, haben sie ihr etwas angetan?«

Mein Puls schlug ... *rasend* schnell. »Jack?«, murmelte ich. »Jack Castlemaine?«

»Ja. Haben sie ... meiner Tochter wehgetan?«

Mein Puls raste bei diesen Worten noch schneller. Der Direktor straffte die Schultern, als ich seinem Blick begegnete und antwortete. »Nicht, dass ich wüsste.«

»Gut.« Das war alles, was er sagte, aber dann wurde sein Ton kälter. »Du wirst wieder. Ihr werdet beide wieder«, sagte er und tröstete mich, bevor seine Stimme jede Spur von Wärme verlor. »Ihm darf kein Haar gekrümmt werden, hast du mich verstanden, Riven? Wenn du meiner Tochter oder einem der Banks-Jungs auch nur ein Haar krümmst, wird die Hölle los sein. Ich werde einen Krieg entfesseln, den du niemals überleben wirst. Wenn du glaubst, dass du jetzt Probleme hast, stehen morgen früh das FBI, die Bullen und der Staatsanwalt vor deiner Tür. Sie werden dich in Stücke reißen, lange bevor Mr. King dich erreichen kann.«

Der Direktor erstarrte bei diesem Namen.

Mr. King ...

»Entweder du folgst meinen Forderungen oder du stirbst schreiend neben deinen Brüdern und diesem Stück Scheiße, Hale.«

»Das ist eine ernsthafte Drohung, Castlemaine«, murmelte der Direktor. Aber ich konnte sehen, dass er Angst hatte. Wirklich verdammt viel Angst. Was auch immer Jack Castlemaine gegen den Orden in der Hand hatte, es reichte aus, um ihm Macht über sie zu geben ... das war alles, was ich wissen musste.

»Willst du mich auf die Probe stellen?«

Die vorsichtigen Worte trugen das ganze Gewicht der Welt in sich. Seine Augenwinkel zuckten, bevor er wieder sprach. »Deine Bedingungen?«

»Lass sie gehen.«

Die Lippen des Direktors kräuselten sich vor Wut. »Du weißt, dass das nie passieren wird.«

»Dann lass Caleb zu ihr. Meine Tochter wird weder verkauft noch in irgendeiner Weise ausgebildet. Habe ich mich klar ausgedrückt?«

Da war wieder dieses Zucken, das mir sagte, dass Castlemaine einen Nerv getroffen hatte. Ich klammerte mich an die Hoffnung und war verzweifelt, solange Ryth dadurch in Sicherheit war.

»Du wirst Caleb erlauben, bei ihr zu bleiben. Den beiden darf kein Leid geschehen. Glaube mir, wenn sie auch nur bedroht werden, werde ich die Hunderte von Kontakten, die ich gesammelt habe, anrufen und ihnen genug Informationen schicken, um Hale zu begraben und jedes Stück Scheiße zu entlarven, das jemals eine Frau über den Orden gekauft oder verkauft hat. Ich werde dich völlig bloßstellen.«

Der Griff des Direktors um das Handy wurde fester.

»Ich werde diese Nummer jeden Tag um genau diese Zeit anrufen. Ich erwarte, mit ihnen zu sprechen, *mit beiden*. Sobald der Anruf nicht entgegengenommen wird, drücke ich auf

Senden. Sobald ich den Verdacht habe, dass die Stimme am anderen Ende nicht meine Tochter oder Caleb ist, werde ich auf Senden drücken. Ich werde auf Senden drücken, sobald du mich abholst. Und dann werden wir sehen, wie viel Druck dein Arbeitgeber aushalten kann.« Castlemaine war eine Sekunde lang still, bevor er wieder sprach. »Umarme meine Tochter von mir, Caleb. Sag ihr, dass ich sie nie verlassen habe ... sag ihr, dass sie das Wichtigste in meinem Leben ist, egal, was passiert. Ich liebe sie mehr, als ich ihr je gesagt habe. Pass auf dich auf, Junge ... und beschütze sie.«

Dann wurde es schlagartig still ... und der Bildschirm des Handys wurde dunkel.

Jack Castlemaine ...

Er war am Leben.

Mehr als das, er konnte uns retten ... er konnte sie retten.

»Riven«, murmelte der Priester.

Der Mann, den Jack Riven genannt hatte, blickte ruckartig zu seinem Bruder. »Du hast ihn verdammt noch mal gehört. Willst du ihn wirklich herausfordern?«

»Wir wissen nicht genau, welche Informationen er hat.« Sein Bruder starrte mich an.

»Genau«, antwortete Riven und schaute dann den Wachmann an. »Bringt ihn zu ihr. Sieh zu, dass sie eingeschlossen sind, und um Himmels willen, pass auf, dass ihnen nichts passiert.«

Der Wachmann nickte, und der Bastard humpelte ein wenig, als er auf mich zukam. Ich starrte den Priester an, als sie mich wieder auf die Beine zogen. Meine Beine zitterten und mein Verstand schrie. Ich hatte mich auf das Ende vorbereitet ... darauf, meinem Schöpfer gegenüberzutreten und endlich für meine Taten zu büßen.

Jetzt hatte ich Hoffnung ...

Der Wärter zerrte mich zur Tür. Ich blieb stehen und drehte mich um. »Meine Brüder.«

Der Direktor biss die Zähne zusammen. Er drehte seinen Kopf und begegnete meinem Blick. »Du wirst zu ihr gebracht. Betrachte das als Sieg.«

Der Wachmann stieß mich vorwärts, aus der Tür und zurück in den Gang, den ich nie wiederzusehen geglaubt hatte. Diesmal gab es keinen Kampf. Stattdessen verlängerte ich meine Schritte und rannte fast zu den Türen. »*Ryth!*«, schrie ich. »*RYTH!*«

Die Sekunden kamen mir wie Stunden vor, als ich durch die Türen stürmte. Ich suchte den Flur nach einem Zeichen ab und hörte ein Wimmern ... das aus einer der vorderen Türen kam. Ich stürzte vorwärts und mein Wille war schneller als mein Körper.

Durch die Glasscheibe der Tür sah ich Killion, wie er über ihr stand. Sie war mit dem Rücken gegen die Wand gedrückt ... nackt. »Verdammt!«, schrie ich und stürmte durch die Tür.

Ehe ich mich versah, war ich quer durch den Raum und schlug mit der Faust auf den nächstbesten Wächter ein, bevor ich auf ihn losging. Das Glitzern einer Waffe leuchtete in meinem Augenwinkel auf, bevor der Wachmann hinter mir brüllte: »*NEIN!*« Er stürmte in den Raum und holte tief Luft, als er seine Hand hob. »Er darf nicht verletzt werden ... auf Befehl des Direktors.«

Ich packte Killion und riss ihn von ihr weg. Er war noch immer bekleidet und hatte noch immer nicht ... Ich holte erneut aus und traf den Kiefer des Bastards. Er stolperte fassungslos zurück. Ich konnte mich nicht zurückhalten. Wut und Verzweiflung prallten aufeinander, und darunter war eine Art Trauer, die ich nur zu gut kannte.

Ich stürzte nach vorne und schlug erneut zu. Meine Faust traf Killions Nase. Blut spritzte heraus, woraufhin er einen Schmerzensschrei ausstieß und sich das Gesicht hielt. Ich wollte ihn töten ... ich musste ihn töten.

»Nein«, sagte der Wächter des Direktors, der hinter mir hervortrat und sich zwischen uns stellte. »Nein, du hast genug getan.«

Meine Fingerknöchel pochten, der Schmerz war mir so verdammt vertraut.

»Du bist hier.« Der Wächter warf einen Blick auf Ryth. »Und sie auch. Das ist alles, was du bekommst, verstanden?«

»Caleb«, rief Ryth. Ich holte tief Luft und sah sie an, dann wandte ich mich wieder an Killion. »Du wirst sie nie wieder anfassen. Hast du mich verstanden?«

Killion hielt sich die Nase zu, während Blut zwischen seine Finger tropfte. Sein drohender Blick war auf mich gerichtet, bevor er den Wächter des Ordens anschaute. »Er sollte eigentlich tot sein!«

Der Wächter schüttelte den Kopf. »Auf Befehl des Direktors.«

»*Scheiß auf den Direktor!*«, brüllte Killion, während er seinen Finger hob und in Richtung Ryth zeigte. »Ich habe gutes Geld für diese *Fotze* bezahlt!«

Ich machte einen Schritt auf Ryth zu und stellte mich vor sie. Erst dann sah ich die Kleidung, die sie vor sich hielt. *Rot ... rot ...* Ich machte einen Schritt und riss ihr das Negligé aus den Händen, dann drehte ich mich um und warf es ihm ins Gesicht. »Dann hast du wohl Pech gehabt, oder?«

Ich hatte mich noch nie wirklich gewalttätig gefühlt.

Bis zu diesem Moment.

Ich würde Killion töten. Das wusste ich in meiner Seele.

Vielleicht nicht jetzt, aber es würde passieren.

Sobald ich uns von diesem Ort weggebracht hatte ... und den Tod meines Bruders betrauerte.

Du warst nie dazu bestimmt, dich in sie zu verlieben.

Die Worte des Direktors blieben mir im Gedächtnis, als ich die Knöpfe meines Hemdes öffnete und es mir vom Körper riss, um sie so gut wie möglich abzuschirmen. »Sieh mich an, Ryth«, flehte ich. Ihre Schultern waren nach vorne gekrümmt und sie hielt sich den Bauch, als hätte sie Schmerzen.

Aber ich wusste, dass es Schock war ... Ich wusste auch, dass dies erst der Anfang war und das Schlimmste noch kommen würde. Ich machte einen weiteren Schritt und schlang meine Arme um sie. »Halt dich an mir fest, Prinzessin«, flüsterte ich und zog sie fest an mich. »Halt dich fest ...«

Tobias.

Das Gesicht meines Bruders schwebte in der Dunkelheit meiner Gedanken. Ich wusste nicht, wie ich es ihr sagen sollte.

Ich wusste nicht, ob ich es überhaupt konnte.

Sie schlang ihre Arme um mich und ihr Körper zitterte so stark, dass ihre Zähne klapperten.

Was auch immer es braucht. Nicks Worte tauchten wieder auf. Ich spürte sie jetzt deutlicher als je zuvor. »Das werde ich tun, Bruder«, flüsterte ich ihr ins Haar. »Ich werde alles tun.«

Epilog

VIVIENNE

»Ryth!«, schrie ich und knallte meine Hände gegen das Fenster. »Ryth!«

»*Halt's Maul, verdammt!*« Das Bellen zerriss das Auto und ließ mich zurückschrecken.

Doch mein Blick war auf einen Schatten unter den Bäumen gerichtet. Ein Schatten, der über die Einfahrt flitzte, bevor er stehen blieb. Aber es war nicht Ryth ... es war eine Frau ... eine, die aussah wie sie, obwohl sie es nicht war. Sie richtete ihren Blick auf mich, dann war sie weg.

Das Auto raste um eine Kurve. Ich schlug noch einmal mit den Händen gegen die Scheibe und sah die großen Augen eines Mannes, der aus dem Nichts auftauchte. »Bitte *hilf mir!*«

Er machte einen Schritt auf mich zu und für eine Sekunde dachte ich, dass er mich verfolgen würde ... dass er mir irgendwie helfen könnte. Aber dann waren wir weg, fuhren durch die offenen Tore des Ordens und an zwei seitlich auf der Straße geparkten Fahrzeugen vorbei.

»Scheiße!«, ertönte es von vorne.

Ich drehte mich um, drückte meine Wirbelsäule gegen den Sitz und wandte mich dem Mann zu, der mich entführt hatte ... *London St. James.*

Ein Blick auf die Tür und er entriegelte das Auto. »Versuch es«, drohte er vom Fahrersitz aus, als ich seinem Blick im Rückspiegel begegnete. »Mal sehen, wie weit du damit kommst.«

Mein Puls raste, während mir ein Schaudern über die Arme lief. Ich wusste, was er tun würde, wenn ich versuchte zu fliehen ... aber ich wusste auch, was er tun würde, wenn ich es nicht täte. Ich schlug meine Handfläche gegen den Sitz und hielt mich fest, während das Auto unruhig schwankte und das Dröhnen des Motors durch den Ledersitz unter mir pulsierte.

»Wenn du mich provozierst ...«

Ich riss meinen Blick von der Dunkelheit vor mir los und blickte wieder in den Rückspiegel.

»Wenn du mich provozierst, verdammt.«

Ich blieb so, als wir auf die hellen Lichter der Stadt zurasten, eine Hand an meinem Sitz, die andere an der Kopfstütze des Beifahrersitzes. »Es tut mir leid«, flüsterte ich.

Er richtete seinen Blick in den Rückspiegel. »Lüg mich nicht an, verdammt.« Er drückte auf das Gaspedal und raste die Auffahrt zur Autobahn hinauf. »Du kannst viele Dinge tun, Vivienne. Aber du darfst *niemals* lügen.«

Ich versuchte nachzudenken, versuchte einen Weg hier raus zu finden. Einen, der mich nicht umbrachte ... oder noch schlimmer, in die Scheiße ritt. Die Kämpferin in mir erhob sich schnell. »Du kannst mich nicht ... du kannst mich nicht anfassen. Der Vertrag ...«

»Scheiß auf den Vertrag«, knurrte er. Sein Blick wanderte in den Spiegel und senkte sich auf meinen Körper.

Ich verschränkte meine Arme über dem weißen Negligé und verbarg mich so gut ich konnte. Er kann das nicht tun ... *er kann das nicht tun*. Er würde sich strafbar machen. Dann würden sie mich für immer in den Orden stecken. Mich benutzen. Mich ausbilden ... *Das wäre immer noch besser als das hier.*

Wir fuhren schneller und verließen die Autobahn, bevor ich es merkte, und schlängelten uns durch die Straßen auf dem Weg zu seinem Haus. Ich war schon zweimal dort gewesen ... und jedes Mal ... jedes Mal hätte er beinahe die Vereinbarung mit dem Direktor gebrochen. *Jedes Mal hätte er fast ...*

Ich schloss meine Augen und mein Puls raste. Inzwischen würde der Direktor wissen, dass ich verschwunden war. Jetzt würden seine Leute schon auf dem Weg sein. Ein Blick in die Kameras und er würde wissen, wer mich entführt hatte. Es war also nur eine Frage der Zeit, bis sie kommen und mich zurückholen würden.

Die Reifen quietschten, als wir abbogen, noch einmal abbogen und an teuren Häusern vorbeifuhren, bevor er endlich langsamer wurde. Als wir die steile Einfahrt erreichten, bremste er scharf ab und kam vor seinem Haus zum Stehen.

Die Verriegelung löste sich mit einem Klicken.

»Wenn du wegläufst, werde ich dich auf dem verdammten Rasen zu Fall bringen ... und ich werde dich direkt dort nehmen ... auch mit Gewalt, wenn es sein muss.«

Meine Muschi verkrampfte sich bei diesen wilden Worten. Ein Blick in seine Augen und ich wusste, dass er die Wahrheit sagte. Er würde es tun. Er würde mich vergewaltigen, direkt vor den Augen der Nachbarn, und sie würden nichts unternehmen, weil er London St. James war. Ein Mann, vor dem sie Angst hatten ... *ein Mann, vor dem ich Angst hatte.*

Meine Finger zitterten, als er aus dem Auto stieg und die Tür zuschlug. Durch die dunkel getönten Scheiben erhob er sich wie ein Monster und umrundete den hinteren Teil des Wagens, bevor er die Tür aufriss und knurrend befahl: »Rein mit dir ... *sofort.*«

Ich schüttelte den Kopf, unfähig, mich zu bewegen. »Nein.«

Er schnappte schneller zu, als ich reagieren konnte, packte mich an der Kehle und zerrte mich hinaus. »Du wirst tun, was ich sage.«

Ich trat und krallte mich an dem Türgriff fest, bevor er meine Hand ergriff und sie losriss. Wir ließen die Tür offen, während er mich zum Haus zerrte. »Macht die *verdammte Tür* auf!«, schrie er.

Nein ... NEIN!

Ich wehrte mich, auch als das Schloss ertönte und sich die Tür vor mir öffnete. Dann segelte ich durch die Luft, stolperte und fiel und schlug hart auf dem Boden auf. Keuchende Atemzüge ertönten. Das Einrasten eines Schlosses knackte wie ein Schuss in der Luft. Ich landete auf den kalten Fliesen und hob den Blick, als Schritte ertönten und der Glanz schwarzer Schuhe meinen Blick erfüllte.

»Ich habe dich gewarnt, Vivienne.« Schwere Atemzüge unterstrichen seine Worte. »Ich habe dich gewarnt.«

Weiße Spitze ergoss sich über die schiefergrauen Kacheln, als ich mich bewegte, meine Beine schloss und meinen Blick auf die beiden anderen Männer im Foyer richtete. Männer, die gleich aussahen. Sie waren alle gleich. Vater und Söhne. Die gleichen gierigen Blicke. Die gleichen grausamen Lippen.

»Ich habe dir gesagt, dass das Konsequenzen haben wird«, sagte London und trat einen Schritt näher.

Er griff nach unten und packte mich noch einmal an der Kehle. Sein Griff fand das gleiche Muster und den gleichen Schmerz, als er mich auf die Füße zerrte. »Beweg dich«, befahl er.

Er stieß mich rückwärts, und dieses Mal hatte ich keine andere Wahl, als zu gehorchen, um nicht zu fallen. Ich stolperte rückwärts und ließ das Foyer und die Zwillinge hinter mir, bis sein Griff um meine Kehle mich stoppte. Er beugte sich vor, tippte einen Code an der Außenseite einer Tür ein und stieß sie dann auf. »Nach unten«, drängte er und seine Augen funkelten furchterregend. »Pass auf, wo du hintrittst.«

Sein Griff lockerte sich und führte mich mehr, als dass er mich bestrafte, als ich einen Schritt machte, dann ausrutschte und herumfuchtelte, bis er mich am Arm festhielt. »Ich sagte: Pass auf, wo du hintrittst, verdammt!«

Mein Herz hämmerte. Angst beherrschte meine Gedanken. Er wollte mich in einen Kerker sperren, in eine Art Zelle, und mich in der Dunkelheit zurücklassen. Ein Schluchzen entrang sich mir bei dem Gedanken und für eine Sekunde hielt mich die Angst so fest im Griff, dass ich mich nicht bewegen konnte.

Mit einem bestialischen Knurren beugte er sich vor, packte mich um die Taille und hob mich hoch. Ich landete auf seiner Schulter und meine Haare fielen mir ins Gesicht.

»Nein!« Ich trat, strampelte und schlug meine Fäuste gegen seinen Rücken.

Aber er hörte nicht auf, sondern ging einfach weiter, obwohl ich mich krümmte und wand.

»Genug!«, schrie er und blieb stehen.

Ich holte tief Luft und drehte mich, um zu sehen, wohin er mich bringen würde. Aber ich konnte kaum etwas sehen. Der Flur war düster und bot gerade genug Licht, um die Tür neben uns zu sehen, bevor London sie aufriss und ins Haus schritt. Er ließ mich fallen und fing mich in letzter Sekunde auf, bevor ich auf dem Boden aufschlug.

Mein Puls hämmerte gegen meine Brust, als meine Füße den Boden berührten. Ich stolperte rückwärts, als ein sanftes Licht den Boden erhellte, dann hörte ich das Geräusch der Tür, gefolgt von dem Klicken des Schlosses. Alles, was ich wollte, war von diesem Mann wegzukommen. Ich starrte das Monster an und bewegte mich weiter, bis ich in der Mitte des Raumes gegen etwas Hartes stieß.

»Im Vertrag steht ausdrücklich, dass kein Teil meines Körpers in dich eindringen darf.« Seine Stimme war heiser und rau, als er einen Schritt nach vorne machte. »Ich bin bereit, die Regeln zu befolgen ...«

Diese unergründlichen Augen leuchteten in der Dunkelheit. »Bleib weg von mir.« Ich hasste es, dass meine Stimme stotterte. »Bleib einfach weg, verdammt.«

»Ich habe dich gewarnt, was passieren würde, wenn du dich mit der Castlemaine-Schlampe einlässt.« Er bewegte sich weiter und ignorierte meine Bitten. »Ich habe dich gewarnt, was passieren würde, wenn du versuchst, zu fliehen.«

Er packte mich, nur diesmal im Nacken, und zog mich nach vorne. Ich holte aus und meine Handfläche landete mit einem harten Schlag auf seiner Wange. Ein stechender Schmerz leckte über meine Handfläche und brannte. London hielt inne und seine Augen weiteten sich vor Schreck, bevor sie sich verfinsterten.

Ich hatte das Böse noch nie gesehen, nicht bevor sie mich zum Orden gebracht hatten.

Jetzt kannte ich es gut ... in all seinen Formen.

Und eine davon stand jetzt vor mir.

Er hob seine Hand und seine Finger berührten seine Wange. Selbst in dem trüben Licht sah ich, wie sich das Fleisch rötete. »Wenn du mich anfasst, bringe ich dich um.«

»Dich anfassen«, sagte er vorsichtig und sein Tonfall war gefährlich.

Trotzdem griff er wieder nach mir, packte mich am Hals und zog mich dicht an sich heran. »Lass mich dir etwas zeigen. Etwas ganz Besonderes, das ich extra für dich gemacht habe.«

Er zog mich am Hals zu einem Bett ... mit Riemen und Fesseln an den Seiten und einer Art Maschine am Fußende ...

»Kein Teil meines Körpers darf in dich eindringen ... das steht im Vertrag. Aber er sagt nichts darüber aus, was ich kontrollieren kann.«

Er riss eine schwarze Hülle weg ... und enthüllte etwas, das mir das Blut in den Adern gefrieren ließ.

»Ich habe versucht, dich zu warnen, Vivienne. Ich habe versucht, mein Bestes zu geben, aber du hast nicht gehorcht.« Sein Griff um meinen Hals lockerte sich und glitt zu meinem Kiefer. Seine Finger drückten, als er meinen Blick zu ihm zwang. »Jetzt sag mir, dass du verstanden hast.«

Ich konnte meinen Blick nicht abwenden, weil ich nicht begreifen konnte, was ich da sah.

Hitze brannte in mir, ließ mich zittern und beben, und er bemerkte es und senkte seinen Blick. Seine andere Hand griff nach dem Schulterriemen meines Negligés und zog ihn herunter, bis die harte Spitze meiner Brust zum Vorschein kam.

»Sag es … sag, was ich hören will«, befahl er und seine Atemzüge wurden tiefer. Sein Daumen berührte meine Brustwarze und ließ mich zusammenzucken. Er rollte über das empfindliche Fleisch und zwickte, bis ich stöhnte. »Sag es, oder wir fangen sofort an.«

»J–Ja …«, wimmerte ich.

»Ja … *was?*« Er begegnete meinem Blick.

Ich starrte in diese seelenlosen Augen und entdeckte die Abgründe der Verdorbenheit, als ich die Worte sagte, die er hören wollte. »Ja, Daddy.«

Er lächelte. »Braves Mädchen.«

Preorder Unsere here

Geheimnisse. Lügen. *Verrat*.

Ich habe meinen Teil dazu beigetragen und alles riskiert, um sie zu retten.

Meine Prinzessin ...

Meine Ryth.

Jetzt haben uns die Anführer des Ordens in die Enge getrieben.

Und wir sind ihnen ausgeliefert.

Nur ein Mann kann uns befreien.

Der Mann, der die Wahrheit über diesen Ort kennt ...

Ihr Vater.

Es werden Deals gemacht, um uns zu befreien.

Nur weiß sie nicht alles.

Das wird sie aber bald ...

Sie wird erwarten, dass meine Brüder vor den Toren stehen ...

und warten ...

Aber ich glaube nicht, dass sie das tun werden.

Ich werde da sein und die Scherben aufsammeln.

Ich werde dafür sorgen, dass sie in Sicherheit ist.

Unsere kleine Maus. Unsere Prinzessin. Unsere ... *Stiefschwester*.